BASTEI
LÜBBE

Egbert Osterwald, *geboren 1952, unterrichtet Deutsch und Geschichte an einem hannoverschen Gymnasium.*
1996 erschien Eisvogel, flieg! *(Bastei Lübbe Taschenbuch 19603), sein erster Kriminalroman, dem die Romane* Tod eines Schweins *(19611) und* Sieben Frauen & ein Mord *(19614) folgten. Der begeisterte Hochseesegler und Hobbykoch ist verheiratet und hat zwei Kinder.*

Egbert Osterwald

SCHNEESCHMELZE

Thriller

BASTEI LÜBBE

BASTEI LÜBBE TASCHENBUCH
Band 14575

1. Auflage: Juli 2001

Vollständige Taschenbuchausgabe

Bastei Lübbe Taschenbücher ist ein Imprint der Verlagsgruppe Lübbe

Originalausgabe

Lektorat: Dorothee Cabras/Karin Schmidt
Umschlaggestaltung: Guido Klütsch, Köln
Titelbild: Image Bank
Satz: hanseatenSatz-bremen, Bremen
Druck und Verarbeitung: AIT Trondheim
Printed in Norway
ISBN 3-404-14575-5

Sie finden uns im Internet unter
http://www.luebbe.de

Der Preis dieses Bandes versteht sich einschließlich
der gesetzlichen Mehrwertsteuer.

Der Schlüssel glitt in das Schloss der Wohnungstür. Yvonne lächelte wehmütig. Sie hatten es nicht ausgetauscht. Ob sie wussten, dass sie ihren Schlüssel immer noch besaß und nicht weggeworfen hatte? Vermutlich.

»Unsere Tür steht dir immer offen«, hatte Vater ihr beim letzten Mal noch gesagt. Es war ein friedliches Gespräch gewesen. Das erste seit langem und letzte, bevor sie endgültig ausgezogen war.

Sie sperrte auf.

Sie hatte beobachtet, dass Mutter eben mit Frau Masanke weggefahren war.

Vermutlich zum Tennis. Jedenfalls würden sie so bald nicht wiederkommen. Und Vater? Vor acht, halb neun war der sowieso nicht zu Hause, wenn überhaupt. Sie war allein.

Die Wohnung war leer, aber sie wirkte bewohnt. Das kleine Schränkchen, auf dem jetzt das Telefon stand, kannte sie nicht. Es war nach ihrer Zeit gekauft worden. Aber sonst war alles wie früher. Das Regal, die Ikea-Essecke im Flur, sogar das Kabel der Leuchte über dem Tisch hatte immer noch die mit Isolierband umwickelte Bruchstelle.

Es war mehr ein Reflex, als sie die Schublade in der Küche aufzog, den Einsatz für das Besteck herausnahm und darunter das Haushaltsgeld für den Rest der Woche entdeckte. Zweihundert Mark. Mutter hatte wohl wieder sparsam gewirtschaftet. Yvonne kämpfte den Impuls nieder, das Geld an sich zu nehmen, es einfach verschwinden zu lassen, danach ihr Unschuldsgesicht aufzusetzen und ihre Eltern in Ratlosigkeit zu versetzen. Ihren Unglauben zu erleben, dass ihre Tochter stahl, dass ihre einzige Tochter *sie* bestahl.

Sie hatten so wenig gewusst. Gar nichts. Nicht einmal geahnt.

Sie ging ins Wohnzimmer. Der Fernseher war neu, aber er stand in der Schrankwand am gewohnten Platz. Die Fotoalben lagen in den Schubladen darunter.

Einige Bilder waren eingeklebt. Sie als Baby, in der Krabbelgruppe, im Kindergarten, in der Schule, ihr sechzehnter Geburtstag ... Ein ganzes Leben. *Ihr* ganzes Leben.

Auf dem Foto, das an ihrem sechzehnten Geburtstag aufgenommen worden war, hatte sie einen vollen, rot geschminkten Mund. Vater war begeistert gewesen. Und sie hatte sich so erwachsen gefühlt. Den violetten Lippenstift, den sie bis heute trug, hatte er immer gehasst.

Du siehst aus wie eine Leiche, war seine Redewendung gewesen.

Er würde Recht behalten.

Sie nahm die Fotoalben in die Hand und zog langsam und methodisch ein Bild nach dem anderen heraus. Einige rissen entzwei, einige lösten sich gleichmäßig ab. Sie dachte noch an die Kartons, die daneben lagen, an nicht eingeordnete Bilder, an die Fotoalben ihrer Eltern, Urlaubsfotos. Schließlich lagen sie vor ihr. Ein Stapel angerissener Fotografien, zerknittert, ungeordnet, irgendwie wertlos.

Dann zerriss sie ein Foto nach dem anderen. Die Schnipsel warf sie ins Klo.

Ein Blick in den Spiegel. Ihr violett geschminkter Mund, wirklich keine Augenweide, da hatte Vater schon Recht.

Ihre Augen erschienen ihr alt. Augen, die so viel gesehen hatten. Bahnhofsunterführungen, Matratzenlager in Wohnungen, die keine waren, den Straßenstrich, sogar die große Liebe mit Arno. Immerhin drei Monate lang in derselben Wohnung. Bis zum Ende.

Nicht sentimental werden, dachte sie. Nicht jetzt.

Sie schob das Hosenbein ihrer Jeans hoch. Dort war noch eine gute Vene. Sie hatte es nie verstanden, warum sich die meisten in den Arm spritzten. Jeder konnte die Einstiche sehen, die Narben, die immer dicker wurden, je länger man verzweifelt nach einer Einstichstelle suchte.

Sie nahm die Spritze heraus, erhitzte das weiße Pulver mit dem Feuerzeug und zog die Spritze auf. Jeder braucht einen Platz zum Sterben, ging es ihr durch den Kopf. Nicht irgendeine Bahnhofstoilette, eine Pissecke irgendwo, eine vergammelte Absteige.

Sie wollte zu Hause sein, wenn es so weit war.

Einen Augenblick hielt sie inne. Vielleicht war die Toilette doch nicht der richtige Ort. Und ein Stich in die Armvene sah besser aus. Würdevoller. Sie hatte gelesen, dass die meisten Menschen im Tod schön sein wollten. Offensichtlich stimmte es.

Ihr Kinderzimmer?

Sie hatte es noch nicht betreten. Eine Scheu hatte sie davon abgehalten, sich noch einmal selbst gegenüberzutreten.

Warum eigentlich?

Es war wie immer. Ihr rot-weiß bezogenes Bett, die Depeche-Mode-Poster mit Reißzwecken an die Decke geheftet, der Teddybär.

Sie legte sich hin. Ihr Blick glitt zu den Postern hinauf, die alten Schulbücher aus der zwölften Klasse im Regal, die letzte, in der sie gewesen war. Es war alles wie früher.

Werd jetzt nicht schwach, sagte sie sich. Jetzt nicht. Gleich ist es vorbei. Sie fühlte den winzigen Schmerz, mit dem die Nadel in ihre Vene drang, sie hatte sich nie daran gewöhnen können, wusste aber instinktiv, dass es kein langes Stochern geben würde, dass sie gleich getroffen hatte.

Sie lag gut auf ihrem Bett. Der leise Lärm der Straßenbahn drang von unten zu ihr hoch. Anfahrende Autos. Wie früher. Sie war heimgekehrt.

Dann drückte sie ab.

1. Kapitel

Eigentlich hatte Hans Platen nichts gegen Kaninchen. Seine Schwester hatte früher eins in ihrem Kinderzimmer hoppeln lassen. Für einige Wochen war Flauschi die Attraktion der Familie gewesen, wurde allen Freundinnen vorgeführt, sogar, dass es überall hingeköttelt hatte, war ihm nachgesehen worden. Doch nach einigen Wochen war der Reiz des Neuen geschwunden, der Aufmerksamkeitsgrad geringer geworden. Nach Jahren emotionaler Vereinsamung und Langeweile war es schließlich gestorben. Hans Platen war als Junge nicht sonderlich zart besaitet gewesen, aber das Tier hatte ihm trotzdem leidgetan. Nein, ein Kaninchen würde er seiner Tochter nicht schenken, obwohl sie manchmal schon darum bettelte.

Auch Kaninchenbraten schätzte er. Er hatte auf einer Reise in die Provence seinen ersten Kaninchenbraten gegessen, zusammen mit seiner damaligen Freundin und jetzigen Frau, und mit dem Côte du Rhône und den Kräutern der Provence war er eine Köstlichkeit gewesen, die sie gelegentlich zu Hause zu erreichen versuchten, mal mit mehr, mal mit weniger Erfolg. Gegen Kaninchenbraten hatte er nichts, ganz im Gegenteil.

Was er hasste, waren Kaninchenzüchter. Unter Kaninchenzüchtern hatte er sich früher eine Versammlung mittelalter, eher älterer Männer vorgestellt, die sich in abgetragenen Flanellhemden über kopulierende Kaninchen beugten, Rammler, um auf diese Weise jenen erotischen Kick zu bekommen, den sie im wirklichen Leben nie gehabt hatten. Er konnte die Speichelfäden in den Mundwinkeln sehen, wenn sie sich mit »ihren« Zuchtergebnissen brüsteten. So hatte er es sich ausgemalt.

Jetzt konnte er auch noch die Gerüche beschreiben. Den Dunst des Bieres, den schweren Zigaretten- oder Zigarrenrauch, der im Clubzimmer der Kneipe hing, den sanften Stallgeruch, den die prämierten Tiere, die vor dem Vorstandstisch in ihren tragbaren Käfigen standen, ausströmten. Ein kleinbürgerliches Gruselkabinett.

Was er aber noch mehr hasste als Kaninchenzüchter, Zuchtvereine und sabbernde, alte Männer war, dass er sich Jahr für Jahr einen Artikel über dieses gesellschaftliche Ereignis aus den Fingern saugen musste.

Hauptversammlung des »Kaninchenzuchtvereins Hannover von 1902 e.V.«. Die Prämierung erfolgte immer nach dem Rechenschaftsbericht des Vorstandes und musste gebührend in Wort und Bild für das *Hannover-Echo* festgehalten werden. So zählte er jedes Jahr die Minuten, und wenn endlich »die von allen mit Spannung erwartete Preisverleihung« vorgenommen wurde, machte er sein Foto und hämmerte am nächsten Tag den Artikel in den PC. Einmal hatte er einfach den des letzten Jahres übernommen, aber Wolf Kammrich, der nunmehr dreiundsechzigjährige Vorsitzende, hatte den Herausgeber der Zeitung angerufen. Hans Platen hatte schwer einen auf den Deckel bekommen. Jetzt hieß es aushalten, lächeln, fotografieren, schreiben.

»Die mit Spannung erwartete Preisverleihung der auch diesmal wieder herausragenden Zuchterfolge unseres Vereins ... Wie Wolf Kammrich (siehe Bild neben dem Preisträger links) unserer Zeitung mitteilte ...«

Und wenn es nicht die Kaninchenzüchter waren, dann waren es die Taubenzüchter oder die Tennisvereine, der Schwimmverein oder die Eröffnung des neuen Modehauses Beyer in der Konrad-Adenauer-Straße ...

Gelegentlich, wenn er mit seinem Kollegen Peter abends bei einem Bier saß, erinnerte er sich daran, was ihn bewogen hatte, diesen Beruf zu ergreifen. Watergate, die Flick-Affäre, der *Spiegel* – die Welt war voll von Storys, von Enthüllungen, sie gierte nach Sensationen, Aufklärung, sauberer Recherche – aber zwischen dem dritten und dem vierten Bier war ihm klar, dass sie versackt waren bei einem zweitklassigen Anzeigenblättchen, das von den Werbeeinnahmen der Auftraggeber abhängig war, das sich um Ausgewogenheit bemühen musste, hängen geblieben bei der Berichterstattung über Jubiläen, Vereine und, wenn es hoch kam, mal über eine Ortsumgehung und eine Tempo dreißig-Zone. Bereits eine Festanstellung in der Lokalredaktion der *Hannoverschen Allgemeinen* erschien ihm manchmal wie ein Lottogewinn, aber sooft er auch tippte, zu mehr als einem Dreier mit Zusatzzahl hatte er es noch nicht gebracht. Und tief in seinem Herzen wusste er auch, dass er nie einen Artikel schreiben würde, der die Welt bewegte, aufrüttelte, etwas enthüllte, dass es nie einen letzten Bericht über einen Kaninchenzuchtverein geben würde und dass der letzte Bericht immer nur eine Vorstufe war zur Fortsetzung im nächsten Jahr.

Er steckte sein Blitzlicht auf die Kamera, bat Wolf Kammrich und den diesjährigen Preisträger Werner Wolkenried vor den Vorstandstisch, wartete, bis Zuchtfreund Wolkenried seinen Rammler aus dem Käfig geholt und auf den Arm genommen hatte, schoss sein Foto, dankte für das

Bier und ging. Es war zweiundzwanzig Uhr zehn und endlich auch für ihn Feierabend.

Der Motor gab keinen Ton von sich. Ein leises Knacken, mehr nicht. Gerade so, dass er merkte, dass die Batterie nicht ganz leer war. Vermutlich war es wieder mal der Magnetschalter des Anlassers. Wenn man mit dem Hammer dagegenschlug, dann funktionierte er manchmal, aber vermutlich war es besser, den Wagen einmal gründlich überholen zu lassen. Falls es sich überhaupt noch lohnte. Aber den Hammer hatte er nicht dabei, er erinnerte sich genau, ihn vor einigen Tagen mit in die Wohnung genommen zu haben. Ein paar Kaninchenfreunde zum Anschieben? Sie würden sicherlich helfen wollen, dumme Sprüche inklusive. Doch er wollte nicht. Nicht noch einmal da hinein.

So ging er zu Fuß. Die zwei Kilometer zu seiner Wohnung waren auch nicht die Welt, und morgen konnte er weitersehen. Es war nicht allzu kalt, der leichte Nieselregen, der den ganzen Tag über der Stadt gehangen hatte, hatte aufgehört, aber trotzdem war er froh, dass er seine Lederjacke anhatte. Verdrossen stapfte er die einsamer werdenden Straßen entlang. Der Weg führte an Bauerwartungsland vorbei, an unordentlichen Grundstücken. In der Dunkelheit schimmerte das Weiß weggeworfener Plastiktüten. Der Pfad am Kanal war früher lauschig gewesen, dichtes Baumwerk, das hin und wieder den Blick auf die Wasserfläche freigegeben hatte. Jetzt aber hatte die Verbreiterung des Kanals für die Europaschiffe nur nacktes Erdreich hinterlassen, eine ausgeweidete Landschaft. Irgendwann einmal würden sicher auch Bäume angepflanzt werden, die in zwanzig oder dreißig Jahren wieder einmal Sichtschutz geben würden.

Von weitem sah er die Hochhaussiedlung, in der er

wohnte. Sahlkamp. Ein Musterbeispiel städtebaulicher Brachialarchitektur, geplant zu einem Zeitpunkt, als jeder schon den Unsinn derartiger Mammutsiedlungen erkannt hatte. Wohnsilos. Auch er bewohnte eine Sozialwohnung. Aber auch anderswo waren die Wohnungen für seine Einkommenskategorie nicht besser. Und nicht billiger. Die Politiker sollten hier mal wohnen. Aber die wohnten in Villen weit außerhalb. Mürrisch stapfte er weiter.

Die Straßenbeleuchtung war noch nicht wiederhergestellt, aber die vom wolkenverhangenen Himmel zurückgestrahlte Helligkeit der Großstadt gab ein diffuses Licht, sodass er sich orientieren konnte.

Vor ihm tauchte der Schatten einer Brücke auf. Baugerät stand herum, Teile der Betonverschalung zwangen ihn zum Ausweichen. Der Weg war schlammig und glitschig. Morgen würde er aussehen wie ein Schwein.

Den länglichen Schatten direkt unter der Brücke bemerkte er erst, als er fast darüber fiel.

Der Penner hatte sich eine schlechte Stelle ausgesucht, um seinen Rausch auszuschlafen. Mitten im Matsch.

»Mensch, stehen Sie auf«, sagte Hans Platen gerade so freundlich oder unfreundlich, wie man einen besoffenen Penner anredete, und beugte sich hinunter.

Die Gestalt blieb liegen und bewegte sich nicht.

Platen war drauf und dran, ihn einfach liegen zu lassen, als ihn unvermittelt die Ahnung von etwas Ungewöhnlichem beschlich. Sein Argwohn war geweckt.

Er kniete nieder und betrachtete den Mann eingehend, soweit es die Dunkelheit zuließ. Haare verzottelt, ungepflegter Bart, die Kleidung verdreckt, zerrissen, heruntergekommen. Er berührte das Gesicht des Mannes und fand es kalt, aber nicht wächsern. Auch roch er keinen Alkohol, wie er eigentlich erwartet hatte. Als er den Kopf zur Seite legte, griffen seine Finger in eine klebrige Flüssigkeit. Blut. Der Mann hatte eine große Wunde am Kopf. Er atmete flach und kaum vernehmlich. Dieser Mann war verletzt und brauchte Hilfe.

Für einen Augenblick schien der Bewusstlose wieder zu sich zu kommen. Ungelenk bemühte er sich, die Hände zu heben. Einige unverständliche Laute gurgelten aus seinem Mund. Schlagartig wehte Hans Platen eine Alkoholfahne entgegen. Dass er das vorher nicht gerochen hatte! Angewidert ging er auf Abstand. Mit einem Mal schlug der Mann die Augen auf. Sein Blick wurde klar. Er röchelte und stieß ein paar Worte hervor, die Platen nur halb verstand. Trotz der durchdringenden Alkoholfahne beugte sich Platen zu ihm hinunter.

Der Mann schaute ihn an. Für eine Sekunde huschte der Schein von Verstehen über sein Gesicht.

»Drachenbucht«, sagte er auf einmal ganz deutlich. »Der Name ist Drachenbucht.« Dann, als wäre dies alles zu viel für ihn gewesen sei, sackte er zusammen und verlor aufs Neue das Bewusstsein.

Hans Platen tippte die Eins-eins-null in sein Handy und wartete. Es würde heute wohl sehr spät werden.

Die dunklen Fenster hatten ihn unruhig gemacht. Natürlich war es möglich, dass Sylvia schon zu Bett gegangen war. Immerhin war es bereits gegen elf. Und es war reiner Zufall, dass er noch einmal in die Nähe der Vahrenwalder Straße gekommen war. Irgendeine Leiche wartete darauf, vom Tatort abgeholt zu werden, und sie waren auf dem Weg dorthin. Vielleicht war Sylvia auch einfach bei einer Freundin. Trotzdem. Das ungute Gefühl blieb.

»Ich muss noch einmal auf einen Sprung nach Hause«,

sagte er zu Murat Ceylan, der neben ihm saß. Es sollte beiläufig klingen, doch es war eine Spur zu beiläufig. »Ich habe etwas vergessen, aber es dauert nicht lange«, fügte er erklärend hinzu.

Murat nickte nur. Er hatte so etwas Ähnliches erwartet. Seit einem Jahr war sein Kollege Andreas Gehoff, Hauptkommissar Andreas Gehoff, nicht mehr der Alte. Kein Wunder nach der Geschichte damals. Gelegentlich kam er zu spät zum Dienst. Seit einiger Zeit hatte er sogar den Verdacht, dass Gehoff zu viel trank. Und seine Ehe mit Sylvia lief schlecht. Das sah man. Doch jeder hatte mal ein persönliches Tief. Murat konnte es nachempfinden. Und ob sie nun fünf Minuten früher oder später ankamen, machte auch keinen Unterschied. Tot war tot. Die Spurensucher würden ohnehin eine Zeit lang zu tun haben.

Er blickte Gehoff nach, der hastig die Haustür aufsperrte und die Treppen rasch hinaufging. Er wohnte im dritten Stock.

Durch die Verglasung der Tür sah Andreas Gehoff, dass kein Licht brannte, nicht einmal das Flurlicht, das Sylvia meistens für ihn anließ, wenn er wie so häufig spät abends von einem Einsatz nach Hause kam. Er schloss die Tür auf, hörte den Riegel zurückschnappen und trat ein.

Instinktiv fühlte er, dass die Wohnung leer war. Ein fahler Lichtschein fiel vom Hausflur hinein. Schemenhaft zeichneten sich die Umrisse der Möbel ab. Er machte kein Licht, sondern trat vorsichtig ein und öffnete leise die Schlafzimmertür. Es erstaunte ihn nicht einmal, dass das Bett unbenutzt war. Eine Schranktür war nur angelehnt, gerade so weit, dass er ahnen konnte, dass sie ihre Kleidung mitgenommen hatte.

Das Bild von Yvonne auf ihrem Nachttisch fehlte.

Da wusste er, dass Sylvia gegangen war. Für immer. Ein

Brief lag da, verloren auf dem roten Bettbezug in einem Kuvert, zugesteckt, nicht geklebt, wie er gleich registrierte, aber er wollte ihn nicht lesen. Die Wohnung war leer, still, nur in einem Heizkörper gurgelte etwas Luft. Er spürte den übermächtigen Drang, etwas zu trinken, aber ahnte, dass er nicht würde aufhören können, dass er einen Ouzo nach dem anderen rasch hinunterkippen würde, immer mehr, immer schneller, bis sich schließlich jenes betäubende Gefühl einstellte, das er brauchte. Aber draußen wartete Murat, und der Einsatz dieser Nacht war bereits angelaufen. Er ließ den Brief liegen und ging.

»Alles in Ordnung?«, fragte Murat und schaute ihn merkwürdig von der Seite an.

»Alles in Ordnung«, antwortete er tonlos. »Mir geht es gut, keine Probleme.«

Sogar das Bild von Yvonne hatte sie mitgenommen.

Es war das einzige Foto, was geblieben war, ein Lesezeichen, vergessen in einem Urlaubsbuch. Vor einem Jahr hatte Yvonne ihre Kinderfotos vernichtet. Alle. Und wenig später hatte sie sich selbst getötet.

Er schwieg während der Fahrt.

»Es tut mir leid«, sagte Murat. »Aber vielleicht renkt es sich mit Sylvia wieder ein.«

Murat Ceylan war hier in Deutschland geboren, ebenso wie seine Frau Aischa. Sie hatten sich im Laufe der Jahre angefreundet und noch bis vor einem Jahr einen Teil ihrer Freizeit gemeinsam verbracht. Sich eingeladen, sie hatten sogar einmal gemeinsam Urlaub bei Murats Eltern in der Türkei gemacht. Ob Sylvia sich bei Aischa wieder melden würde?

Andreas Gehoff schwieg. Nach dem Tod eines Kindes gehen die Eltern oft auseinander. Diese alte Erfahrung kam ihm in den Sinn. Er saß wie betäubt da, während Murat fuhr, und er ahnte diffus, dass irgendetwas in seinem Leben unwiderruflich zerbrochen war.

Zum ersten Mal seit langen Jahren war er allein. Ganz allein.

Der Polizist mochte vielleicht etwas über zwanzig sein, aber er wirkte wie achtzehn, und seine Begleiterin, die mit ihm im Streifenwagen gesessen hatte, erschien auch nicht älter. Halbe Kinder. Sie führten Gehoff die Böschung hinunter an den Fuß einer neu errichteten Kanalbrücke.

Das kreiselnde Blaulicht des Rettungswagens warf fahle Lichtblitze, färbte die Gesichter unnatürlich blass und ließ die Schemen der Erdwälle, das Skelett der Stahlträger und halb abgenommener Betonverschalungen für Augenblicke gespenstisch hervortreten. Das Wasser des Kanals glitzerte bläulich. Die Baufahrzeuge hatten tiefe Spuren im lehmigen Boden hinterlassen, dicke, breite Abdrücke, die in ihrem Innern lange Schatten warfen. Mondlandschaft.

Die Männer von der Spurensicherung waren dabei, ihre Halogenstrahler aufzubauen. Halb fertige Gestänge, die seltsam verloren herumstanden.

War das seine Welt geworden?

Ein hell oder weiß gekleideter Mann, vermutlich der Notarzt, trat auf ihn zu und sprach ihn an. Die Worte erreichten sein Ohr nicht.

Du bist im Dienst, sagte er sich. Du bist im Dienst, und das ist dein Job. Der Ouzo wartet zu Hause. Hier nicht.

»Der Tote hat noch gelebt?«, fragte er nach.

»Ja«, sagte ein anderer, der mit dem Arzt zu ihm getreten war. Ein hagerer, mittelgroßer Mann mit zotteligem Bart und einer verschlissenen Lederjacke. Er mochte vielleicht dreißig sein. »Als ich ihn fand, hat er noch gelebt.«

»Er starb unmittelbar vor dem Eintreffen des Rettungswagens«, bestätigte der Arzt.

»Und wer sind Sie?«, wandte sich Gehoff an den Bärtigen.

Der Mann zog einen Ausweis heraus. Einen Presseausweis. »Hans Platen, *Hannover-Echo*«, sagte er.

»Presse?« Voller Unmut blickte Gehoff den jungen Polizisten an, als wollte er ihn für die Anwesenheit der Presse verantwortlich machen.

»Er hat die Leiche gefunden«, erklärte der junge Polizist entschuldigend und deutete auf den Mann mit der Lederjacke.

»So. Haben Sie?«, fragte Gehoff.

»Als ich ihn fand, lebte er noch«, wiederholte Hans Platen. »Ich war auf dem Weg nach Hause, und da bin ich förmlich über ihn gestolpert. Aber gelebt hat er noch. Eindeutig. Er hat sogar noch geredet.«

Der Notarzt nickte. »Vermutlich starb er an den Folgen des Sturzes. Er ist von der Brücke gefallen.«

Gehoff ging mit den Übrigen die paar Schritte unter die Brücke und betrachtete die Leiche. Ein ungepflegter Mann mittleren Alters mit zahlreichen Schürfwunden an der Stirn. Einer der vielen Obdachlosen dieser Stadt, dessen Leiden hier zu einem Ende gekommen waren. Tragisch. Aber wohl kein Fall für die Kriminalpolizei.

»Wer hat uns gerufen?«, erkundigte er sich mürrisch.

»Ich«, sagte der junge Polizist eifrig. »Ein Todesfall unter ungeklärten Umständen. Ich kam zusammen mit dem Rettungswagen und habe gleich alles Notwendige veranlasst.«

Offensichtlich war es seine erste Leiche. Bei der ersten Leiche waren sie alle aufgeregt. Und natürlich musste es immer gleich ein Mord sein. Oder wenigstens ein ungeklärter Todesfall.

Der Polizist blickte ihn an. Er erwartete wohl ein paar lobende Bemerkungen.

Die von der Spurensicherung hatten inzwischen die Halogenlampen aufgestellt. Sie tauchten den Fundort in gleißendes Licht.

Schade um die Arbeit, dachte Gehoff. Dies ist ein Unfall. Und nicht mehr. Das sieht jeder.

»Hatten Sie Anhaltspunkte für ein Verbrechen?«, fragte er schärfer, als er es eigentlich vorgehabt hatte.

Der Polizist stotterte etwas, was er wohl nicht einmal selbst verstand.

Wir können die Sache abbrechen, ging es Gehoff durch den Kopf. Feierabend machen. Das Wort »Feierabend« hatte noch einen vertrauten Klang. Doch schlagartig kam ihm zu Bewusstsein, dass es für ihn keinen Feierabend geben würde. Es würde eine leere Wohnung auf ihn warten, ein geöffneter Kleiderschrank und ein Brief, den er noch nicht gelesen hatte.

»Wollen wir Schluss machen?«, wollte Ceylan wissen.

Gehoff schüttelte den Kopf. »Weitermachen.«

Ein kalter, unangenehmer Nieselregen hatte eingesetzt, der den lehmigen Untergrund in eine Rutschbahn verwandelte. Wenn sie noch etwas finden wollten, dann mussten sie sich beeilen. Er sah die mürrischen Gesichter der Kollegen von der Spurensicherung.

Was hatte es für einen Sinn? Ein übereifriger Streifenpolizist und irgendein Penner, der zu viel intus hatte, ein Unglücksfall wie tausend andere auch. Die Halogenlampen blendeten, verwandelten den sinkenden Regen in sprühendes, fallendes Licht und tauchten den Toten in unbarmherziges Weiß. Ein Häufchen Mensch und in der Helligkeit seltsam nackt.

Der tiefe Abdruck des Körpers unter der Brücke, dort,

wo er aufgeschlagen war. Daneben Fußspuren. Die Profilsohlen des Notarztes, noch einige andere. Jeder Abdruck tief in den Lehm gedrückt, der sich langsam mit Wasser füllte. Morgen früh würden alle Spuren beseitigt sein.

»Gießt alle Abdrücke aus«, sagte Gehoff. »Morgen finden wir keine mehr.«

Das Erwachen am Morgen war schlimm. Er musste zwar nicht in aller Frühe zum Dienst, er konnte ausschlafen. Aber die Benommenheit durch den Alkohol lähmte ihn, obwohl er keine Kopfschmerzen hatte. Durch einen Schleier nahm er wahr, dass der Spiegel nur sein eigenes Bild zurückwarf, nicht mehr das von Sylvia, dass er allein war und dass die einzigen Geräusche in der Wohnung das Gluckern des Heizkörpers und das Summen des Kühlschrankes waren.

Er überließ sich der Routine des Aufstehens und ging zum Dienst. Murat Ceylan war noch nicht gekommen, der Obduktionsbericht lag noch nicht vor, und so arbeitete er ohne rechtes Engagement einige liegen gebliebene Fälle durch. Kleinkram. Irgendwann wurde es Mittag.

In der Kantine setzte sich Fritz Möller zu ihm. Früher – mein Gott, wie lange war das schon her! – waren sie eng befreundet gewesen. Sie waren zusammen zur Polizeischule in Holzminden gegangen, hatten zur gleichen Zeit geheiratet, Kinder bekommen, Möller drei, er nur eins. Damit die Deutschen nicht aussterben, hatte Möller geflachst. Seit knapp einem halben Jahr war Fritz Möller Kriminalrat. Er hatte den Sprung aus der gehobenen Laufbahn in den höheren Dienst geschafft. Manche Beförderungen waren sicher ungerecht gewesen, Parteischranzen, aber Fritz hatte sie verdient gehabt. Fantastische Fahndungserfolge in den letzten drei Jahren, Erfolge, die endlich die ersten größeren Schläge gegen Drogenkriminalität und Organisiertes Verbrechen ermöglicht hatten. Seit Monaten hatten sie kaum noch miteinander gesprochen. Seitdem Andreas Gehoff nicht mehr bei der Drogenfahndung war, gab es auch kaum noch berufliche Kontakte. Und seit einem Jahr hatte er sich selbst sehr zurückgezogen.

»Na, wie geht es dir?«, fragte Fritz und beugte sich über sein Tablett.

»Wenn man vom Essen hier absieht, ganz gut, danke«, antwortete Andreas.

Fritz schaute ihn prüfend an, sagte aber nichts.

Andreas Gehoff löffelte seine Suppe. Tomatencreme. Hoffentlich kleckerte er nicht. Bei Tomaten und Spaghetti kleckerte er meistens.

»Du warst heute Thema bei der Besprechung«, meinte Fritz Möller nach einer Weile.

Andreas Gehoff schwieg.

»Du trinkst zu viel«, sagte Fritz auf einmal unvermittelt. »Andreas, du trinkst zu viel.«

»Andere trinken auch«, erwiderte Andreas. »Und gegen meine Arbeit ist doch nichts einzuwenden, oder?«

»Nein«, gab Fritz zu, aber es klang wie »noch nicht«.

Sie schwiegen sich an.

Fritz Möller legte das Besteck weg und schaute ihn an. »Was ist los, Andi?«

Andreas Gehoff blickte auf. Und mit einem Mal wusste er, dass hier vielleicht sein letzter Freund sprach und dass dieser eine Antwort wollte, kein schnippisches oder cooles Ausweichen.

»Wenn es so einfach wäre, gäbe es sicher eine Lösung«, meinte er. »So ein Patentrezept. Aber es kommt so vieles zusammen. Yvonne ... Ich habe mir Vorwürfe gemacht.

Immer wieder. Hätte ich strenger sein sollen? Ihr weniger vertrauen? Oder nachgiebiger? Und nach ihrem Tod ... Sylvia gab mir die Schuld daran. Nicht direkt, nicht offen, natürlich nicht, das wäre ja auch absurd gewesen, aber so versteckt, unausgesprochen. Und diese nicht ausgesprochenen Vorwürfe, die sind die schlimmsten. Gegen die anderen, da kannst du dich wehren, kannst Stellung beziehen, argumentieren, vielleicht sogar um Verzeihung bitten – aber wenn etwas nie gesagt wird, nur im Raume steht und sich niederschlägt in nicht abgeräumtem Geschirr, nicht gemachten Betten und schmutziger Unterwäsche, dann hast du verloren. Dann ist alles nur noch eine Frage der Zeit. Und du kommst jedes Mal nach Hause mit einem bangen Gefühl und dem Wunsch, sie möge noch da und alles so wie früher sein, und hoffst doch auf ein Ende. Und weißt du, was das Schlimmste war? ›Nicht einmal bei der Drogenfahndung haben sie dich weiter arbeiten lassen‹ – ein einziges Mal hat sie mir das gesagt. ›Nicht einmal bei der Drogenfahndung‹, als hätte das Yvonne wieder lebendig gemacht.«

»Sylvia wusste doch, warum du abgezogen wurdest. Dass das nichts mit deiner Arbeit zu tun hatte, sondern damit, dass du emotional zu sehr beteiligt warst und dass das immer gemacht wird ... Und von der anderen Geschichte hat sie doch gar nichts gewusst, oder?«

Andreas Gehoff schwieg.

»Und jetzt forsche ich den Todesursachen von Pennern nach ...« Es klang bitter.

»Willst du wieder zur Drogenfahndung? Immerhin, ein Jahr ist um ...«

»Ich glaube, ich weiß gar nicht genau, was ich will ...«

»Du brauchst ein Ziel«, erklärte Fritz heftig. »Irgendeins, egal welches. Was dich aufrichtet. Was dir Sinn gibt. Und bitte keine Wehleidigkeit. Die hilft nie. Glaub mir.«

Sie machten sich stumm über den Nachtisch her.

»Es ist irgendwie merkwürdig«, sagte Andreas nach einer Weile. »Da arbeitest du nun bei der Polizei, sogar bei der Drogenfahndung, und nicht einmal deine eigene Tochter kannst du retten. Ein schwaches Bild, nicht wahr?«

Fritz Möller schwieg.

»Es ist alles irgendwie ziemlich sinnlos, nicht wahr?«, fragte Andreas. Aber er fragte es leise, mehr für sich und schien keine Antwort zu erwarten. »Damals, als ich merkte – spät genug – was mit Yvonne los war, habe ich gedacht, wenn du dich reinkniest in die Arbeit, sie besser machst als zuvor, nicht nur die kleinen Fische, sondern auch die Hintermänner fängst, dann möchtest du dir selbst vielleicht verzeihen, dass du als Vater versagt hast. Auch wenn es Yvonne nicht wieder lebendig macht – aber vielleicht rettest du ein paar andere arme Kerle ...«

»Du bist nicht als Retter der Gesellschaft angetreten«, unterbrach Fritz ihn. »Wir beide, wenn du dich noch an unsere Zeit in Holzminden erinnerst, wir beide haben einen interessanten Job gesucht. Einen Job. Den haben wir gefunden. Aber wir waren keine Kreuzzügler.«

»Einmal hatte ich einen«, sagte Andreas versonnen. »Weißt du noch? Abdullah soundso. Abdullah Mehtic, genau, so hieß er! Abdullah Mehtic. Nicht so ein kleiner Fisch, sondern einer von den mittleren, die großen kriegen wir ja sowieso nicht, aber wenigstens so einen mittleren, den hatte ich ...«

Fritz Möller richtete sich auf. Auf einmal wirkte er voll konzentriert. »Ja ...«, antwortete er gedehnt. »Ich erinnere mich daran. Dein Erfolg hat dir ein Disziplinarverfahren eingebracht. Weil er behauptete, von dir geschlagen worden zu sein. Und zum Schluss wurde er freigesprochen.«

»Mangels Beweisen ...«

»Das ist der Lauf der Dinge«, erwiderte Fritz leise, aber mit seltsamer Eindringlichkeit. »Wir fangen sie, und die dicken Fische sind schneller wieder draußen, als du schauen kannst. V-Leute, verdeckte Ermittler, großer Lauschangriff ... alles kalter Kaffee. Damit musst du leben. Rechtsstaat! Vom Gesetzgeber so gewollt. Und dass es nach Yvonne immer eine Melanie geben wird oder einen Michael oder Tobias. Jedes Jahr mehr. Immer wieder.«

Andreas wollte widersprechen, aber ein Blick in das Gesicht seines Freundes hielt ihn zurück. Es lag bitterer Spott darin. Und zugleich eine Art von Überlegenheit, die Andreas nicht einschätzen konnte.

»Du meinst das nicht wirklich«, sagte er.

»Nein«, gab Fritz zu. »Ich meine das wirklich nicht wirklich. Aber es ist leider so. Uns sind die Hände gebunden.« Und nach einer Weile setzte er hinzu: »Eigentlich.«

»Eigentlich?«

Es war leer in der Kantine. Die Mittagszeit war vorüber, und die meisten Kollegen waren bereits wieder gegangen. Eine Frau des Reinigungsdienstes klapperte vernehmlich mit ihrem Eimer.

»Wenn du Lust hast, wieder für die Drogenfahndung zu arbeiten, könnte ich etwas für dich tun«, sagte Fritz auf einmal unvermittelt.

Für einen Augenblick stand Andreas sein mühsam als Versetzung deklarierter Rauswurf vor Augen. Ein Rauswurf wegen einer einzigen Unbesonnenheit. Noch einmal alles von vorn? »Ich glaube, ich hätte noch einmal Lust anzufangen«, erwiderte er zögernd. »Wenn es denn geht«, fügte er noch hinzu.

»Bereden wir das heute Abend«, meinte Fritz, schob das Geschirr auf das Tablett und stand auf.

»Im hinteren Teil des Hauptbahnhofs gibt es eine kleine Kneipe. *Härke Eck.* Wenn du willst, heute gegen zwanzig Uhr.«

Die Wohnung war eng, und obwohl sie oben im achten Stock lag, reichte die Aussicht nur bis zum nächsten Hochhaus auf der gegenüberliegenden Straßenseite. Sie roch nach Essen, nach Babyöl und säuerlich nach dem überquellenden Windeleimer. Anna, die »Große«, war jetzt in der Schule, aber Christine war erst zwei und in dem Alter, wo sie noch nicht in den Kindergarten gehen konnte und auch nicht mehr ruhig den Tag verschlief. Fast eine ganze Stunde hatte sie mit ihrem Fisher-Price-Activity-Center verbracht, ein monotones Geklingel und Rattern im Hintergrund, das nur ihre Anwesenheit verriet. Wenigstens war sie friedlich gewesen, sodass Hans Platen in einem Anfall von Selbstüberwindung den Artikel über die gestrige Sitzung des Kaninchenzuchtvereins in den Computer gehämmert hatte. Er konnte zu Hause arbeiten und musste nur alle zwei Tage in die Redaktion des *Hannover-Echos*.

Ob der Tod des Penners auch einen Bericht geben würde?

Eigentlich war die Zeitung als Anzeigenblatt nicht auf derartige Meldungen und Artikel angewiesen. Das Blättchen, von »Zeitung« wollte er gar nicht sprechen, erschien nur einmal die Woche. Es war keine Zeitung, die Tagesaktualitäten bringen konnte. Schon gar nicht solche von eher mäßigem Publikumsinteresse. Andererseits war nun auch kein anderer Reporter anwesend gewesen, keiner der *Hannoverschen Allgemeinen Zeitung*, keiner der *Bild-Zeitung*. Er wurde nach Druckzeilen bezahlt, und wahrscheinlich war es eine Möglichkeit, wieder auf die Schnelle ein paar Mark fünfzig zu verdienen.

Christine fing an, Laut zu geben. Wahrscheinlich war ihr langweilig. Er drückte der Kleinen eine Flasche mit ungesüßtem Tee in die Hand. Sie sollte ausreichend sein, sie für die nächsten fünfzehn Minuten ruhig zu stellen. Dann setzte er sich an seinen PC.

Hannover. Am vergangenen Abend kam an der Wilhelm Deichmann – Kanalbrücke ein Obdachloser ums Leben. Er stürzte von der Brücke auf die Baustelle und erlitt schwere Kopfverletzungen. Obwohl von einem Passanten der Rettungsdienst gerufen worden war, starb der Obdachlose wenige Minuten vor Eintreffen des Notarztes. Die Polizei vermutet einen überhöhten Alkoholgenuss und stellt Ermittlungen an.

Nur wenige Zeilen. Eine Kurzmeldung. Das große Geld würde er damit wohl kaum machen können. Vom Hocker riss diese Meldung ohnehin keinen.

Wie wäre es mit: *Tragischer Tod unter der Brücke – Unser Reporter berichtet?*

Vielleicht besser. *Am vergangenen Abend endete auf tragische Weise das Leben eines Obdachlosen ...*

Hans Platen stockte. Er drosch leeres Stroh. Von den klassischen W-Fragen – Wer, Wann, Wo, Warum, Wie –, die jedem Journalisten eingebläut wurden zu beantworten, hatte er bestenfalls auf eine eine Antwort gegeben. Wo. Aber das war ja sowieso sonnenklar. Fakten, Fakten, Fakten ... und immer an den Leser denken. Diesen Merksatz während seiner Ausbildung konnte jeder Journalist im Schlaf hersagen. Was hatte er für Fakten? Keine, wenn er es recht bedachte. Der Name? Unbekannt. Todesursache? Vermutlich Trunkenheit. Würde es zu einem interessanten Artikel reichen? So ein bisschen Herz? So schlimm ist die Welt? Betroffenheit? Was macht einen zum Penner?

Möglicherweise würde es einen sehr guten Artikel geben. Aber dann mit viel mehr Information, mehr Hintergrund.

Für einen kurzen Augenblick streifte ihn der Gedanke, dass auch er in seiner engen Drei-Zimmer-Wohnung, eingesperrt in ein Hochhaus-Ghetto und umgeben von überquellenden Windeleimern nicht ungefährdet war, hinabzugleiten in die Welt der Brücken, der zugigen Kellereingänge oder Bahnhofsvorplätze, wo nur noch die Zwei-Liter-Flasche Lambrusco zu dreifünfundneunzig einen unbeständigen Schutz bot.

Er würde einen Artikel darüber schreiben, vielleicht sogar eine Serie. Und – wenn sie ankam – sogar ein Buch. Christiane F, *Wir Kinder vom Bahnhof Zoo*, der Bestseller aus den achtziger Jahren, war doch schließlich auch auf diese Weise entstanden. Warum sollte das Glück nicht auch ihm einmal hold sein?

Den Namen des mürrischen Polizisten, der die Ermittlungen leitete, hatte er sich notiert. Er würde ihn anrufen. Und ein Geheimnis würden die Ermittlungsergebnisse in diesem Falle sicher nicht sein.

Fritz war pünktlich. Andreas hatte der Versuchung widerstanden, kurz ins *Härke-Eck* hineinzugehen und eben noch ein Bier hinunterzukippen. Ohnehin erzeugte die Kneipe, die Fritz vorgeschlagen hatte, in ihm ein deutliches Gefühl der Ablehnung. Er kannte sie zu gut. Darüber hinaus ein merkwürdiger Treffpunkt. Ein Ort, an dem die Vergangenheit für ihn stärker spürbar war als irgendwo sonst.

Die Kneipe lag in der äußersten Ecke des Hauptbahnhofes. Es war keine typische Bahnhofsgaststätte. Ihre altdeutsche Einrichtung mochte Puristen spießig erscheinen, ihre frisch gewischten Tische aus dunklem Holz möglicherweise etwas steril, aber als Warteraum für Reisende war sie sicher besser als viele andere Kneipen, aber sie blieb eine Gaststätte für Reisende. Einheimische verirrten sich fast nie hierher. Kein Ort für ein Wiedersehen.

Fritz Möller war ungewöhnlich schweigsam. »Komm«, sagte er nur.

Sie gingen die wenigen Schritte zur Rolltreppe, folgten ein paar Meter der eleganten Ladenpassage unterhalb des Hauptbahnhofes, die jetzt fast vereinsamt dalag. Dann traten sie durch die sich lautlos öffnenden Schiebetüren. Die feuchtkalte Luft einer beginnenden Novembernacht schlug ihnen entgegen.

Die Glitzerfassade des postmodernen Hauptbahnhofes endete abrupt. Wenige Meter vor ihnen in Sichtweite der hoch aufragenden dunklen Aluminiumeleganz der Stadtsparkasse traten beide in eine andere Welt. Zerrissenes Papier, Kartons, Hundekot, Müll, Urinpfützen. Dazwischen Menschen. An der von Graffiti beschmierten Begrenzungsmauer eines Parkhauses kauerten Gruppen meist jüngerer Leute. Schäferhunde mit struppigem Fell, an kurzer Leine gehalten, lagen teilnahmslos neben ihren Herren oder musterten mit leicht hochgezogenen Lefzen die Neuankömmlinge. Eine leere, durchsichtige Flasche kullerte über den Boden, drehte sich und fiel mit hellem Klacken vom Fußweg auf den Rinnstein.

»Achtung, Bullen«, sagte eine junge Frau. Sie sprach es halblaut, mehr zu sich als zu den anderen. Andreas bemerkte für einen Augenblick ihre Haarfarbe. Ein grelles Grün. Yvonne hatte meist Violett bevorzugt. Für einen Augenblick trafen sich ihre Blicke. Sie wich nicht aus, schaute ihn herausfordernd an – noch war Leben in ihrem Blick. Die meisten jedoch starrten dumpf vor sich hin, eine Gruppe diskutierte mit schleppenden, verlangsamten Gebärden irgendwelche Fragen. Es schien um eine Wohnung zu gehen. Von den beiden Polizeibeamten nahm keiner Notiz. Nicht einmal die zwei besser gekleideten jungen Männer, die offensichtlich hier Geschäfte machten.

Fritz Möller sagte nichts. Sie kannten beide den Weg. Jeder von ihnen war ihn viele Male gegangen. Für einen Augenblick kam Andreas zu Bewusstsein, dass er Yvonne hier nie gesehen hatte, in all den Jahren nicht. Ob sie einen anderen Standort gehabt hatte?

Seitdem er nicht mehr bei der Drogenfahndung war, hatte er diesen Platz gemieden. Er hatte sich nicht verändert, nur mehr waren es geworden. Fritz und er gingen die Standardroute. Vorbei am Amtsgericht, einem einschüchternden wilhelminischen Prunkbau, dessen Treppe zu dieser Stunde von ein paar Pennern belagert wurde, was auf groteske Weise die Hilflosigkeit der Justiz unterstrich, vorbei an der Sparkassenzentrale, durch die Bahnhofsunterführung, Odeonstraße, Sitz der Polizeidirektion Mitte. Hundert Meter weiter Herschelstraße. Straßenstrich.

Es war wenig los zu dieser Zeit. Kaum Autos, wenig Passanten. Eine Gruppe von drei jungen Frauen fiel Andreas auf. Zwei von ihnen schlugen nach einer dritten, ohne sich von Passanten irritieren zu lassen.

»Hau bloß ab, du ... Aids-Schlampe!«, sagte die eine bösartig. »Und lass dich hier nie wieder blicken.« Sie sahen befriedigt dem Häufchen Elend nach, das sich mit unsicherem Schritt entfernte, dann ordneten sie ihre Kleider und bemerkten auf einmal Fritz Möller und Andreas Gehoff.

»Kripo?«, fragte die eine und schaute sie auffordernd an. Sie sah noch ganz hübsch aus. Ein feines Gesicht mit großen ausdrucksvollen Augen, fast noch nicht gezeichnet. »Kripo ist umsonst«, meinte sie. »Normale Polizei die Hälfte.«

»Wie wär es denn?«, wollte die andere wissen und verzog ihren Mund zu einem Lächeln, von dem Andreas nicht wusste, ob es spöttisch oder verlockend sein sollte.

»Kein Bedarf, danke schön«, antwortete Fritz Möller und ging weiter. Die beiden Frauen lachten.

Warum dieser Weg?

»Kennst du das alles noch?«, fragte Fritz unvermittelt.

Andreas schwieg. Natürlich kannte er alles.

»Es sind mehr geworden«, bemerkte Fritz, »manchmal stehen hinter dem Hauptbahnhof fast siebzig, achtzig. Von Jahr zu Jahr werden es mehr.«

Und wir können nichts machen, dachte Andreas. Das Gesicht von Abdullah Mehtic stand ihm vor Augen. Dem Einzigen, den er je aus der höheren Etage der Dealer mit den weißen Kragen zu fassen bekommen hatte. Bei einer fingierten Übergabe. Ein gut geschnittenes Männergesicht, bartlos, mit klugen, ausdrucksvollen Augen. Natürlich völlig unschuldig, wie das Gericht feststellte.

»Warum hast du ihn geschlagen?«, fragte Fritz auf einmal. Konnte man seine Gedanken so leicht erraten?

»Er ist gestürzt«, sagte Andreas, »das weißt du doch. Einfach auf die Tischplatte gefallen. Sogar Murat Ceylan hat das bestätigt.«

»Was ihm eine Strafversetzung eingebracht und dir deinen Job erhalten hat.«

»Was soll das?«, meinte Andreas unwirsch. »Was soll diese Geschichte, die über ein Jahr alt ist?«

»Würdest du es wieder machen?«, hakte Fritz nach. »Einen Festgenommenen schlagen, von dem du weißt, dass er schuldig ist?«

Andreas schwieg. Der Nieselregen ließ ihn frösteln. Der Schlag, der seine Karriere beendet hatte, stand ihm erneut vor Augen.

Das Vernehmungszimmer, eine Spätsommernacht. Ein stundenlanges Verhör in einem zu kleinen Zimmer. Es war eher Hilflosigkeit gewesen, gemischt mit Wut, endlich einmal einen von denen gefasst zu haben, die Yvonne auf dem Gewissen hatten. Das unverschämte Grinsen auf dem Gesicht des Mannes, der sich allzu sicher war, dass ein guter Anwalt ihn schon wieder herauspauken würde. Da hatte er zugeschlagen. Ihn auf die Tischkante geschmettert, einmal, zweimal, bis Murat ihn zurückgerissen hatte. Er hatte aus dem Kerl alles herausprügeln wollen. Ihn endlich einmal das erleiden lassen, was er anderen tausendfach angetan hatte ...

Natürlich war alles vertuscht worden. Hinterher. Er hatte geglaubt, dass diese Gefühle von Hass und Wut lange zurücklagen. Aber tief in seinem Inneren fühlte er, dass dem nicht so war, dass sie nur durch Alkohol unterdrückt waren, gedämpft durch schlaflose Nächte, gemildert durch die Routine einer Arbeit, der er kaum noch einen Sinn abzugewinnen vermochte.

»Ich weiß nicht«, gab er nach einigem Nachdenken zu. »Ich weiß es wirklich nicht, wenn ich ehrlich bin.«

Fritz schwieg.

»Hast du mich kommen lassen, um mir diese Frage zu stellen?«

Fritz zögerte, und wie es schien, wählte er seine Worte mit Bedacht. »Wir kämpfen einen verlorenen Kampf«, meinte er. »Die anderen sind besser, sie dürfen mehr, sie brauchen sich nicht an Regeln zu halten, die für uns gelten. Es ist, als ob du Fußball spielst und die anderen Rugby. Da kannst du nicht gewinnen. Du kannst ein paar Tore schießen, zufällige, aber mehr ist da nicht drin. Und es werden immer mehr auf der Straße hinter dem Hauptbahnhof, auf der Herschelstraße und überall. Und wir können nichts als zuschauen ...« Ruckhaft drehte er sich zu Andreas um und sah ihm unverwandt in die Augen. »Wenn wir uns an die Regeln halten und die nicht, haben wir keine Chance. Gar keine.«

Es waren Kantinensprüche. Auf jedem zweiten Polizeitreffen fielen sie, dann, wenn der Alkohol etwas reichlicher geflossen war. Ein überzogener Rechtsstaat, der der Polizei alle Aufgaben zuschob, ohne sie dafür auszurüsten, und eine Justiz, die im Zweifel doch immer nur die Straftäter schützte. Trotzdem lag etwas in Fritz Möllers Stimme, das anders war. Es fehlte dieser nörgelnde Unterton, den Andreas nur zu gut kannte. Schlagartig war seine Neugier geweckt.

»Du meinst...?«, fragte er vorsichtig.

»Dass auch wir andere Regeln brauchen«, sagte Fritz vorsichtig und unbestimmt. »Regeln, die vielleicht nicht immer in der Dienstvorschrift stehen.«

»Das ist sehr allgemein«, erwiderte Andreas. »Und es stimmt auch nicht ganz. Wenn ich ehrlich bin, Abdullah hätte sich damals eher die Zähne einschlagen lassen als zu gestehen. Auch wenn ich geprügelt hätte, immer wieder und wieder – der hätte nicht gestanden. Von den Folgen mal ganz abgesehen. Sie werden nicht verurteilt, weil man sie nicht auf frischer Tat ertappt, das ist das Problem. Wir kennen die Namen, wir kennen ihre Stellung, aber wir haben keine Beweise. Und daran werden wir so schnell nichts ändern, wenn du mich fragst. Außerdem: Du bist doch ganz erfolgreich. Erst vor vierzehn Tagen hast du doch gerade wieder einen ganz dicken Fisch an Land gezogen. Hundert Kilo Heroin, nicht schlecht. Danach haben wir uns in den vergangenen Jahren immer alle Finger geleckt. Bei dir kein Einzelfall. Und deine Beförderung war ja wohl auch kein Zufall. So sehr können die Regeln dich ja nicht einengen, oder?«

Fritz wandte sich ab, sie gingen ziellos in eine Seitenstraße. »Und wenn ich nun nicht nach den Regeln spiele?«, fragte er auf einmal. »Wenn ich – mal ganz hypothetisch gesprochen – meine Erfolge nur dadurch erreiche, dass ich andere Mittel anwende? Mittel, die vielleicht nicht so akzeptiert sind?«

Ein leichtes Kribbeln zog Andreas den Rücken herauf und schärfte seine Sinne. Jetzt kommt es, dachte er. Jetzt erfahre ich, warum wir uns getroffen haben. »Und was sollten das für Mittel sein?«

Einen Augenblick schien Fritz Möller zu zögern.

»Ich halte dicht«, sagte Andreas. »Egal, was es ist, ich halte dicht.«

»T.S. Sagen dir diese Buchstaben etwas?«, fragte Fritz.

Andreas zuckte mit den Schultern. Ich kenne zwar E.T., aber nicht T.S., lag ihm auf der Zunge, aber er unterdrückte den Impuls. »Nein, kenne ich nicht«, antwortete er.

»T.S. heißt Todesschwadron«, erklärte Fritz. »Die Idee kommt aus Südamerika. Wenn es nicht möglich ist, mit legalen Mitteln die Drogenbosse zu fassen, geschweige denn zu verurteilen, dann müssen wir sie eben selbst ... Dann müssen wir die Gerechtigkeit eben selbst in die Hand nehmen.«

»Du meinst ... ihr ...?«

»Wenn wir einen erwischt haben, töten wir ihn. Wir richten ihn hin«, sagte Fritz tonlos. Andreas fiel auf, dass seine Stimme einen mechanischen Klang angenommen hatte. »Wir stellen ihn vor die Wahl, auszupacken oder eine Kugel durch den Kopf zu bekommen. So einfach ist das. Nicht alle reden, aber viele. Und die, die es getan haben, die arbeiten für uns weiter.«

Die Straßenlaternen brannten wie bisher, leichte Regentropfen tanzten in ihrem Schein. Es war ein ganz gewöhnlicher Novemberabend. Trübe, aber nicht unüblich. Sollte das alles stimmen, was er gehört hatte. Gab es so etwas?

»Ihr foltert sie? Ihr bringt sie um?«, vergewisserte er sich. Etwas wie Entsetzen musste in seiner Stimme mitgeklungen haben.

»Nein«, entgegnete Fritz, und seine Stimme bekam Festigkeit. »Nein. Wir sind keine Folterknechte. Aber wir sind es leid, immer nur nach der Pfeife der anderen zu tanzen. Zu sehen, wie jedes Jahr mehr Drogen ins Land kommen, von denen wir nur einen Bruchteil erwischen. Weißt du, ich habe auch Kinder, drei, wenn du dich erinnerst.«

Das gibt es gar nicht, dachte Andreas. Das ist alles ein Traum, und ich weiß nicht, ob es ein guter ist. »Das ist Mord«, meinte er zögernd, »das ist Mord. Einfacher, glatter Mord. Egal, aus welchem Grund ihr so handelt. Dafür bekommst du lebenslänglich, wenn das herauskommt ... Vom Recht mal ganz zu schweigen.« Er fühlte, dass seine Rede hölzern klang. Irgendwie einstudiert, abgelesen. Die Idee fing an, eine merkwürdige Faszination auf ihn auszuüben.

»Was heißt schon ›Recht‹?«, fuhr Fritz fort, »Al Capone, der berühmte Gangsterboss in den USA – weißt du, wie der geschnappt wurde?«

Andreas wusste es, aber er nickte auffordernd. Fritz' Stimme übte eine Wirkung auf ihn aus, der er sich nicht entziehen konnte.

»Al Capone hat Millionen verdient, Millionen und Abermillionen. Mit allem, was man nur denken kann! Alkohol, Drogen, Prostitution, Bestechung ... Und alles ohne Beweis. Jeder wusste, was er macht, aber nie konnte man ihm etwas nachweisen. Geschnappt haben sie ihn schließlich wegen dreitausend Dollar Steuerschulden. Er hatte sich bei seiner Steuererklärung um dreitausend Dollar verrechnet.

Oder vielleicht auch nur sein Steuerberater. Und wegen dreitausend Dollar wanderte er für immer in ein Hochsicherheitsgefängnis. Eine Rechtsbeugung, wie sie im Buche steht. Aber das Land war einen seiner Oberschurken los. War der Deal so schlecht? Und das damals gegründete FBI ging auch nicht gerade mit Glacéhandschuhen vor.«

Eine Weile gingen sie schweigend nebeneinander her. Eine Kneipe tauchte vor ihnen auf. Aber ihr Gespräch war keines, das man in einer Kneipe weiterführen konnte.

»Warum erzählst du mir das?«, wollte Andreas schließlich wissen.

Fritz warf ihm einen vielsagenden Blick von der Seite zu. »Kannst du dir das nicht denken?«

»Du meinst, ich ... soll mitmachen?«

Fritz nickte ernst. »Normalerweise hätte ich gesagt: ›Wenn du Lust hast.‹ Aber ich glaube, das wäre nicht der richtige Ausdruck.«

»Nein«, stimmte Andreas zu. »Ich glaube nicht.« Die Idee war pervers, sie war ein Abgrund, der ihn gleichermaßen anzog wie zurückstieß. »Du spinnst«, sagte er plötzlich heftiger, als er es selbst erwartet hatte. »Du spinnst. Das ist eine Schnapsidee – oder noch schlimmer: Das ist ein Verbrechen. Und es widerspricht allem, für das wir bisher eingestanden sind. Regeln hin oder her. Vom Risiko mal ganz zu schweigen. Streich mich von deiner Liste.«

Unmerklich gingen sie den gleichen Weg zurück. Schweigend.

Herschelstraße. Die Anzahl der jungen Mädchen hatte sich erhöht. Wie viele mochten es sein? Zehn?

Plötzlich hielt Fritz an. Ruckartig wandte er sich Andreas zu. »Hier hat sie gestanden«, sagte er. Seine Stimme klang hart. »Hier hat sie gestanden. Yvonne, deine

Tochter. Hat für fünfzig Mark oder noch weniger die Beine breit gemacht, damit sie den Stoff bezahlen konnte. Jede Nacht aufs Neue. Immer wieder. Alles schon vergessen? So schnell darüber hinweg? Schwamm drüber?« Er baute sich vor ihm auf, fasste ihn an beiden Schultern und fuhr eindringlich fort: »Ich weiß nicht, ob ich viele Sympathien für den Orient habe, aber eines machen die Burschen da ganz gut: Wenn du kein Recht bekommen kannst, wenn sie dir Frau, Tochter, Sohn oder Vater umgebracht haben, dann ist es deine verdammte Pflicht und Schuldigkeit, sie selbst zu rächen, Andreas. Wenn die Justiz versagt, dann musst du die Gerechtigkeit selbst in die Hand nehmen. Die haben dir alles genommen: deine Tochter, deinen Job. Und deine Ehe ist auch am Ende – und du selbst bist es bald auch, wenn du weiter so säufst. Was willst du noch mit dir machen lassen? Wach auf, Andreas. Wo lebst du? Dies alles hier spielt sich nicht auf dem Mond ab oder in Sankt Pauli Hafenstraße oder Reeperbahn. Hundert Meter entfernt ist die Polizeidirektion der Innenstadt, das Amtsgericht fast in Sichtweite. Das ist ein Witz. Weißt du, das schert keine Sau. Hier gehen die Leute vor die Hunde, aber es stört keinen mehr. Da macht keiner was. Wir stehlen uns aus Feigheit vor der Verantwortung davon. Und die Einzigen, die sich die Hände reiben, sind Abdullah Mehtic und Co.«

Andreas schwieg wie betäubt. Er setzte mechanisch einen Fuß vor den anderen.

Nach einer Weile fuhr Fritz fort: »Habe ich dir übrigens erzählt, dass wir den Mörder deiner Tochter ermittelt haben? Der Kerl, der für den ganzen Bereich zuständig war? Und noch zuständig ist?«

»Ja?«, fragte Andreas leise.

»Abdullah Mehtic ist es. Du hast es damals ganz richtig

vermutet. Abdullah war für die Versorgung des Bezirks zuständig. Seit Jahren. Und ist es noch.«

»Woher weißt du das?«, hakte Andreas benommen nach.

»Einer seiner Dealer hat ausgepackt. Im Angesicht des Todes sagen die meisten die Wahrheit.« Und dann, wohlüberlegt, fügte er hinzu: »Nächste Wochen schnappen wir ihn uns, Abdullah Mehtic. Er ist der Mörder deiner Tochter, vergiss das nicht. Wir schnappen ihn. Und ich wünsche mir, dass du dabei bist.«

Andreas sagte nichts. Die Elendsgestalten hinter dem Bahnhof tauchten vor ihnen auf. Das junge Mädchen mit den grünen Haaren war verschwunden. Einige der anderen hatten sich aus Pappkartons einen Unterschlupf gebaut, der den Regen abhielt.

Die Schiebetüren des Bahnhofs glitten mit einem leisen Zischen zur Seite. Eine melodische Frauenstimme kündigte die Einfahrt eines verspäteten ICEs auf Gleis drei an. Flughafenatmosphäre. Geschäftsleute. Eine andere Welt.

»Überleg es dir«, meinte Fritz. »Er ist der Mörder deiner Tochter.«

Dann stiegen sie in die U-Bahn.

2. Kapitel

Es war ein seltsames Gefühl, ohne schweren Kopf zur Arbeit zu kommen. Ein, zwei Flaschen Bier waren es am Abend zwar noch gewesen, aber Andreas Gehoff hatte rechtzeitig innegehalten. Nicht wieder wegkippen wie in den letzten Tagen.

Fritz Möller hatte er heute noch nicht gesehen, und er war froh darüber. Der merkwürdige gestrige Abend ging ihm im Kopf herum. War alles ein Spuk gewesen? Ein fiebriger Traum? Delirium tremens? Nächste Woche, hatte Fritz gesagt. Ein paar Tage würde er Zeit haben zu überlegen. Er starrte die Poster an der Wand an. Murat Ceylan war Hannover 96-Fan und hatte die aktuelle Mannschaftsaufstellung in Farbe an der Wand verewigt. Dazwischen einige Plakate der Gewerkschaft. Der Raum war hoch, ein Raum aus der Jahrhundertwende, schlecht renoviert, Heizungsrohre zogen sich die Wand entlang, über die Jahrzehnte dick mit Farbe bestrichen, die trotzdem immer wieder abblätterte. Abgetretenes Linoleum. War das die High-Tech-Ausstattung zum Aufspüren der organisierten Kriminalität? Schlagartig kam ihm jedoch zu Bewusstsein, dass er nicht mehr bei der Drogenfahndung war, sondern, abgeschoben in ein schäbiges Zimmer, die Todesfälle behandelte, die keinen ernsthaft interessierten.

Murat hatte ihm einen Zettel hingelegt. Ein Reporter des

Hannover-Echos interessierte sich für die Leiche an der Wilhelm-Deichmann-Kanalbrücke und wollte nähere Einzelheiten. Mein Gott, was die für Probleme hatten! Aber irgendwie mussten sie ja ihr Blättchen füllen.

Der Bericht der Spurensicherung lag auch schon vor. Die waren meist schneller als die Gerichtsmediziner, viel herauszufinden gab es ohnehin nicht. Andreas Gehoff überflog den kurzen Text. An den Randbemerkungen erkannte er, dass Murat Ceylan bereits vor ihm einen Blick hineingeworfen hatte. Er hatte die lästige Angewohnheit, in den Akten herumzustreichen, obwohl dies eigentlich nicht so gern gesehen wurde. Immerhin waren es Dokumente, die möglicherweise zum Gericht mussten.

Die Ergebnisse rissen Andreas Gehoff nicht vom Hocker. Die Kleidung abgetragene Kaufhausware, mehrere Jahre alt, ebenso die Schuhe, in den Taschen ein schmutziges Taschentuch und acht Mark fünfundfünfzig. Es war erstaunlich, dass der arme Teufel nicht auch dies in Alkohol umgesetzt hatte. Ausweispapiere gab es keine, aber das war meist sowieso Fehlanzeige. Fußabtritte jede Menge, doch natürlich war kaum noch feststellbar, wer am Fundort wann herumgelaufen war. Schließlich handelte es sich dabei um eine Baustelle. Ohne den lehmigen Untergrund wären ohnehin alle Fußspuren aufgrund des Regens längst abgewaschen gewesen. Jetzt waren sie alle sorgfältig in Gips ausgegossen und harrten einer weiteren Auswertung. Wahrscheinlich bis zum Sankt-Nimmerleins-Tag. Bei diesem vorhersehbar mageren Ergebnis war es kein Wunder, dass die Kollegen der Spurensicherung vorletzte Nacht etwas sauer auf ihn gewesen waren. Jeder Blinde hatte schon am Fundort sehen können, dass dies ein bedauerlicher Unglücksfall war, nicht mehr.

Das Telefon surrte. Andreas hob ab. Dr. Wagner war am

Apparat. Gerichtsmedizin. Er war erstaunlich früh fertig. Normalerweise kamen Gehoffs Leichen immer zuletzt an die Reihe. Aber offensichtlich hatte Dr. Wagner wohl mal etwas weniger als gewöhnlich zu tun gehabt. Erstaunlich war nur, dass er selbst anrief und nicht einfach seinen Bericht schickte.

»Was gibt es?«, fragte Andreas Gehoff.

»Haben Sie meinen Bericht schon erhalten?«, erkundigte sich Dr. Wagner.

»Nein, habe ich nicht.«

»Na, dann ist er wohl noch unterwegs. Wahrscheinlich kommt er aber heute auf Ihren Schreibtisch.«

»Irgendetwas Besonderes, weil Sie anrufen?«

»Ja und nein«, antwortete Dr. Wagner. »Todesursache ganz klar: Schädelbasisbruch, Anbruch eines Halswirbels, einige innere Verletzungen, alles Folgen des Sturzes. Außerdem hatte der Mann zwei Komma fünf Promille, war also zur Unglückszeit völlig betrunken. Ein typischer Unfall, wenn Sie so wollen.«

»Und?«, fragte Andreas. Schlagartig war sein Interesse geweckt. Wenn Dr. Wagner anrief – und das hatte Andreas in seiner ganzen Dienstzeit erst zweimal erlebt – dann musste jetzt noch etwas kommen.

Der Gerichtsmediziner kam wie gewohnt rasch zur Sache. »Die Verletzungen waren schlimm, und sie entsprechen denen, die man sich bei einem Sturz zuziehen kann, ja sie gehen darüber noch hinaus. Einige typische Verletzungen jedoch fehlen.«

In diesem Augenblick kam Murat Ceylan herein. Andreas bedeutete ihm, still zu sein, und stellte sein Telefon auf ›Mithören‹. »Dr. Wagner ist am Apparat. Interessante Einzelheiten wegen unserer Leiche.« Dann wandte er sich wieder dem Gerichtsmediziner zu.

»Wo waren wir stehen geblieben?«

»Bei den Verletzungen«, sagte Dr. Wagner. »Die sind ungewöhnlich.«

»Inwiefern?«, fragte Andreas aufmerksam nach. Auch Murat Ceylan spitzte interessiert die Ohren.

»Verletzungen der Hände, der Arme. Normalerweise, und das gilt auch für Betrunkene, schützen sich Menschen bei einem Sturz. Sie halten die Arme vor das Gesicht, stützen sich instinktiv ab, deswegen auch die typischen Arm- und Handverletzungen bei Stürzen. Das Opfer hat sich aber überhaupt nicht abgestützt. Und das ist sehr ungewöhnlich.«

»Er hatte also keine Verletzungen an Armen und Händen?«, hakte Andreas nach. Das war in der Tat merkwürdig.

»Bis auf eine«, fuhr Dr. Wagner ungerührt fort. »Eine Quetschung an beiden Handgelenken. Sehr klein und sehr schnell zu übersehen. Sie könnte, wohlgemerkt *könnte*, dadurch entstanden sein, dass ein Metallteil, vielleicht ein rundes Metallteil, während des Sturzes an seinen Handgelenken befestigt war. Die Arme waren beim Sturz übrigens nach hinten gelegt.«

»Sie meinen, er könnte gefesselt gewesen sein? Mit Handschellen, Arme auf dem Rücken.«

»Möglich. Es wäre eine Erklärung. Ich würde jedenfalls eher auf einen gut getarnten Mord als auf einen Unfall tippen.«

Morde unter Obdachlosen waren nichts Ungewöhnliches, allerdings wurden sie meist nicht so gut getarnt.

»Ist das mit den Handschellen sicher?«, erkundigte er sich.

»Was heißt in unserem Beruf schon ›sicher‹?«, fragte Dr. Wagner zurück. »Es ist wahrscheinlich, aber die Verletzungen sind recht klein und unauffällig. Mit Sicherheit hat der Mann jedoch die Arme nach hinten gelegt gehabt, als er unten aufschlug. Einmal auf die Spur gesetzt, fanden sich noch weitere Merkwürdigkeiten: Erstens: Die meisten Obdachlosen haben chronische Gastritis und Magengeschwüre als Folge des ständigen hohen Alkoholkonsums. Der hatte einen besseren Magen als ich. Zweitens: Normalerweise findet man bei dieser Personengruppe Ekzeme, Hautausschläge und so weiter. Dieser hier war sehr schmutzig, wenn man davon aber einmal absieht, hatte er eine sehr gepflegte Haut. Übrigens auch einen guten Haarschnitt, was man sicher nicht auf den ersten Blick sah.«

»Noch etwas?«, wollte Gehoff wissen.

»Die Schuhe des Mannes waren schlecht, abgelatscht, und passten zum übrigen Outfit, würde ich sagen, aber sie passten *ihm* nicht. Die Schuhe waren etwas zu klein. Er konnte vermutlich nur unter Schmerzen damit laufen. Allerdings hatte er sehr gepflegte Füße, von Blasen oder Schwielen keine Spur.«

»Im Klartext«, fasste Gehoff Dr. Wagners Ausführungen zusammen: »Im Klartext heißt das doch wohl: Dieser Mann war ebenso wenig ein Penner wie Sie oder ich.«

Dr. Wagner lachte. »So kann man das ausdrücken, ja. Ich gehe jede Wette darauf ein. Und das wollte ich Ihnen doch gern persönlich sagen. Machen Sie was draus. Übrigens: Wenn man erst einmal Verdacht geschöpft hat, findet man noch alles Mögliche, was nicht ins Bild passt. Der Mann hatte zum Beispiel vorzüglich gepflegte und sehr aufwändig behandelte Zähne, Keramikkronen, Titanimplantate, um nur einiges anzuführen. Zähne, um die wir beide ihn beneiden würden.«

»Ist ja ein Ding«, sagte Murat, als Andreas Gehoff aufgelegt hatte. »Endlich mal was Interessantes. Wagner meint also, das sei ein gut getarnter Mord.«

»Scheint so«, versetzte Andreas nachdenklich.

»Hat sich dieser Pressefritze schon bei dir gemeldet?«, fragte Murat auf einmal. »Der hat gestern mehrfach angerufen. Wollte eine Story haben über unseren Toten. Er schreibt eine Reportage über Obdachlose. Ich habe ihm gesagt, er solle sich heute noch mal melden oder einfach vorbeikommen.«

»Das fehlt noch«, murmelte Andreas. »Das ist genau das, was wir zum jetzigen Zeitpunkt brauchen: Presse. Warum hast du ihn nicht abgewimmelt?«

»Ich konnte ja nicht ahnen ...«

»Klar«, sagte Andreas. »Ist schon in Ordnung. Erzählen wir ihm halt irgendetwas ... – warum interessiert er sich denn überhaupt für diesen Fall? Das ist doch normalerweise kein Fall für die Presse.«

»Er hat das Opfer gefunden und den Notarzt alarmiert«, erläuterte Murat. »Und wir haben ihn auch schon kurz als Zeugen vernommen.«

»Richtig«, meinte Andreas. »Platen, Hans Platen. Ich erinnere mich.«

Dann schob er seinen Sessel zurück, stand auf und öffnete die Akte, die auf dem Tisch lag. Sie war noch sehr dünn. Die kurze Zeugenaussage von Hans Platen, das Protokoll des Notarztes, eine Reihe von Fotos der Spurensicherung. Gehoff betrachtete das Gesicht des Mannes. Trotz der unbarmherzigen Schärfe der Aufnahme wirkte es konturlos. Nichtssagend. »Wer?«, sagte er mehr zu sich als zu Murat Ceylan. »Wer war war dieser Mann?«

»Zu wem wollen Sie?« Der junge Beamte in der Pförtnerloge blickte von seiner *Neuen Revue* auf.

»Zu Ceylan«, antwortete Hans Platen. »Zu Herrn Kommissar Ceylan oder ...«, er schaute auf seinen Notizzettel, »oder Hauptkommissar Gehoff.«

Der Beamte sah in seine Liste. »Zimmer vierhundertfünfunddreißig, vierter Stock rechts.« Er drückte auf den Summer, der die gesicherte Tür freigab, und wandte sich wieder dem »schönen Mädchen von nebenan« zu.

Hans Platen stapfte die vier Treppen nach oben. Der weit ausladende Treppenaufgang des Gründerzeithauses mochte mit seinen großzügigen Ebenen früher einmal ein Beispiel einschüchternder Herrschaftsarchitektur gewesen sein, jetzt wirkte er jedoch abgenutzt und renovierungsbedürftig. Auch das Zimmer, das Hans Platen wenig später betrat, sah nicht besser aus.

Die beiden Kriminalbeamten saßen sich gegenüber. Der größere trug einen Pullover, der die beste Zeit schon hinter sich hatte. Der andere Beamte wirkte südländisch und sah deutlich gepflegter aus, fast elegant. Bei beiden hing eine Lederjacke über der Sessellehne. Er selbst trug auch eine solche Jacke, und das mochte vielleicht eine Gemeinsamkeit schaffen.

»Platen«, stellte er sich vor. »Ich wollte Herrn Ceylan oder Herrn Gehoff sprechen.«

»Ich bin Andreas Gehoff«, erklärte der größere Beamte, blieb aber sitzen. »Sie sind hier richtig. – Wollten Sie Ihre Zeugenaussage ergänzen?«

»Nein, eigentlich nicht«, antwortete Hans Platen. »Ich habe Ihnen ja, glaube ich, am Unfallort alles gesagt. Ich bin eigentlich dabei, eine kurze Reportage über den Toten zu schreiben, und möchte mich nach dem Stand der Ermittlungen erkundigen. Herr Ceylan, Kommissar Ceylan, war gestern so freundlich, mir Ihre Hilfe in Aussicht zu stellen. Fotos, Einsicht in die Berichte und so weiter. Deswegen bin ich hier.«

Gehoff warf seinem Kollegen einen verärgerten Blick zu. Offensichtlich schien dieser am Telefon wohl sehr kooperationsbereit gewesen zu sein. »Die Unterlagen sind natürlich vertraulich«, stellte er gleich klar. »Wir können Sie zwar über die Untersuchungsergebnisse informieren, aber eine Einsichtnahme in die Akten ist ausgeschlossen. Das müssen Sie verstehen.«

»Hm«, machte Platen mürrisch. Die Sache lief nicht so, wie er sich das vorgestellt hatte.

»Wenn Sie eine Reportage über die Lebenssituation von Obachlosen im Allgemeinen schreiben wollen«, fuhr Gehoff in väterlichem Ton fort, »dann sollten Sie sich an das Sozialamt wenden. Die können Ihnen sicherlich ganze Schicksale erzählen. Wir hier ...« Er brach ab und hob in einer scheinbar hilflosen Geste die Arme.

»Trotzdem, glaube ich, würde unsere Leser sicher auch die Geschichte dieses Einzelnen interessieren«, begann Platen von neuem. Langsam kam er in vertrautes Fahrwasser. »Allgemeine Probleme erregen meist nur dann Publikumsinteresse, wenn ein konkreter Einzelfall vorliegt. Tausend Obdachlose jucken keinen, aber der einzelne, der da gerade an der Brücke sein Leben beendet hat, der interessiert, sein Schicksal geht zu Herzen.«

Deine Leser interessieren sich bestenfalls für die Sonderangebote bei Aldi, dachte Gehoff. Hör auf mit dem Gelaber. Von uns bekommst du jedenfalls keine Informationen. Laut aber sagte er: »Es war ein ganz normaler Fall, nicht von besonderem öffentlichen Interesse. Dass wir Ihnen keinen Einblick in vertrauliche Unterlagen geben können, ist doch klar. Falls Sie aber Ihre Zeugenaussage noch ergänzen möchten ...«

Hans Platen fand keineswegs klar, was Gehoff ihm eben so eindringlich auseinander setzte. Die wollten ihn abwimmeln. Und das, obwohl Ceylan ihm gestern noch recht hilfsbereit erschienen war. Akteneinsicht sei in diesem Fall kein Problem, hatte er erklärt. Entweder war dieser Gehoff ein besonders sturer Bürokrat, oder es steckte etwas anderes dahinter.

»Ist Ihnen denn noch etwas eingefallen?«, fragte Andreas Gehoff nach. »Zu Ihrer Zeugenaussage?«

Ja, es ist mir noch etwas eingefallen, ging es Platen durch den Kopf. Drachenbucht. Das war der Name, den ihm der Mann kurz vor seinem Tod noch genannt hatte. Vermutlich hieß er so. Obwohl es ein merkwürdiger Name war. Aber in einem Anfall von Trotz entschloss Hans Platen sich, diese Information zurückzuhalten.

»Nein«, erwiderte er. »Mir ist nichts weiter eingefallen.« Einen kurzen Augenblick später fügte er noch hinzu: »Den Namen des Toten kennen Sie noch nicht?«

»Nein«, antwortete Gehoff. »Den kennen wir noch nicht. Bei Obdachlosen ist die Sachlage oft sehr schwierig, und das ist auch ein Grund, warum wir Ihnen so wenig weiterhelfen können. Wie gesagt, das Sozialamt kennt eine ganze Reihe interessanter Fälle und ist Ihnen sicher gern behilflich. Vielleicht sogar mit Namen.«

Den Namen kenne ich schon, ging es Platen durch den Kopf. »Vielleicht teilen Sie mir den Namen ja mit, wenn Sie ihn herausgefunden haben«, meinte er dennoch und stand auf.

»Sicher«, antwortete Gehoff. »Das machen wir.«

Platen wandte sich zum Gehen. In diesem Augenblick brachte ein Beamter die neuen Aktenstöße für den Flur und stieß beim Eintreten unversehens mit Hans Platen zusammen. Die dünne Aktenmappe fiel ihm aus der Hand und rutschte zu Boden.

»Entschuldigen Sie vielmals«, bat Platen und hob die

Mappe auf. Sein Blick blieb auf dem Schriftzug *Obduktionsbericht* hängen. Er musterte ihn verstohlen und erahnte einzelne Wortfetzen ... *Zahnzustand* ... *Titanimplantate* ...

»Es tut mir leid«, versicherte er, setzte ein gewinnendes Lächeln auf und reichte den geöffneten Bericht dem Boten. »Es war meine Schuld.« Seine Augen tasteten den Bericht ab, während er ihn weitergab ... *Fehlen von Hautekzemen* ... *untypische Verletzungen der Schultergegend* ...

»Lassen Sie das!«, rief Gehoff. »Geben Sie das her!« Er riss ihm die Unterlagen fast aus den Händen.

Hans Platen warf ihm noch einen triumphierenden Blick zu, dann ging er. Er hatte genug gesehen. Die beiden würden sich noch wundern. Recherchieren lernte man nicht nur bei der Kriminalpolizei.

Zum ersten Mal seit langer Zeit merkte Andreas Gehoff, dass das Arbeitsfieber ihn wieder packte. So makaber es klang, die Leiche übte eine Faszination auf ihn aus, die er seit langem vermisst hatte. Sie hatten einen Toten, aber sie hatten keinen Namen. Ein Mann, offensichtlich gut gestellt, als Obdachloser verkleidet. Zeit für Routinemaßnahmen. Die Liste der als vermisst gemeldeten Personen durchgehen, mögliche Zeugen in der Nähe des Tatortes ausfindig machen, Fingerabdrücke vergleichen, nochmalige genauere Analyse des Spurenmaterials.

Nach einigen Stunden – es dämmerte bereits – zog Murat Ceylan Bilanz: »Wir haben nichts, was uns im ersten Anlauf hilft. Die Klamotten kannst du vergessen. Alles sorgfältig präpariert, da liegt kein Schnipsel mit einer Adresse herum. Es gibt keinen eingenähten Personalausweis, keine Kinokarte vom Cinemax. Da hat jemand ganze

Arbeit geleistet. Und mit den Fußspuren können wir ebenfalls nichts anfangen.«

»Fingerabdrücke Fehlanzeige«, meinte auch Gehoff. »Der Tote ist in keiner Kartei vermerkt. Und in Hannover ist er nicht als vermisst gemeldet. Wenn wir bundesweit suchen ... Nun, wir wissen ja nicht einmal, ob es sich um einen Deutschen handelt.«

Ceylan seufzte. Das konnte bei der Vielzahl von vermissten Personen Ewigkeiten dauern.

»Die Zähne«, sagte Gehoff. »Meistens helfen die Zähne weiter. Es sind aufwändige Zahnfüllungen gemacht worden. Keramik. Dazu Titanimplantate. Die Anzahl der Personen, die sich so etwas leisten können, ist so groß nicht. Da könnte man ansetzen. An so etwas erinnern sich Zahnärzte. Andererseits: Wollen wir die Röntgenbilder an fünfzigtausend Zahnärzte schicken?«

»Ob wir uns bei den Obdachlosen einmal umhören? Vielleicht kennt ihn ja doch einer?«, schlug Ceylan wenig hoffnungsfroh vor. Dies barg vermutlich eine besonders geringe Erfolgsaussicht in sich.

»Fangen wir damit einfach an«, entschied Gehoff. »Zeugenbefragungen am Tatort, Obdachlose. Das ist doch seit einem Jahr sowieso unser Metier. Beginnen wir damit. Morgen. Und das andere läuft automatisch.«

Es war reiner Zufall, dass der Leitende Kriminaldirektor Werthmann noch bei ihnen vorbeischaute. Werthmann war ein verdienter Beamter, ihm wurde zwar nachgesagt, ein wenig zu karriereversessen zu sein, aber er war umgänglich, eine würdevolle Erscheinung mit einem väterlichen Touch.

Nach ein wenig Small Talk schnitt er ein anderes Thema an:

»Haben Sie die ›Wasserleiche‹ schon zurückgebracht,

Herr Gehoff?«, wollte er wissen. Die »Wasserleiche« war der aktenmäßige Überrest einer wirklichen Wasserleiche, der als Irrläufer zwischen den verschiedenen Polizeidirektionen hin und her pendelte. Eigentlich gehörte die Akte zur Direktion in der Odeonstraße, aber aus unerfindlichen Gründen war sie schließlich auf Gehoffs Schreibtisch gelandet. Das allerdings schon vor geraumer Zeit, und die Anfragen nach Rückgabe wurden dringlicher.

»Gab es wieder einen Anruf aus der Odeonstraße?«, erkundigte sich Andreas Gehoff.

Werthmann nickte. »Und nach drei Monaten könnten Sie das Ding auch mal wieder dahin zurückbringen, wo es hingehört.« Er hob begütigend die Hand. »Auch wenn es nicht Ihre Schuld ist, dass die Akte überhaupt auf Ihrem Schreibtisch gelandet ist.«

»Okay«, meinte Gehoff. »Wenn die so scharf darauf sind, dann bringe ich sie heute noch selbst rüber. Versprochen.«

»Kennst du den?« Hans Platen hielt dem Stadtstreicher, der es sich an der Begrenzung des Schrebergartens bequem gemacht hatte, das Foto hin, das er in der Nacht am Unfallort geschossen hatte.

Den Stadtstreicher kannte er vom Sehen. Willi hieß er bei allen, die den Spazierweg am Kanal benutzten, wobei keiner wusste, ob dies sein richtiger Name war. Und aus irgendeinem Grund nannten manche ihn auch Bordeaux-Willi.

Hans Platen hatte ihn mehrfach gesehen, und sogar ein-, zweimal mit ihm gesprochen. Wie viele Obdachlose lebte Willi ortsgebunden. Tagsüber war er zuweilen in der Innenstadt zu finden, am Kröpke, aber sein eigentlicher

Wohnsitz war die Schrebergartenkolonie am Wilhelm-Deichmann-Ufer. Er galt als ein wenig kauzig, aber harmlos. Alle Versuche der ordnungsliebenden Gartenfreunde, ihn aus der Kolonie zu vertreiben, waren bisher fehlgeschlagen. Angeblich, weil der Garten ihm auf Lebenszeit gehörte – ein Überrest aus anscheinend glücklicheren Tagen.

»Kennst du den?«, fragte Hans Platen noch einmal etwas lauter, denn Willi rührte sich nicht. Hoffentlich war er nicht so zugedröhnt, dass er nichts mitbekam. Aber die Flasche Rotwein neben ihm war noch fast voll. Wenn es die erste war, ließ das hoffen.

»Guten Tag«, meinte Willi auf einmal. »Wenn man mit jemandem spricht, sagt man zuerst einmal guten Tag. Wenigstens habe ich das so gelernt.«

»Guten Tag«, erwiderte Hans Platen. Willi schien offensichtlich einen seiner besseren Tage zu haben, seine Augen blickten zwar wässrig, aber das taten sie meist.

»Guten Tag auch«, krächzte Willi.

»Kennst du den?«, fragte Platen nun schon zum dritten Mal, trat etwas näher und hielt Willi das Foto vor die Augen. Mein Gott, der Kerl könnte auch mal ein richtiges Bad gebrauchen, so wie der stank. Wahrscheinlich merkte er das selbst gar nicht mehr.

»Kann schon sein«, meinte Willi. »Aber ...«, ein listiger Zug huschte über sein Gesicht, »ich kann so schlecht nachdenken, wenn es so trocken ist ...«

»Mit anderen Worten: Du willst etwas zum Aufwärmen.«

Hans Platen zog eine Flasche Bordeaux aus der Tasche, die er eigens zu diesem Zweck besorgt hatte. Es war ein günstiger Kauf gewesen, drei Mark fünfundneunzig, aber für Willi war vermutlich Alkohol gleich Alkohol.

»Hier«, sagte er wohlwollend, »... op die Gesundheit.«

Willi musterte misstrauisch das Etikett. »Bordeaux supérieur Château Catane, Jahrgang siebenundneunzig ... Was Besseres war wohl bei Aldi nicht im Angebot?«

»Er ist nicht von Aldi, sondern von Penny.«

»Einen Bordeaux musst du fünf Jahre liegen lassen – mindestens«, erklärte Willi. »Und unter zwanzig Mark sind sie reine Geldverschwendung. Na, gib schon her ...«, versetzte er plötzlich, als er sah, dass Hans Platen zögerte. »Willst du einen von mir trinken?«

Platen schauderte bei der Vorstellung, mit Willi aus einer Flasche trinken zu müssen, und schüttelte unwillkürlich den Kopf.

»Du machst einen Fehler«, versicherte Willi. »Für dich habe ich sogar ein Glas ...« Er kramte in seiner Tasche und förderte ein völlig sauberes Glas hervor, füllte es mit Wein und reichte es Platen.

Unter den belustigten Blicken des Stadtstreichers musterte dieser den Rand. Ja, das Glas war wirklich sauber. Einen Herpes würde er sich wohl nicht einfangen. Allerdings war Hans Platen Biertrinker, und der Wein schmeckte streng, wie er fand. Nicht direkt sauer, aber breit und herb.

»Schmeckt prima«, log er. »Ein wirklich guter Tropfen.« Hoffentlich waren Willis Informationen auch all die Mühe Wert. Auf jeden Fall hatte Willi von seinem Schrebergarten einen geradezu fantastischen Blick auf die Brücke.

Willi schaute ihn spöttisch an und reichte ihm die Flasche. »Schau mal aufs Etikett«, bat er.

»Schön«, meinte Hans Platen. Der Name sagte ihm nichts. Aber lobende Worte waren vermutlich richtig.

»Schön?«, wiederholte Willi gespielt empört. »Weißt du denn überhaupt, was du da trinkst?«

»Ja«, erwiderte Hans. »Steht doch drauf: einen achtundachtziger St. Estèphe, Château ...«

»Dir ist nicht zu helfen«, seufzte Willi und grinste befriedigt, es mal wieder einem Spießer gezeigt zu haben. »Lebst in Saus und Braus, so richtig mit Arbeit, fester Anstellung und Dach über dem Kopf, und kannst keinen Wein erkennen? Weißt du, wie teuer die Flasche war?«

Hans Platen schüttelte verdutzt den Kopf. »Nein«, antwortete er wahrheitsgemäß.

»Da wirst du staunen«, sagte Willi triumphierend. »Einhundertachtundsechzig Deutsche Mark.«

»Und das da?«, fragte Hans nach und deutete auf das Preisschild von Kaufhof, das einen Betrag von dreifünfundneunzig auswies.

Willi grinste erneut. Und plötzlich erkannte Hans Platen, dass das ursprüngliche Etikett überklebt war.

»Ehrlich?«, murmelte er.

»Einfach überklebt«, bestätigte Willi. »Die Verkäuferinnen haben meist keine Ahnung. Und woher sollen sie auch wissen, dass es ein Grand cru classé ist? ...«

»Das Foto ...«, kam Hans Platen wieder auf sein Anliegen zurück.

Willi musterte es aufmerksam. »Nein«, sagte er schließlich. »kenne ich nicht. Nie gesehen. Und ich kenne die meisten hier. Wer soll das denn sein?«

Hans Platen zuckte die Schultern. »Weiß ich nicht. Er ist vor ein paar Tagen von der Brücke da drüben gestürzt, von der Wilhelm-Deichmann-Brücke, und da dachte ich mir, dass du vielleicht etwas gesehen haben könntest. Immerhin wohnst du ja ganz in der Nähe.«

»Vor ein paar Tagen, sagtest du? Vor ein paar Tagen war hier mächtig was los. Blaulicht, Rettungswagen ..., ja, da war mächtig was los ...« Willi setzte die Flasche an den

Mund und nahm einen tiefen Schluck. Auf einmal schien es es ihn nicht mehr zu stören, dass er den teuren Wein direkt aus der Flasche trank.

»Hast du was gesehen oder nicht?«, hakte Hans Platen unwirsch nach. Offensichtlich verschwendete er hier nur seine Zeit.

»Kann sein«, meinte Willi. »Kann gut sein. Aber für einen Wein für dreifünfundneunzig – dafür sehe ich nicht viel.«

Hans Platen griff in die Tasche und zog einen Zwanziger heraus. Willi schüttelte unmerklich den Kopf, und Platen verdoppelte.

»Aber nur dann, wenn es wirklich wichtig ist«, erklärte er und hielt die beiden Scheine in der Hand.

Willi schien zu zögern.

»Na gut, wenn du nicht willst oder nichts gesehen hast ...« Hans Platen faltete die beiden Scheine wieder zusammen.

»Es bleibt unter uns«, bat Willi auf einmal schnell. »Wenn ich dir was erzähle, dann bleibt das unter uns. Mein Name taucht nicht auf. Nirgendwo. Klar? Ich habe keine Lust, auch unter der Brücke zu liegen.«

Bei Hans Platen schrillten alle Alarmsirenen. Das klang nicht gerade nach einen normalen Unfall. »Klar«, versicherte er. »Journalistenpflicht ...«

Willi war noch nicht überzeugt. Die Attitüde des selbstbewussten Lebemannes und Edelclochards war von ihm abgefallen. Er war hin- und hergerissen zwischen der Gier nach dem Geld und einer Hemmung, die Platen noch nicht richtig benennen konnte. War es Angst?

»Wirklich?«, vergewisserte sich Willi noch einmal. »Alles anonym?«

Platen nickte. Scheckbuch-Journalismus im Kleinen, dachte er.

»Also, viel gesehen habe ich nicht«, sagte Willi. »Ich saß in meiner Laube, und es war eigentlich reiner Zufall, dass ich gerade in dem Moment rausging, aber da ... Es stand ein Wagen auf der Brücke. Eigentlich komisch, dachte ich, weil die Brücke doch für den Verkehr immer noch gesperrt ist. Es waren mehrere Leute. Und dann flog einer runter. Das war es eigentlich schon. Ich habe mich sofort verkrümelt. Die Sache geht dich nichts an, dachte ich, da kannst du dir nur Ärger einhandeln ... Und 'ne Stunde später kam dann ja auch schon die Polizei ...«

»Du meinst, der Mann wurde von der Brücke gestoßen?«, fragte Platen aufgeregt nach. Das schien wirklich eine Sensation zu werden. Kein Wunder, dass die Polizei vorhin so zugeknöpft gewesen war.

»Schien mir so«, antwortete Willi. »Natürlich, es war recht weit entfernt. Aber ich hatte den Eindruck.«

»Und das Auto?«, hakte Platen nach. »Hast du das Auto erkennen können?«

Willi hielt die Hand fordernd auf, und Hans Platen gab ihm die zwei Zwanziger.

»Ein Siebener BMW«, sagte Willi. »Ein Siebener BMW, dunkel. Vielleicht schwarz, vielleicht dunkelgrün oder dunkelblau. Die Nummer konnte ich aus der Entfernung nicht erkennen. Aber es bleibt unter uns, nicht wahr?«

Die Hauptverkehrszeit war schon fast vorüber, als Gehoff die Polizeidirektion in der Odeonstraße verließ. Die dortigen Kollegen hatten die Übergabe der Akte freundlich und kommentarlos quittiert, der zuständige Beamte war ohnehin nicht da, und den anderen war die Angelegenheit nicht wichtig genug, um darüber ein Wort zu verlieren.

Jetzt war es Zeit, nach Hause zu fahren. Nach Hause.

Diese Redewendung hatte für Gehoff schon lange ihren heimeligen Klang verloren.

Trotz der fortgeschrittenen Stunde staute sich der Verkehr auf der Kurt-Schumacher-Straße, die Andreas Gehoff normalerweise genommen hätte. Eine Straßenbahn schien am Steintor liegen geblieben zu sein, aber der Stau löste sich bereits zögernd auf. Trotzdem. Wie unter einem Zwang fuhr er in die andere Richtung und wählte einen etwas unbequemen Schleichweg, den nur Einheimische kannten.

Die schlanke Gestalt am Straßenrand bemerkte er schon von weitem. Ein Mädchen oder eine junge Frau mit grünen Haaren. So grell, dass die Farbe sogar noch im gelben Licht der Straßenlaternen zu erkennen war. Sie stand in lässig aufreizender Pose da und wartete auf Kunden. Unwillkürlich war Andreas Gehoff den Weg gefahren, den er gestern mit Fritz Möller abgegangen war. Und einen Augenblick später fiel Gehoff ein, dass er dieses Mädchen schon einmal gesehen hatte. Es war die junge Frau, die ihm am Vorabend hinter dem Bahnhof aufgefallen war. Die junge Frau mit den hellen Augen, die ihn so an Yvonne erinnert hatte.

Yvonne hatte hier auch gestanden und sich angeboten, hatte Fritz Möller gesagt.

Eine merkwürdige Art von Benommenheit hatte ihn ergriffen, wie unter einem Zwang verlangsamte er seine Fahrt und hielt schließlich an. Das Mädchen trat heran, öffnete die Beifahrertür und beugte sich in den Fahrgastraum des Autos. Es roch nach Zigarettenrauch, nach Parfüm und nach Regen.

»Wie wär es denn mit uns beiden?«

»Steig ein«, meinte Gehoff. Er hätte gern etwas Freundlicheres gesagt, dass es draussen kalt sei, dass sie deswegen hereinkommen solle, aber seine Kehle war wie zugeschnürt.

Sie machte die Tür ganz auf und nahm Platz.

»Es ist kalt draußen«, bemerkte er schließlich, und seine Stimme klang belegt. Was wollte er überhaupt von ihr?

»Was möchtest du denn?«, fragte sie, ohne auf seine Bemerkung näher einzugehen. Es klang nicht unfreundlich, aber sie hatte keinen werbenden Unterton in ihrer Stimme wie die Professionellen, sie klang sachlich, ein wenig müde, und tief im Inneren spürte Gehoff, dass ihr das alles gründlich zuwider war. Oder vielleicht wollte er es auch nur spüren.

»Wir können es hier im Auto machen«, schlug sie vor. »Oder wir gehen auf ein Zimmer. Das Zimmer müsstest du aber extra bezahlen.«

Hatte Yvonne auch solche Gespräche geführt? Jeden Abend aufs Neue, damit der Stoff nicht ausging? Gehoff starrte sie stumm an.

Und plötzlich huschte der Schein des Erkennens über ihr Gesicht.

»Du bist ein Bulle«, rief sie, und ein verächtlicher Ton klang in ihrer Stimme mit. »Ich habe dich gestern hinter dem Bahnhof gesehen. Was willst du? Herumschnüffeln? Mich ausquetschen?« Und dann fügte sie noch eine Spur provozierender hinzu: »Oder eine Nummer schieben wie die anderen auch? Aber ich mach es nicht umsonst, nur weil du Bulle bist, damit du es gleich weißt.«

Ihr Tonfall löste Gehoffs Erstarrung. »Wie viel«, fragte er. »Wie viel willst du?«

»Kommt drauf an, was du willst. Fünfzig, hundert, nach oben hin keine Grenze ... Aber ganz perverse Sachen mach' ich nicht.« Sie sprach sachlich. Nur ihre Augen, ihr abschätziger Blick, die leicht hochgezogenen Mundwinkel verrieten ihre Einstellung. Gehoff fühlte sich abgeschätzt und eingeordnet.

»Fünfzig«, wiederholte er. »Fünfzig kostet es bei dir.« Und heftiger, als er eigentlich wollte, fuhr er fort: »Und wie viele kommen heute? Fünf? Zehn? Oder nur drei?«

»Was soll das?«, meinte sie und legte eine Hand auf den Türgriff. »Willst du mich anmachen? Da kann ich nur sagen: Verpiss dich.« Sie zog an dem Öffner. Die Tür schnappte auf.

»Bleib«, bat er leise. Und fügte hinzu: »Bitte.«

In ihre Augen kam ein ungläubiger Ausdruck. Die Tür geöffnet, zum Gehen bereit, schaute sie ihn von der Seite her an.

»Bitte bleib«, sagte er noch einmal.

»Du bist schon seltsam«, erwiderte sie leise, und in ihrer Stimme schwang eine Spur von Verwunderung mit.

Eine Weile schwieg Andreas Gehoff. Dann griff er in seine Jackentasche und zog einige Geldscheine heraus. Mit einer hilflosen Geste gab er sie ihr.

»Nimm«, forderte er sie auf. »Dann brauchst du heute nicht mehr hier zu stehen.«

»Ich will nichts dafür«, setzte er noch hinzu.

Zögernd faltete sie die Scheine zu einem Fächer auseinander. »Das sind über fünfhundert Mark«, bemerkte sie langsam. »Warum machst du das?«

Andreas Gehoff zuckte hilflos die Schultern. »Weiß nicht«, antwortete er. »Ich weiß es nicht, es kam mir einfach so in den Sinn.«

»Du bist ein merkwürdiger Vogel«, meinte sie. »Fünfhundert Mark, einfach so ...« Dann steckte sie das Geld mit einer raschen Bewegung in ihre Umhängetasche, als hätte sie Angst, dass er es sich noch einmal anders überlegen könnte. Durch den geöffneten Spalt der Tür drang die Kühle und die Feuchtigkeit des Abends in den Wagen.

Sie zog die Tür ein wenig zu sich heran, gerade so weit,

dass die erste Sperrklinke einrastete. »Warum machst du das?«, fragte sie noch einmal. »Ich habe schon viel erlebt, aber noch nicht, dass mir einer fünfhundert Mark schenkt. Für nichts.«

»Ich möchte nicht, dass du da draußen stehst«, erklärte er.

»Ich brauche dir nicht leidzutun«, begehrte sie ein wenig aggressiv auf. »Ich kann gut auf mich selbst aufpassen. Prima sogar.«

»Das glaube ich dir«, sagte er, obwohl das nicht stimmte. Und unvermittelt setzte er hinzu: »Ich wünschte mir, für meine Tochter hätte das auch einer getan.«

»Du hast eine Tochter«, wollte sie wissen. »Hier?«

»Hatte«, antwortete er. »Ich hatte eine Tochter. Yvonne. Sie ist vor einem Jahr gestorben.«

Sie sagte nicht, dass es ihr leidtäte, sie fragte nicht nach, sondern schaute an ihm vorbei auf die Straße. Der Nieselregen hatte aufgehört, Autos fuhren im Schritttempo vorbei, und ihre Lichter spiegelten sich auf dem nassen Asphalt.

»Fahr weg hier«, meinte sie plötzlich. »Fahr einfach weg.«

Gehoff startete den Wagen und fuhr los. Die Fahrgeräusche waren lauter als sonst, da bemerkte sie, dass sie die Tür noch nicht ganz geschlossen hatte, machte sie noch einmal auf und schloss sie mit kurzem, festem Schlag. Dann wurde es still. Andreas Gehoff schwieg. An der Kreuzung fädelte er sich in den Verkehr der Hauptstraße ein. Zusammen mit anderen Autos schoben sie sich aus der Stadt.

»Wohin willst du?«, fragte er sie.

»Irgendwohin«, meinte sie. »Weiß nicht. Einfach weg.«

Stockend kamen sie vorwärts. Die Fahrbahn verengte

sich, sie gerieten in einen Stau, hervorgerufen durch eine der unzähligen Baustellen, mit der sich die Stadt auf die Weltausstellung vorbereitete und die den Verkehr in den Jahren davor erst einmal zum Erliegen brachte.

»Wir könnten in eine Kneipe gehen«, schlug er vor, nur um etwas zu sagen. »Oder etwas essen.«

»Du meinst, richtig essen gehen, im Restaurant oder so?«

Andreas nickte. »Ja, so ähnlich. Ich könnte dich einladen.« Er spürte ihr Zögern. »Ich habe heute noch nichts gegessen«, fügte er hinzu. »Und mein Kühlschrank zu Hause ist fast leer.« Bis auf drei Flaschen Ouzo, ging es ihm durch den Kopf, eine angebrochene Packung Käse von Aldi und einen Rest Butter.

Sie schien nachzudenken, denn sie sagte eine Weile nichts.»Wenn du mich einlädst«, meinte sie auf einmal mit einem leicht trotzigen Unterton, »dann komme ich mit.«

Er wählte eine kleine italienische Pizzeria, in der man ihn nicht kannte. Ein Gefühl der Unsicherheit hielt ihn davon ab, sie in sein Lieblingsrestaurant in der Nähe seiner Wohnung einzuladen. Sie aßen schweigend, sie war nicht besonders gesprächig, und als er versuchte, ein Gespräch anzufangen, spürte er ihr Misstrauen. Nur ihren Namen erfuhr er: Lina. Mit »i«, wie sie betonte. Die Pizza war mittelmäßig, der Teig zu dick und zu hart, aber sie aß mit Heißhunger. Obwohl es ihm egal gewesen wäre, bemerkte er, dass sie geschickt mit Messer und Gabel umging. Sie bestellten noch etwas zum Nachtisch, Profiterole wollte sie, und er schloss sich ihrem Wunsch an.

Was nun, dachte er. Es war während des Essens keine Nähe zwischen ihnen aufgekommen, nur Befangenheit, kein Gespräch, das sie hätten weiterführen können.

»Ich möchte nicht in meine Wohnung«, sagte sie plötzlich, und es schien sie Überwindung zu kosten, denn sie sprach betont beiläufig. »Ich gebe den anderen meistens Geld ab, aber heute will ich es nicht. Verstehst du? Weißt du, wo ich eine Nacht lang pennen kann?«

»Du kannst bei mir auf der Couch schlafen«, bot er an. »Für eine Nacht kannst du bei mir schlafen.«

Sie schien nichts anderes erwartet zu haben, bedankte sich nicht, sondern nickte nur zustimmend.

»Du wohnst allein?«, fragte sie, als sie einige Zeit später die Wohnung betraten.

»Ja«, antwortete er.

Sie machte ein paar Schritte ins Wohnzimmer, schaute sich um, nahm den Tonkrug aus dem Regal, den er und Sylvia während ihres Türkeiurlaubs gekauft hatten, und betrachtete ihn länger. »Du hast eine schöne Wohnung«, stellte sie unvermittelt fest. »Du hast eine wirklich schöne Wohnung. So richtig gemütlich.« Sie wollte dem Wort »gemütlich« einen spöttisch-herabsetzenden Klang geben, aber es gelang ihr nicht ganz.

Als wäre ihr etwas eingefallen, ging sie plötzlich in die Küche und zog die Schubladen in den Schränken auf, nahm auf gut Glück den Besteckeinsatz heraus und entdeckte den Rest des Haushaltsgeldes. »Meine Eltern haben es auch immer dahin gelegt«, meinte sie aggressiv. »Du solltest es woanders hintun, ich klaue wie ein Rabe.«

Er ließ das Geld, wo es war, legte den Besteckeinsatz wieder darüber und schloss die Schubladen.

»Ich möchte jetzt gern baden«, sagte sie. »Ich möchte einmal wieder in einer richtigen Badewanne liegen.«

Er zeigte ihr das Badezimmer, ließ das Wasser einlaufen. Während sie badete, bezog er die Couch im Wohnzimmer mit einem frischen Laken und wechselte auch den Bezug des Gästebettes. In Yvonnes Zimmer wollte er sie nicht schlafen lassen.

Sie badete lange. Und als sie fertig war und ihre Haare geföhnt hatte – das Grün war allerdings vom Waschen kaum ausgeblichen –, zeigte er ihr ihr Bett und wünschte ihr eine gute Nacht.

»Gute Nacht«, erwiderte sie. Aber sie strich über das Bettlaken, als wollte sie sich vergewissern, dass es tatsächlich da war.

Er schlief nicht sofort ein. Er lag wach, doch er dachte an nichts Bestimmtes. Erinnerungsfetzen kamen hoch: mit Sylvia auf Norderney, wie er sie einmal nach Holzminden mitgenommen hatte, ein Picknick im Wald, Yvonne, wie sie gerade laufen lernte ... Und schließlich dämmerte er hinüber in einen traumlosen Schlaf.

3. Kapitel

Es war selten geworden, dass Hans Platen noch Befriedigung empfand, wenn er einen Artikel fertig gestellt hatte. Zu sehr unterschied sich der hehre Anspruch, den er wie so viele zu Beginn seiner Ausbildung von dem Beruf des Journalisten gehabt hatte, von den wesentlich schlichteren Arbeiten, die er jetzt abliefern musste, um wenigstens seinen Lebensunterhalt zu bestreiten. Und auch die interessanten Tage als Volontär in der Redaktion der *Bild-Zeitung* lagen lange zurück. Zum ersten Mal seit langem war er heute jedoch zufrieden.

Geheimnisvoller Tod unter der Brücke. Wer ist der unbekannte Tote?

Klang gut. Sehr viel recherchiert hatte er ja bisher noch nicht. Viel schlauer als zu Beginn seiner Untersuchungen war er auch nicht. Immerhin, es erfüllte ihn mit Befriedigung, dass er mit seinem Gefühl Recht behalten hatte. Es war kein Unfall gewesen, wenn man Willi Glauben schenken durfte. In den Tiefen seines Bewusstseins keimte zuweilen der Verdacht auf, dass Willi ihm für eine Flasche Wein vermutlich alles erzählt hätte, was er hören wollte. Und möglicherweise hatte er Willi allzu sehr den Eindruck vermittelt, dass er etwas Ungewöhnliches hören wollte. Na, wenn schon!

»Meinst du, wir können das bringen?«, fragte er Peter

Lechtenbrink, seinen Kollegen. Im gleichen Augenblick ärgerte er sich. Wenn er es wirklich bringen wollte, dann durfte er nicht fragen. Sondern es einfach machen. Ohnehin war Peter meist der Bedenkenträger vom Dienst. Und wenn ihr Blatt wenig Pep hatte, war es zu einem guten Teil auf Peters ängstliche Vorsicht zurückzuführen. Aber andererseits waren bisher alle Ausgaben bis ins Einzelne zwischen ihm und seinem Kollegen in der Zwei-Mann-Redaktion abgesprochen worden, und er wollte das gute Arbeitsklima durch einen Alleingang nicht gefährden. Das war es nicht wert.

Peter Lechtenbrink überflog den Text ohne sonderliches Interesse. »Ja, vielleicht ...«, sagte er zögernd. »Obwohl, eigentlich ist es doch zu aktuell für uns. Und eine Fortsetzungsgeschichte einmal in der Woche ... Ist das nicht eher etwas für die *Hannoversche Allgemeine* oder die *Bild*?«

Genau mit dieser Ansicht dümpeln wir auch seit Jahren am unteren Bekanntheitsgrad herum, ging es Hans Platen durch den Kopf. Genau deswegen liest auch keiner etwas von uns – außer vielleicht die Sonderangebote in den Werbe-Beilagen. »Nein«, erwiderte er laut. »Ich finde, es ist einen Versuch wert. Warum sollen immer die anderen die aktuellen Berichte liefern? Jetzt haben wir mal die Nase vorn.«

»Ein bisschen dünne ist der Artikel trotzdem«, meinte Peter. »Sogar ziemlich dünne. Mehr Spekulation als Fakten, um ehrlich zu sein. Und dies hier: *Unbekannter Augenzeuge ...* – noch mysteriöser geht es ja wohl nicht, oder? Warum nennst du nicht Ross und Reiter? Es war doch Bordeaux-Willi, oder nicht?«

Gerade weil er Peter im Stillen zustimmen musste, widersprach Hans Platen heftiger, als es eigentlich seiner Überzeugung entsprach. »Zum ersten Mal haben wir die

Nase vorn«, wiederholte er. »Zum ersten Mal seit langer Zeit haben die anderen das Nachsehen. Das ist unsere Chance, Peter. Ehrlich.«

»Aber so kann der Artikel nicht gedruckt werden«, meinte Peter störrisch. »Wen interessiert denn das? Irgendein Penner ... Und ohnehin ist doch alles mehr oder weniger reine Spekulation, oder nicht?«

»Vielleicht war es ja kein Penner, vielleicht sind wir einem großen Ding auf der Spur ...«

»Und wir beide decken Watergate auf und kriegen den Pulitzer-Preis ... Träum schön weiter ...«

Jetzt sind wir vollends auf dem falschen Gleis, ging es Hans durch den Kopf. Die Veröffentlichung des Artikels rückte in weite Ferne. »Ich habe den Artikel geschrieben«, erklärte er auf einmal, und er wunderte sich über die Bestimmtheit, mit der er dies vortrug. »Und wir werden ihn veröffentlichen.«

Peter schaute ihn fragend an. »Du scheinst ja wild entschlossen zu sein. Meine Bedenken kennst du. Aber dann ändere den Artikel wenigstens so, dass er journalistisch Hand und Fuß hat. Ein bisschen mehr Präzision. Wer, wann, wo, was, warum.«

Es schien eine eingebaute innere Uhr zu sein, die Andreas Gehoff immer wieder zur gleichen Zeit wach werden ließ. Sechs Uhr dreißig. Er griff mechanisch neben sich, stellte die Alarmfunktion des Weckers aus, der ihn sonst in einer Viertelstunde geweckt hätte, und fühlte sich wie zerschlagen. Er hatte keinen Kater, er hatte nicht diesen pelzigen Geschmack im Mund, den er immer spürte, wenn er am Abend zuvor zu viel getrunken hatte. Trotzdem war er unausgeschlafen, hatte wirr geträumt, Träume, an die er sich nicht mehr erinnerte, irgendein Mädchen, das er nicht kannte, war darin vorgekommen, vielleicht auch Sylvia. Wirr.

Er stand auf, ging ins Bad. Und plötzlich, ganz unvermittelt, fiel ihm ein, dass er nicht allein in der Wohnung war. Die Szene vom Vorabend stand ihm vor Augen. Die junge Frau, der er einfach fünfhundert Mark in die Hand gedrückt und sie in seine Wohnung mitgenommen hatte. Er konnte sich seine Gefühle von gestern Abend nicht mehr vergegenwärtigen und empfand eine verärgerte Verwunderung darüber. Seine Handlungsweise erschien ihm unverständlich.

Ob sie schon fort war?

Er zog sich an und ging durch das Wohnzimmer. Sie lag noch auf der Couch. Ihr Kleidung hatte sie ordentlich auf einen der Sessel gelegt, ihre Handtasche lag neben ihr. Sie hatte sich so in die Decke gedreht, dass nur noch ihr Gesicht herausschaute, und schlief. Im Schlaf erschienen ihre Züge weicher, der bissige Spott war von ihnen abgefallen. Die grünen Haare wirkten auf dem Weiß der Bettwäsche wie eine Verkleidung – die Verkleidung eines Mädchens. Wie alt mochte Lina sein? Zwanzig?

Sollte er sie schlafen lassen und einfach gehen?

Sei nicht blöd, sagte er sich. Sie ist ein Junkie und räumt dir die Bude leer, wenn du nicht da bist. Die fünfhundert Mark reuten ihn auf einmal.

Er ging in die Küche und bereitete das Frühstück zu. Dabei klapperte er demonstrativ mit den Tellern, aber das schien sie nicht zu stören, schließlich setzte er sich zu ihr ans Bett, schüttelte sie leicht und sagte unfreundlicher, als er eigentlich vorhatte: »Du musst jetzt aufstehen.«

Wenig später aßen sie schweigend. Er hatte morgens meistens keinen großen Hunger, kaum dass er ein oder zwei Marmeladenbrötchen herunterbekam, und heute gab es nicht einmal diese, sondern nur altbackenes Brot, das er kurz in den Toaster schob. Lina war am Vorabend schon nicht besonders gesprächig gewesen.

»Ich muss jetzt zur Arbeit und bringe dich zur Straßenbahn«, erklärte er. Er hoffte, dass es nicht allzu sehr wie ein Rausschmiss klang, aber sie schien nichts anderes erwartet zu haben und nickte nur.

»Vahrenwalder Platz wäre gut«, meinte sie. »Von da komme ich gut weiter.«

Der Bahnhof ist auch ganz in der Nähe, dachte er, sagte aber nichts.

Die Vahrenwalder Straße war um diese Zeit wieder stark befahren, in dichten Kolonnen schoben sich die Autos in die Innenstadt. An einen Parkplatz war nicht zu denken. So ließ er Lina einfach an einer Ampel aussteigen.

»Schönen Tag noch«, meinte er, als sie die Tür öffnete.

Schon im Begriff auszusteigen, wandte sie sich um und schaute ihn eine Winzigkeit länger an, als es nötig gewesen wäre, dann berührte sie langsam und vorsichtig seine Hand, mit der er das Lenkrad hielt.

»Danke«, sagte sie leise und unvermittelt. Dann drehte sie sich um, glitt aus dem Auto, schloss die Tür, winkte kurz und war wenig später verschwunden.

Andreas Gehoff bog ab und hielt kurz an einem Geldautomaten. Er wollte nicht schon wieder zu spät zur Arbeit kommen, doch die Prüfung der Karte schien diesmal besonders lange zu dauern.

Auszahlung verweigert, Konto nicht genügend Deckung, Vorgang abgebrochen, las er auf dem Bildschirm. Ungläubig starrte er auf das eintönige Grau. Obwohl die Zeit drängte, ließ er seinen Kontoauszug ausdrucken. Die zehntausend Mark minus ließen ihn erst an einen Irrtum denken, dann aber sah er, dass Sylvia offensichtlich vor einigen Tagen fast fünfzehntausend Mark abgehoben hatte. Ihr Anteil an ihren gemeinsamen Ersparnissen? Ein erster Abschlag? Er spürte Bitterkeit in sich aufsteigen.

Es war selten, dass in der Dienststelle gefeiert wurde. Andreas hatte es nicht gewusst, am Vortag war ihm von Kriminaldirektor Werthmann auch nichts Entsprechendes angedeutet worden. Jedenfalls war er erstaunt, als Murat ihm auf der Treppe mit einem Sektglas in der Hand über den Weg lief.

»Weißt du es nicht?«, entgegnete Murat auf Gehoffs fragenden Blick hin. Er selbst hatte die entscheidende Information auch erst vor fünf Minuten erhalten. »Der Alte hat Geburtstag.«

»Seit wann feiern wir hier die Geburtstage unserer Vorgesetzten?«, fragte Andreas zurück.

»Seitdem sie Staatssekretäre werden«, antwortete Murat. »Heute ist es durchgesickert: Der Werthmann wird Staatssekretär im Innenministerium.«

»Ehrlich?«, murmelte Andreas überrascht.

Die Karriere vom einfachen Kriminalkommissar zunächst zum Leiter einer Direktion und schließlich zum Staatssekretär war steil und ungewöhnlich. Andererseits war Werthmann zweifellos auch einer der Fähigsten. Er hatte früher eine Reihe von aufsehenerregenden Fahndungserfolgen gehabt und schien dabei trotz seines beruflichen Aufstiegs ein untrügliches Gespür für die Sorgen seiner Beamten zu haben; er war auch frei von jener gespreizten Eitelkeit, die andere an den Tag legten, sobald auch nur ein »Ober-« als Zusatz vor ihren Titel kam. Werthmann galt zwar als karrieregeil, ein wenig jedenfalls, und sein Engagement in der Regierungspartei war vermutlich auch nicht nur seinem politischen Interesse zuzuschreiben. Aber trotzdem. Staatssekretär zu werden – das war etwas. Und gestern hatten sie noch mit ihm gesprochen.

»Na, die Wasserleiche abgegeben?«, hörte Andreas Gehoff auf einmal hinter sich die sonore Stimme seines Dienststellenleiters.

Andreas wandte sich überrascht um, wollte gratulieren, aber Werthmann winkte nur ab.

»Lassen Sie man«, sagte er. »Alles ungefangene Fische. Das eine ist noch nicht, und Alter ist kein Verdienst. Ich habe gehört, Sie wollen wieder zur Drogenfahndung?«, fragte er auf einmal. Offensichtlich schien Fritz Möller geplaudert zu haben.

Andreas nickte. »Eigentlich schon.« Er wollte noch etwas hinzufügen, vielleicht irgendeine entschuldigende Bemerkung machen, aber Werthmann schnitt ihm mit einer freundlichen Handbewegung das Wort ab.

»Sagen Sie nichts«, meinte er. »Wir haben alle mal schwarze Tage und schwerere Zeiten. Die, die es nicht haben, können das Leben auch nicht beurteilen und haben einfach Glück gehabt. Sie sind ein guter Mann, Gehoff, und das ist, glaube ich, alles, was hier zählt. Woran arbeiten Sie im Augenblick?«, wollte er noch wissen, aber er schaute schon in Richtung Treppe, und Andreas hatte den Eindruck, das Gespräch nicht noch wesentlich länger ausdehnen zu dürfen.

»Routine«, antwortete er. »Der Tod eines Obdachlosen an der Wilhelm-Deichmann-Brücke. Reine Routine.«

Es verging einige Zeit, bis Andreas Gehoff und Murat Ceylan wieder in ihrem Büro waren. Die fröhliche Runde hatte sich aufgelöst, der Sekt war reichlich geflossen. Die Stimmung war beschwingt, aber Gehoff hatte seine Zweifel, ob der Alkohol der Arbeit förderlich sein würde.

»Wir müssten die Obdachlosen befragen«, sagte er. »Wenn wir ganz sicher sein wollen, dass unser Mann keiner von denen war, müssten wir jetzt rausgehen.«

»Bei dem Wetter?« Murat Ceylan zeigte nach draußen, wo gerade wieder einmal ein Novemberplatzregen niederging. »Ich glaube, heute finden wir keinen. Die haben sich doch alle irgendwo verkrochen. Und wenn du ehrlich bist, musst du eins zugeben. Erfolg wird diese Umfrage sowieso nicht haben. Unser Mann war kein Penner. Der nicht.«

Im Stillen musste Gehoff ihm Recht geben, obwohl er argwöhnte, dass es in erster Linie das miserable Wetter und die Gläser Sekt waren, die Murat so arbeitsunlustig gemacht hatten. »Diesen einen da, den, der immer in seinem Schrebergarten an der Brücke sitzt und Wein trinkt ...«

»Willi.«

»Genau. Den könnten wir heute noch befragen. Der sitzt meistens in seiner Bude und ist so ziemlich der Einzige aus dem Milieu, von dem wir annehmen können, dass er nahe am Tatort war. Vielleicht hat er etwas gesehen.«

»Willi läuft uns doch nicht weg«, knurrte Murat Ceylan. »Der ist morgen auch noch da.«

Gehoff hatte das unbestimmte Gefühl, einen Fehler zu machen, aber auch er verspürte keine Lust, in den strömenden Regen hinauszugehen und Befragungen durchzuführen, von denen er genau wie Murat befürchtete, dass sie nur im Sande verlaufen würden. Widerwillig gab er nach und vertiefte sich in die Vermisstenlisten. Sie hatten sich einen Datenauszug über die vermissten männlichen Personen geben lassen, aber es waren zu viele, um einen raschen Erfolg allzu wahrscheinlich werden zu lassen. Ohnehin hatten sie einen großen Teil der Daten bereits gestern ohne Erfolg gesichtet. Es war die berühmte Nadel im Heuhaufen.

»Den hatten wir gestern nicht dabei«, sagte Murat Ceylan plötzlich und schob Gehoff eine Personenbeschreibung zu.

»Wilhelm Faber aus Langenhagen, ein Zahnarzt, achtundfünfzig Jahre alt, seit fünf Tagen vermisst«, las Andreas. »Fünf Tage, das ist ein bisschen wenig«, fügte er hinzu. »Unser Mann hatte einen ziemlichen Bart, und ganz so alt schien er auch nicht zu sein. Vielleicht vierzig, fünfundvierzig.«

Ein Foto war beigefügt. Es zeigte einen gut gelaunten Herrn in einer fröhlichen Runde. Gehoff griff nach den Bildern, die die Spurensicherung gemacht hatte. Eine gewisse Ähnlichkeit war unverkennbar. Ein Zufall?

»Wer hat die Anzeige aufgegeben?«

»Eine Frau Faber, Sabine Faber, vermutlich die Ehefrau.«

»Wollen wir sie kommen lassen?«

»Nein«, entschied Gehoff. »Wir fahren zu ihr.«

Das Haus der Familie Faber lag in Langenhagen, einem nördlichen Vorort Hannovers, nur wenige Autominuten vom Fundort der Leiche entfernt. Es war ein klotziger Bungalow, und ein Blick auf die geöffnete Doppelgarage offenbarte einen Wagenpark, der die Beteuerungen der Zunftvertreter, der Ruin des Berufstandes stünde unmittelbar bevor, als Lügen enttarnte.

Eine gut gekleidete Frau Mitte fünfzig mit einem leichten Hang zum Übergewicht öffnete ihnen und schaute sie ungehalten an.

»Frau Faber?«

»Wir kaufen nichts. Und wir spenden auch nichts.«

»Gehoff, Kriminalpolizei Hannover.« Andreas Gehoff zeigte seine Marke.

Frau Faber warf einen flüchtigen Blick darauf. Plötzlich wirkte ihr Gesicht müde. »Kommen Sie rein«, bat sie tonlos und ließ sie eintreten.

Das Haus war groß, und die Räume wirkten überdimensioniert. Obwohl die Ledergarnitur im Wohnzimmer wuchtig war, ein schweres, massiges Sofa mit entsprechenden Sesseln, sah es vor dem Kamin seltsam verloren aus. An den Wänden hingen ein paar aufwändig gerahmte Radierungen.

»Kann ich Ihnen etwas zu trinken anbieten?«, fragte sie.

»Nein, danke«, lehnte Gehoff ab. »Sie haben Ihren Mann gestern als vermisst gemeldet?«

Sabine Faber nickte. »Er war auf einer Tagung, am letzten Wochenende ist er losgefahren, eigentlich sollte er vorgestern wiederkommen, aber er kam nicht. Und da habe ich einen Tag gewartet, und dann ... dann habe ich angerufen. *Hotel Adlon*, Berlin. Aber er ist dort nie angekommen. Er war gar nicht da! Wissen Sie, es war ein Zimmer für ihn reserviert, aber er war gar nicht da. Die ganze Zeit nicht.«

Gehoff nickte verstehend. »Und zwischendurch, ich meine, hat er Sie zwischendurch nicht angerufen?«

Frau Faber schaute überrascht auf. Darüber schien sie sich lange nicht mehr gewundert zu haben. »Das hat er selten gemacht. In letzter Zeit eigentlich gar nicht mehr. Aber, er hatte auch so viel zu tun auf diesen häufigen Kongressen. Vor Jahren habe ich ihn einmal begleitet. Aber es war langweilig.«

»Ist Ihr Mann mit dem Wagen gefahren?«

»Nein«, antwortete sie. »Mit der Bahn. Aber wie gesagt, er ist nicht angekommen. Er ist losgefahren wie immer, aber nicht angekommen.«

Zeitlich könnte es hinkommen, ging es Andreas Gehoff durch den Kopf. »Wir haben vor einigen Tagen eine Leiche gefunden«, berichtete er. »Eine männliche Leiche, und es besteht die Möglichkeit ...«

»Ich verstehe«, erwiderte Sabine Faber leise. Auf einmal sah sie alt aus.

»Wir haben ein Foto dabei«, fuhr Gehoff fort. »Auch wenn es Ihnen schwer fällt – würden Sie einen Blick darauf werfen?«

Für einen langen Moment vertiefte sie sich in das Bild. »Nein«, sagte sie schließlich, und Gehoff wusste nicht, ob Erleichterung in ihrer Stimme mitschwang. »Das ist er nicht. Es gibt eine flüchtige Ähnlichkeit, ja, aber ich glaube, er ist es nicht.«

»Sie glauben es nur?«

Sabine Faber schüttelte nachdrücklich den Kopf. »Nein«, wiederholte sie bestimmt. »Er ist es nicht. Wirklich.«

»Hatte sie etwas zu verbergen?«, wollte Murat im Auto wissen.

»Wieso fragst du?«

»Ist doch irgendwie merkwürdig. Der Mann fährt zu einer Tagung, ist eine Woche lang fort und hat dann nicht einmal telefoniert? Kommt das vor?«

»Mag sein. Vielleicht. Wer weiß, wie es um diese Ehe bestellt ist! Doch trotz allem: Ich glaube nicht, dass Sabine Faber etwas mit unserem Fall zu tun hat. Wieso auch?«

»Immerhin sah der Tote ihrem Mann ähnlich.«

»Warum sollte sie uns in einer so durchsichtigen Sache belügen?«

Sie stapften die Treppen des Dienstgebäudes hinauf. Die nachlassende Geschäftigkeit eines ausklingenden Arbeitstages schlug ihnen entgegen. Geschwungene Treppen, Messinggeländer, zwei Löwen, die ein Wappen hielten. Stein gewordener Anspruch eines Staates.

Zwei südländisch wirkende Männer und ein dritter, der offensichtlich ihr Anwalt war, kamen aus dem Raum ihres Kollegen Ernst Heller. Heller war bei der Drogenfahndung. Alle drei machten zufriedene Gesichter. Einer schien gerade einen Witz zu reißen, denn nun lachten sie ungeniert.

Sie brauchten bei Heller gar nicht erst nachzufragen. Das Bild kannten sie aus eigener Erfahrung.

»Scheiße«, murmelte Murat. »Wofür arbeiten wir überhaupt?«

»Andreas?«

Fritz Möllers Stimme klang auch am Telefon entschieden. Schlagartig stand Andreas Gehoff das Gespräch mit ihm wieder vor Augen. Das Angebot.

»Heute Abend schnappen wir ihn. Du kommst mit?«

Die vergangenen Tage hatte er gedacht, er könne sich das alles noch einmal durch den Kopf gehen lassen, abwägen, nochmals darüber reden. Aber Fritz Möller war unauffindbar gewesen, und nachgedacht hatte Andreas auch nicht. Er hatte die Entscheidung vor sich hergeschoben, sie verdrängt – und jetzt musste er sie spontan fällen. Aus dem Bauch heraus.

»Ich weiß nicht«, sagte er zögernd.

»Was weißt du nicht?«

»Ob ich mitmache.«

»Es ist deine Entscheidung, ganz allein deine.« Möller sprach sachlich. Trotzdem wirkte seine Stimme eindringlich. »Hast du heute Ernst Heller gesprochen? Nein? Das hättest du vielleicht tun sollen. Ihm sind wieder ein paar Dealer auf freien Fuß gesetzt worden. Wegen zu wenig belastender Indizien. Ein Zeuge hat seine Aussage widerrufen. Dieser Zeuge hat übrigens einen gebrochenen Arm und schwere Prellungen, ist krankenhausreif, wenn du so willst. Er ist die Treppe runtergefallen. Sagt er. Und jetzt sind die zwei wieder auf freiem Fuß. Aber natürlich, es ist deine Entscheidung.«

Andreas schwieg. Was lag alles zwischen Ja und Nein, diesen zwei Wörtern, die ein Leben entscheiden konnten?

Nach einer Weile setzte Fritz Möller hinzu: »Wie gesagt, es geht heute um Abdullah Mehtic. Du kennst ihn ja.«

Andreas hatte gewusst, dass Fritz Möller diesen Trumpf ausspielen würde. Und obwohl er darauf gewartet hatte, spürte er, dass diese Karte tatsächlich stach.

Ob Abdullah auch so gelacht hatte, als er freigelassen worden war? Die Lippe leicht nach oben gezogen, ein spöttisches Lächeln in dem sicheren Bewusstsein, dass man ihm auch diesmal nichts würde nachweisen können, dass es keine Zeugen geben würde, jedenfalls keine, die reden würden? Damals gab es sie nicht, heute nicht, nie. Und dass jede Verurteilung für die Polizei reine Glückssache war und die Fahnder ratlos waren, ratlos und hilflos.

»Okay,« sagte Andreas stockend. »Ich komme.« Doch während er die Worte aussprach, war ihm klar, dass er sich selbst etwas vormachte, dass es nicht der Wunsch nach Gerechtigkeit war, nicht der Versuch, bessere Fahndungsergebnisse zu erzielen, nicht einmal das Verlangen, Unschuldige zu schützen, sondern etwas anderes, viel Elementareres: ein archaisches Bedürfnis nach Rache.

»Wo treffen wir uns?«, fragte er noch, und er wunderte sich, dass seine Stimme hart klang und kein Zittern in ihr mitschwang.

Der Bettina-von-Arnim-Platz war ein weitläufiger, fast parkartig angelegter Platz. Er lag inmitten einer gutbürgerlichen Wohngegend aus den zwanziger Jahren und war umrahmt von einer geschlossenen Front dunkler Häuser mit Ziegelfassade. Eine Reihe hoher Bäume verhinderte die Einsicht. Bei diesem Wetter und zu dieser Stunde war der Platz menschenleer. Schemenhaft zeichneten sich die Umrisse verlassener Spielgeräte ab. Verwaiste Schaukeln, Klettergerüste, in denen die Feuchtigkeit hing, schlammiger Sand in den Sandkästen. Der Maschendraht eines eingezäunten Fußballfeldes.

Es war kurz vor zehn. Andreas Gehoff war etwas zu früh, er hatte wider Erwarten gleich einen Parkplatz in einer Seitenstraße gefunden. »Zweiundzwanzig Uhr«, hatte Fritz Möller gesagt, und Andreas zweifelte nicht daran, dass er pünktlich sein würde. Er lehnte sich in den Schatten eines entlaubten Baumes und beobachtete die Straßen, die sternförmig auf den Platz zuliefen. Ein Kiosk hatte noch geöffnet, ein hellgelber Strom von Licht ergoss sich auf die Straße. Als dunkle Schatten zeichneten sich die Zeitschriften in der Auslage ab. Eine junge Frau mit einer Plastiktüte kaufte einige Flaschen Bier und eine Tüte Chips. Die trostlose Normalität eines Novemberabends.

Andreas dachte an die Begegnung vom Vorabend, an die junge Frau mit den merkwürdigen Haaren, an Yvonne, an Sylvia, die sich immer noch nicht gemeldet hatte und die wohl nicht mehr zurückkommen würde, und beobachtete einen Mann, der seinen Dackel Gassi führte. An den bevorstehenden Einsatz dachte er nicht. Erst als er in seine Jackentasche griff, um ein Taschentuch herauszuholen, fühlte er, dass heute etwas anders war als sonst bei nächtlichen Einsätzen, dass sein Pistolenhalfter leer war. Genau so, wie Fritz Möller es ihm eingeschärft hatte.

»Keine Waffe, Andreas.«

Ein dunkler Renault Espace und ein Nissan-Transporter näherten sich langsam aus einer Seitenstraße und hielten an der Ecke. Die Beifahrertür des Renault öffnete sich, und er erkannte Fritz Möller, der sich suchend umschaute. Andreas löste sich aus dem Schatten und ging zu seinem Kollegen hinüber. Flüchtig, aber dennoch mit festem Händedruck begrüßten sie sich.

»Das ist Andreas«, sagte Fritz nur zu den anderen, ließ ihn auf der Rückbank hinter sich Platz nehmen und stieg selbst in den Wagen. Die anderen stellte er kurz mit Vornamen vor: Gero, Walter, Niko und Bernd. Jeder von ihnen quittierte die Namensnennung mit einem angedeuteten Kopfnicken.

Sie waren zu sechst. Bis auf zwei kannte Andreas keinen von ihnen. Nur Fritz Möller, der das Kommando zu führen schien, und den jungen Mann namens Bernd, den er einmal in der Dienststelle gesehen hatte. Wie er selbst trugen sie schwarze Lederjacken. Ihre kurz geschnittenen Haare verliehen ihnen etwas Bedrohliches, Militärisches.

Fritz Möller drehte sich um. »Du hast deine Dienstwaffe nicht dabei?«, vergewisserte er sich.

Andreas nickte. »Wie abgesprochen.«

»Hier.« Fritz Möller drückte ihm eine Walter P8 in die Hand. Eine Waffe wie seine Dienstwaffe, nur dass diese keine Dienstwaffe war. Außerdem hatte sie einen Schalldämpfer. »Hier nimm.« Im Dämmerlicht des Autos steckte ihm Fritz noch zwei Magazine Munition zu. »Du hältst dich bei mir«, mahnte er leise. »Beim ersten Mal hältst du dich an meiner Seite. Wir übernehmen die Vordertür. Und kein falsches Heldentum, das ist der Kerl nicht wert.« Dann schwieg er.

Andreas' Nebenmann reichte ihm eine schusssichere Weste zu. Es war die gleiche, die er auch zuweilen im Dienst benutzte, sogar der Aufdruck POLIZEI fehlte nicht. Andreas hakte seine Lederjacke auf und zog die Weste an.

Die Lagebesprechung musste schon vorher stattgefunden haben, denn niemand sprach ein Wort. Alle schauten konzentriert in die Dunkelheit; Andreas' Nachbar ließ das Magazin aus dem Griff seiner Pistole gleiten, überprüfte es kurz und schob es wieder hinein. Der Kollege links außen – es waren doch wohl alles Kollegen? – hatte eine Uzi, eine Maschinenpistole auf dem Schoß liegen.

Es war ein komisches Gefühl, zu einem Einsatz zu fahren, von dem man so gut wie gar nichts wusste. Vermutlich würden sie ein Haus stürmen. Drei Männer vorne, drei hinten. Eine knapp bemessene Mannschaft.

Die Fahrt führte an der Bahnstrecke vorbei und ging in Richtung Waldhausen, einem alten Villenvorort mit prachtvollen Gründerzeithäusern inmitten großer, verschwiegener Gärten.

Der matte Schein altertümlicher Straßenlampen spiegelte sich auf dem glänzenden Asphalt. Die Straße war menschenleer. Sie bogen in eine Nebenstraße ein. Der Waldrand kam in Sicht, die Häuser standen hier weiter auseinander. Sie fuhren langsamer.

»Nummer acht«, sagte Fritz Möller halblaut zum Fahrer.

Schließlich hielten sie. Das Haus Nummer acht war ein Eckhaus, ein großer Kasten mit mehreren Wohnungen. Die untere Etage war dunkel, in den oberen Stockwerken waren einige Fenster erleuchtet. Die Schiebetüren des Renault glitten leise zur Seite, Andreas und seine Begleiter stiegen aus.

Offensichtlich war der Einsatzplan vorher minutiös besprochen worden, denn zwei der Männer huschten zielsicher in die Dunkelheit der Nacht, kletterten über die Gartenmauer und bezogen Stellung.

»Gehen wir«, entschied Fritz Möller leise. Andreas sah, dass die beiden Insassen des Nissan Transporters etwa zwanzig Meter hinter ihnen geparkt hatten und im Wagen blieben.

Sie ließen den Renault unbewacht zurück und gingen zu viert zum Eingangstor des Vorgartens, einem altertümlichen, schmiedeeisernen Gittertürchen, das nicht verschlossen war. Vor der Haustür hielten sie einen Augenblick inne. Fritz holte eine Taschenlampe heraus und richtete den Strahl der Lampe kurz auf die Klingelschilder.

»Mehtic, zweite Etage«, las er vor. Dann trat er zurück. »Du bist dran«, sagte er zu einem ihrer Begleiter. Im Auto war er Andreas als Gero vorgestellt worden.

Dieser inspizierte kurz das Türschloss und zog einen länglichen Stift aus seiner Seitentasche. Gefühlvoll führte er ihn in das Sicherheitsschloss ein, wenige Sekunden später sprang die Tür auf. Gero lächlte zufrieden. Andreas Gehoff hatte diese elektronischen Türöffner, die so genannten »Rüttler«, noch nie in Aktion gesehen. Für normale Polizeieinsätze waren sie verboten.

Leise schlichen sie die Treppe hinauf. Licht machten sie nicht. Die Eingangstür der Wohnung war alt, dekorativ und trotz des Sicherheitsschlosses für Gero kein Problem. Kein »Aufmachen, Polizei!« gellte durch die Wohnung, keine Blendgranaten kamen zum Einsatz, alles vollzog sich in gespenstischer Lautlosigkeit.

Ein langer Flur, der mit Teppichen ausgelegt war, führte in die Wohnung. Aus einem der Zimmer am Ende des Korridors drangen Stimmengewirr und Musik. Jennifer Rush.

Die Teppiche dämpften ihre Schritte, vorsichtig drückte Fritz die Klinke einer Tür herunter. Ein dunkler Raum, anscheinend ein Kinderzimmer, denn auf dem Boden lagen Teile einer Playmobil-Landschaft und einige Spielzeug-Autos. Das Zimmer war leer. Leise schloss er die Tür wieder.

Andreas warf einen Blick in die Küche, in der Licht brannte. Aber auch hier hielt sich niemand auf. Eine Reihe von Weinflaschen stand auf der Anrichte. Einige Schüsseln mit Salat, die noch mit einer Plastikfolie abgedeckt waren. Sonst nichts. Aus dem Wohnzimmer erklang das laute, unbeschwerte Lachen mehrerer Männer. Alle anderen Räume waren leer.

Schließlich nahmen sie Aufstellung vor der Wohnzimmertür. Lautlos zählte Fritz Möller mit den Fingern. Eins, zwei, drei. Gero brachte seine Maschinenpistole in Anschlag, die anderen richteten ihre Pistolen auf die Tür. Dann gab Fritz das Zeichen.

Mit einem Ruck flog die Tür auf.

Die Überraschung im Wohnzimmer war vollkommen. Drei Männer, die um einen Couchtisch saßen, schauten entsetzt auf. Der Hausherr hatte es sich in einem Ohrensessel bequem gemacht und hielt gerade ein Glas in der Hand. Andreas hatte ihn nach den stundenlangen Verhören nur ein einziges Mal wiedergesehen. Damals im Gerichtssaal, als Mehtic freigesprochen worden war. Trotzdem hatte sich ihm sein Gesicht unauslöschlich eingeprägt. Ein volles Gesicht, bartlos, selbstgefällig und mit intelligenten Augen.

»Polizei!«, rief Fritz Möller. »Hände hoch und stellen Sie sich an die Wand. Sofort!«

Unsicher blickten die beiden Männer zum Hausherrn hinüber. Abdullah Mehtic stellte sein Glas langsam auf den Tisch und erhob sich zögernd. »Was erlauben Sie sich?«, fragte er und bemühte sich, seine Fassung zurückzuerlangen.

»Lassen Sie die Hände oben. Und stellen Sie sich an die Wand!« Fritz' Stimme klang schneidend und befehlsgewohnt. Er richtete die Pistole auf Abdullah Mehtic.

»Sie dringen in mein Haus ein, Sie bedrohen mich ... Wo ist Ihr Durchsuchungsbefehl?« Langsam gewann Abdullah seine Selbstsicherheit zurück.

Einer der Männer machte eine Bewegung und griff unter die Tischplatte. Mit einem plötzlichen Aufschrei zog er die Hand zurück. Der Ärmel seines Jacketts färbte sich blutig.

»Hat noch jemand Lust, den Helden zu spielen?«, fragte Fritz Möller und richtete den Lauf seiner Waffe auf einen anderen.

Abdullah war eine Spur blasser geworden. Ob er ahnte, dass dies kein normaler Polizeieinsatz war? »Ihr Durchsuchungsbefehl?«, wiederholte er.

Andreas achtete darauf, dass er Fritz und den anderen nicht in die Schusslinie kam, und trat auf Abdullah Mehtic zu. Dann schlug er ihn ins Gesicht.

»*Das* ist unserer Durchsuchungsbefehl«, sagte er kurz. »Möchtest du noch einen sehen?«

Aus Abdullahs Mundwinkel sickerte ein Blutsfaden. Fassungslos schaute er Andreas an. Dann trat in seine Augen ein gefährliches Blitzen. »Sie schlagen gern, Herr Kommissar, nicht wahr?«, erwiderte er kalt. »Aber ich verspreche Ihnen, dass es diesmal nicht nur mit einer Strafversetzung enden wird.«

»Können wir weitermachen?«, fragte Fritz Möller leise. Es war ihm nicht anzusehen, ob er Andreas' Aktion missbilligte oder nicht.

Abdullah machte einen unsichereren Schritt in Richtung Tür.

»Stellen Sie sich an die Wand!«, wiederholte Möller. Und eine Tonlage schärfer fügte er für die anderen hinzu: »Ein bisschen Beeilung bitte.«

Routiniert durchsuchten Andreas und die anderen die drei nach Waffen. Sowohl Abdullah Mehtic als auch sein angeschossener Gast hatten eine Pistole bei sich.

»Ich habe einen Waffenschein«, protestierte Abdullah nachdrücklich. »Außerdem will ich meinen Anwalt sprechen.«

Andreas sah, wie die anderen den drei Männern mit Handschellen die Arme auf den Rücken banden.

»Kann ich mir ein paar Kleinigkeiten einpacken?«, fragte Abdullah.

Fritz Möller verneinte. »Was Sie brauchen, können Sie sich morgen nachbringen lassen.«

Andreas umwickelte den blutenden Arm des Türken mit einer Stoffserviette, die sich rasch dunkel färbte. Der Mann schien starke Schmerzen zu haben, denn er verzog das Gesicht, sagte aber nichts.

Sie gingen hinunter und traten aus der Tür. Die nasskalte Novembernacht umfing sie, ein Motor sprang an, und der Nissan Transporter rollte langsam auf sie zu. Einer der Männer öffnete die hintere Tür. Der Wagen war fensterlos und innen mit Sitzbänken ausgestattet. Neben den Bänken waren aus Stahlrohr Halteösen angeschweißt, an denen kurze, stabile Stahlseile befestigt waren.

»Los, rein«, befahl Fritz und deutete auf die Tür.

Abdullahs Blick glitt unruhig von seinen Bewachern zu

dem Wagen. Dies schien kein normaler Transportwagen der Polizei zu sein. »Ich will meinen Anwalt sprechen«, wiederholte er, aber zum ersten Mal hatte Andreas den Eindruck, dass sich Unsicherheit und Angst in seine Stimme geschlichen hatten.

»Später«, meinte Fritz Möller lakonisch. »Später.«

Widerwillig, aber ohne Widerstand zu leisten, kletterten die drei in den Transporter, setzten sich auf die Bänke und wurden mit den Stahlseilen an den Halteösen angekettet. Zwei von Fritz' Männern sprangen zu ihnen in den Laderaum, dann schlossen sich die Türen, und der Wagen fuhr an.

Zufällig blickte Andreas auf seine Armbanduhr. Zweiundzwanzig Uhr achtundzwanzig. Die ganze Aktion hatte kaum länger als zehn Minuten gedauert und war fast völlig lautlos vonstatten gegangen.

Andreas stieg in den Renault, die beiden, die den Garten gesichert hatten, sprangen über die Mauer, liefen auf sie zu, wechselten einige Worte mit Fritz Möller und blieben zurück. Dann stieg auch Möller zu Gero und Andreas in den Wagen.

»Losfahren«, sagte er zu Gero, der den Renault nun lenkte.

»Was jetzt?«, wollte Andreas wissen, als sie auf die Schnellstraße kamen. Hundert Meter vor ihnen leuchteten die Rücklichter des Transporters in der Dunkelheit. »Wohin fahren wir?«

»Nach Linden«, anwortete Fritz Möller knapp. Obwohl der schwierigste Teil der Aktion doch offenbar hinter ihnen lag, wirkte er nicht entspannt.

Andreas Gehoff hakte nicht weiter nach. Zum ersten Mal an diesem Abend kam ihm zu Bewusstsein, dass er sich an einer illegalen Aktion beteiligt hatte. Eindringen in eine fremde Wohnung, unerlaubtes Führen von Waffen, bewaffneter Überfall, Körperverletzung – jedes Gericht würde ihn auf der Stelle zu einer mehrjährigen Gefängnisstrafe verurteilen.

Ein weiß-grüner Streifenwagen der Polizei tauchte in einer Auffahrt neben ihnen auf und fädelte sich hinter ihnen auf die fast leere Stadtautobahn ein. Unwillkürlich fasste Andreas die Pistole fester.

Aber auch Gero und Fritz starrten angestrengt vor sich hin und waren sichtlich erleichtert, als der Polizeiwagen die Stadtautobahn bei der nächsten Abfahrt wieder verließ.

»Was machen wir mit ihnen? Verhören wir sie?«, fragte Andreas, obwohl er den Eindruck hatte, Fritz mit seinen Fragen auf die Nerven zu gehen. Fritz Möller nickte nur, und Andreas hatte das vage Gefühl, dass man ihn von Anfang an besser in die Aktion hätte einweihen müssen. Doch nun hing er mittendrin. Aber bei all seiner Unsicherheit empfand er auch eine tiefe Befriedigung über den Schlag, den er geführt hatte, über die Fassungslosigkeit in Abdullahs Gesicht und über seine Angst.

Andererseits war er erkannt worden. Ja, Abdullah Mehtic hatte ihn genau erkannt, sein Hass über diese Demütigung war greifbar gewesen und seine Drohung keineswegs leer. Was würde passieren, wenn sie ihn verhört hatten?

Als erfahrener Kriminalbeamter hatte Andreas ohnehin eine gesunde Skepsis gegenüber »harten« Verhörmethoden, wie sie gelegentlich auch in der Öffentlichkeit gefordert wurden. Lange Verhöre, das Aufzeigen von Widersprüchen, wieder und wieder, das versprach Erfolg, wenn auch nicht immer, vor allem nicht bei Verdächtigen aus dem Südosten Europas. Schläge und Brutalität brachten meist gar nichts. Viele ließen sich eher in Stücke reißen, als etwas von ihren Geheimnissen preiszugeben.

Und wie lange wollte man sie verhören? Einen Tag, eine Woche, mehrere Wochen? Und was geschah danach?

Der Nissan vor ihnen bog ab und verschwand im Straßengewirr von Linden, einem alten Industriestadtteil im Westen Hannovers. Der Stadtteil war aufgrund seiner zahlreichen Kneipen auch noch um diese Uhrzeit belebt. Andreas sah kleine Grüppchen von Jugendlichen und Studenten, doch sie verließen bald die belebten Straßen und fuhren nach Norden, wo das frühere Industriegebiet lag. Alte Fabriken, stillgelegt und heruntergekommen, Spuren des Verfalls, wohin man auch hinsah. Ein Sanierungsgebiet.

Schließlich hielten sie vor einer hohen Ziegelmauer. *Wurstwaren Hannover GmbH* stand in einem Schriftzug aus den zwanziger Jahren auf der weiß gestrichenen Mauer. Und darunter: *Anlieferung*. Die Einfahrt war durch ein hohes Eisentor gesichert, das keinen Durchblick gewährte. Es öffnete sich automatisch, als sie langsam darauf zufuhren. Als sie auf dem Hof waren, schlossen sich die Torflügel hinter ihnen. Sie waren angekommen.

Einige Autos standen herum. Privatwagen, einzelne Baufahrzeuge, Betonmischer, drei Transporter, die ebenfalls fensterlos waren. Es schien eine alte Fabrik zu sein, die von einem Bauträger umgebaut wurde, denn neben dem Hof war eine Baugrube ausgehoben worden, die bereits mit einer Betonschicht ausgekleidet war, in der mehrere Stahlträger wirr nach oben schauten.

»Wir sind da«, erklärte Fritz Möller, und zum ersten Mal an diesem Abend erschien der Anflug eines Lächelns auf seinem Gesicht. »Steigen wir aus.«

Während Gero voranging, fühlte Andreas plötzlich, wie

er am Arm festgehalten wurde. Fritz' Gesicht war auf einmal sehr nah.

»Was auch immer geschieht«, sagte er leise, »was auch immer du siehst – halte den Mund. Und bedenke: Das alles sind Drogenhändler. Sie haben deine Tochter und noch viele andere auf dem Gewissen. Und keinem von uns macht es Spaß.«

Sie gingen durch eine Reihe von Räumen, die einen verwahrlosten Eindruck machten. Seit Jahren schien hier keiner mehr durchgekommen zu sein. Alte Maschinen standen verrostet unter blinden Fabrikfenstern. Bei manchen fehlten die Scheiben, die Luft war kalt. Einige Räume waren weiß gefliest. Eine endlose Fläche von Fliesen, zum Teil zersprungen. Abflussrinnen im Boden. Ein Gewirr von Stangen verlief etwa zweieinhalb Meter über ihnen. An manchen hingen noch große, inzwischen verrostete Fleischerhaken. In anderen Räumen waren Zeichen beginnender Bautätigkeit zu erkennen: Zementsäcke, Mischmaschinen, Paletten von Kalksandsteinen, Elektroinstallationen. Sie gingen eine große Treppe hinunter, bei der das Geländer weggebrochen war, und gelangten in die Kellerräume. Ein Labyrinth von Gängen verzweigte sich, Gänge, die kaum begangen wirkten, denn es lag Schutt herum, und es roch modrig. Teilweise rückten die Wände so nah heran, dass sie hintereinander gehen mussten, rohe Ziegelwände, manchmal auch grob verschalter Beton, auf dem Schriftzüge in altdeutschen Buchstaben abblätterten.

Nach einer Weile traten sie in einen Raum, in dem offensichtlich die Verhöre durchgeführt werden sollten. Der Raum enthielt einen Schreibtisch und mehrere Lampen, deren Licht aber nicht so hell war, dass es die Männer, die vor einer roten, unverputzten Ziegelwand standen, blendete. Es handelte sich dabei um einen Schwarzafrikaner und zwei Deutsche, die Andreas Gehoff noch aus seiner Zeit als Drogenfahnder zu kennen glaubte. Anscheinend sollten sie gerade verhört werden. Die fünf Polizisten im Raum waren Andreas mit Ausnahme von Hans-Georg Megerlin, einem erfolgreichen Kollegen aus einem Nachbarkommissariat, unbekannt.

Fritz Möller wurde mit Handschlag begrüßt, ein kurzer Blick streifte Andreas.

Dann kam Megerlin auf ihn zu. »Willkommen im Klub«, sagte er und reichte ihm die Hand.

Andreas erwiderte den festen Händedruck. Fast wie eine Vorstellung auf einer Party, dachte er.

»Das sind Dealer der Mittelklasse«, erklärte Megerlin. »Wir erwarten für übermorgen eine größere Ladung Heroin, aber die letzten Details fehlen uns noch. Und die werden wir jetzt bekommen.« Für einen Moment huschte der Anflug eines grimmigen Lächelns über sein Gesicht.

Megerlin setzte sich auf seinen Schreibtisch und bedeutete einem der Männer vorzutreten. Er trug eine Trainingshose und helle Nike-Sportschuhe. An seinem Handgelenk hing eine dicke, auffällige goldene Uhr, deren Fabrikat Andreas nicht erkennen konnte.

»Wann?«, fragte Megerlin freundlich. »Wann kommt der Transport?«

Der Mann sah ihn ausdruckslos an. »Ich weiß nicht, wovon Sie reden.«

Ein merkwürdiges Verhör , dachte Andreas. Gegen alle Erfahrung wurde hier ein Gefangener vor seinen Komplizen – *mutmaßlichen* Komplizen, wie eine lange Berufsprägung ihm einflüsterte – verhört. Nicht einmal ein Anfänger würde einen solchen Fehler machen, und Megerlin war alles andere als ein Anfänger.

»Wann?«, wiederholte Hans-Georg Megerlin und hob

Daumen und Zeigefinger seiner rechten Hand, um anzudeuten, dass er diese Frage bereits zum zweiten Mal stellte.

»Ich kann Ihnen wirklich nichts sagen «, antwortete der Mann. Ein leises Grinsen huschte über sein Gesicht.

»Wann?«, fragte Megerlin immer noch freundlich und deutete an, dass dies bereits seine dritte Frage war.

»Ich kann Ihnen wirklich nicht behilflich sein«, wiederholte der Gefangene. Für einen Moment schien es Andreas, als amüsierte er sich über die Hilflosigkeit des vernehmenden Beamten.

Megerlin nickte nur und wiederholte seine Handbewegung.

Eine Kugel traf den Kopf des Mannes. Der Körper wurde nach hinten gerissen, prallte gegen die Ziegelwand und sackte im Zeitlupentempo zu Boden.

Sie haben ein Hohlmantelgeschoss verwendet, ging es Gehoff durch den Kopf. Sie haben ein Hohlmantelgeschoss verwendet ... Eine eigenartige Faszination hatte sich seiner bemächtigt. Obwohl abgestoßen und entsetzt, schaute er wie gebannt zu.

Der zweite Gefangene wurde vorgeführt. Es war der zweite Deutsche, und auch an seinen Namen konnte sich Andreas Gehoff nicht mehr erinnern.

»Wann?«, fragte Megerlin sanft.

Die Augen des Gefangenen flackerten vor Entsetzen. Er schaute ungläubig auf die Leiche seines Mitgefangenen. In seiner Angst hielt er sich an das, was ihm wohl irgendwann einmal eingetrichtert worden war. »Keine Ahnung ... Ich will einen Anwalt ...«

»Wann?«, beharrte Megerlin und machte deutlich, dass es sich um die zweite Frage handelte.

»Keine Ahnung ... Ich weiß nichts Genaues ... Ich ...«

Er ist bereit auszusagen, ging es Andreas durch den Kopf. Der ist fertig.

»Wann?«, fragte Megerlin zum dritten Mal.

Das Entsetzen lähmte dem Mann die Zunge.

Megerlin wartete eine Zeit, die Andreas endlos lang erschien. Vermutlich waren es aber nicht mehr als wenige Sekunden. »Drei«, sagte er dann. Wieder wurde ein Schuss abgegeben. Der Körper des Gefangenen wurde nach hinten geschleudert, sackte zusammen und blieb vor der Ziegelwand liegen.

Trotz seiner dunklen Hautfarbe schien der Dritte einen Ton blasser geworden zu sein. Das Entsetzen stand ihm ins Gesicht geschrieben, als er auf einen Wink Megerlins unsicher ein paar Schritte nach vorn machte. Er war hoch gewachsen, trug einen geschmackvollen dunklen Anzug mit Krawatte und hatte eine modische, kleine goldene Brille.

»Wann?«, fragte Megerlin wiederum.

»Ich bin Parlamentsabgeordneter«, erklärte er in fast makellosem Deutsch. »Ich bin Parlamentsabgeordneter der Republik Nigeria. Ich werde politisch verfolgt. Ich weiß nicht, was Sie von mir wollen, aber ...«

»Wann?«, fragte Megerlin zum zweiten Mal.

»Ich bitte Sie, ich flehe Sie an. Ich weiß wirklich nichts ... I beg you ... I ...«

»Wann?«

Noch nie hatte Andreas erlebt, dass eine so weiche Stimme ein solches Entsetzen auslösen konnte. Was machten sie hier?

»Ich bin politisch verfolgt ...«, wiederholte der Nigerianer.

»Drei«, sagte Megerlin.

»Nein ...« Der Gefangene hob beschwörend beide Hände. Und flehend fügte er hinzu: »Bitte ...«

Megerlin trat an ihn heran. Ganz nah, fast berührte er ihn. »Erzählen Sie«, drängte er sanft.

»Übermorgen ...«, flüsterte der Nigerianer. »Der Transport kommt übermorgen ...« Dann schwankte er. Einer der Polizisten (sie waren doch noch Polizisten?) schob ihm einen Stuhl zu, auf dem er wie abwesend Platz nahm. Ein gebrochener Mann. Megerlin schaltete einen Kassettenrekorder an. Für einen Augenblick war das Rauschen der sich drehenden Spulen das einzige Geräusch im Raum.

»Gehen wir«, wandte sich Fritz Möller leise an Andreas. »Was jetzt kommt, ist nur noch Routine.« Sie schlossen fast lautlos die Tür. »Der Dritte redet immer«, sagte er draußen. »Der Erste nie, der Zweite manchmal, der Dritte immer.«

»Eure Fahndungserfolge ...«, murmelte Andreas.

»Einiges ist Zufall, manches solide Polizeiarbeit, das meiste dies hier.«

»Und jetzt?«

»Jetzt verhören wir unsere Gefangenen.«

»Im selben Raum?«

»Nein. Nie. Das sind Profis, musst du wissen. Fast jeder von ihnen hat einen oder mehrere auf dem Gewissen. Die sind abgebrüht. Sie kennen Leichen. Und die meisten sind sogar recht furchtlos. Es ist nicht der Tod, der sie schreckt, meistens jedenfalls nicht ...«

»Sondern?«, hakte Andreas nach.

»Die Überraschung. Das plötzliche Entsetzen. Die nackte Angst, die in ihnen hochkriecht, die sie wahnsinnig macht und für einen Moment lähmt. Die ist es.«

»Was wollen wir von ihnen wissen?«, fragte er. »Was können sie uns sagen?«

»Alles«, versetzte Möller knapp. »Lagerraum, Transportwege, Konten ...«

Im Gegensatz zu dem anderen Verhörraum war dieser mit Fliesen ausgelegt. Er schien einmal eine Kühlkammer gewesen zu sein. Oben an der Decke waren Lüftungsschächte eingelassen. Klobige, verrostete Kühlrippen hingen herunter, auf einigen konnte Gehoff den Schriftzug *Linde Kühlaggregate* erkennen. Die Gefangenen standen vor einer Wand, deren Kacheln stark zersprungen waren. Drei ihrer Kollegen, die bereits bei dem Einsatz in Waldhausen mit dabei gewesen waren, bewachten sie. Bei Mehtic und dem angeschossenen Mann war eine konzentrierte Anspannung zu erkennen, wohingegen der jüngere Mann, der kaum die zwanzig passiert haben konnte, sich provokant gegen die Mauer lehnte. Seine schwarzen Haare waren mit Gel nach hinten gekämmt, er trug ein Goldkettchen, eine aufwändig gearbeitete Uhr und schwarze, nach vorn spitz zulaufende Schuhe. Er sagte etwas auf Türkisch, machte wohl eine witzige, abfällige Bemerkung, aber die beiden anderen beachteten ihn nicht. Er schien der typische Laufbursche zu sein. Auftrumpfend, großkotzig und vermutlich ein Feigling. Andreas hätte ihn als Zweiten verhört.

Möller winkte den ersten Mann heran.

Obwohl er offenbar ahnte, dass dies kein normales Verhör war, stellte er sich furchtlos hin. Trotz seines angeschossenen Armes blickte er Fritz scheinbar ungerührt entgegen. Er war mittelalt, vielleicht fünfunddreißig oder vierzig. Die vollen Haare färbten sich leicht Grau, eine schwere Goldkette zierte sein Handgelenk. Bei einem normalen Verhör eine harte Nuss, ging es Andreas Gehoff durch den Kopf.

»Wo habt ihr euer Lager?«, fragte Möller. Seine Stimme hatte nicht den sanften Tonfall Megerlins, sie klang härter, befehlsgewohnt, aber Fritz blieb höflich.

»Wir verlangen, einem Haftrichter vorgeführt zu werden«, forderte auf einmal Abdullah Mehtic aus dem Hintergrund. »Was Sie hier machen, ist illegal. Und ich fordere einen Anwalt.«

Möller beachtete ihn nicht. »Wo habt ihr euer Lager?«, fragte er zum zweiten Mal.

Es ist, als kennte man das Drehbuch, ging es Andreas Gehoff durch den Kopf, aber der Film war trotzdem neu.

Der Mann spuckte auf den Boden und schwieg. Bei der dritten Frage schaute er Möller nur scheinbar desinteressiert an. Als die Kugel ihn traf, schien er zu lächeln.

Der Nächste war der Laufbursche. Seine Augen flackerten. Andreas Gehoff bezweifelte, dass er überhaupt etwas Aufschlussreiches zu sagen hatte.

»Das Lager«, meinte Möller kurz.

Der junge Mann versuchte gar nicht mehr, den Helden zu spielen. Alles Provokante war wie eine Maske von ihm abgefallen, hinter der jetzt die nackte Angst hervorschien. »Ich weiß wirklich nichts«, flüsterte er mit großen, weit aufgerissenen Augen. Seine Hände, obwohl noch auf dem Rücken mit den Handschellen gefesselt, spielten unkontrolliert miteinander. »Ich weiß wirklich nichts ...«

»Schade«, erwiderte Fritz Möller und machte das Zeichen für die zweite Frage.

»Ich kann Ihnen Namen nennen, Leute, alle ...« Der junge Mann schrie fast. »Ich sage alles, aber wo das Lager ist, das weiß ich nicht ... Wirklich ...«

Eines seiner Hosenbeine färbte sich dunkel.

»Bitte – ich sag alles ...«

»Führ ihn raus«, wies Fritz Möller Gero leise an.

Abdullas' Gesicht wirkte ausdruckslos. Einen Augenblick schien es, als sähe er dem Laufburschen, der von Gero und einem anderen hinausgezerrt wurde, mit einem

Ausdruck grenzenloser Verachtung nach. »Nun«, fragte er kalt. »Ist die Show vorbei?«

»Das kommt auf dich an«, antwortete Fritz Möller.

»Sie«, sagte Abdullah. »Wir sind immer noch beim Sie.«

Ich habe ihn zwanzig Stunden fast ununterbrochen verhört, ging es Gehoff durch den Kopf. Und ich habe nichts aus ihm herausbekommen. Auch nicht, als ich ihn geschlagen habe. Undeutlich hatte er die Befürchtung, dass Abdullah Methic auch diesmal wieder die Oberhand behalten könnte. Aber diesmal würde es keinen Zeugen geben, der seine Aussagen widerrufen würde, diesmal würde Methic reden oder sterben. Und Gehoff war sicher, er wusste das.

»Wo ist das Lager?«, fragte Möller, doch Abdullah Mehtic unterbrach ihn einfach.

»Wenn Sie beabsichtigen, mich mit diesem ganzen Zirkus hier unter Druck zu setzen – bitte, das ist Ihnen gelungen. Wenn Sie mir Angst machen wollen – gut. Ich gestehe es Ihnen gern: Ich habe Angst. Aber eines, meine werten Herren Kommissare, eines können Sie mir nicht nehmen.« Er tippte sich an die Stirn. »Hier drin ist alles, was Sie wissen wollen. Und das bekommen Sie nicht, wenn Sie mich einfach abknallen. So nicht. Ihre Aktion ist ein Misserfolg.«

»Allein die Tatsache, dass wir Sie beseitigen, macht die Aktion schon zu einem Erfolg«, versetzte Möller trocken. »Für viele arme Teufel kommt dieser Erfolg zwar reichlich spät, aber besser spät als nie. Und wenn Sie es genau wissen wollen: Große Lust zu Wortgefechten mit Ihnen habe ich nicht. Es ist spät. Reden Sie oder sterben Sie. Beides ist mir recht.«

Abdullah schluckte kaum merklich. »Und wenn ich rede?«

»Überprüfen wir Ihre Angaben. Wenn sie der Wahrheit entsprechen, gehen Sie unbehelligt hier heraus.«

Das Gesicht des Mannes blieb ausdruckslos. »Das glauben Sie doch wohl selbst nicht«, sagte er. Und er betonte jedes einzelne Wort. »Im Gegensatz zu Achmed, der da drüben jetzt wahrscheinlich alles auspackt, was er an bescheidenen Informationen hat, um seinen Hals zu retten, bin ich mir ziemlich sicher, dass mich eine Aussage nicht retten wird.«

»Nein?«

»Ich habe zu viel gesehen. Sie sind nicht maskiert. Ich kann mir vorstellen, dass es unbequem ist, Masken zu tragen, aber es ist sicher. Ihren Kollegen Kommissar Gehaus oder Gehoff kenne ich – manche Personen vergisst man eben nicht so schnell.« Ein bitteres Lächeln umspielte seine Lippen. »Ich kann Sie identifizieren. Sie sind Profis und würden dieses Risiko wohl kaum eingehen. Ob ich rede oder nicht, macht keinen Unterschied, wissen Sie? Und da kann ich auch gleich schweigen.«

»Sie scheinen es sehr eilig zu haben zu sterben.«

»Ich habe es nicht eilig, aber ich bin realistisch.«

Wenn er so redet, will er uns ein Angebot machen, ging es Andreas Gehoff durch den Kopf. Dieser Mann fand immer einen Dreh. Abdullah Methic war ein Verbrecher, er hatte seine Tochter auf dem Gewissen, aber wider Willen musste Andreas zugeben, dass er Format hatte.

»Dann können wir es auch gleich zu Ende bringen«, meinte Möller, zog seine Pistole aus dem Schulterhalfter und richtete sie auf Mehtics Kopf.

Abdullahs Körper spannte sich unwillkürlich an. Seine Lippen waren nur noch ein schmaler Strich. »Ich könnte Ihnen ein Angebot machen«, sagte er. »Ein Angebot, das auch für Sie von Vorteil ist.«

Möller zog fragend die Augenbrauen nach oben.

»Ich arbeite für Sie«, bot Mehtic an. »Sie lassen mich laufen, und ich stehe Ihnen zur Verfügung. Sie setzen mich auf freien Fuß – und ich liefere Ihnen die Informationen, die Sie haben wollen. Und später geben Sie mir eine neue Identität.«

Möller schwieg. Aber er senkte die Pistole.

»Überlegen Sie es sich«, fuhr Abdullah Mehtic nach einer Weile fort. »Sie haben keinen Informanten in der oberen Führungsetage unserer Organisation. Ihre V-Männer wissen kaum mehr als Straßen-Dealer. Würde ich für Sie arbeiten, hätten Sie einen Informanten, der Ihnen wirklich erstklassige Informationen liefert.«

»Wenn es so ist, wie Sie es mir vorhin haarklein auseinander gesetzt haben – warum sollte ich Ihnen trauen?«, fragte Möller zurück. »Nennen Sie mir einen Grund, warum ich das Risiko eingehen sollte, Sie am Leben zu lassen.«

»Ganz einfach«, antwortete Mehtic langsam. »Weil Sie mich in der Hand haben. Ich bin bereit, Ihnen einige wichtige Informationen zu liefern. So wichtig, dass mich meine Organisation liquidieren würde, wenn Sie dies publik machen würden. Das ist mein Angebot. Als Gegenleistung verlange ich eine neue Identität und Ihren Schutz für mich und meine Familie, wenn ich auffliegen sollte.«

Es gibt wohl nichts, worauf du keine Antwort hast, dachte Andreas Gehoff. Er fühlte einen Stich der Enttäuschung, dass Abdullah erneut entwischen würde. Yvonnes Tod würde ungerächt bleiben.

»Was sind Sie bereit, uns freiwillig zu sagen?«, fragte Möller. Seine Stimme klang sachlich und kühl, aber es schwang ein interessierter Unterton darin mit. Abdullah Mehtic bemerkte es, und er entspannte sich ein wenig.

»Wäre es nicht besser, wir würden die Verhandlungen ohne diese Dinger hier fortsetzen?« Er hob seine mit den Handschellen auf dem Rücken gefesselten Arme leicht an.

Möller nickte, und einer der Kollegen nahm Mehtic die Handschellen ab. Als sie aufschnappten, streckte Abdullah Mehtic die Arme aus und ließ das Blut zirkulieren.

»Es ist schon ziemlich unbequem«, meinte er und schaute sie an. Sein Blick hatte etwas Gewinnendes. »Ich bin bereit, rückhaltlos mit Ihnen zusammenzuarbeiten. Jetzt und in der Zukunft.«

»Worte«, sagte Möller. »Wir brauchen keine Worte, wir brauchen Informationen. Über Lagerorte, Transportwege, Kontaktadressen, Konten.«

Abdullah schien mit sich zu ringen. Dann blickte er Möller fest in die Augen.

»Habe ich Ihr Wort?«, fragte er nur. »Habe ich Ihr Wort, dass ich hier lebend herauskomme und Sie sich an unsere Verabredungen halten?«

Für einen Moment schien Möller nachzudenken und das Für und Wider abzuwägen. Chancen und Risiken. »Okay«, meinte er schließlich. »Sie haben mein Wort.«

Eine Weile schwieg Mehtic. Dann erklärte er unvermittelt: »Ich möchte mich setzen.«

»Wollen Sie etwas trinken?«, erkundigte sich Fritz.

»Ein Wasser, bitte.« Abdullah trank in großen, hastigen Zügen. Die Anspannung fiel von ihm ab. Das Schlimmste schien überstanden zu sein.

»Butter bei die Fische«, sagte Möller und setzte sich zu ihm. »Was – wann – wo – wer?«

»Ich nehme an, dass Sie bei mir eine Hausdurchsuchung gemacht haben«, begann Mehtic. »Und ich bin ziemlich sicher, dass sie wenig ergiebig war.«

Möller nickte unbestimmt. Es konnte sowohl Zustimmung als auch verhaltene Ablehnung ausdrücken.

Eine Hausdurchsuchung? Ärger stieg in Andreas Gehoff hoch. Er war an diesem Abend in wenig eingeweiht worden. Er war nicht einmal gefragt worden, als Möller den Deal mit Abdullah gemacht hatte. Nicht einmal das.

»Unten im Heizungskeller befindet sich eine Vertiefung für den Schornsteinfeger. Wenn Sie den Einsatz herausnehmen, entdecken Sie einen Tresor. In diesem Tresor finden Sie das Wichtigste: Konten, Zahlungsbelege, Routen.«

Fritz Möller holte sein Handy heraus und tippte eine Nummer ein. »Habt ihr etwas gefunden?«, fragte er. Einen Augenblick hörte er konzentriert zu. »Im Heizungskeller«, sagte er schließlich. »Im Schornsteinabzug. Schaut da mal nach.« Er horchte in den Hörer, nickte zustimmend und wandte sich dann an Abdullah.

»Die Kombination.«

»Einundreißig – sieben – neunzehn – neun – eins«, sagte Abdullah Mehtic, und für einen Augenblick schien ein Schatten von Furcht sein kontrolliertes Gesicht zu überziehen.

»Alles mitnehmen«, ordnete Fritz Möller an und beendete die Verbindung. »So weit, so gut«, sagte er. »Wir müssen das Material noch überprüfen, aber es scheint gut zu sein. Die dreihunderttausend Mark haben wir übrigens auch mitgenommen.«

Abdullah blickte finster. »Es ist mein eigenes Geld«, meinte er.

»Jetzt nicht mehr«, erwiderte Möller.

Abdullah schwieg.

»Die Information über das Zentrallager«, erinnerte Möller ihn nach einer Weile.

Die Zeit verrann. Andreas Gehoff stand im Hintergrund des Raumes. Er schaute auf die Uhr. Fast halb drei.

»Heute Abend schnappen wir ihn«, hatte Möller gesagt. Unverwandt starrte er die beiden Männer am Tisch an. Abdullahs Gesten waren sparsam, aber eindringlich. Prägnant. Bestimmt. Ein Geschäftsmann des Todes, der die Seiten wechselte, der jedoch immer auf der sicheren Seite war. Gewandt, mit Charme und einem guten Gespür für die Situation. Und obwohl Andreas Fritz Möllers Entscheidung nachvollziehen konnte, fühlte er sich düpiert. Die beiden redeten immer noch. Schließlich standen sie auf.

»Ich habe Ihr Wort?«, vergewisserte sich Abdullah Mehtic und reichte Fritz Möller die Hand.

»Ja«, versicherte dieser und schlug ein. Und zum ersten Mal spielte ein zufriedenen Lächeln um Abdullahs Lippen.

Es war dieses Lächeln, was Gehoff aus seinen Gedanken riss. Er ging einen Schritt auf Abdullah zu. »Mein Wort hast du nicht«, rief er und zog seine Pistole.

In Abdullahs Gesicht stand Fassungslosigkeit und Unverständnis. »Warum?«, fragte er nur.

»Lass das, Andreas«, mahnte Fritz Möller. »Er ist zu wichtig.«

»Stimmt«, erwiderte Andreas Gehoff. Dann drückte er ab.

Und während Abdullah Mehtic langsam neben seinem Stuhl zu Boden sackte und das weiße Hemd sich rot färbte, stand auf seinem Gesicht immer noch der Ausdruck grenzenlosen Erstaunens.

»Du hättest ihn leben lassen sollen«, meinte Fritz Möller, als er Andreas Gehoff gegen halb vier zu seinem Auto am Bettina-von-Arnim Platz – brachte. »Er wäre für uns sehr wichtig gewesen. Aber ich kann dich verstehen.«

Andreas schwieg. Die Stadt lag im Dunkeln. Der Morgen war noch nicht angebrochen. Nur an einigen Fenstern, die hier und da in den hohen Wohnblocks aufleuchteten, war zu sehen, dass die ersten Menschen dieser Stadt erwachten. Normale Menschen, die schlaftrunken aus dem Bett stiegen, frühstückten und zur Frühschicht fuhren. Menschen, zu denen er gestern auch noch gehört hatte. Trotzdem fühlte Andreas etwas wie Befriedigung, was er sich nicht eingestehen wollte. Einer der Verantwortlichen für Yvonnes Tod hatte bezahlt. Endlich.

Trotzdem blieben Fragen. Wer waren die willigen Helfer? Kollegen wie Fritz Möller? Oder selbst ernannte Freiwillige?

»Was passiert mit den Toten?«, fragte Andreas auf einmal. »Wir haben heute Nacht sechs Menschen getötet. Es gibt also sechs Leichen. Was passiert mit ihnen?«

»Es waren Drogenhändler«, versetzte Fritz Möller hart. »Drogenhändler, die wir sonst nie hätten verurteilen können. Es waren Menschen, die Hunderte auf dem Gewissen haben und die immer ihrer Strafe entgangen wären. Und was mit ihnen passiert? Meinst du, wir werfen sie einfach in die Leine? Oder in den Mittellandkanal? Damit übermorgen die *Hannoversche Allgemeine* einen Artikel darüber bringt und die Öffentlichkeit rebellisch wird?« Er lachte bitter auf. Der Bettina-von-Arnim-Platz tauchte vor ihnen auf. »Wo steht dein Wagen?«

Andreas deutete auf den betagten VW-Passat.

Fritz Möller fuhr einige Meter weiter, dann hielt er an. »Was wir mit ihnen machen?«, wiederholte er. »Sie verschwinden. Sie verschwinden spurlos. Die Fabrik wird umgebaut. Betonfundamente werden gegossen. Und Beton ist ein ideales Grab. Dort werden sie liegen, bis diese Stadt vergangen ist. Tief unten in den Fundamenten einer Fabrik, eines Hochhauses, eines Wohnblocks. Nach den meisten von ihnen wird sowieso nicht gesucht und nicht gefragt. Und die Fragen, die doch gestellt werden, werden ohne Antwort bleiben.«

4. Kapitel

Hast du den Artikel gelesen?«, fragte Murat Ceylan und hielt Gehoff eine aufgeschlagene Zeitung vor die Nase.

Andreas Gehoff spürte Müdigkeit. Grenzenlose Müdigkeit. Er war am Morgen schnell nach Hause gefahren, hatte geduscht, kurz gefrühstückt und war dann zur Arbeit gegangen. Kurz vor sieben, so früh, dass sogar der Dienst habende Beamte an der Eingangstür überrascht aufgeschaut hatte. Normalerweise gehörte Andreas nicht zu den Pünktlichsten. Er hatte Routinearbeiten erledigt, Akten geordnet, noch ein wenig im Obduktionsbericht geblättert, als wäre dort ein Geheimnis versteckt, das seiner Aufmerksamkeit bisher entgangen war.

Bloß nicht über die vergangene Nacht nachdenken. Er hatte geschwankt zwischen Euphorie, Scham, Angst und Befriedigung, es dem Schwein gezeigt zu haben. Diesem Abdullah mit seinem selbstgefälligen Grinsen. Sein totes Kind, seine zerbrochene Ehe, seine Strafversetzung – Andreas konnte endlich einen Schlussstrich ziehen.

Seltsamerweise ging ihm das Bild des nigerianischen Parlamentsabgeordneten nicht aus dem Sinn. Gut gekleidet, sympathisch, vermutlich ein gebildeter Mann. Was mochte ihn dazu bewogen haben mitzumachen? Geld? Die Verzweiflung in einem fremden Land? Er war bereit gewesen auszupacken, hatte vermutlich alles gesagt – und trotzdem ... Einige Kubikmeter flüssiger Beton, das war alles, was von ihm übrig blieb. Beton, das Fundament eines neuen Hauses. Würde man ihn je finden?

»Hörst du überhaupt zu?«, fragte Murat Ceylan mit einem Anflug von Spott, in den sich Verärgerung mischte. »Scheint ja gestern Abend mächtig spät geworden zu sein? Wo warst du denn?«

Andreas Gehoff blickte überrascht auf. Er hatte die Worte seines Kollegen noch im Ohr, ohne ihren Sinn verstanden zu haben. »Doch«, sagte er unentschlossen. »Es war ein bisschen spät.« Dann, wie um ein Alibi zu haben, eine Erklärung zu liefern, fügte er hinzu: »Gemütliche Ecke, unsere Eckkneipe, weißt du? Aber so viele Gläser Bier waren es nun auch nicht.« Dann fiel sein Blick auf die Zeitung. »Was soll ich damit?«

»Lesen. Da steht etwas über unseren Fall. Gestern erschienen.«

»*Hannover-Echo*? Seit wann bringen die so etwas?«

»Lies«, insistierte Murat. »Aischa hat mir den Artikel heute Morgen beim Frühstück unter die Nase gehalten. Lies einfach.«

Gehoff überflog den kurzen Artikel, und je mehr er las, desto ärgerlicher wurde er. »Woher weiß der das?«, fragte er unwirsch.

»Möglicherweise hat er einen Blick in den Obduktionsbefund geworfen. Er hat ihn ja dem Boten förmlich aus der Hand geschlagen.«

»Hör dir das mal an«, regte sich Andreas Gehoff auf. »Dies hier: *›Ich habe gesehen, wie sie ihn umbrachten‹, berichtete der Obdachlose Werner K. (Name von der Redaktion geändert) unserem Reporter. ›Sie warfen ihn einfach von der Brücke ...‹* Dramatischer geht es ja wohl kaum. Schmierenjournalismus! Ob die schon mal etwas von Informantenschutz gehört haben? Warum setzen sie nicht gleich in die Zeitung, dass es sich bei dem Zeugen um Willi handelt? Der wohnt doch da seit Jahren, oder nicht?«

Murat Ceylan schwieg.

Gehoff las den Artikel zu Ende. »Es ist peinlich, so etwas aus der Zeitung zu erfahren«, sagte er verärgert, »aber trotzdem: Wir hätten gestern selbst mit Willi sprechen müssen.«

»Wir sollten es nachholen«, meinte Ceylan. »Und zwar möglichst bald.«

Sie hatten den Tatort seit jenem Abend nicht mehr gesehen. Die Baustelle war ein Gewirr von Kipplastern, Betonmischern und Bauarbeitern, die im durchdachten Durcheinander die letzten Arbeiten an der Brücke zu Ende führten. Ein großer Teil der Betonverschalungen war bereits abgenommen worden und lag als wirrer Stapel von Bauholz zum Abtransport bereit. Eine Planierraupe wurde gerade abgeladen. In wenigen Tagen würden nur noch zerstörte Bäume und die triste Eintönigkeit einer planierten Landschaft daran erinnern, dass hier einige Wochen lang Hochbetrieb geherrscht hatte.

Die Schrebergartenkolonie lag nur wenige Meter entfernt.

»Dass man es bei diesem Krach überhaupt aushält«, stöhnte Ceylan, als ein schwerer Kipper mit ohrenbetäubendem Lärm und einer Rußfahne, die aus seinem Auspuff stieg, die Auffahrt zur Brücke nahm.

»Immer noch besser als in irgendeinem Hauseingang in der Innenstadt«, brummte Gehoff. »Wo steckt der Kerl denn nur? Normalerweise sitzt er doch jeden Tag hier auf der Bank. Immerhin, das Wetter ist ja heute ganz passabel.«

»Würdest du bei diesem Krach hier sitzen?«

»Hatte unser Willi hier nicht irgendwo einen Schrebergarten?«

»Sicher«, brummte Ceylan, »aber wo?«

Sie traten durch eine kleine Tür in die umzäunte Schrebergartensiedlung. Die ordentlich in Reih und Glied angelegten Gärten lagen hinter einem halbhohen Maschendrahtzaun, der den Blick auf die dahinterliegenden Gärten nicht behinderte. Die meisten der als Sichtbegrenzung gepflanzten Büsche hatten das Laub verloren. Obwohl in den Gärten – sorgfältig, wie es sich für gute Gartenfreunde gehörte – das heruntergefallene Laub zusammengeharkt worden war, boten sie einen trostlosen Anblick. Fast alle sahen gleich aus: eine mittig angeordnete Rasenfläche, darin einige in einer Reihe ausgerichtete Obstbäume, eine Hütte, ein Geräteschuppen, Beete, in denen zuweilen noch einige Kohlköpfe wuchsen.

Doch welcher Garten gehörte Willi?

»Der ist es«, sagte Andreas Gehoff auf einmal bestimmt. Der Garten sah auf den ersten Blick weder ordentlicher noch unordentlicher aus als die in der Nachbarschaft. Er lag direkt am Rand der Siedlung. Man hatte einen ungehinderten Blick zum Kanal und zur Brücke. Willis Lieblingsbank war auch nicht weit entfernt.

Murat Ceylan grinste. In der Tat ließen die überquellenden Flaschenkisten kaum eine andere Interpretation zu.

Die Gartentür war nicht abgeschlossen und ließ sich leicht öffnen.

»Nicht sehr ordentlich«, meinte Murat schmunzelnd. »Einfach die Tür offen lassen, da kann ja jeder hineingehen.«

Andreas Gehoff schwieg.

»Mein Gott, man wird doch mal einen Witz machen dürfen«, schimpfte Murat. »Du bist heute wirklich schlecht gelaunt.«

Wortlos legten sie die wenigen Schritte zu dem Gartenhäuschen zurück. Der Garten verfügte über eine Rasenfläche, die deutlich größer war als die der Nachbarschaft und auf der einzelne Obstbäume und Ziersträucher standen. Doch auf dem Plattenweg lagen Reste verrottender Blätter. Verschiedene Platten hatten sich verschoben oder waren gesprungen, in einigen Blumenbeeten wucherte Giersch zwischen braunen Pflanzenleichen. Bei näherem Hinsehen wirkte der Garten vernachlässigt und ungepflegt.

Der Eingang der Hütte wurde von einer hohen, ausladenden Fichte verdeckt, einem ungewöhnlich großen Solitärbaum, der nicht so recht in eine Gartenkolonie passen wollte. Im Sommer sorgte er sicherlich für guten Sichtschutz und spendete wohl auch Schatten. Noch jetzt im Stadium beginnenden Verfalls ließ der Garten die Hand eines guten Landschaftsarchitekten erkennen. Der Geräteschuppen war mit einem Vorhängeschloss gesichert, die Tür zur Hütte geschlossen.

Murat klopfte erst leicht, dann energischer.

Nichts regte sich.

Er drückte die Klinke herunter, aber die Tür war verschlossen. »Willi, mach auf!«

Der Wind trug den Lärm von der Baustelle herüber. Ein Laster fuhr mit dröhnendem Motor wieder die Anhöhe zur Straße hinauf. Aber in der Gartenlaube regte sich nichts.

»Vielleicht ist er nicht da«, meinte Andreas Gehoff. »Wer kann es bei diesem Lärm schon aushalten?« Unschlüssig standen beide vor der verschlossenen Tür. »Wo könnte er stecken?«

»Innenstadt, Kröpke? Ein bisschen das Gehalt aufbessern oder eine Flasche Rotwein abstauben?«, mutmaßte Murat.

»Ich wusste gar nicht, dass er so früh aufsteht«, brummelte Gehoff missgelaunt. Die Aussicht, am Nachmittag oder morgen noch einmal hierher zu kommen, beflügelte ihn nicht gerade. »Der pennt bestimmt noch«, setzte er hoffnungsvoll hinzu. »Bei den vielen Flaschen hier auch kein Wunder.«

Murat Ceylan schlug mit der Faust gegen die Tür. »Aufmachen, Willi!« Aber in der Hütte blieb es stumm und die Tür geschlossen.

Andreas Gehoff trat einige Schritte zur Seite, zwängte sich an einer Kletterrose vorbei und versuchte, durch das Fenster in das Innere der Hütte zu blicken.

»Siehst du was?«

Gehoff trat zurück und befreite sich vorsichtig von den Dornen, die sich in seiner Jacke verhakt hatten. »Nichts zu machen. Da ist ein Vorhang vorgezogen.«

»Er müsste eigentlich da sein«, meinte Ceylan. »So früh steht doch keiner auf – außer uns natürlich. Aber Leute wie Willi pennen doch bis in den späten Vormittag. Und warum sollte Willi in der Stadt geschlafen haben, wenn er es hier so schön gemütlich hat? Gibt es noch ein anderes Fenster?«

An der Vorderseite der Hütte wurden sie noch einmal fündig. Ein großes Fenster, bei dem die Farbe abplatzte. Aber auch hier verhinderte ein Vorhang den Einblick. Vermutlich würden sie doch später noch einmal wiederkommen müssen.

»Siehst du das Lüftungsfenster da oben?« Andreas Gehoff deutete auf ein oberhalb des Geräteschuppens angebrachtes kleines Oberlicht. »Vielleicht haben wir dort mehr Glück.«

Das Dach des Schuppens war nur knapp zwei Meter hoch. Doch keiner der beiden hatte Lust, sich übermäßig schmutzig zu machen. So schoben sie einen größeren Holzklotz in die Nähe des Schuppens. Andreas Gehoff benutzte ihn als Leiter, schwang sich auf das wackelige Dach und balancierte auf dem moos- und algenbewachsenen Wellblech bis zu dem kleinen Oberlicht, das Einblick in das Innere des Hauses gewährte.

Die Scheiben waren lange nicht geputzt worden, sie waren fast blind vor verkrustetem Staub und Schmutz. Mit dem Taschentuch wischte er ein Guckloch frei und spähte hinein. Das Innere der Hütte lag im Dunkeln. Die Vorhänge an den Fenstern sperrten das Licht aus. Undeutlich zeichnete sich vor Andreas' Augen das karge Mobiliar des Raumes ab: ein Tisch, ein Stuhl, ein Bett oder eine Art Couch, Gerümpel und der Rest einer Kochecke, die er nicht mehr überblicken konnte. Auf der Couch schien ein schwarzer Schatten zu liegen. Willi?

»Kannst du was erkennen?«, fragte Murat von unten.

»Sieht so aus, als läge jemand auf der Couch«, erwiderte Andreas. »Aber es ist ziemlich dunkel, und ich kann das alles nicht besonders gut erkennen.«

»Aufmachen!« Murat Ceylan hämmerte mit beiden Fäusten gegen die Tür. »Aufmachen, Polizei!«

»Der rührt sich nicht«, sagte Andreas nachdenklich. »Der rührt sich überhaupt nicht.« Als er wieder unten stand, meinte er: »Das kommt mir merkwürdig vor. So fest schläft keiner. Was sollen wir tun?«

»Brechen wir die Tür auf?«

Andreas nickte. »Kriegst du sie auch so auf?«

Die Hüttentür hatte kein Sicherheitsschloss, sondern nur ein ganz gewöhnliches Türschloss.

Murat fingerte aus seiner Tasche einen zu einem Dietrich umfunktionierten Schraubenzieher heraus und führte ihn behutsam in die Öffnung ein. Wenige Augenblicke später schnappte der Riegel zurück. Sie traten ein.

Durch die geöffnete Tür fiel ein Lichtband in den kleinen Raum. Ihnen gegenüber stand die Couch. Ein Mann lag bekleidet unter einer alten Wolldecke, deren ursprüngliche Farbe kaum noch zu erkennen war. Seine Hand hing schlaff herab und berührte in der Nähe einer noch halb gefüllten Weinflasche den Boden.

Andreas beugte sich über ihn. Körperausdünstungen schlugen ihm entgegen, der Geruch von Urin, ungewaschener Haut, schmutzigen Kleidern. Vorsichtig berührte er die Stirn des Mannes. Sie war eiskalt.

»Der ist tot«, murmelte er. »Der ist seit einigen Stunden tot.«

Der Sahlkamp war eine mächtige Betonburg, zehn oder mehr Stockwerke hoch, grauer Waschbeton, in den die Erosion schon schwarze Tropfspuren gezeichnet hatte. Hier hatten sich städtebauliche Arroganz und Gleichgültigkeit gegenüber den Bewohnern zu einer Zeit ein Denkmal gesetzt, als an anderen Stellen bereits der Unsinn derartiger Großprojekte längst einem menschlicheren Bauen gewichen war.

»Hier müsste es sein«, stellte Murat Ceylan nach einigem Suchen zwischen fast identischen Hochhaustürmen fest und begutachtete die zahlreichen Klingelschilder, die den schmutzigen, abblätternden Waschbeton an der Eingangstür überwucherten. Früher mochten die Klingelschilder einmal einheitlich schwarz mit weißen Buchstaben gewesen sein. Jetzt gab es nur noch ein wirres Durcheinander von Plastik- und Metallschildern unterschiedlicher Farbe und handgeschriebenen Zetteln, die in den Löchern der herausgebrochenen Namensschilder mit Klebestreifen befestigt waren. Namen in allen Sprachen. Türkische, russische, gelegentlich auch einige deutsche.

»Platen, Monika und Hans Platen, Apartment siebenhundertsechzehn«, las Murat vor und drückte auf den Knopf.

Eine Frauenstimme, metallisch verzerrt, quäkte etwas Undeutliches durch die verbogene Aluminiumabdeckung des Lautsprechers, Dann wurde, ohne eine Antwort abzuwarten, der Türsummer gedrückt.

Die Spiegel im Fahrstuhl waren längst aus ihren Fassungen herausgebrochen, die grüne Metallverkleidung der Fahrstuhlkabine mit einer leuchtend orangefarbenen Schrift besprüht. Die Sprache konnten sie nicht identifizieren. Auf dem Fußboden stand in großen roten Druckbuchstaben FUCK YOU.

Murat und Andreas sahen sich vielsagend an. Sie mussten noch einmal an der Wohnungstür klingeln, die gleich gegenüber dem Fahrstuhls lag.

Monika Platen öffnete. Sie war Mitte zwanzig, trug ein eng sitzendes T-Shirt und Jeans. In diese Atmosphäre von Trostlosigkeit und Verfall schien ihre Jugendlichkeit nicht recht zu passen.

»Kriminalpolizei«, sagte Andreas Gehoff und zeigte seine Marke. »Wir hätten ganz gern Ihren Mann gesprochen, wenn es möglich ist.«

»Er arbeitet«, versetzte sie zögernd. Dann rief sie in den Flur hinein: »Hans, kommst du mal? Polizei!«

Als Hans Platen in den Eingang trat, huschte für einen Moment ein Grinsen über sein Gesicht. »Hallo«, grüßte er. »Bekomme ich jetzt an der Haustür Informationen aus erster Hand? Aber das wäre doch nicht nötig gewesen.«

»Haben Sie den Artikel über den Todesfall an der Wilhelm-Deichmann-Brücke geschrieben?«, fragte Andreas Gehoff kalt zurück. »Wir würden uns nämlich gern mit Ihnen darüber unterhalten.«

»Wieso – ist das verboten?«, konterte Platen provozierend.

»Das nicht«, antwortete Gehoff. »Aber es wirft einige Fragen auf, die wir in Ihrem eigenen Interesse am besten in Ihrer Wohnung besprechen sollten.«

Widerwillig gab Platen den Weg frei. »Kommen Sie rein.«

Die Wohnung war eng, aus einem Zimmer lugte ein schwarz gelocktes kleines Mädchen, das sie neugierig musterte. Platen führte sie zur Sitzecke im Wohnzimmer, räumte rasch ein paar Stofftiere beiseite und sagte entschuldigend: »Es ist schon ein bisschen unaufgeräumt, aber ...«

»Kein Problem«, meinte Ceylan. »Wir haben selbst Kinder. Ich glaube, wir kennen das alles.«

»Was wollen Sie von mir?«, fragte Hans Platen zurück. »Ich habe einen Artikel für meine Zeitung geschrieben. Das ist nicht verboten. Es würde mir leidtun, wenn ich Ihre Ermittlungen behindert haben sollte, aber wir haben Pressefreiheit in unserem Land ...«

»Woher haben Sie die Informationen?«, erkundigte sich Andreas Gehoff sachlich. »Sie schildern einen Mord oder mindestens einen mysteriösen Todesfall. Das alles haben Sie sich nicht aus den Fingern gesogen. Also, wer war Ihr Informant?«

Hans Platen grinste. »Berufsgeheimnis. Informantenschutz. Haben Sie davon schon mal etwas gehört?«

»Sie sind fahrlässig«, fuhr Gehoff fort, ohne auf seine Bemerkung einzugehen. »Sie sind einfach grob fahrlässig. Sie haben Ihren Informanten – es war doch Bordeaux-Willi, oder nicht? – ans Messer geliefert. Sie haben die Informationen in Ihrem Käseblättchen so wenig verschlüsselt, dass jeder darauf kommen musste, dass nur Bordeaux-Willi Ihnen die Informationen geliefert haben konnte. Und falls es Sie interessiert: Ihre Fahrlässigkeit hat gestern einen Menschen das Leben gekostet. Willi ist tot. Wir haben ihn heute Morgen tot in seiner Bude gefunden.«

Hans Platen schwieg betroffen. »Es tut mir leid«, sagte er schließlich. Wie sollte er ihnen auch erklären, dass es sein Kollege war, der ihn gedrängt hatte, ein wenig mehr »Butter bei die Fische« zu geben. Jetzt war Willi tot. »Wie ... warum ...?«, fragte er schließlich nach einer Weile hilflos.

»Wie? Wir wollten ihn befragen, gerade so, wie sie ihn befragt haben. Da haben wir ihn gefunden. Und warum? Er hatte etwas gesehen, und er war so leichtsinnig, Ihnen zu vertrauen und von seinem Beobachtungsposten zu erzählen, was ihn schließlich ans Messer geliefert hat. Und deswegen kommen wir zu Ihnen: Was hat Willi Ihnen erzählt?«

»Sind Sie denn sicher, dass die beiden Taten überhaupt etwas miteinander zu tun haben?«, fragte Hans Platen. Er klammerte sich an die unrealistische Hoffnung, nicht verantwortlich zu sein. »Es könnte doch auch ein Zufall sein. Oder nicht?«

»Möglich«, antwortete Gehoff. »Aber nicht wahrscheinlich. So viele Zufälle gibt es gar nicht. Nur einen Tag nach der Veröffentlichung Ihres Artikels stirbt der einzige Augenzeuge ...«

»Wie starb er?«, hakte Hans Platen nachdenklich nach.

»Die Todesursache steht noch nicht fest. Er lag angezogen auf seinem Bett, unter einer Wolldecke. Die Tür war abgeschlossen, der Schlüssel lag auf dem Küchentisch. Genaueres wissen wir erst nach der Obduktion.«

Hans Platen schnappte empört nach Luft. »Es steht also nicht einmal fest, dass er ermordet wurde? Sie vermuten es nur? Und damit kommen Sie ...«

»Ist Ihnen bereits aufgefallen«, fuhr Gehoff fort, ohne seinen Einwand zu beachten, »Willi wurde ermordet, vermutlich jedenfalls. Ermordet, weil der Täter glaubte, dass er Ihnen in seinem Interview einige Informationen gegeben hat, die den Täter möglicherweise belasten könnten. Willi gab Ihnen Informationen, und dafür musste er sterben. Wer, glauben Sie, ist der Nächste auf der Liste des Mörders?«

Für einen Moment huschte der Schein des Verstehens über Platens Gesicht. Einen Augenblick wirkte er betroffen. »Sie meinen ...? Aber Willi hat mir doch gar nichts Wichtiges erzählt. Wirklich überhaupt nichts von Bedeutung. Eigentlich nur das, was Sie ohnehin schon wussten.«

»Vielleicht«, schaltete sich Ceylan in das Gespräch ein. »Vielleicht aber auch nicht. Möglicherweise hat er Ihnen einen kleinen Hinweis gegeben, den Sie bisher noch nicht richtig in seiner Bedeutung erkannt haben. Und selbst wenn dies alles so wäre: Weiß der Täter das auch? Weiß er, dass Sie nichts wissen? Und würden Sie sich an seiner Stelle darauf verlassen?«

Hans Platen schwieg, aber auf einmal wirkte er hilflos. Im Nebenzimmer wurde Badewasser eingelassen. Wenig später kreischte ein Kind vor Vergnügen. Undeutlich hörten sie die Stimme seiner Mutter.

»Das Merkwürdige ist«, meinte Platen nachdenklich, »dass mir Willi wirklich praktisch gar nichts gesagt hat. Er habe einen dunklen Wagen gesehen, vermutlich einen Siebener BMW, einige Männer, die aber zu weit entfernt waren, um sie genau zu erkennen. Er berichtete, dass sie ihn hinuntergeworfen haben, die Person die Brücke hinunter, meine ich, und das war alles. Weiter weiß ich nichts.«

»Willi war doch nur wenige Meter vom Tatort entfernt«, erwiderte Gehoff ärgerlich. »Er muss doch etwas gesehen haben.«

Platen zog hilflos die Schultern hoch. Trotz der beiläufigen Geste stand in seinen Augen Besorgnis. »Er hat mir nichts weiter erzählt. Ehrlich. Nur, dass ich noch mal wiederkommen sollte. Vielleicht wollte er noch einen Wein haben, vielleicht hatte er tatsächlich weitere Informationen, aber verdammt noch mal, mir hat er ehrlich nichts gesagt. Ich wollte, es wäre anders.«

»Es ist in Ihrem Interesse«, meinte Gehoff schließlich, »dass Sie alle Informationen, die Sie haben, an uns weitergeben. Wirksam schützen werden wir Sie kaum können. Wir können nicht jedem Zeugen Personenschutz gewähren. Aber vielleicht finden wir den Täter schneller, als er Sie findet.« Wenngleich das sehr unwahrscheinlich ist, dachte er noch.

Platen nickte nachdenklich. Es war keine verlockende Aussicht, förmlich auf dem Präsentierteller zu sitzen. »Und den anderen«, fragte er, »den sie von der Brücke geworfen haben? Haben Sie wenigstens den Namen?«

»Nein«, antwortete Gehoff. »Haben wir nicht. Die Vermisstenmeldungen waren bisher Fehlanzeige.«

»Was ist denn mit den Zähnen? Lässt der Tote sich nicht anhand der Zähne identifizieren?« Für einen Augenblick huschte der Anflug eines Lächelns über Platens Gesicht. »Er hatte doch, wenn ich den Obduktionsbericht richtig gelesen habe – so besonders viel Zeit hatte ich ja nicht, Sie haben ihn mir ja gleich aus der Hand gerissen –, ein ungewöhnliches Gebiss, oder nicht?«

»Das schon«, gab Gehoff fast gegen seinen Willen zu. Wie kam er dazu, hier einem Journalisten so bereitwillig Rede und Antwort zu stehen?

»Waren es nicht Titanimplantate?«

Widerwillig musste Gehoff Platen zugestehen, dass er offensichtlich ein schneller Leser war. Unmerklich stieg er in seiner Achtung.

»Wie viele Spezialisten gibt es denn, die so eine Zahnbehandlung durchführen können? In Hannover? In Niedersachsen? Da lohnt sich doch die Nachfrage.«

Ein frisch gebadetes kleines Mädchen kam zur Tür herein und umarmte seinen Papa. Hans Platen zwang sich zu einem sorglosen Lachen, drückte der Kleinen einen Kuss auf die Stirn und wünschte ihr einen guten Mittagsschlaf. Platen schaute ihr nachdenklich hinterher, als sie nun das Zimmer verließ.

»Und was wird mit uns in der Zwischenzeit?«, wollte er wissen, als sie wieder allein waren.

»Glaubst du ihm?«, fragte Ceylan Gehoff wenig später.

»Warum nicht? Dem ging der Arsch auf Grundeis, wie man so schön sagt.«

Ceylan lenkte den Wagen durch den dichten Verkehr, aber Gehoff hatte den Eindruck, dass er nicht ganz bei der Sache war.

»Der Hinweis auf die Spezialisten ist nicht schlecht«, sagte Andreas Gehoff. »Wir hätten uns längst darum kümmern müssen. So viele Spezialisten für Implantate kann es schließlich nicht geben. Das wäre immerhin ein Anfang.«

»Mir geht noch etwas anderes im Kopf herum«, nahm Ceylan den Faden wieder auf. »Es ist doch seltsam, dass der Mörder – wenn es sich denn bei dem Tod von Willi um einen Mord handelt – sofort reagiert hat. Einen Tag, nachdem Plates Blättchen erschienen ist, ist Willi tot. Der Täter muss es sofort gelesen – und augenblicklich gehandelt haben.«

»Er war eben sehr schnell.«

»Nein, ich meine etwas anderes. Wer liest denn dieses Käseblättchen überhaupt? Es enthält doch nur Werbung und einige Berichte über lokale Ereignisse.«

»Vielleicht wollte sich unser Täter darüber informieren, was über die Tat berichtet worden ist? Über den Stand der Ermittlungen, über Indizien und so weiter.«

»Das glaubst du doch selbst nicht. Und wenn, dann schaut er sicher in die großen Zeitungen. *Hannoversche Allgemeine, Bild* – aber in ein Anzeigenblättchen, das noch nie so etwas gebracht hat?«

Gehoff blickte Murat überrascht an. »Mit anderen Worten: Der Täter liest die Zeitung regelmäßig, ist zufällig auf den Artikel gestoßen und hat daraus seine Schlussfolgerungen gezogen.«

»Und das bedeutet, dass er hier im Umkreis leben muss. Nicht irgendwo in Hannover, sondern hier im Norden der Stadt! Denn dieses Blättchen wird, soweit ich weiß, im Süden nicht verteilt.«

Es war erstaunlich, wie ähnlich kieferorthopädische Praxen eingerichtet waren. Gediegen, zurückhaltend in den Farben, ausgelegt mit weichen Teppichen, vermittelten sie genau den Eindruck, den sie vermittlen sollten: Ein Berufsstand hatte es geschafft. Von den schlichten Dentisten der fünfziger Jahre mit schlechtem Ansehen und noch geringerem Einkommen hin zu den Großverdienern und Leistungsträgern dieser Gesellschaft. Wer wollte angesichts von so deutlich zur Schau gestelltem Reichtum noch bezweifeln, dass dieser zu Recht erworben war?

Gehoff unterdrückte die klassenkämpferischen Bemerkungen, zu denen er zuweilen noch neigte, als sie den modernen Bürokomplex in der Peiner Straße betraten, der die dritte Praxis beherbergte, die sie heute noch mit den Röntgenaufnahmen des unbekannten Toten aufsuchen wollten.

Gemeinschaftspraxis Dr. Dr. Heiko Mundteufel und Dr. H. Wellhausen.

Sie schritten über spiegelnden Granit, vorbei an einer Reihe erwartungsvoll dasitzender Patienten aller Altersgruppen hin zu einem Empfangstisch aus einem tropischen Edelholz.

Die junge Dame, die dort saß, blickte von ihrem Computerbildschirm auf. »Was kann ich für Sie tun?«

Gehoff zeigte diskret seine Marke. »Wir möchten einen Mann identifizieren, der eine aufwändige Zahnoperation hinter sich hat. Möglicherweise ein Patient von Ihnen.«

»Richtig«, sagte sie. »Sie hatten schon angerufen. Haben Sie die Röntgenaufnahmen dabei? Der Herr Doktor hat gerade eine Operation, er wird aber gleich kommen. Sobald er fertig ist.«

»Gleich« war schamlos übertrieben. Gehoff und Ceylan mussten sich in Geduld fassen, aber als Dr. Mundteufel schließlich zu ihnen kam, war er trotz des anstrengenden kieferchirurgischen Eingriffs die Liebenswürdigkeit in Person.

»Es tut mir leid, dass Sie warten mussten, Frau Schmidt hat mir ausgerichtet, dass Sie da sind, aber ...« Er machte eine entschuldigende Geste mit den Händen.

»Wir wollen Ihre Zeit nicht lange in Anspruch nehmen, Herr Dr. Mundteufel. Wir hoffen, dass Sie uns helfen können, einen Toten zu identifizieren, von dem wir bisher nur wissen, dass er ein ungewöhnlich gutes Gebiss hatte, Titanimplantate, sehr fachkundig gemacht. Vielleicht könnten wir anhand der Röntgenaufnahmen Ihrer Kartei feststellen, ob es sich um einen Ihrer Patienten handelt. Sie sind, offen gestanden, unsere letzte Chance hier in Hannover.«

Dr. Mundteufel lächelte gewinnend. »Wir haben mehrere hundert Patienten. Nicht alle behandle ich selbst. Könnten Sie wenigstens nähere Angaben machen. Wie alt war der Mann? Haben Sie ein Foto? Oder zeigen Sie doch erst einmal die Röntgenaufnahme.«

Gehoff reichte ihm die Aufnahme, die von der Gerichtsmedizin gemacht worden war. Mundteufel hielt sie kurz gegen das Licht, bat sie dann in ein leeres Behandlungszimmer und klemmte das Foto an eine Beleuchtungsplatte.

»Hm«, murmelte er nach einer Weile. »Ein sehr ungewöhnlicher Eingriff. An die Implantate erinnere ich mich nicht. Aber diese Lücke dort ...«, er deutete auf einen dunklen Fleck im hinteren Kiefer, »das wird ein Weisheitszahn gewesen sein. Ein sehr schwieriger Fall. Sie sehen, auch nach so vielen Jahren kann man noch erkennen, dass der Zahn fast parallel zum Kiefer wuchs. Ein schwieriger Fall auch wegen der Nervnähe. Ich bin ziemlich sicher, dass ich einmal einen solchen Fall hatte. Nicht hier in der Praxis, glaube ich, aber ich habe vorher in der Medizinischen Hochschule gearbeitet ...« Er drehte sich zu einem der an der Wand angebrachten Telefonapparate um. »Frau Schulthagen, könnten Sie mir die alten Unterlagen aus der MedHo heraufbringen –? Ja, die aus dem Archiv.« Es kann ein bisschen dauern«, meinte er dann. »Sie entschuldigen mich in der Zwischenzeit?«

»Das ist ja alles akribisch durchorganisiert, jede Sekunde verplant«, knurrte Ceylan. »Und dann auch noch der Name! Mundteufel!«

Der Karton mit den alten Unterlagen wurde von einer

netten Hilfskraft hereingebracht, Dr. Mundteufel ließ jedoch auf sich warten.

»Es tut mir leid«, sagte er schließlich, als er wieder zurückkam, ein gewinnendes Lächeln auf den Lippen, »aber Sie verstehen sicher ...«

Gehoff und Ceylan verstanden.

Obwohl es sich um alte Unterlagen handelte, herrschte in der Kiste eine geradezu penible Ordnung. Aufmerksam holte Dr. Mundteufel einige Einlegeblätter heraus, entnahm ihnen die Röntgenaufnahmen, hielt sie kurz vor die Beleuchtungsscheibe, verwarf sie wieder. Ihm schien nur ein flüchtiger Blick zu genügen, um zu erkennen, ob die jeweilige Unterlage die gesuchte war. Nach knapp zehn Minuten hielt er eine Aufnahme ziemlich lange in der Hand. »Die ist es«, sagte er und heftete sie sorgsam neben die Aufnahme der Gerichtsmedizin.

Ceylan und Gehoff stellten sich neben ihn.

Mit der Spitze eines Kugelschreibers fuhr Mundteufel die Linien nach. Wie man aus diesem Gewirr von dunklen und helleren Stellen überhaupt eine Diagnose stellen konnte, war Gehoff immer ein Rätsel geblieben, konnte er selbst doch gerade einmal die Zähne und die sich darin weiß abzeichnenden Füllungen unterscheiden.

»Ist er das?«, fragte er schließlich.

Dr. Mundteufel zögerte. »Die Aufnahme ist recht alt. Von neunzehnhundertdreiundachtzig. Ein Teil der Zähne ist erneuert worden und die damalige Wunde natürlich schon verheilt. Aber sehen Sie hier, die ursprüngliche Wunde ist noch erkennbar, schwach zwar, aber immerhin, die intakten Dreier sind identisch und dort dieses alte Goldinlay – also, soweit man das aufgrund einer alten Aufnahme sagen kann: Gehen Sie davon aus, dass Sie Ihren Mann gefunden haben. Hans-Michael Richter, wohnhaft in Hannover, Wilhelm-

Busch-Str. siebenundzwanzig, das ist in der Nähe der Uni. Aber ich glaube nicht, dass er dort noch wohnt.«

»Sind Sie sicher, dass er es ist?«

»Sagen wir, zu neunzig Prozent.«

»Das Bild des Mannes würde Ihnen nichts sagen?«, hakte Ceylan nach und zeigte ihm ein Foto des Toten. Und in der Annahme, dass das heruntergekommene Äußere das Gedächtnis des Arztes möglicherweise täuschen konnte, fügte er hinzu: »Wir haben auch noch eine Zeichnung, auf der er etwas ziviler aussieht.«

Dr. Mundteufel vertiefte sich in beide Bilder. »Tut mir leid«, meinte er. »Ich kann mich an Zähne erinnern, an Menschen schlechter und an Namen kaum. Und wie gesagt, es ist recht lange her.«

Es war halb sieben, als sie wieder bei der Polizeidirektion West ankamen.

5. Kapitel

Als Andreas Gehoff am Morgen die *Hannoversche Allgemeine* aufschlug, sprang ihm die Schlagzeile ins Gesicht:

Sonderdezernat Drogenkriminalität zerschlägt Dealer-Ring.
Einhundert Kilo Heroin sichergestellt.

Wie die Nachklänge eines unrealistischen Traumes tauchten die Einzelheiten der vorletzten Nacht wieder auf. Die Verhöre, die Toten, die Geständnisse. Zwei große Zwischenlager waren verraten worden. Eines war nun ausgehoben. Gehoff bemühte sich, ein Gefühl der Befriedigung zu empfinden, doch es wollte sich nicht einstellen. Für einen Moment rief er sich Abdullahs Bild in Erinnerung, seinen überraschten Gesichtsausdruck, den roten Fleck auf seinem Hemd, der sich rasch ausbreitete, sein Zu-Boden-Sinken. Andreas Gehoff ließ die Szene einmal, dann mehrmals im Zeitlupentempo vor seinem geistigen Auge ablaufen. Aber der Zweifel blieb. War es das wert gewesen?

Auf der Dienststelle bekam er beiläufig mit, wie Fritz Möller gratuliert wurde, ein Reporter der *Hannoverschen Allgemeinen* bat um ein ein Interview, fast wartete Andreas auf ein verschwörerisches Zeichen, ein komplizenhaftes Augenzwinkern, aber es blieb aus.

Der Obduktionsbefund von Willi lag bereits auf dem

Schreibtisch. Wie sie vermutet hatten, war es ein gewaltsamer Tod gewesen. Man hatte Acetylose im Blut nachgewiesen, ein sofort wirksames Betäubungsmittel, das auch bei Tieren verwendet wurde. Es war mithilfe einer Injektion in den Oberarm in den Blutkreislauf gebracht worden, möglicherweise mit einer Pistole. Anschließend schien eine Chloroformmaske aufgelegt worden zu sein. Die Todesursache: Atemstillstand durch Lähmung der Atemmuskulatur. Im Gegensatz zu vielen anderen Giften waren diese Stoffe nach wenigen Tagen kaum noch nachweisbar. Es war Zufall gewesen, dass sie Willi so schnell gefunden hatten.

Murat Ceylan kam etwas später, er war noch in der EDV-Abteilung gewesen und hatte die Computerauszüge mit den Ergebnissen der Namensrecherche mitgebracht. Der Polizeirechner hatte in der Nacht ganze Arbeit geleistet und alle Hans-Michael Richter des Bundesgebietes herausgesucht.

»Was Neues?«, fragte Ceylan, als er hereinkam und Gehoff in seine Berichte vertieft vorfand. Andreas schob ihm die Akten hinüber.

»Die Tür scheint, wie die von der Spurensicherung uns bereits gestern gesagt haben, von außen mit einem Dietrich wieder verschlossen worden zu sein. In wenigen Wochen, wenn irgendjemandem der Geruch aufgefallen wäre, hätte es wie ein normaler Todesfall ausgesehen«, erläuterte Gehoff. Dann fragte er: »Und wie viele Richters hat uns der Computer ausgespuckt?«

»Das Beste vorweg: In Hannover wohnte keiner, aber in der Bundesrepublik heißen genau hundertzweiundvierzig Männer Michael Richter. Keiner mehr, keiner weniger.«

»Hieß er nicht Hans-Michael Richter?«

»Davon gibt es dreißig, und bei Hans Richter geht die Zahl in die Tausende.« Manchmal hatte Ceylan beim Überbringen schlechter Nachrichten einen geradezu süffisanten

Ton an sich. Der Vorteil der Computer schien zu sein, dass sie zwar mehr Nadeln hervorzauberten, aber auch mehr Heuhaufen. Tausende, das konnte ja heiter werden! Aber dann sah Gehoff, dass Ceylan sich noch ein kleines, verschmitztes Lächeln aufgespart hatte.

»Spuck's aus«, forderte Andreas Gehoff ihn auf.

»In Hannover gibt es keinen, aber wir haben einen in Isernhagen«, meinte er grinsend.

»Vielleicht haben wir ja Glück, und er ist in der Gegend wohnen geblieben.« Natürlich war es nicht sicher, Hans-Michael Richter konnte sonst wo sein, aber warum sollten sie nicht auch einmal Glück haben?

Isernhagen NB lag im Norden Hannovers. Ihn als Vorort zu bezeichnen wäre einem Sakrileg nahe gekommen, wenngleich er genau das war. Ursprünglich ein idyllisches Bauerndorf mit großen, niedersächsischen Fachwerkhäusern, war er inzwischen zu einer weitläufigen Wohnsiedlung der betuchten Bürger Hannovers geworden. Sorgfältig restaurierte Fachwerkhäuser, mit altem Basalt oder Ziegelsteinen belegte Hofeinfahrten und in den verschwiegenen Nebenstraßen eine Leistungsschau der rennomierten zeitgenössischen Architekturbüros. Ein unübersichtliches Straßennetz sorgte dafür, dass kein Ungebetener diesem Refugium von Geld und Macht zu nahe kam.

Die Alte Lindenstraße zweigte von der Hauptstraße ab, schlängelte sich zwischen einer Reihe von Bauernhäusern hindurch und endete schließlich vor einem Bungalow aus den fünfziger Jahren. Seine reduzierten Formen und seine Linienführung verrieten, dass er wohl von einem Architekten geplant und gebaut worden war, der dem Bauhaus nahe gestanden hatte.

Erstaunlicherweise gab es nicht einmal ein abweisendes Tor mit Sprechanlage. Gehoff und Ceylan gingen auf gealterten Steinplatten bis zum Eingang und klingelten.

Im Inneren des Hauses schlug ein Hund an, wurde offensichtlich eingesperrt, denn das Bellen klang auf einmal leiser, dann öffnete sich die Tür.

Die etwa vierzigjährige Frau hätte ohne weiteres eine Schwedin sein können. Sie war deutlich über einsachtzig groß, hatte langes blondes Haar, einige wenige Sommersprossen auf der hellen Stupsnase und trug legere Freizeitkleidung, der man den Preis ansah.

»Sie wünschen?«, fragte sie. Ein leichter, anscheinend süddeutscher Akzent klang in ihrer Stimme mit, ein angenehmer Akzent.

Gehoff bemerkte irritiert, dass sie zwei verschiedenfarbige Augen hatte. Das rechte war grau, das linke wies eine leichte Spur von Grün auf. Eigentlich hatte er blaue Augen erwartet. »Kriminalpolizei«, stellte er sich vor und zog seine Marke. »Frau Richter? Wir hätten ganz gern Ihren Mann gesprochen, wenn es möglich ist.«

Ein Schatten des Unmuts huschte über ihr Gesicht. »Ich habe doch bereits vor einer Woche Ihren Kollegen alles gesagt, was ich weiß«, versetzte sie trotzdem mit formvollendeter Freundlichkeit. »Mein Mann ist auf einer Dienstreise, er wird wahrscheinlich in einer Woche zurückkommen. Aber das habe ich Ihnen doch schon mitgeteilt. Ihren Kollegen jedenfalls«, wiederholte sie. Es schien ihr noch eine spitze Bemerkung auf der Zunge zu liegen, aber sie sagte nichts weiter.

Gehoff schaute sie überrascht an. »Ich weiß zwar nicht, in welcher Angelegenheit meine Kollegen bei Ihnen waren ...«

»Bei uns in der Firma ist eingebrochen worden«, erklärte sie knapp. »Aber vielleicht erkundigen Sie sich doch einmal bei Ihrer Dienststelle. Ich konnte Ihren Kollegen schon damals nicht viel sagen, doch der ermittelnde Beamte machte einen kompetenten Eindruck. Er ist Ihnen bestimmt behilflich. Oder sollten Sie bereits den Täter festgestellt haben?«

»Wir kommen nicht wegen des Einbruchs«, erwiderte Gehoff und entschied sich, die Spitze zu überhören. »Mordkommission«, fügte er hinzu. »Es geht uns nicht um einen Einbruch oder Diebstahl. Wir ermitteln in einem Mordfall und bitten Sie um Ihre Mithilfe.«

»Mordkommission« war ein magisches Wort. Alle Personen zuckten dabei zusammen.

»Mord?«, murmelte sie.

Gehoff zog das Foto heraus. »Würden Sie sich bitte einmal die Fotografie ansehen?«

Sie warf einen beiläufigen, scheinbar desinteressierten Blick auf das Foto, das Gehoff ihr gab. Ein Ausdruck jähen Entsetzens glitt plötzlich über ihr Gesicht. Von einem Augenblick zum anderen wurde sie aschfahl. »Kommen Sie herein«, sagte sie tonlos.

Das Haus war weitläufig. In den Räumen hingen indianisch anmutende, großformatige Keramikscheiben. Vögel und Tiersymbole in gelber und blauer Emaille auf Terrakotta. In dem großen, reduziert eingerichteten Wohnzimmer saß eine schwarzhaarige Frau, die in einer Zeitschrift blätterte. *Cosmopolitan*, wie Andreas Gehoff beim zweiten Hinsehen auffiel. Sie war kleiner als die blonde Frau und hatte einen wesentlich dunkleren Teint.

»Isabella, die beiden Herren sind von der Kriminalpolizei«, stellte Frau Richter sie vor.

Isabella blickte sie aufmerksam an. Ihre Augen waren fast schwarz, und der sorgfältige Lidstrich mit seiner violetten

Tönung unterstrich ihren wachen Ausdruck. Sie betrachtete die Eintretenden mit gleichmütiger, zurückhaltender Höflichkeit, doch dann blieb ihr Blick an Frau Richters Gesicht hängen. »Du hast etwas«, rief sie, und auf einmal schien sie die Besucher vergessen zu haben. Sie stand auf, stellte sich zu der anderen und legte ihr behutsam die Hand auf die Schulter. Eine Geste seltsam anrührender Zärtlichkeit. »Marianne, du hast etwas. Was ist los?«, fragte sie leise.

Wortlos zeigte ihr Frau Richter das Foto, das sie noch in der Hand hielt.

Die Dunkelhaarige schloss die Augen. »Ist etwas mit Hernando?«

Marianne Richter nickte stumm.

Fragend schaute Isabella Gehoff und Ceylan an.

»Dieses Foto zeigt Ihren Mann?«, wandte sich Andreas Gehoff an Frau Richter.

»Ja«, antwortete sie. Ihre Stimme klang brüchig. »Ja, es ist mein Mann.« Sie räusperte sich. »Aber wenn Sie mir so ein Foto zeigen ...« Sie vollendete den Satz nicht.

»Es tut mir leid«, erwiderte Gehoff. Es war merkwürdig, dass sie alle nur in Floskeln sprachen. Floskeln für einen Fall, der immer wieder auftrat, den er immer wieder erlebt hatte und erleben würde. »Ihr Mann ist tot.«

»Wann?«, fragte sie nur.

»Vor einer Woche haben wir ihn gefunden, am Mittwoch«, sagte Gehoff. »Er wurde von einer Brücke in Hannover gestoßen. Wir haben lange gebraucht, um ihn zu identifizieren, und da Sie keine Vermisstenanzeige aufgegeben hatten ...«

Sie waren zu viert in dem großen Wohnzimmer. Die beiden Frauen standen eng beieinander, und Gehoff hatte den Eindruck, dass sie einander berührt hätten, wenn er und Ceylan nicht da gewesen wären.

Ebony and Ivory, der Titel von Paul McCartney ging ihm durch den Kopf. *Live together in perfect harmony* ... Lebten die beiden auch in perfekter Harmonie zusamen?

Es war Ceylan, der das Schweigen brach. »Herr Richter war auf einer Dienstreise, sagten Sie?«

»Ja«, antwortete Marianne Richter abwesend. »Vor etwa zweieinhalb Wochen fuhr er los.«

»Mit dem Wagen?«

»Nein, er nahm wie immer ein Taxi zum Flughafen. Uns ist einmal ein Auto am Flughafen aufgebrochen worden ...« Sie brach ab, als wäre ihr zu Bewusstsein gekommen, dass es darauf nicht mehr ankam.

Meist waren die ersten Informationen, dann, wenn die Angehörigen wie betäubt waren und unter Schock standen, die wichtigsten. Sie hatten keine Zeit zu überlegen, sagten, wenn sie überhaupt etwas Sinnvolles herausbrachten, gerade das, was ihnen in den Sinn kam. Verfängliches, Belastendes, Hinweise. Es mochte wie mangelnde Anteilnahme aussehen, wenn sie beim ersten Treffen ihre Fragen stellten, und vermutlich war es das auch. In einem Beruf, in dem Mord zum täglichen Geschäft gehörte, konnte man nicht immer persönlich betroffen sein. Wenn ein Mensch erst einmal tot war, wurde er zum Fall. Zu einem Fall, den man lösen musste, zu einem Rätsel, einer Aufgabe.

»Wohin wollte Ihr Mann fahren?«, hakte Gehoff nach.

»New York«, murmelte sie. »Oder eigentlich weiter nach Bogotá. Mein Mann hat dort Jahre gelebt, nach seinem Studium. Er wollte nach Bogotá. Geschäftsreise. Wir haben eine Import-Export-Firma ...«

»Was exportieren Sie?«

Sie schien einen Augenblick nachzudenken. »Eigentlich alles«, sagte sie schließlich. »Hauptsächlich landwirtschaftliche Maschinen, Baumaschinen und so weiter. Aber manchmal auch etwas anderes. Was sich so ergibt. Meistens jedoch Maschinen. Baumaschinen ...«

»Den Zweck der Reise Ihres Mannes – kennen Sie ihn?«

Es waren immer dieselben Fragen. Sie folgten einem festen Muster.

»Nicht genau«, meinte Frau Richter. »Eigentlich ... Natürlich, es ging um irgendeinen Auftrag, und er flog jedes Jahr mindestens drei-, viermal geschäftlich nach Bogotá. Manchmal flogen wir beide auch privat. Oder Isabella mit ihm. Aber was er genau gemacht hat oder wen er aufgesucht hat ...« Sie schaute Gehoff hilflos an. »Weiß Ihre Frau immer, an was für einem Fall Sie arbeiten?«

»Angerufen aus Südamerika hat er nicht?«

»Doch«, antwortete sie. »Vor vielleicht zehn Tagen, warten Sie, vorletzten Sonntag, genau, da war es. Er rief an, sagte, dass er gut angekommen sei und jetzt ins Landesinnere fahre und die nächste Zeit nicht mehr erreichbar sei. Er komme aber pünktlich wieder – zu meinem Geburtstag ...« Sie trieb ihre Fingernägel in die Handballen, doch langsam verlor sie die Kontrolle über sich. Plötzlich standen Tränen in ihren Augen. »Entschuldigen Sie«, stieß sie unvermittelt hervor und verließ rasch den Raum.

Gehoff und Ceylan blickten ihr betroffen hinterher.

»Sie hat ihn sehr geliebt«, sagte Isabella unvermittelt. »Sehr.«

»In welcher Eigenschaft sind Sie hier?«, wollte Gehoff wissen.

Sie sah ihn mit ihren großen, schwarzen Augen an. Es waren intensive Augen, doch ihr Blick war nun leer. »In welcher Eigenschaft?«, wiederholte sie. »Ist das so wichtig? Aber natürlich«, fügte sie mechanisch hinzu. »Natürlich ist es wichtig. Ich bin Isabella Cortez, ich bin die Privatsekretärin von Herrn Richter, und wenn Sie so wollen, Vertraute und Freundin der Familie ...«

Geliebte auch?, dachte Gehoff. Ménage à trois? »Kennen Sie die näheren Umstände der Reise?«, fragte er.

»Nein«, entgegnete sie nach einigem Zögern. »Es klingt zwar etwas komisch für eine Privatsekretärin, aber es war keine der üblichen Besprechungen, die habe ich sonst alle arrangiert. Diese Reise war außer der Reihe. Ich habe lediglich die Flugtickets besorgt. Hannover, Frankfurt, New York, dann am nächsten Tag weiter nach Bogotá. Aber Genaueres – tut mir leid. Das lief nicht über mich.« Ihre Stimme hatte einen melodischen Akzent, den Gehoff nicht einordnen konnte. Irgendeine südeuropäische Sprache? Spanisch?

»Kamen diese unvermittelten Geschäftsreisen häufiger vor?«

»Manchmal schon«, sagte sie. »Gelegentlich. Hernando, ich meine, Herr Richter war zuweilen etwas impulsiv, jedenfalls für die hiesigen norddeutschen Verhältnisse.« Für einen Moment schien der Anflug eines Lächelns über ihr Gesicht zu huschen.

»Die Geschäftspartner in Amerika kennen Sie selbstverständlich?«, fragte Ceylan. Es war eine Eigenart von ihm, selten bei einer Befragung im Hintergrund zu bleiben. Eine Frage musste er wenigstens stellen.

»Roberto Schlesinger«, versetzte sie. »Natürlich kenne ich ihn und seine Leute. Ich habe jahrelang für die Firma gearbeitet.«

»Hier in Deutschland?«

»Nein«, antwortete sie. »In Bogotá.«

Frau Richter kam wieder in den Raum. Man sah ihr an,

dass sie ihr Makeup gerichtet hatte. Sie bemühte sich sichtlich um Fassung. »Entschuldigen Sie bitte«, bat sie mit einem Ausdruck hilflos anmutender Verlegenheit. »Normalerweise habe ich mich besser unter Kontrolle.«

Gehoff schüttelte den Kopf. »Wenn Ihnen die Befragung jetzt zu sehr zusetzt, dann können wir sie ein anderes Mal fortsetzen.«

»Es wird schon gehen«, erklärte sie matt. »Was wollen Sie wissen?«

»Die Reise Ihres Mannes kam sehr plötzlich?«

Sie warf einen Blick zu Isabella hinüber. Dann meinte sie langsam: »Eigentlich ja. Es kam zwar häufiger vor, dass er spontane Entscheidungen fällte, aber eine Reise nach Amerika, die kündigte er meist doch wenigstens eine Woche vorher an. Er sagte zu mir, ich glaube, es war Mittwoch vor zwei Wochen, dass er kurz mal rüberfliegen müsse und dass Isabella ihm Tickets besorgen solle. Das war alles. Er schien etwas beunruhigt zu sein. Aber ich kann mich auch täuschen. Donnerstag ist er jedenfalls dann gleich geflogen, und am Sonntag hat er mich noch einmal angerufen. Danach habe ich nichts mehr von ihm gehört.«

»Sie haben nur einmal innerhalb zehn Tagen telefoniert? War das üblich, dass Sie sich so selten am Telefon unterhielten?«

»Manchmal ja, manchmal nein. Wissen Sie, die Zeitverschiebung zwischen Deutschland und Amerika ist ein Problem, fast acht Stunden, und dann noch die Besprechungen. Er hatte häufig einfach nicht die Zeit. Ich habe es selbst erlebt, wenn ich mit ihm drüben war. Einfach zu wenig Zeit.«

»Über was haben Sie sich am Telefon unterhalten?«

»Mein Gott, über was unterhält man sich am Telefon?

Übers Wetter, darüber, ob es einem gut geht, über Kinder, Alltäglichkeiten, Belangloses.«

»Ihr Mann klang jedenfalls ganz normal, nicht irgendwie anders?«

»Irgendwie anders?«

»Besorgt, unter Zwang, Stress?«

»Nein«, antwortete sie nachdenklich. »Nein, er klang ganz normal. Nur die Verbindung war schlecht. Als hätte er vom Handy aus angerufen; es fiel mir auf, weil die Verbindung nach Übersee normalerweise besser ist. Es rauscht weniger. Und diese Verbindung klang, als wäre sie gestört, so ähnlich wie früher – oder wie aus einem Auto. Aber er war ja in Südamerika, und da telefoniert man nicht mit dem Handy. Jedenfalls kaum.«

»Der Einbruch«, erinnerte Ceylan. »Sie erwähnten, in Ihre Firma sei eingebrochen worden.«

»Ich glaube, ich kann Ihnen mehr sagen«, mischte sich Isabella Cortez ein. »Vor einer Woche wurde in unsere Firma eingebrochen, ja. Es wurde alles durchwühlt. Hernandos Schreibtisch, die EDV-Unterlagen, Papiere, eigentlich ziemlich viel. Ein ziemliches Chaos.«

»Wurde etwas gestohlen?«

Isabella Cortez zuckte die Schultern. »Ich weiß nicht.« Und auf Ceylans erstaunten Blick hin fügte sie hinzu: »Ich weiß, es klingt etwas merkwürdig, aber ich weiß es wirklich nicht. Etwas Bargeld, knapp zweitausend Mark, aber das war wohl mehr Zufall. Keiner bricht in ein Bürogebäude ein, um Bargeld zu stehlen, oder? Unterlagen vielleicht, doch wir vermissen keine. Alle aktuellen Vorgänge jedenfalls waren wieder aufzufinden. Wie gesagt, es herrschte ein ziemliches Chaos, aber immerhin war alles da. Schlimmer war schon, dass die Festplatten der Computer neu formatiert waren. Alle alten Daten waren gelöscht, wissen Sie? Nun gut, wir hatten fast alles auf unserem Backup-System, aber trotzdem ... Seit einer Woche sind wir jedenfalls nur mit dem Wiederherstellen der Daten beschäftigt. Und gerade jetzt arbeiteten wir an einem großen Auftrag, diesmal soll nach Argentinien geliefert werden. Die Unterlagen waren erst einmal ziemlich verstreut, völlig chaotisch! Aber direkt gestohlen wurde eigentlich nichts, von dem Geld einmal abgesehen. Allerdings bin ich auch nicht über jede Einzelheit unserer Geschäftsbeziehungen informiert. Unter Umständen könnten Ihnen da Mitarbeiter aus der Firma weiterhelfen. Vielleicht Herr Mondberger oder Herr Wilhelmsen. Obwohl die auch nichts gefunden haben.«

»Den Grund des Einbruches konnten Sie demnach nicht rekonstruieren?«

»Nein. Es schien uns ziemlich sinnlos zu sein. Wichtiges wurde schließlich nicht gestohlen, und auch die Daten, die gelöscht wurden, waren ja wieder zu ersetzen.«

»Wusste Herr Richter von dem Einbruch?«

Isabella Cortez und Frau Richter wechselten wieder einen kurzen Blick. Beide schienen zu zögern.

»Wir baten ihn um Rückruf«, stellte Isabella dann rasch klar, als wollte sie ihr Zögern ungeschehen machen. »Aber er antwortete nicht mehr. Und über Fax wollten wir die Mitteilung nicht herausgeben.«

»Feinde«, sagte Ceylan unvermittelt. »Hatte Herr Richter Feinde?«

Die beiden schwiegen.

»Wer weiß das schon«, meinte Frau Richter schließlich. »Er muss welche gehabt haben, aber ich kenne keine ... Er war beliebt, wissen Sie? Überall angesehen, wir hatten einen kleinen, aber netten Freundeskreis, natürlich gibt es Konkurrenten ... Der Argentinien-Auftrag – da waren auch noch eine andere deutsche Firma und eine englische im Gespräch, aber deswegen jemanden einfach umzubringen ...?«

»Eine merkwürdige Versammlung«, murmelte Ceylan. Als sie wieder ins Freie traten, brach die Sonne durch. Die Kälte des Novembers war plötzlich einer fast frühlingshaften Witterung gewichen. Langsam gingen sie den Weg zu ihrem Wagen zurück. Gehoff schwieg.

»Ein seltsames Paar«, wiederholte Ceylan. »Findest du nicht auch? Da wird eingebrochen, das ganze Geschäft durchsucht, und die sagen nicht einmal ihrem Mann beziehungsweise Chef Bescheid. Dass sie kein Fax schicken wollten, das kann ich ja verstehen, aber dann hätten sie ihn doch wenigstens wiederholt um Rückruf bitten sollen. So ein Einbruch ist doch keine Lappalie. Doch was meinst du? Haben die was miteinander?«

»Wissen sie mehr, als sie uns sagen?«, fragte Gehoff zurück.

»Eines jedenfalls sollten wir festhalten«, erwiderte Ceylan. »Wenn Richter wirklich vor zehn Tagen angerufen hat, dann war er bereits zu diesem Zeitpunkt in Gefangenschaft. Immerhin, sein Bart war recht lang, sicherlich hatte er sich seit mehr als fünf oder sechs Tagen nicht mehr gewaschen und rasiert, als wir ihn gefunden hatten. Und die Telefon-Verbindung: Wenn sie wirklich schlecht war, dann hat er von hier aus angerufen. Die Überseeverbindungen sind meist besser als die innerhalb Deutschlands.«

»Die spielen hier ein Rauschen ein«, erläuterte Gehoff überflüssigerweise. »Die Telekom spielt ein Rauschen ein, das anzeigt, dass man noch in der Leitung ist. Und das wird bei Überseeverbindungen meist nicht gemacht, deswegen ist bei den internationalen Verbindungen in der Regel die Verbindung besser, auch wenn man es auf den ersten Blick nicht so recht glauben will. Ich nehme übrigens nicht an, dass Hans-Michael Richter überhaupt in Südamerika war.«

»Aber er wollte offensichtlich schnell weg, so schnell, dass ihm wohl nicht viel Zeit blieb, sich um die Einzelheiten der Reise zu kümmern.«

»... sagt Isabella Cortez, denn Frau Richter konnte das alles kaum bestätigen.«

»Was wollten die von dir?«, fragte Monika Platen ihren Mann.

Hans Platen starrte schweigend vor sich hin.

»Dich bedrückt etwas«, beharrte Monika leise und nahm seine Hand. »Aber was immer es ist, erzähl es mir. Gemeinsam schaffen wir es.«

»Ich habe Angst um dich«, flüsterte Hans Platen. »Ich glaube, ich bin da in etwas hineingeraten, was eine Nummer zu groß für mich ist. Es sollte nur ein guter Artikel werden, es ging um ein paar lumpige Mark für ein paar beschissene Zeilen ...«

»Und?«, hakte Monika nach.

Stockend berichtete er. Als er geendet hatte, saßen sie eine Weile schweigend da. »Wenn ich nur irgendwie aussteigen könnte ...«

Monika zog die Beine ganz dicht an ihren Körper und legte den Kopf auf ihre Knie. »Ich glaube, das kannst du nicht«, meinte sie schließlich. »Oder willst du eine Anzeige aufgeben? ›Ich weiß nichts, und ich forsche auch nicht weiter.‹«

Hans Platen verfiel wieder in dumpfes Schweigen.

»Ich könnte zu meinen Eltern ziehen«, überlegte Monika. »Sie haben uns sowieso schon seit langem eingeladen und würden sich bestimmt freuen, wenn wir kommen. Dann wären die Kinder wenigstens in Sicherheit. Kann die Polizei dich denn schützen?«

»Polizei ...« Für einen Augenblick bekam Hans Platens Stimme einen aggressiven, verächtlichen Unterton. »Polizei! Die sitzen doch nur auf ihren Ärschen und wälzen ihre Akten. Ich glaube nicht, dass die mich schützen. Warum sollten sie auch? Ich weiß doch nichts. Für die bin ich ja uninteressant. Nicht einmal ein richtiger Zeuge.«

»Weißt du wirklich nicht mehr?«, fragte Monika nach. »Hast du denen alles erzählt? Jede Kleinigkeit. Manchmal sind es die Kleinigkeiten, die von Wichtigkeit sind, das weißt du doch selbst.«

Das Gespräch mit Willi stand ihm vor Augen. Was hatte er ihm gesagt? Ein BMW der Siebener-Reihe, schwarz oder dunkelblau, Nummernschild nicht zu erkennen ... Obwohl, es war eigentlich unwahrscheinlich, dass Willi gar nichts gesehen haben sollte. Die Brücke war nicht weit entfernt, sie lag fast vor seiner Nase. Vielleicht war er ein bisschen zu gierig gewesen. »Komm wieder«, hatte er gesagt. Steckte nur die Sehnsucht nach einem Gespräch und einer schlechten Flasche Wein zu dreifünfundneunzig dahinter? Hatte er noch mal zwanzig Mark haben wollen? Oder hatte er wirklich etwas gewusst?

Jener andere Abend fiel ihm wieder ein. Diese elend lange Kaninchenzüchterversammlung. Der Matschweg. Der Verletzte unter der Brücke ...

»Ich habe nicht alles gesagt«, meinte er nachdenklich. »Ich weiß etwas, was sie nicht wissen. Ich kenne den Namen des Mannes. Und sie kennen ihn nicht.«

»Damit könntest du einen Deal machen«, sagte Monika hoffnungsvoll. »Wenn du ihnen erzählst, was sie nicht wissen, dann müssen sie dich schützen. Das müssen sie einfach! Du bekommst Polizeischutz.«

»Vielleicht«, meinte er leise. Sein Blick glitt durch die Wohnung. Klein, mittelmäßig aufgeräumt. Siebter Stock, Sahlkamp. Eine beschissene Stelle bei einer noch beschisseneren Zeitung. Und der Traum von einem großen Artikel, der ihn hinausführen sollte aus dem Kreislauf von Windeleimern, kaputten Anlassern und Kaninchenzüchterversammlungen.

Ob die Polizei ihn schützen konnte? Wohl kaum, selbst wenn sie es wollte. Sie konnten ihm ja schlecht bei jedem Pressetermin einen Beamten zur Seite stellen.

Ein Deal, hatte Monika eben gesagt ... Und schlagartig war ihm klar, welchen Deal er der Polizei vorschlagen würde.

»Sozusagen Amtshilfe?«, Hauptkommissar Matthias Berger grinste. »Für die Mordkommission tun wir doch alles. Ist ja klar. War der Täter denn ein Obdachloser? Du bist doch jetzt bei der Mordkommission – oder nicht?«, fragte er noch süffisant nach.

»Witzig, witzig«, sagte Gehoff. Ihm kam wieder zu Bewusstsein, dass er Berger, der ein Jahr nach ihm mit dem Lehrgang fertig geworden war, noch nie gemocht hatte, und offensichtlich hatten nicht alle seine Kollegen seine Strafversetzung mit Anteilnahme verfolgt, sondern auch mit einer gehörigen Portion Schadenfreude. Berger war übrigens einer derjenigen gewesen, die nur »gerade so eben« die Prüfung bestanden hatten. »Also, wie war das mit dem Einbruch?«, insistierte er.

»Der Einbruch in der Theaterstraße ...« Hauptkommissar Matthias Berger ging zum Aktenschrank und zog die Akte heraus. Sein Gesichtsausdruck wurde sachlich. »Wir ermitteln natürlich, aber wenn ihr mich fragt – wir haben kaum Anhaltspunkte. Ein undurchsichtiger Fall.«

Anhaltspunkte hatte Berger noch nie gehabt, erinnerte sich Gehoff. Und seine Aufklärungsquote lag deutlich unter dem Durchschnitt. Dieser Schrank schien die Wartehalle für die Fälle zu sein, die er wohl erst nach einer Schamfrist zu den Akten legen wollte.

Berger griff nach der Kaffeekanne. »Wollt ihr auch einen?«

Gehoff warf einen skeptischen Blick auf den Becher. Er hatte sich bei einer solchen Gelegenheit einmal einen hartnäckigen Herpes eingefangen und wollte nur ungern weitere Risiken eingehen. Doch die Tassen schienen sauber zu sein. Er nickte zustimmend. »Kaum Anhaltspunkte ...«, erinnerte er Berger.

»Im Büro herrschte das reinste Chaos«, erläuterte dieser, »die Tür war aber nicht aufgebrochen worden, auch die Eingangstür des Hauses nicht. Habt ihr euch das Gebäude schon mal angesehen? Nein? Na ja, bringt auch nicht viel. Ein ganz normales Büro, von außen unscheinbar, aber eine sehr gute Adresse, wie gesagt, die Tür nicht aufgebrochen. Der Täter muss also einen Schlüssel gehabt haben. Alarmanlage ausgestellt, sorgfältig gemacht. Und dann gründlich gesucht. Angeblich fehlt nichts – sagen die Mitarbeiter.«

»Motiv?«

Berger zuckte die Schultern. »Was weiß ich? Industriespionage, obwohl diese Leute meist weniger auffällig vorgehen. Vielleicht Vereitelung eines größeren Geschäftes. Die Firma stand, wie mir einer der Prokuristen sagte, gerade vor ...« Er schlug die Akte auf: »Ja, da steht es: Besonders durchwühlt waren die Unterlagen über das Angebot an die Estada Urgentia Argentina, was immer sich hinter diesem Namen verbergen mag. Und alle Computerdaten gelöscht. Festplatten nicht nur neu formatiert, sondern mit einem speziellen Programm gelöscht. Alles ratzekahl weg.«

»Wichtige Daten?«

»Weiß der Kuckuck. Die sagen nein. Haben angeblich alles auf Sicherungsbändern gehabt. Es ist also offenbar kein Schaden entstanden. Um es mal unter uns zu sagen, Andreas: Es gibt Einbrüche, bei denen wird etwas gestohlen, prima, dann finden wir irgendwann vielleicht den Einbrecher. Oder es wird etwas absichtlich zerstört, auch gut. Dann fragen wir nach einem Motiv. Aber hier? Die Leute im Büro wissen ja nicht einmal, ob ihnen vielleicht nicht doch ein Schaden entstanden ist. Keiner weiß etwas, keiner sagt etwas. Die tun so, als hätte einer einen harmlosen Aprilscherz veranstaltet. Und damit belästigt man natürlich nicht die Polizei. Jedenfalls waren die Mitarbeiter alles andere als kooperativ. Und wenn nicht zufällig doch eine der Alarmanlagen losgegangen wäre, wer weiß, ob die uns überhaupt geholt hätten. Eine so zugeknöpfte Bande ist mir bei Leuten, bei denen eingebrochen worden ist, bisher noch nie begegnet. Vielleicht ist etwas gesucht worden, möglicherweise ist es gefunden worden, aber wenn keiner aus der Firma uns einen Hinweis gibt, dann tappen wir ganz schön im Dunkeln. Übrigens hat sich der Täter im Haus zwar gut, aber nicht sehr gut ausgekannt.«

Gehoff merkte auf. Das war ein Hinweis, der neu war.

Berger erläuterte: »Das Haus ist mit mehreren Alarmanlagen gesichert. Die erste befindet sich in der Eingangstür des Hauses und wird bei einem gewaltsamen Eindringen aktiviert. Da der Täter einen Schlüssel gehabt hat, konnte er dieses Problem umgehen. Die zweite Anlage ist in einem Kasten in der Nähe der Bürotür versteckt. Unauffällig. Sie verfügt über eine Codesicherung mit einer sechsstelligen Zahlenkombination. Innerhalb von einer Minute muss die Anlage entschärft werden, sonst geht sie los. Offensichtlich kannten die Einbrecher den Code, denn auch diese Anlage wurde rechtzeitig ausgeschaltet. Die letzte Anlage befindet sich im Büro des Inhabers am Ende des Ganges. Eine einfache Schaltung zur Alarmanlage, die dann aktiviert wird, wenn der Computer angestellt wird. Eine eher simple Vorrichtung Marke Eigenbau. Den Schalter bekommst du in jedem Baumarkt. Einfacher Steckkontakt. Und dieses Ding hat uns alarmiert. Leider ein wenig zu spät.«

»Also noch mal: Die letzte Alarmanlage geht los, als der Computer des Firmeninhabers eingeschaltet wird? Damit dürfte doch klar sein, dass Richters Computer erst ganz zum Schluss angestellt und durchsucht wurde.«

Berger nickte. »Es muss so gewesen sein. Zuletzt haben sie den Computer des Chefs eingeschaltet und dabei die selbst gebastelte Alarmanlage übersehen. Was mal wieder zeigt, dass die einfachen Anlagen meist die besten sind. Die Angestellten hatten übrigens von der Existenz dieser Sicherung keine Ahnung – sagen sie.«

»Dann ist das, was die Einbrecher möglicherweise gesucht haben, noch im Computer?«, fragte Gehoff hoffnungsvoll.

»Ich muss dich enttäuschen. Als unsere Leute eintrafen, lief gerade auf allen Rechnern ein Programm, das die Festplatten neu formatierte. Das ist zwar kein absoluter Schutz, wie ich mal auf einem Lehrgang beim LKA gehört habe, aber ich bezweifle, dass du da noch irgendwelche sinnvollen Daten finden kannst. Das kannst du vergessen. Die ganze Angelegenheit stinkt, aber ich weiß nicht, wonach.«

»Verdächtige?«, hakte Gehoff nach.

Berger hob die Schultern. »Was heißt schon Verdächtige? Die Einbrecher kannten sich gut aus, sehr gut sogar. Damit sind natürlich alle Insider automatisch verdächtig. Die Sekretärinnen kannten den Code der Alarmanlage nicht, was natürlich nicht ausschliesst, das eine der Frauen dahintergekommen sein kann. Dann gibt es noch zwei weitere Angestellte, Herr Wilhelmsen, das ist der eine Prokurist, er hatte einen Schlüssel und kannte natürlich die Sicherheitsanlagen, das Gleiche gilt aber auch für Mondberger, den zweiten Prokuristen.«

»Das sind doch immerhin ein paar Anhaltspunkte ...«, meinte Ceylan, der sich offenbar bemüßigt fühlte, auch etwas zu sagen.

»Bei allen fehlen die Motive für einen Einbruch. Jeder von ihnen hätte ohne weiteres Zugang zu allen Daten gehabt – und das während der Dienstzeit ... Was hätten die finden können, was sie nicht auch schon während ihrer Arbeitszeit hätten erfahren können? Außerdem schien keiner von ihnen den Einbruch sonderlich tragisch zu nehmen. So wichtig war das alles wohl doch nicht.«

Auch eine Logik, ging es Gehoff durch den Kopf. »Alibis?«, fragte er.

»Alibis?«, wiederholte fragte Berger irritiert.

»Ja, hast du die Alibis der beiden Prokuristen zur Einbruchszeit überprüft?«, fügte er eine Tonlage schärfer hinzu, als er eigentlich beabsichtigt hatte.

»Sie waren beide zu Hause«, versetzte Berger eingeschnappt.

»Ist das überprüft worden?«

»Wenn wir bei jedem Einbruch die Alibis der Angestellten überprüften, dann würden wir wohl kaum fertig. Das war kein Mordfall, Andreas. Das war ein ganz normaler Einbruch. Und da überprüfst du nicht sofort alle Alibis.«

»Immerhin ist ein Mord passiert«, sagte Gehoff. »Der

Inhaber ist ermordet worden, und möglicherweise haben der oder die Einbrecher seinen Schlüssel verwendet.«

»Falls die Fälle überhaupt etwas miteinander zu tun haben«, fügte Berger hinzu. »Falls sie überhaupt zusammenhängen.«

6. Kapitel

Die Richter Import Export GmbH residierte an der Theaterstraße. Es war eine noble Adresse, sie lag gegenüber der Oper, eigentlich eher eine Lage für exquisite Einrichtungs- und Modegeschäfte. Firmen, die weniger auf Kundenverkehr aus waren, mieden normalerweise diese teure Gegend, die schon eine Reihe auch renommierter Unternehmen entweder zum Auszug in weniger prestigeträchtige Gegenden oder gar zur Aufgabe gezwungen hatten.

Das Haus war ein Gründerzeithaus, in dunklem Sandstein gehalten, die reichhaltigen Verzierungen waren allerdings durch die Modernisierungswut der sechziger Jahre einer platten Bauhaus-Ideologie zum Opfer gefallen, die schließlich das ganze Gebäude zu einem auswechselbaren Nullachtfünfzehn-Objekt reduziert hatte. Das Gebäude wirkte unscheinbar, die Hausnummer war so unauffällig angebracht, dass Gehoff und Ceylan erst einige Male vorbeigingen, bevor sie sie entdeckten. Der Treppenaufgang erwies sich als eng und atmete den muffigen Geruch der späten fünfziger Jahre. Sie benutzten den Fahrstuhl und waren überrascht, hier ein absolutes High-Tech-Produkt vorzufinden.

Die Geschäftsräume der Richter Import-Export befanden sich im vierten Stock. Es war ein Büro, bei dessen Einrichtung Zweckmäßigkeit oberstes Gebot gewesen war.

Auswechselbar, die Schreibtische und Rollschränke stammten wohl noch aus den sechziger Jahren, in seltsamem Kontrast dazu standen die modernen Computer und Faxgeräte, die wie Fremdkörper wirkten.

Herr Mondberger entpuppte sich als ein typischer, aufstrebender junger Dynamiker, an dem jeder Chef seine helle Freude gehabt hätte. Er mochte vielleicht dreißig sein. Man nahm ihm ohne weiteres ab, dass er auch noch seine Freizeit am liebsten in der Firma verbracht hätte. Korrekt gekleidet, ein blaues Sakko mit modischer Krawatte, die eine überdimensionierte Mickymaus zierte. Bei jeder Antwort schaute er zuerst zum ersten Prokuristen, als müsste er eine Erlaubnis einholen, das Wort ergreifen zu dürfen. Herr Wilhelmsen, der erste Prokurist, war in mancher Beziehung das genaue Gegenteil, ein bedächtiger, fast beamtenhafter Typ Ende fünfzig, vielleicht auch ein wenig älter. Er trug ein Tweed-Jackett mit einem Rollkragenpullover und hätte in einem englischen Kriminalfilm gut den seriösen Rechtsanwalt spielen können. Beide hatten vom Tod ihres Chefs bereits durch Frau Richter oder Isabella Cortez erfahren. Sie wirkten ernst und betroffen. Ebenso die beiden Sekretärinnen, die sich unscheinbar und unauffällig im Hintergrund hielten.

Der Täter hatte sich gut ausgekannt, sagte sich Gehoff. So gut, dass er entweder ein Insider oder aber glänzend instruiert gewesen sein musste. Glänzend, bis auf eine kleine Kleinigkeit, die wohl aber auch nur Herr Richter gewusst hatte. Waren hier die Täter zu finden?

Als zugeknöpft hatte Bremer die Mitarbeiter bezeichnet. Der Eindruck schien falsch zu sein. Zugeknöpft waren die beiden Prokuristen jedenfalls nicht. Sie gaben bereitwillig Antwort, wobei Herr Mondberger nach wie vor immer erst Wilhelmsens Erlaubnis einzuholen schien. Ein persönlicher Tick oder ein Hinweis auf das Arbeitsklima in der Firma? Dennoch war dies eine der Vernehmungen, die von vornherein unergiebig waren. Die Antworten waren so vorhersehbar! Der Chef? Ein wunderbarer Mensch, immer gut gelaunt. Das Klima im Betrieb? Einfach großartig. Probleme – nein, eigentlich nicht. Der Mord – unvorstellbar! Nein, den Einbruch konnten sie sich nicht erklären. Obwohl, merkwürdig sei das alles natürlich schon ...

Alles war glatt, wirkte wie einstudiert.

»Ich würde Sie gern einzeln sprechen«, beendete Gehoff nach wenigen Minuten die unergiebige Befragung.

»Der Täter muss einen Schlüssel gehabt haben«, stellte er gegenüber dem ersten Prokuristen Wilhelmsen fest. »Wie viele Schlüssel gibt es?«

Herr Wilhelmsen zögerte. »Ich weiß es nicht genau«, sagte er schließlich. »Ich habe einen, Herr Mondberger natürlich auch, Herr Richter, Frau Cortez, die Reinigungskräfte. Möglicherweise noch andere.«

»Sind das nicht etwas viele Schlüssel?«

»Eigentlich nicht. Wir sind ja hier kein Geheimlabor, sondern eine ganz normale Firma, nicht einmal eine große. Im Grunde haben wir keine Betriebsgeheimnisse.«

»Sie wollen mir doch nicht sagen, dass die Konkurrenz von Ihnen alles wissen darf, oder?«

Wilhelmsen verzog seinen Mund zum Ansatz eines Lächelns. »Natürlich nicht. Aber wenn Sie diesen Maßstab anlegen, dann müsste jede Spedition einen Hochsicherheitstrakt haben. Und eine Rund-um-die-Uhr-Bewachung noch dazu.«

»Mir ist immer noch nicht ganz klar, womit Sie eigentlich handeln. Frau Richter erwähnte Baumaschinen ...«

»... und landwirtschaftliche Maschinen – und was sonst so anfällt ...«

»Ist das nicht etwas unbestimmt?«

»Es gibt eine Reihe von Handelshäusern dieser Art«, versetzte Wilhelmsen mit einem Anflug von Ärger in der Stimme. »Herr Richter senior, der Gründer der Firma, hatte ursprünglich eine Reederei in Stettin, eine kleine Reederei, meistens Stückgut nach Südamerika, ja, das hat es auch gegeben. Nach dem Krieg waren die Schiffe beschlagnahmt, und Herr Richter fing hier in Hannover wieder an. Ohne Schiffe, aber mit den alten Geschäftsverbindungen.«

»Schiffe haben Sie nicht mehr?«

Herr Wilhelmsen schüttelte den Kopf. »Anfangs war die Kapitaldecke zu dünn, später, als mehr Kapital da war, rentierte sich die Seeschifffahrt nicht mehr. Da hatte unser alter Chef schon den richtigen Riecher.«

Gehoff nickte verstehend. Den Niedergang der deutschen Reedereien konnte man in jeder Zeitung nachlesen. »Und der Sohn hat das Geschäft dann nach dem Tod des Vaters übernommen?«, fragte er interessiert.

»Herr Richter, ich meine den jungen Herrn Richter, war nach seinem Studium erst einige Jahre in Bogotá bei unseren Geschäftspartnern, dann hat er neunzehnhundertvierundachtzig nach dem Tod seines Vaters die Firma selbst übernommen.«

»Viel geändert scheint er nicht zu haben«, meinte Gehoff und wies mit einer Handbewegung auf das Ambiente der sechziger Jahre.

»Nein«, sagte Wilhelmsen. Für den Bruchteil einer Sekunde schien er zu zögern, dann setzte er beiläufig hinzu: »Nein, er hat die Firma im alten Geist weitergeführt. Natürlich mit moderner Technik«, setzte er rasch hinzu. Dann, noch etwas schneller: »Wir gehen ja auch schließlich mit der Zeit.«

»Geht das denn überhaupt?«, hakte Gehoff nach und

musterte Wilhelmsen. »Ich meine: Wir haben doch jetzt neunzehnhundertneunundneunzig und nicht mehr neunzehnhundertfünfundfünfzig?«

»Wir verkaufen ja auch nicht mehr die Maschinen von fünfundfünfzig«, erwiderte Wilhelmsen schlagfertig. »Keine Hanomags, keine Tempo-Dreiräder, keine Lanz-Traktoren ...«

Warum hatte er vorhin gezögert?

»Wie läuft die Firma?«, fragte Gehoff, ärgerte sich dann aber, weil er sich die Antwort denken konnte. Alle Geschäftsleute sagten immer das Gleiche, solange man ihnen nicht schwarz auf weiß das Gegenteil bewies.

»Gut«, antwortete Wilhelmsen. »Wir sind keine der Großen, aber wir haben eine solide Bilanz.«

»Sie hatten sehr auf den Auftrag aus Argentinien gesetzt?«

»War willkommen, wäre aber auch kein allzu herber Verlust gewesen, wenn wir ihn nicht erhalten hätten. Im Übrigen haben wir ihn ja bekommen. Das Fax kam heute Vormittag.«

Wir drehen uns im Kreis, ging es Gehoff durch den Kopf. Dies ist eine ganz normale, altertümliche Firma. Vielleicht zu normal und zu altertümlich? »Könnte ich das Zimmer von Herrn Richter sehen?«, bat er.

Wilhelmsen führte ihn in den hinteren Teil der Firma. Von Richters Büro aus sah man auf die Theaterstraße. Es war deutlich größer als die anderen Büros, aber auch in ihm hing jener merkwürdige Geruch nach altbackener Kaufmannsehre. Altertümliche Doppelfenster, die wohl ebenfalls aus den sechziger Jahren stammten, verhinderten, dass der Straßenlärm ins Zimmer drang. Hohe Schrankwände aus Teakholz, die vermutlich Geschäftsunterlagen enthielten. Ein großer Schreibtisch, ebenfalls massives

Teakholz. Ein Sideboard mit einer großen offensichtlich südamerikanischen Skulptur. Auf dem Schreibtisch das Foto einer jungen Frau in einem indisch anmutenden langen Baumwollkleid. Es war eine Gegenlichtaufnahme, schwer zu erkennen, aber vermutlich stellte sie Marianne Richter dar. Das Büro wirkte persönlich. An der Wand hing ein Seestück, ein Dampfer auf hoher See.

»Der *Senator*, das Schiff des alten Herrn«, erläuterte Wilhelmsen auf Gehoffs fragenden Blick hin. Der PC auf dem Nebentisch wirkte dagegen wie ein Fremdkörper.

»Und auf allen Computern wurden die Daten gelöscht?«, vergewisserte sich Andreas Gehoff.

Wilhelmsen nickte. »Auf allen. Wir hatten ganz schön Arbeit, die Daten wiederherzustellen.«

»Sie hatten Sicherungskopien?«

Ein abschätziges Lächeln glitt über die Züge des Prokuristen. Auch wenn ich schon fast sechzig bin, bin ich doch nicht von gestern, schien er zu denken. »Wir haben ein modernes Backup-System. Aber einschließlich Aufräumen hat es doch zwei Tage gedauert.«

»Was waren denn das für Daten?«

»Das Übliche. Korrespondenz, Kalkulationen, Terminpläne. Was halt so anfällt ...«

»Die Sicherheitsbänder wurden wo gelagert?«

»Es gibt einen Satz hier im Büro, noch einen in dem Tresor der Commerzbank, aber für die EDV ist Herr Mondberger zuständig.«

Wie auf ein Stichwort trat Mondberger ins Zimmer. Er blickte in einer so betont beiläufigen Art in die Runde, die hohes Interesse verriet.

»Was hatte Herr Richter auf seiner Festplatte?«, fragte Gehoff plötzlich. »Auch das Übliche?«

Die beiden wechselten einen raschen Blick.

»Ich weiß es nicht«, sagte schließlich Wilhelmsen. »Ich habe keine Ahnung. Schließlich konnte ich ja nicht einfach in sein Büro gehen und mir seine Daten ansehen. Außerdem hatte er ein Passwort«, fügte er noch hinzu.

»Der Computer ist nicht an das Netzwerk angeschlossen«, meldete sich Ceylan. »Alle Computer im Büro sind vernetzt, dieser nicht.«

»Wir haben unsere PCs seit etwa acht Jahren«, erklärte Wilhelmsen. »Seit neunzehnhundertvierundneunzig haben wir ein Netzwerk. Wenn ich Ihnen erzähle, wie häufig wir hier einen Techniker hatten ...« Er hob in scheinbarer Resignation die Schultern. »Kurz und gut, wir alle hatten die Nase von diesem verdammten Netzwerk ziemlich voll. Das zweite läuft zwar besser, aber als wir die neuen PCs bekamen, das war vor ungefähr einem Jahr, da hat Herr Richter darauf bestanden, nicht an das allgemeine Netz angeschlossen zu werden. Er hat seinen eigenen Internetanschluss, seinen E-Mail Account ...«

»Ich möchte auch nicht an einem Microsoft-Netzwerk hängen«, bemerkte Ceylan und erntete einen verständnisvollen Blick.

»Die Daten sind hier nicht wieder aufgespielt worden?«, erkundigte sich Gehoff und deutete auf Richters Computer.

Mondberger schüttelte den Kopf. »Wieso auch? Herr Richter war schließlich gar nicht da, er wollte ja erst in einer Woche ...« Dann brach er ab.

»Gibt es Sicherungskopien für die Daten in seinem Computer?«

Wilhelmsen schaute Mondberger fragend an. Dieser schüttelte den Kopf. »Ich weiß nicht«, meinte er schließlich. »Ein Bandlaufwerk zur Sicherung hat der Computer des Chefs ja nicht. Bänder gibt es also nicht. Möglicherweise wird er irgendwo auch ein paar Sicherungsdisketten gehabt haben. Aber wenn Sie mich so direkt fragen ...«

»Ich frage Sie direkt.«

»Ich glaube, er bewahrte sie in seinem Schreibtisch auf. Warten Sie, ich schaue mal nach.« Mondberger zog zielsicher eine Schublade auf. Sie war peinlich aufgeräumt. Ein Stoß Papier, eine Betriebsanleitung für den Drucker, die Beschreibung einer ISDN-Karte, Diskettenetiketten, sonst war sie leer.

»Könnte Herr Richter sie an einer anderen Stelle deponiert haben?«

Mondberger blickte Wilhelmsen Hilfe suchend an.

Hier weiß keiner etwas, ging es Gehoff durch den Kopf. »Ich weiß nicht« – das schien die Standardformulierung zu sein. Wie Berger vorhin richtig bemerkt hatte: An der Aufklärung des Einbruchs schienen die beiden Prokuristen nicht sonderlich interessiert zu sein.

Mondberger griff planlos nach einer anderen Schublade. Stempelkissen, Kugelschreiber, Textmarker und Klebstofftuben – ein heilloses Durcheinander.

»Hier sind sie auch nicht«, murmelte Mondberger enttäuscht. Auch die nächste Schublade enthielt nichts. »Entweder hat er keine Sicherheitsdisketten gehabt, oder es ist tatsächlich etwas gestohlen worden«, stellte er schließlich fest.

Wir finden nichts, ging es Gehoff durch den Kopf. Mein erster richtiger Fall seit Monaten – und wir finden nicht einmal einen kleinen Anhaltspunkt. Aber was immer die gesucht haben, es hat wahrscheinlich in diesem PC gesteckt. »Hatte Herr Richter Ahnung von Computern?«, fragte er Mondberger auf einmal unvermittelt.

»Wie meinen Sie das?«

»Verstand er etwas davon? Konnte er programmieren,

oder war dieses Gerät nur eine etwas bessere Schreibmaschine für ihn?«

Mondberger schob seine Zunge in die Wange. Eine merkwürdige Angewohnheit beim Nachdenken. »Ich würde sagen, er war ein sehr gehobener Anwender. Konnte etwas programmieren. Kein richtiger Experte, aber er schraubte auch mal an dem Kasten herum, wenn es notwendig war. Sagen wir es so: Er konnte damit besser umgehen als die meisten.«

»Solche Leute machen Sicherungskopien«, stellte Ceylan klar. »Kein Profi oder gebildeter Laie arbeitet ohne. Wenn die Disketten oder Bänder nicht da sind, sind sie entfernt worden.

»Möglich«, stimmte Mondberger zu. »Es wäre jedenfalls das Erste, was wir vermissen.«

»Wir sollten den Computer mitnehmen«, schlug Ceylan vor. »Die vom LKA können manchmal zaubern. Vielleicht finden die ja etwas Brauchbares.«

»Daran werden Sie wenig Freude haben«, meinte Mondberger. »Die haben ein Programm verwendet, das die gesamte Festplatte mit Nullen und Einsen überschrieben hat. Da finden Sie nichts mehr.«

Die Sekretärin trat ein. »Ein Geschäftsgespräch für Sie, Herr Wilhelmsen. Soll ich durchstellen?«

Wilhelmsen schaute Gehoff fragend an.

»Telefonieren Sie ruhig«, meinte Gehoff.

Mondberger blieb zurück. Seine aufgesetzte Sicherheit schien mit dem Weggehen von Wilhelmsen zu schmelzen, seine grelle Mickymaus-Krawatte wirkte fehl am Platz.

»Was war in Ihren Computern gespeichert?«, fragte Gehoff in schärferem Tonfall als bisher. »Was hatten Sie dort für Dateien gespeichert, die so wichtig waren, dass sie zerstört werden mussten?«

Mondberger wich seinem Blick aus und zuckte die Schultern. »Ich weiß es nicht. Es war nur das Übliche. Und den Inhalt von Herrn Richters PC kannte ich nicht.«

»Sie wissen, dass bereits jetzt zwei Menschen gestorben sind. Herr Richter und ein Zeuge. Warum sie sterben mussten, ist uns noch nicht klar, aber die Leute arbeiten schnell, und sie kennen keine Skrupel. Und wenn das, was sie gesucht haben, hier versteckt war – und Sie oder Herr Wilhelmsen wissen davon oder haben eine Vorstellung, was es war –, dann könnten auch Sie in Gefahr sein. Oder um es noch deutlicher zu sagen: Wenn die Leute auch nur glauben – hören Sie: auch nur glauben –, dass Sie etwas wissen könnten – könnten!, sind Sie in Gefahr. Es ist in Ihrem eigenen Interesse, uns alles zu sagen. Es könnte ein Wettlauf gegen die Zeit sein, darüber sollten Sie einmal nachdenken.«

Mondberger sah ihn ausdruckslos an.

Gehoff hatte immer ein Gespür dafür gehabt, wenn Leute Angst hatten. Und hier war er sicher: Mondberger hatte panische Angst.

»Ich kann Ihnen leider nicht helfen«, erwiderte er dennoch. »Aber ich kann mir natürlich alles noch einmal durch den Kopf gehen lassen, und falls mir etwas einfällt ...«

Sollte er ihn zu einer eingehenden Befragung auf das Revier mitnehmen? Murat Ceylan hatte wohl die gleiche Idee, denn er blickte Andreas Gehoff fragend an.

»Meine Telefonnummer lasse ich Ihnen da«, meinte Gehoff, »aber Herrn Richters PC nehmen wir mit. Und wenn Sie uns die Kopie der Sicherungsbänder der anderen Computer geben könnten, wäre ich Ihnen ebenfalls dankbar.«

Gehoff und Ceylan bedankten sich, dann verließen sie nach knappem Gruß das Büro.

»Wir hätten ihn mitnehmen sollen«, sagte Ceylan im Auto. »Der hätte geredet.«

»Er wird reden«, versetzte Gehoff. »Er wird auspacken, aber solange wir nicht wissen, wonach wir suchen, stochern wir mit der Stange im Nebel. Und was wir suchen, das war in diesem kleinen, grauen Kasten, der nun auf dem Rücksitz steht.«

»Vielleicht«, meinte Ceylan.

»Sie haben keine Ahnung, wonach Sie suchen?«

»Nein«, antwortete Gehoff wahrheitsgemäß. »Ich vermute, dass in diesem Computer Daten gespeichert waren, die so wichtig waren, dass bisher zwei Menschen deswegen sterben mussten. Aber ich weiß nicht, welche Art von Daten es sind. Es ist einfach nur eine Idee, verstehen Sie?«

»Sie kennen sich mit Computern aus?« Der Mitarbeiter des informationstechnischen Dienstes des Landeskriminalamtes blickte sie belustigt an. Wenn Gehoff, der bisher nur selten mit Informatikern zu tun gehabt hatte, einen jugendlichen Hacker mit langen Haaren und einer Nickel- oder schweren Hornbrille erwartet hätte, wäre er enttäuscht worden. Der Beamte war Mitte vierzig, hatte eine beginnende Halbglatze, trug eine unmoderne Goldrand-Brille und sah auch sonst so aus, wie Lieschen Müller sich einen langweiligen Finanzbeamten vorgestellt hätte. Sogar sein farbloser Name passte: Meyer. Meyer mit y.

»Ich kann sie ein- und ausschalten«, gab Gehoff zu und grinste. »Aber nicht zusammenbauen, wenn es das ist, was Sie meinen.«

Der LKA-Beamte lächelte dünn. Den Witz schien er schon tausendmal gehört zu haben. Vielleicht war sein Sinn für Humor auch nicht besonders entwickelt. Wie viele Computerfachleute schien er zudem über die Angewohnheit zu verfügen, das innere Leben seines Forschungsgegenstandes den laienhaften Zuhörern intensiv nahe bringen zu wollen.

»Verbrechen werden heutzutage mit dem Computer begangen«, dozierte er. »Wer heute eine Bank überfallen hat, sollte zunächst einmal vor seiner Verurteilung auf seinen Geisteszustand untersucht werden. Warum mit der Pistole herumlaufen, einen Kassierer bedrohen, um dann mit zehn- oder fünfzehntausend Mark abzuhauen, wenn man mit einem Knopfdruck Millionen verdienen kann? Obwohl es immer in der Zeitung steht: Computerkriminalität wird von den Kollegen vor Ort bei weitem unterschätzt. Sie ist die eigentliche Gefahr. Al Capone hätte heute einen Laptop und würde seine Gangster vom Internet aus dirigieren ...«

»Wir hatten einen ganz gewöhnlichen Mord, und wir hatten Ihnen einen Computer gegeben«, erinnerte Gehoff ihn.

»Richtig.« Ihr Gegenüber wurde wieder sachlich. »Ich habe Ihren Kasten drei Tage lang intensiv untersucht. Um das Wichtigste vorwegzunehmen: Gefunden habe ich nichts, was Ihnen weiterhelfen könnte. Oder nur sehr wenig.«

Es wäre ja auch zu schön gewesen, zu einfach, dachte Gehoff enttäuscht.

»Die Sicherungsbänder, die Ihnen überlassen worden sind, enthalten aus computertechnischer Sicht nichts Aufregendes: Jede Menge Geschäftskorrespondenz, ausgedruckt mehrere Aktenordner voll. Lieferscheine, Rechnungen, Kalkulationen. Wenn Sie sich das alles ausdrucken lassen wollen, können Sie es machen, ich kann nicht beurteilen, wie wichtig das für Sie ist. Ich vermute aber, dass Sie sich die Zeit sparen können. Interessanter ist der PC, den Sie uns mitgebracht haben. Ist Ihnen an ihm nichts aufgefallen?«

»Nein«, sagte Gehoff. »Ich habe zwar auch einen zu Hause, aber sieht einer nicht wie der andere aus?«

»Dieser nicht«, erwiderte der Beamte und grinste überlegen. »Ist Ihnen wirklich nichts aufgefallen? Das müsste man doch gleich sehen. Sogar ein Laie wie Sie.«

»Nein«, wiederholte Andreas Gehoff. Er entschied sich, die aufgeblasene Wichtigkeit dieses Mannes zu ignorieren. »Für mich ist ein Computer mehr oder weniger wie der andere.«

»Schade. Dabei war es so offensichtlich. Es ist ein moderner PC der sehr gehobenen Mittelklasse mit allem Schickimicki: Soundkarte, ISDN, einer sehr aufwändigen Grafikkarte, einer SCSI-Festplatte, alles vom Feinsten – aber wichtige Details fehlen. Haben Sie es nicht bemerkt?«

»Nein«, sagte Gehoff mit einem Anflug von Verärgerung.

»Schade. Dabei war es doch offensichtlich: Das Diskettenlaufwerk fehlt. Außerdem hat er kein CD-ROM-Laufwerk.«

»Wie bitte?«

»Sie haben schon richtig gehört: Jeder Computer hat ein Diskettenlaufwerk, die meisten ein CD-ROM-Laufwerk, aber bei diesem sind sie entfernt worden.«

»Funktioniert er dann überhaupt noch?«

»Kein Problem. Er funktioniert sogar tadellos, nur dass er eben diese Laufwerke nicht hat.«

»Was soll das für einen Sinn haben? Ich habe noch nie gehört, dass Diskettenlaufwerke von Einbrechern ausgebaut werden.«

»Natürlich nicht. Der Besitzer hat es herausgenommen. Und falls Sie nach dem Grund fragen: Es gibt dafür eine ganz einfache Erklärung: Der Besitzer wollte verhindern, dass Daten von seinem Computer kopiert oder Programme aufgespielt werden. Keiner konnte von diesem Computer

Daten unerlaubt kopieren, wenn sie verstehen, was ich meine.«

»Aber bereits für das Betriebssystem braucht er doch Disketten und CDs. Was, wenn er selbst etwas kopieren muss ...?«, wandte Ceylan ein. »Das macht doch keinen Sinn.«

»Kein Problem«, versicherte der Beamte. »Er hat einfach ein tragbares Laufwerk angeschlossen, wie man es für Notebooks verwendet. Damit geht es. Aber die wenigsten haben so ein tragbares Laufwerk. Und man braucht schon etwas Know-how, die Passwörter zu knacken, die das System schützen. Es war ein einfacher, aber recht wirkungsvoller Schutz gegen unerwünschte Schnüffler.«

»Wir können also ziemlich sicher sein, dass etwas auf dem Computer war, was möglichst verborgen werden sollte«, schlussfolgerte Gehoff. »Wie wir vermutet hatten. Haben Sie herausbekommen, was es war?«

Das spöttische Lächeln eines überlegenen Fachmannes spielte einen Augenblick um die Lippen ihres Gesprächspartners. »Wir haben Glück gehabt«, stellte er fest. »Dieser Trick hat einen großen Teil der Daten gerettet. Die meisten Leute glauben, wenn sie Daten auf der Festplatte eines Computers löschen, sind die Daten auch tatsächlich gelöscht. Dem ist nicht so. Die sind ganz einfach wiederherzustellen. Auch wenn man die Festplatte formatiert, lassen sich mindestens wichtige Bruchstücke der Daten wiederfinden. Deswegen benutzen Profis spezielle Löschprogramme, die die Daten mit anderen Daten überschreiben. Und die Dinger sind wirklich schon sehr, sehr sicher. So wurde es bei den anderen PCs gemacht. Hier jedoch nicht. Ein solches Programm muss in den Rechner eingeführt werden, es geht einfach: Eine Diskette oder CD hinein, das Programm gestartet – und das war's. Dieser Computer hatte aber keine Laufwerke. Und damit hatten die Herren ein Problem. Sie standen unter Zeitdruck, und so haben sie es sich ziemlich leicht gemacht: Sie haben einfach alle Dateien gelöscht. Und damit konnten wir – theoretisch jedenfalls – Teile des PC-Inhaltes wiederherstellen. Wenn die Leute etwas mehr Zeit gehabt hätten, hätten sie vielleicht die Festplatte noch formatiert, aber selbst das verspricht, wie ich vorhin schon sagte, keine ausreichende Sicherheit. Wahrscheinlich ist ebenfalls, dass das Formatierungsprogramm bereits vorher vom Besitzer gelöscht worden war. Sie hätten die Festplatte also möglicherweise gar nicht formatieren können. Theoretisch sind alle Daten noch auf dem PC und könnten wiederhergestellt werden.«

»Theoretisch? Und wie sieht es in der Praxis aus?«

»Leider nicht ganz so gut. Sehen Sie, die Daten auf einer Festplatte liegen nicht alle so sorgsam beieinander wie die Seiten eines gebundenen Buches. Überall Bruchstücke. Mal hier eins, mal da eins. Es gibt ein spezielles Inhaltsverzeichnis, mit dem man diese Bruchstücke zusammenfügen kann, die FAT, aber gerade die wird beim Löschen wirklich gelöscht. Um es klar auszudrücken: Von den mehr als zehntausend Dateien, die auf dem Computer waren, lässt sich praktisch nur ein Bruchteil so rekonstruieren, dass sie verwendet werden können. Tut mir leid. Und Sie wissen ja nicht einmal, wonach sie suchen ...«

»Ich habe aber mal von einer Entführung gelesen. Dort konnte der Inhalt einer Festplatte wiederhergestellt werden, und dadurch ließ sich feststellen, dass der Erpresser-Brief auf diesem Computer geschrieben worden ist ...«, wandte Ceylan ein.

Der Computerexperte schüttelte überlegen den Kopf. »Vergessen Sie es. Das ist etwas ganz anderes. Da suchen wir nach bestimmten Zeichenkombinationen, zum Beispiel einem Satz, den ein Erpresser geschrieben hat. Den finden wir im Handumdrehen. Kein Problem. Aber Sie wissen ja nicht, wonach Sie suchen.«

»Schade«, murmelte Gehoff. »Wir hatten gehofft ... Aber es wäre wohl auch ein bisschen einfach gewesen.«

»Eine Hilfe könnte ich Ihnen allerdings noch geben ...«

»Ja?«, fragte Gehoff hoffnungsvoll.

»Ich habe natürlich versucht, das Inhaltsverzeichnis der Festplatte zu rekonstruieren. Ein Teil der Dateien, das sagte ich ja bereits, ist allerdings unwiderruflich verloren. Allerdings gehören die zum großen Teil auch zum Betriebssystem, dürften also für Sie ohnehin ohne allzu großes Interesse sein. Natürlich gibt es immer wieder Möglichkeiten, unter zehntausend Dateien einige so zu verstecken, dass sie praktisch kaum auffindbar sind. Allerdings haben wir einen Ordner gefunden, der mit der Bezeichnung ›Texte‹ überschrieben war. Dort wurden wahrscheinlich die vom Besitzer selbst geschriebenen Dateien abgespeichert. Einige konnten wir rekonstruieren, sie liegen auf diesen beiden Disketten.«

Er nahm zwei Disketten aus seiner Schublade und reichte sie Gehoff. »Inwieweit diese Dateien von Bedeutung sind, kann ich allerdings nicht beurteilen. Es scheint mir größtenteils Geschäftskorrespondenz zu sein, auch eine Reihe von kaufmännischen Kalkulationen. Einige Dateien haben einen Passwortschutz. Es sind kleine Dateien, also vermutlich vertrauliche Briefe, aber ohne genaue Kenntnis des Passwortes nur schwer zu entschlüsseln. Das bedeutet monatelange Kleinarbeit des BKA, und ich glaube nicht, dass Sie dafür eine Genehmigung kriegen. Aber das können Sie sicher besser entscheiden. Ein Tipp: Die meisten Menschen sind sehr fantasielos bei der Vergabe von Passwörtern: Der Vorname leicht abgewandelt, der Name der

Ehefrau, Hochzeitstag, Geburtstag, Telefonnummern ... Lassen Sie sich einfach etwas einfallen.«

»Hm«, brummte Gehoff missmutig.

»Für den Anfang will ich Sie aber nicht ganz allein im Regen stehen lassen«, sagte Meyer mit einer Spur Mitgefühl in der Stimme. »Ich habe vor einiger Zeit selbst ein Programm geschrieben, das Passwörter knackt. Sie geben einfach ein paar Kenndaten ein, Geburtstag, Namen, Ehefrau und so weiter, und das Programm sucht naheliegende Passwörter heraus und noch eine Reihe weiterer. Manchmal klappt es. Wenn es nicht klappt, schaffen Sie es sowieso nicht.«

»Wie sind die Einbrecher überhaupt in den Computer gekommen? Herr Wilhelmsen, der erste Prokurist der Firma, betonte, dass der Zugang zu Herrn Richters PC durch ein Passwort geschützt gewesen sei ...«

Herr Meyer blies verächtlich durch die Nase: »Windows 95 – die Sicherheit dieses Systems ist löchrig wie ein Schweizer Käse – und mit dem Masterpasswort von AWORD – Lkwpeter – kommen Sie in jedem Computer bereits auf die BIOS-Ebene. Und die DOS-Ebene ist bei WIN95 überhaupt nicht gesichert, und von der aus lassen sich diese Operationen prima ausführen ...«

Ich müsste mich auch einmal intensiver mit Computern beschäftigen, ging es Gehoff durch den Kopf. Es ist ja peinlich, wie wenig ich davon verstehe.

»Aber ich will zugeben«, fuhr Meyer fort, ungerührt, ob seine Zuhörer ihm folgen konnten oder nicht, »dass die Burschen vermutlich für diesen PC nur wenig Zeit hatten. Wenn es so liegt, wie Sie mir geschildert haben, dann maximal drei bis vier Minuten bis zum Eintreffen der Polizei. Gehen Sie davon aus, dass die Leute ziemlich gut Bescheid wussten und absolute Profis waren. Sie haben ihre Sache so gut gemacht, wie es unter diesen Umständen eben ging.«

»Es ist immer gut, wenn man mit Fachleuten zu tun hat ...«, brummte Ceylan unzufrieden. Die Aussicht, ihre Dienstzeit mit einem Computerprogramm zu verbringen, beflügelte sie nicht.

»War das alles?«, wollte Gehoff wissen.

»Nein«, sagte Herr Meyer. »Das war nicht alles. Das für Sie vielleicht Wichtigste zum Schluss: In dem Verzeichnis ›Texte‹ fanden wir eine Datei namens ›alles.exe.‹ Ein merkwürdiger Name, nicht wahr? ›Alles‹. Die Datei ist für eine Textdatei ziemlich groß, sie hatte ein ›Versteckt-Attribut‹, konnte also von einem Unbefugten nicht gesehen werden, es sei denn, dieser verfügte über eine mehr als durchschnittliche Computerkenntnis.«

»Und?«, hakte Gehoff gespannt nach. Sollte sich wider Erwarten doch noch eine Spur auftun? Der erste entscheidende Hinweis?

»Ist das nicht eine merkwürdige Endung für eine Textdatei? ›exe‹?«, fragte Ceylan nach. »Das ist doch normalerweise eine Endung von Programmen.«

»Stimmt. Diese Datei war nicht nur versteckt, sie war auch gleichzeitig verschlüsselt. Kein einfacher Passwortschutz, sondern eine richtige Verschlüsselung mit einem der Programme, die selbst das FBI mit ihren Supercomputern nicht knacken kann. Ich bin ziemlich sicher, dass Richter ein solches verwendet hat. Aber ohne das Passwort kommen Sie nicht weiter. Keinen Schritt. Aussichtslos.«

»Und mit dem Passwort?«

Ihr Experte lächelte bedauernd. »Auch nicht. Die Datei ist beschädigt. Es fehlen Teile, die nicht rekonstruiert werden konnten. Das ist bei einer Textdatei nicht weiter schlimm, dann fehlen nur einige Seiten eines Briefes, aber die anderen sind lesbar. Hier ist es etwas anderes. Wenn die Datei nicht vollständig ist, kann sie nicht wieder entschlüsselt werden. Nie wieder. Auch wenn Sie das Passwort hätten – hier kommen Sie nicht weiter. Aber wenn ich Ihnen einen Tipp geben darf, sozusagen von Kollege zu Kollege: Was immer Sie auf diesem Computer suchen, es befand sich in dieser Datei. Sie war sorgfältig gesichert, professionell getarnt. Das macht man nicht, wenn man nur eben mal die Telefonnummer der Geliebten so notiert, dass sie keiner finden soll. Und die Datei ist ziemlich groß. Viel zu groß für einen einfachen Brief oder eine kurze Notiz. Da stecken ganze Aktenordner drin. Dutzende von Aktenordnern. Tausende von Seiten. Ihre genaue Größe kenne ich nicht einmal, da die Datei stark beschädigt ist. Noch ein weiterer Tipp: Wer immer diese Datei versteckt hat – er hatte für einen Laien ziemlich viel Ahnung. Und wenn die Informationen so wichtig sind, dass sie einen Mord rechtfertigten, dann wird er Sicherheitskopien angefertigt haben. Gehen Sie davon aus, dass von dieser Datei irgendwo noch eine Kopie existiert.«

»Die Sicherheitskopien wurden ebenfalls entwendet – wahrscheinlich jedenfalls«, wandte Ceylan ein. »Wir haben den Schreibtisch durchsucht.«

»Unterschätzen Sie Ihren Mann nicht«, beharrte Meyer. »Solche Sicherungskopien legt man nicht direkt neben den Computer. Die kommen in ein Schließfach, liegen irgendwo, wo sie keiner erwartet. Sie befinden sich vielleicht in der Hand eines Notars. Suchen Sie sie. Das ist der einzige Tipp, den ich Ihnen geben kann. Suchen Sie eine Exe-Datei mit dem nichtssagenden Namen: ›Alles‹.«

»Lass mich mal raus«, bat Andreas Gehoff. »Da drüben ist meine Sparkasse. Ich muss noch etwas erledigen.«

»Hast du dein Konto wieder überzogen?«, fragte Murat.

»Schlimmer«, meinte Gehoff. »Sylvia hat abgeräumt, und ich bleibe jetzt auf den Schulden sitzen.«

»Scheiße«, entfuhr es Murat. »Andreas, das tut mir leid.«

Gehoff stieg aus, betrat die Sparkasse und steuerte die Informationstheke an. »Überweisen Sie alles auf mein Konto, mein Girokonto«, sagte er und gab einer jungen Angestellten sein Sparbuch.

»Sie möchten Ihr Girokonto ausgleichen?«, vergewisserte sich die junge Sparkassenangestellte.

»Ich will das Sparkonto auflösen«, erklärte Gehoff. »Überweisen Sie die fünfzehntausend auf mein Girokonto.«

»Es werden dabei Vorschusszinsen fällig«, wandte die Angestellte ein.

»Sonst bezahle ich Überziehungszinsen, und die sind noch höher«, beharrte Gehoff. »Ich hoffe nur, dass ich damit aus den Miesen raus bin.«

Sie nahm ihm sein Sparbuch ab und tippte seine Kontonummer in den Rechner.

»Wenn Sie nur Ihr Konto ausgleichen wollen, dann müssen Sie nur zwölftausend bezahlen«, meinte sie. »Es ist vor zwei Tagen eine Gutschrift über dreitausend Mark eingegangen. Ich meine nur wegen der Vorschusszinsen.«

Eine Gutschrift über dreitausend? »Zeigen Sie mal«, bat Gehoff.

Sie drehte den Bildschirm ihres Computers so, dass er daraufblicken konnte. In der Tat, vor zwei Tagen hatte ihm jemand dreitausend Mark überwiesen. Eine runde Summe.

»Bankirrtum zu deinen Gunsten?«, fragte er. »Wie bei Monopoly?«

»Da ziehen sie meistens viertausend ein«, lächelte die Angestellte. »Aber es ist kein Irrtum. Es handelt sich um eine Überweisung aus Luxemburg, und Ihr Name ist sogar auf dem Betreff-Feld vermerkt. Nein, das ist kein Bankirrtum.«

»Ist ein Grund für die Zahlung angegeben?«, hakte Gehoff nach.

»Nein, es ist nur Ihr Name aufgeführt.«

Wer um alles in der Welt mochte ihm dreitausend Mark aus Luxemburg überweisen? Sylvia? Aber was suchte die in Luxemburg?

»Wollen Sie nun fünfzehntausend oder nur zwölftausend überweisen?«, fragte die junge Dame nach.

»Überweisen Sie fünfzehntausend und geben Sie mir den Rest in bar«, erwiderte Gehoff.

»Schlimmer als erwartet?«, erkundigte sich Murat nachfühlend, als Andreas Gehoff sich wieder neben ihn setzte.

»Nein«, antwortete Gehoff nachdenklich. »Mir hat jemand dreitausend Mark überwiesen. Aus Luxemburg, und ich weiß nicht, wer.«

»Freu dich doch«, riet Murat. »Freu dich doch einfach.«

Es war mehr Zufall, dass Gehoff zu Hause noch einen Blick in die *Hannoversche Allgemeine Zeitung* warf. Politik war immer das Gleiche, er hatte aufgegeben, sich darüber zu ärgern, Sport interessierte ihn nur am Rande, und Aktien besaß er nicht. Die kleine Meldung auf Seite zwei hätte er fast übersehen.

Nigerianischer Oppositionspolitiker verschwunden

Seit Tagen fehlt von dem nigerianischen Politiker Olusegun Wiwa jede Spur. Der Politiker ist einer der prominentesten Gegner der herrschenden Militärregierung und erlangte durch seine Forderung nach Demokratie und freien Wahlen weltweite Aufmerksamkeit. Seit seiner Flucht vor zwei Jahren aus dem Militärgefängnis von Lagos lebt Wiwa in Deutschland. Angehörige vermuteten gegenüber der Polizei, dass der nigerianische Geheimdienst den Regimekritiker beseitigen ließ.

Das Bild des getöteten Parlamentariers kam ihm wieder in den Sinn. Er war ein gebildeter Mann gewesen, ohne Zweifel, weltgewandt. Ob es Olusegun Wiwa gewesen war? Aber andererseits hatte er Verstecke gekannt, Hinweise gegeben, war im Drogengeschäft aktiv gewesen. Jetzt auch noch Widerstandskämpfer. Oder doch eine zufällige Verwechslung?

Der Abend stand ihm vor Augen, in jeder Einzelheit. Eine scheinbar klare Sache. Eine logische, klare Antwort auf die Hilflosigkeit der Justiz. In diesem Bewusstsein hatte er mitgemacht. Aber gab es überhaupt klare Antworten auf einfache Fragen?

7. Kapitel

Weißt du, was ›alles.ex‹ auf Deutsch heißt?«, fragte Murat Ceylan, als sie auch nach drei Stunden noch nicht auf ein Passwort, das einen Zugriff auf die Texte erlaubte, gestoßen waren.

»Nein«, erwiderte Gehoff.

»Alles weg«, sagte Ceylan.

»Witzig, witzig«, brummte Andreas Gehoff.

Sie hatten das kleine Programm, das Herr Meyer ihnen gegeben hatte, eine Nacht lang laufen lassen. Unermüdlich hatte es ein Passwort nach dem anderen kreiert und versucht, die Dateien damit zu öffnen. Wieder und wieder. Ein Programm, das nicht müde wurde, das das Wort ›sinnlos‹ bei seiner Routinearbeit nicht kannte und das in seiner Beschränktheit beängstigend wirkte. Es hatte mit den Geburtsdaten gespielt, mit der Telefonnummer, dem Namen der Ehefrau, mit Straßen und Städten, es hatte Standardwörter benutzt und sinnlose Buchstabenverbindungen. Die Liste der vergeblichen Versuche, penibel aufgelistet, einer nach dem anderen, musste Tausende umfassen. Oder Zehntausende.

»Wenn du die Person genau kennst, dann kennst du auch das Passwort, das sie verwendet«, sagte Murat. »Aber was wissen wir schon von Richter?«

Dass er tot ist, ging es Gehoff durch den Kopf. Dass er

eine Firma hatte, die mit Südamerika handelte, mit Kolumbien, dass er eine schöne Frau und eine wunderschöne Geliebte hatte, die alle harmonisch nebeneinander lebten oder doch wenigstens so taten, und dass er etwas gewusst hatte, für das er hatte sterben müssen. Und dass sein Wissen vermutlich in einer Datei mit dem vielsagenden Namen »alles« gespeichert war, einer Datei, die sie nicht einmal unbeschädigt hatten. Und so sehr er auch hoffte, dass dieses kleine Programm, dem er ebenso sehr misstraute, wie er es bewunderte, endlich das Sesam-öffne-dich ausspucken würde, das den Schlüssel bildete, hatte er das undeutliche Gefühl, durch einen bloßen Zufall nicht weiterzukommen. Der Schlüssel war gut verborgen. Sehr gut.

»Ich habe mal ein Computerspiel gehabt«, meinte Murat nachdenklich. »Ich habe es gespielt, ein Level nach dem anderen. Eine Aufgabe schwieriger als die nächste, und als ich fertig war, habe ich gesehen, dass es eine sinnlose Beschäftigung war. Aufgaben, die zu nichts führten, Selbstbeschäftigung. Was erwarten wir von den Unterlagen, die wir hier lesen können? Kurze Briefe, anders als die anderen? Eine geheime Geliebte? Besinnen wir uns auf unsere Ausbildung. Klären wir das Umfeld, anstatt uns als Amateurhacker zu betätigen. Was könnte Richter gewusst haben, das ihn zum Tode verurteilte, das einen Einbruch und zwei Morde rechtfertigte?«

»Drogen«, sagte Gehoff spontan. »Kolumbien, Geld, das riecht doch förmlich nach Drogen.«

»Die Firma ist ein stinksolides, altertümliches Handelshaus.«

»Ich fand sie zu stinknormal, zu altertümlich, zu ehrbar«, entgegnete Gehoff. Er mochte dieses Spiel. Ein Gedankenspiel zu zweit.

Das Programm produzierte nun Passwörter aus Fragezeichen, Kommas und sinnlosen Buchstabenkombinationen. Fasziniert schauten Murat Ceylan und Andreas Gehoff zu.

»Kennst du die Geschichte des Schachspiels?«, fragte Murat.

»Ich weiß nicht, was du meinst.«

»Der Erfinder des Schachspiels, ein persischer Gelehrter, schenkte das Spiel dem Schah-in-Schah, seinem Herrscher. Dieser war so begeistert, dass er ihn zu sich kommen ließ und ihm einen Wunsch freistellte. Der Gelehrte bat um eine kleine Gunst. Ein Getreidekorn auf das erste Feld des Schachspiels, zwei auf das nächste, vier danach, acht, und so weiter – immer das Doppelte ...«

»Eine sehr bescheidene Bitte, er hatte wohl Angst, seinen Herrscher zu verprellen ...«

»Der Schah sah es genauso und wurde fast schon ungehalten, weil der Gelehrte eine so untertänige Bitte geäußert hatte.«

»Und dann?«

»Denke weiter. Nach hundertachtundzwanzig kommt zweihundertsechsundfünfzig, fünfhundertzwölf, dann – ich kann nicht mehr so gut rechnen – danach kommen die Tausender, schon in der dritten Reihe die Millionen ...«

»Hat er bezahlt?«

»Es existierten in der ganzen Welt nicht genügend Körner, und so bat der Schah den Gelehrten, die Bitte zurückzunehmen. Es gab mehr gedachte Körner auf dem Schachbrett als Atome im Universum.«

»Du meinst, so ist das auch mit unseren Passwörtern?«

»Wenn wir keinen Anhaltspunkt haben, ja«, sagte Murat.

»Was hat Richter an seinem letzten Tag gemacht?«, fragte Gehoff. »Was für Verbindungen hatte seine Firma, wann hat er seine Frau, wann seine Privatsekretärin kennen gelernt. In welchem Verhältnis standen sie zueinander?«

»Das kriegen wir beide allein nicht heraus«, wandte Murat ein. »Wir sind nicht mehr die privilegierten Fahnder der Drogenkommission, wir sind hier die letzten Ärsche, die die Fälle lösen sollen, die keinen mehr interessieren«, seufzte Murat. »Wir haben keine Assistenten, keine Kollegen, nichts.«

»Ich gehe zu Werthmann«, entschied Gehoff plötzlich. »Ich glaube, er mag mich, jedenfalls hält er viel von mir, und der Fall ist wichtig. Er wird uns helfen.«

Murat Ceylan runzelte die Stirn. »Bist du sicher? Jetzt, wo er Staatssekretär wird? Was interessiert ihn ein einfacher Toter unter einer Brücke?«

Kriminaldirektor Werthmanns Büro war auch nicht wesentlich komfortabler eingerichtet als die Büros der anderen Kollegen. Ein Teppich lag aus, etwas verschlissen, der Druck eines Renoir-Gemäldes an der Wand, ein junges Mädchen mit blauem Hut im Halbprofil, ein größerer Schreibtisch. Als Staatssekretär würde er es vermutlich besser treffen.

Während Gehoff berichtete, betrachtete er sein Gegenüber. In dem grauen, eher sogar silbrigen Haar waren noch schwarze Strähnen vorhanden; Werthmann hatte eine markante, geschwungene Nase, harmonische, etwas weiche Gesichtszüge. Die Augen von kühlem Grau, aufmerksam und intelligent.

»Weshalb kommen Sie zu mir?«, erkundigte er sich, nachdem Gehoff geendet hatte.

»Ich glaube, dass wir einer großen Sache auf der Spur sind«, erklärte Gehoff und ärgerte sich, dass seine Stimme leicht belegt klang. »Es ist ein ungewöhnlicher Fall, aber wir kommen zu zweit nicht weiter.«

»Drogen«, sagte Werthmann mehr zu sich selbst. »Sie vermuten eine Drogenaffäre ... Das war doch früher schon Ihr Metier, nicht?«

»Bevor ...«

Werthmann hob die Hand. Kein Wort mehr von den alten Geschichten, hieß das. »Wollten Sie nicht ohnehin wieder wechseln?«, fragte er unvermittelt. »Nur noch zehn Tage, dann bin ich nicht mehr hier. Ich biete Ihnen an, den Fall abzugeben, Ihren Nachfolger einzuarbeiten, und dann sind Sie und Ihr Kollege – Murat Ceylan, das war doch sein Name, nicht wahr? – wieder da, wo Sie hinwollten. Diesen Fall übernimmt Ihr Nachfolger. Ihr Kollege Fritz Möller hat mir einen geradezu überschwänglichen Bericht über Sie geliefert.« Werthmann lächelte ein wenig spöttisch. »Und wenn nur die Hälfte davon wahr ist, dann gehören Sie wieder an die vorderste Front.«

Gehoff zögerte. Hier wurde ihm eine zweite Chance geboten. Ein neuer Anfang. »Das war eigentlich nicht der Grund, warum ich zu Ihnen gekommen bin«, antwortete er unschlüssig.

Werthmann nickte. »Ich weiß, aber bedenken Sie, ich bin nur noch zehn Tage im Amt. Und mein Nachfolger wird nach Aktenlage entscheiden. Zehn Tage haben Sie Zeit, es sich zu überlegen.«

»Vielleicht habe ich ja den Täter in zehn Tagen«, überlegte Gehoff. »Oder ich nehme den Fall einfach mit?«

»Ich mag diese Über-Kreuz-Zuständigkeiten nicht«, erwiderte Werthmann. »Aber ich werde Ihnen eine Assistentin zur Seite stellen. Frau Monika Walter, die gerade neu bei uns angefangen hat. Vielleicht auch Herrn Bertram, der hat ...«

... ja eh nichts zu tun, ging es Gehoff durch den Kopf, aber Werthmann formulierte es feiner:

»... gerade seinen bisherigen Aufgabenbereich abgeschlossen.«

»Danke, Herr Werthmann«, sagte Gehoff und bemühte sich um Gelassenheit. Bertram war mit Sicherheit kein Gewinn. Aber endlich wieder bei der Drogenfahndung ... Endlich wieder dabei sein ... Das letzte Jahr einfach vergessen. »Herr Ceylan ...?«

»... bleibt auch weiterhin Ihr Assistent und geht mit Ihnen zurück, das wollten Sie doch, oder nicht?«

Manchmal fielen Weihnachten und Ostern auf einen Tag.

»Allerdings ...« Werthmann machte eine bedeutungsschwere Pause und lächelte überlegen.

Allerdings?

»Allerdings, Herr Gehoff, ist dies mein mutmaßlich letzter Fall als Leiter dieser Dienststelle. Tun Sie mir den Gefallen und informieren Sie mich ständig. Es scheint mir nämlich ein interessanter Fall zu sein, und wenn ich dann nur noch in der Politik tätig bin, möchte ich mich gern an einen letzten spannenden Fall erinnern.«

Selten hatte Gehoff eine dienstliche Anweisung so freundlich verpackt gehört. »Wird gemacht«, versprach er devoter, als es eigentlich seiner Art entsprach. »Wird gemacht, Herr Leitender Kriminaldirektor.«

»Werthmann reicht«, meinte dieser und lächelte nachsichtig. »Werthmann reicht vollkommen.«

Die Kinder waren bei den Großeltern in Herne, Monika war dort geblieben, wollte aber in wenigen Tagen wieder zurückkommen. Die Feier des Isernhagener Yachtclubs war zum Glück weniger furchtbar gewesen als die der Kaninchenzüchter. Segler waren halt andere Menschen, und das Gefühl unmittelbarer Angst hatte nachgelassen.

Nichts wurde bekanntlich so heiß gegessen, wie es gekocht wurde. Vielleicht hatten die beiden Kriminalkommissare ihm auch nur einen Schrecken einjagen wollen. Und wahrscheinlich war der Tod von Bordeaux-Willi auch nur ein Zufall. Immerhin hatte er ja ständig genügend intus gehabt, dass seine Leber irgendwann hatte aufgeben müssen. Nein, das Gefühl der Bedrohung hatte Hans Platen nicht mehr.

Den Weg zur Mordkommission kannte er. Die junge Dame im Zimmer schien neu zu sein, aber sie spielte offenbar nur eine Nebenrolle, denn sie ging gleich wieder. Gehoff und sein Assistent waren jedoch anwesend. Die Tür stand offen, und Hans Platen trat ein.

»Guten Tag«, meinte er betont freundlich, aber Andreas Gehoffs Gesicht verdeutlichte ihm, dass er nicht sonderlich willkommen war. Journaille, ein überflüssiger Schnüffler und Paparazzo, der die Arbeit der Polizei nur behinderte.

Gehoff erwiderte den Gruß betont gleichgültig. »Sie wollten Ihre Aussage korrigieren oder ergänzen?«, fragte er. Einen Stuhl bot er ihm nicht an.

Hans Platen hatte sich den Anfang des Gespräches genauso vorgestellt. Die Ablehnung war greifbar, er stand kurz vor dem Rausschmiss. »Ich habe mir Ihre Worte noch einmal durch den Kopf gehen lassen«, sagte Platen scheinbar zögernd. »Und die Sache mit Bordeaux-Willi, wenn es denn wirklich Mord war ...« Er hielt einen Moment inne, um Gehoff oder Ceylan die Möglichkeit zu geben, einzuhaken. Doch beide sahen ihn ausdruckslos an. »War es Mord?«, fragte Platen direkt nach.

»Warum wollen Sie das wissen?«

Gewissen, jetzt musste er das Gewissen ansprechen ... »Ich mache mir Vorwürfe«, antwortete er. »Ich habe mir in den letzten Tagen schwere Vorwürfe gemacht. Und wenn Sie so wollen, glaube ich auch ... Ich möchte einfach wissen, ob ich ...« War er überzeugend?

»Es war Mord«, erklärte Gehoff. »Falls Sie dann zufrieden sind: Es war Mord. Eine Betäubungsinjektion, dann Chloroform, was den Atemstillstand zur Folge hatte. Der Tod trat innerhalb weniger Minuten ein.«

Mord. Obwohl er die Antwort erwartet hatte, schluckte Platen. Und das Gefühl von Gefahr, von Bedrohung ergriff unmerklich erneut Bezitz von ihm. Die Schreckgespenster, die er gebannt geglaubt hatte, waren wieder da. Gott sei Dank, dass wenigstens die Kinder in Sicherheit waren! »Das tut mir leid«, stammelte er. Er war ganz blass geworden.

Gehoff und Ceylan sahen ihn kühl und durchdringend an. »Zufrieden?«, fragte Gehoff nach. »Ist es das, was Sie wissen wollten? Für die nächste Story?«

Das Thema Polizeischutz jetzt anzusprechen, wäre ihm schäbig vorgekommen. »Ich glaube, ich könnte Ihnen bei der Ermittlungsarbeit helfen«, sagte er stattdessen. »Ich denke, ich könnte Ihnen sehr viel Arbeit abnehmen.«

»Wie?«, fragte Gehoff.

»Ich glaube, ich kenne den Namen des unbekannten Toten«, fuhr Platen fort.

»Den Namen haben wir bereits herausgefunden«, stellte Gehoff klar. »Sehr freundlich von Ihnen, aber in der Regel kommt die Polizei auch ohne die Mithilfe der Presse zu sinnvollen Ergebnissen.« Es klang wie: Verpiss dich!

Schade, dachte Platen. Er war seltsam enttäuscht. Der Name wäre sein Part bei diesem Deal gewesen. Er fühlte sich wie ein Pokerspieler, dessen Karten auf einmal wertlos geworden waren. Die würden keine Informationen herausrücken. Nicht einmal Bruchstücke. Kein Artikel, keine Exklusiv-Story, gar nichts. »Dann ist es ja gut«, meinte er. »Ich dachte nur ...« Er wandte sich zum Gehen.

»Woher kannten Sie den Namen des Opfers?«, fragte Ceylan auf einmal nach.

»Von ihm selbst«, antwortete Platen und blieb an der Tür stehen. »Kurz bevor der Verunglückte starb, kam er noch einmal zu sich. Und da hat er mir seinen Namen verraten.«

»Und das fällt Ihnen jetzt erst ein?«, erkundigte sich Gehoff scharf. »Nach fast einer Woche, nachdem Sie einen Artikel geschrieben haben, der einen Unschuldigen das Leben kostete? Jetzt erst rücken Sie scheibchenweise mit Ihren Informationen heraus? Ich glaube, Sie sollten einmal genauer über den Unterschied zwischen Informantenschutz und Unterschlagung von Beweismaterial nachdenken, Herr Platen. Aber keine Sorge, wir haben Herrn Richters Namen auch ohne Ihre Hilfe herausgefunden. Einzelheiten stehen übrigens morgen in der Zeitung. In einer seriösen Zeitung.«

Richter. Richter hieß der Tote also. Nicht Drachenbucht. Aber was hatte dieses Wort zu bedeuten?

»Der Name Richter scheint neu für Sie zu sein«, meinte Murat Ceylan auf einmal und stand auf. Er fixierte Platen mit seinen dunklen, durchdringenden Augen. »Was wollten Sie uns sagen? Welche Information haben Sie für uns?«

»Ich möchte mit Ihnen zusammenarbeiten«, antwortete Platen und verlieh seiner Stimme eine Festigkeit und Sicherheit, die er gar nicht verspürte. »Ich möchte mit Ihnen kooperieren ...« Als er Gehoffs ablehnendes Gesicht sah, fügte er hinzu: »Ich schlage vor, dass wir unsere Informationen austauschen, ja, austauschen, und ich verspreche Ihnen, dass ich keinen Artikel ohne Ihre ...«

»Wenn Sie nicht sofort mit dem Scheiß herausrücken, den Sie zu wissen glauben, nehme ich Sie in Beugehaft«, drohte Gehoff grob.

»Er hat mir gesagt, er heiße Richter«, behauptete Platen schnell und hoffte, dass man ihm ansehen konnte, dass er log. »Ich wollte Ihnen helfen und mich nicht beschimpfen lassen.« Wenn ihr etwas von mir wollt, dann müsst ihr auf mich zukommen. Das Wort ›Deal‹ muss von euch kommen.

Platen spürte, wie Gehoff aufbrausen wollte. Er war aufgestanden, hatte seinen Stuhl zurückgeschoben und machte einen Schritt auf ihn zu. Der Mann neigt zur Gewalttätigkeit, ging es ihm durch den Kopf. Solche Kerle sollten nicht bei der Polizei sein. Aber Murat Ceylan hob begütigend die Hand.

»Was wollen Sie?«, fragte er. »Warum sind Sie wirklich gekommen?«

»Wie gesagt, ich wollte Ihnen helfen, und ich wollte Sie fragen, ob Sie ein paar Informationen für mich haben. Wo ich ja nun einmal ohnehin schon in den Fall verwickelt bin – als Journalist und als Zeuge.«

»Sie meinen, Sie würden uns nur helfen, wenn Sie Zugang zu unseren Ermittlungsdaten bekommen, ist es das?«

Platen war klar, dass er sich auf dünnem Eis bewegte. Es war eine Gratwanderung, bei der er leicht abstürzen konnte. Auf keinen Fall durfte es wie Nötigung der Polizei aussehen. »Natürlich nicht. Ich bin bereit, meine Pflicht als Staatsbürger zu tun, und vielleicht erweisen Sie mir auch eine Gefälligkeit.«

Bei dem Wort ›Staatsbürgerpflicht‹ musste selbst Gehoff grinsen.

»Hören Sie zu«, meinte er. »Sie sagen uns, was Sie wissen, und wir entscheiden, ob die Informationen so viel wert sind, wie Sie glauben. Okay?«

War das der Deal? Eine klarere Antwort würde er wohl kaum bekommen. »Einverstanden«, meinte Platen.

»Nehmen Sie Platz«, bat Gehoff.

»Wie gesagt, als ich Herrn Richter fand, lebte er noch, er war aber nicht ansprechbar«, begann Platen. »Ganz gegen Ende erwachte er aus seiner Bewusstlosigkeit und murmelte etwas, was ich für seinen Namen hielt. Er sagte: ›Drachenbucht, mein Name ist Drachenbucht.‹ Vielleicht habe ich mich aber verhört, er sprach ziemlich undeutlich, er könnte auch gesagt haben: ›Der Name ist Drachenbucht.‹ Das wäre auch möglich. Deswegen dachte ich ja auch ...«

»... dass es der Name des Opfers war«, vollendete Gehoff den Satz. »Nur dass es eben nicht sein Name war.«

»Ein merkwürdiges Wort«, überlegte Ceylan. »Drachenbucht.«

Er tauschte einen Blick mit Gehoff, dann wandten sie sich beide dem Computer in ihrem Büro zu. Buchstabenverbindungen, Zahlen, Kommas, Wortfetzen huschten über den Monitor.

»Sie suchen nach einem Passwort«, rief Platen, der plötzlich verstand. »Mein Gott, Sie suchen nach einem Passwort ...« Dann stand er auf und trat auf den Computer zu, starrte gebannt auf den Bildschirm und hielt das Programm mit einem Tastendruck an.

»Sie scheinen sich auszukennen«, bemerkte Andreas Gehoff mit einem Anflug von Respekt.

»Ein wenig«, meinte Platen. »Ich kenne mich ein wenig aus. Woher haben Sie denn dieses kleine Hackerprogramm? – Soll ich?«, fragte er, als er keine Antwort erhielt.

»Also gut, versuchen Sie es!«, drängte Gehoff.

Platen rief die Menusteuerung auf. Manuelle Passworteingabe. Dann tippte er *Drachenbucht* ein. Fasziniert sah er zu, wie das Programm erneut versuchte, die Datei zu öffnen.

Falsches Passwort, flammte es in teilnahmslosem Windows-Blau auf.

»Mist«, schipfte Gehoff. »Das war es also auch nicht.«

»Einen Moment«, bat Platen. »Vielleicht hat er eine andere Schreibweise verwendet. Unter Umständen hat er das Wort kleingeschrieben.«

Er tippte *drachenbucht* ein. Doch auch das führte zu nichts.

»Vielleicht in Großbuchstaben?«, fragte Murat Ceylan hoffnungsvoll.

DRACHENBUCHT

Fehlanzeige.

»Er könnte die Schreibweise geändert haben. Das wird bei Passwörtern häufig gemacht«, überlegte Platen und gab dann *DrachenBucht* ein. Noch bevor das Dokument endgültig auf dem Bildschirm erschien, wussten sie, dass sie gewonnen hatten. »Bingo«, rief Platen und lehnte sich zurück.

Es war offensichtlich kein Geschäftsbrief und auch kein Brief an eine heimliche Geliebte. Es war eine schmucklose Notiz, wie man sie über E-Mail versenden würde.

Erwarte für den 18.9., 23.00 Uhr, 1.000 Einheiten. Auslieferungspunkt 3, Verteiler benachrichtigt. Zahlung auf Zahlungsweg 1 angewiesen.

Keine Unterschrift, gar nichts.

»Drogen?«, fragte Platen. »Geht es hier um Drogen?«

Gehoff nickte stumm.

»Es scheint eine Art Lieferungsbestätigung zu sein«, meinte Murat Ceylan. »Tausend Einheiten – was sind das für Einheiten? Kilo? Gramm?«

»Offensichtlich alles sehr verschlüsselt«, meinte Gehoff

nachdenklich. »Das ging über E-Mail raus, wahrscheinlich dann noch einmal zusätzlich verschlüsselt. Dies ist wohl nur die Privatkopie.«

»Haben wir noch einen Text?«, wollte Hans Platen wissen.

Gehoff nickte. »Noch dreizehn und eine besondere Datei. Eine Exe-Datei.«

»Zeigen Sie mal.« Mit geübten Fingern holte Platen den Inhalt des Arbeitsverzeichnisses auf den Bildschirm. »Ist es diese: alles.exe?«

»Die ist es«, meinte Gehoff. »Versuchen Sie es mal.«

»Das ist ja eine riesige Datei«, murmelte Platen. »Ganze Aktenordner ...«

»Kennen Sie sich mit dem Verschlüsselungsprogramm aus?«

»PGP«, erklärte Platen. »Pretty Good Privacy – das ist das Standardprogramm für Verschlüsselungen. Vielleicht auch Secret Stuff. Überhaupt nicht zu knacken, wenn man das Passwort nicht hat. Absolut professionell.«

»Schaffen Sie es?«

»Vorausgesetzt, es ist das gleiche Passwort, ist es kein Problem.«

Der Bildschirm wurde für einen Moment dunkel und füllte sich mit unleserlichen Zeichen. Eine unendliche Menge an Karos, Rauten, Smileys und Kreuzen lief über den Monitor, bis Platen den Zug der Zeichen mit einem Tastendruck stoppte.

»Das Passwort war in Ordnung«, sagte er verwundert. »Sonst wären wir aus dem Programm geflogen. Aber etwas ist schief gelaufen.«

»Die Datei ist beschädigt«, erwiderte Gehoff. »Wir konnten nicht alle Teile retten.«

»Dann nützt sie uns nichts«, seufzte Platen. »Oder können Sie dieses Zeug lesen?« Er deutete auf den Bildschirm.

»Nein, aber kann man das nicht trotzdem irgendwie entschlüsseln?«, fragte Gehoff, obwohl er sich die Antwort denken konnte.

»Keine Chance«, entgegnete Platen bestimmt. »Dies ist eine Hundertachtundzwanzig-Bit-Verschlüsselung. Vielleicht liegt sogar schon das neue Zweihundertsechsundfünfzig-Bit-System zugrunde. Das sind Trillionen von Möglichkeiten. Wenn sich das FBI mit seinen Supercomputern darangibt und ein Jahr lang daran arbeitet – vielleicht. Aber das werden Sie ja kaum erwarten können.«

»Wir haben noch weitere Texte«, bemerkte Murat. »Zwar nicht viele, aber ein paar. Bei denen müsste es klappen. Die waren unbeschädigt.«

Sie formten zu dritt einen Halbkreis um den Bildschirm, schirmten ihn ab wie Verschwörer, und als Platen Gehoffs Schulter neben sich spürte, als er sein Gewicht nach hinten verlagerte, und seinen Arm berührte, als er die Maus verschob, hatte er das Gefühl, in ein Team aufgenommen worden zu sein. Er hatte heute Abend noch einen Termin, die Einweihung eines Altenzentrums, aber der Gedanke, jetzt aufzustehen und zu gehen, war einfach unvorstellbar.

Es handelte sich bei den meisten Texten, ähnlich wie beim ersten Dokument, um Lieferbestätigungen: Es gab Hinweise auf Übergabeorte, versehen mit Daten, Mengen, Überweisungswegen. Einen Schlüssel zu diesen Angaben fanden sie nicht. Richter war sehr vorsichtig gewesen.

Ein weiterer Text schien ein reiner Privatbrief zu sein. Richter erlaubte einem Freund namens Frederico die Benutzung seines Ferienhauses in Heiligenhafen an der Ostsee. Er kündigte an, zum ersten September selbst in das Haus zu kommen. Vielleicht könne noch ein Segelwochenende daraus werden. Er freue sich darauf. Eine Adresse war nicht angegeben. Offensichtlich hatte Richter bei seinem Schreiben zunächst einen Vorentwurf gemacht und dann erst bei der Endfassung die Adresse eingesetzt.

»Macht man so etwas?«, fragte Gehoff.

Hans Platen und Murat Ceylan sahen ihn an, als wäre er von gestern.

»Die E-Mail-Adresse wird fast immer automatisch eingesetzt. Richter muss ein elektronisches Adressbuch verwendet haben, das diese Arbeit für ihn erledigte. So machen das alle. Diese Adressen kann man sich ohnehin sonst kaum merken«, erklärte Platen.

»So«, brummte Gehoff und nahm sich wieder einmal vor, seine Computerkenntnisse zu erweitern.

Die letzte Datei, die sie untersuchten, schien beschädigt zu sein. Oder stellte der Text einen Entwurf dar? Zahlreiche Passagen waren doppelt, es gab eine Fülle von Tippfehlern, manche Sätze waren unvollständig. Richter wollte in diesem Brief ein Missverständnis ausräumen, er stimme zwar mit den geplanten Maßnahmen nicht mehr überein, halte die Aktionen für gefährlich, aber von einem Ende der Geschäftsbeziehungen habe er nicht gesprochen. Sie sollten sich am besten noch einmal treffen – vielleicht in Heiligenhafen? –, um während eines Wochenendes oder bei einem Segeltörn die Missverständnisse aus dem Weg zu räumen.

»Wann ist das geschrieben worden?«, fragte Gehoff. »Und an wen ist das Schreiben adressiert?«

»Es ist nicht datiert«, antwortete Platen, »aber vielleicht kriegen wir es noch auf andere Weise heraus.« Er rief die Datei-Informationen mithilfe des Textverarbeitungsprogramms auf und deutete auf den Bildschirm. »Die Datei wurde am vierten Oktober angelegt, geändert wurde sie nicht mehr, aber Richter wird sie wohl nicht so abgeschickt haben. Er hat sie wahrscheinlich noch einmal überarbeitet. Die endgültige Fassung haben wir nicht. Wer der Empfänger ist – darüber können wir nur spekulieren.«

»Es sieht so aus, als wollte Richter aussteigen«, meinte Murat. »Vielleicht hat er sich in einem Gespräch zu weit vorgewagt, hat zu viel gesagt und wollte dies jetzt noch einmal abschwächen.«

»Sollten ihm tatsächlich Gewissensbisse gekommen sein?«, gab Platen wie selbstverständlich seine Vermutung preis.

»Eher sah er wohl ein zu hohes Risiko«, meinte Gehoff. »Die Sache ging in eine neue operative Phase, bei der er nicht mehr mitmachen wollte.«

»Wir sollten den ersten Privatbrief nicht außer Acht lassen. Immerhin enthält er eine Reihe von Hinweisen«, wandte Murat Ceylan ein. »Und möglicherweise finden wir in dem Ferienhaus in Heiligenhafen noch weitere Hinweise.«

»Komisch«, sagte Platen. »Ich hatte immer gedacht, Drogenbosse hätten ein hübsches Heim in der Karibik oder wenigstens auf Korsika oder Mallorca. Aber deutsche Ostseeküste, ist das nicht ein wenig ... billig?«

Es war spät am Abend, als die drei die Sitzung beendeten.

»Halten wir fest«, resümierte Gehoff. »Erstens, unsere Vermutung, Richter sei in eine kriminelle Sache verwickelt, scheint sich zu bestätigen. Ein mögliches Motiv für seinen Tod deutet sich ebenfalls an. Er wollte aussteigen. Und offensichtlich hatte er sehr sorgfältig alle Unterlagen gesammelt. Wohl als Lebensversicherung. Nur dass es ihm nichts genützt hat. Und wir haben sogar noch etwas: Heiligenhafen. Und einen Namen: Frederico. Meine Herren, wir haben in diesem Fall eine erste Spur.«

»Sollten wir nicht die Ehefrau oder die Sekretärin noch einmal befragen?«, schlug Murat vor. »Vielleicht können die etwas über diesen Frederico sagen.«

»Wahrscheinlich stecken die selbst mit drin«, gab Gehoff zu bedenken. »Die Ehefrau oder die Privatsekretärin, die vom kriminellen Doppelleben ihres Mannes beziehungsweise Chefs gar nichts mitbekommen hat, musst du mir erst einmal zeigen. Die werden wahrscheinlich mauern und vorgeben, nichts zu wissen. Entweder aus Angst oder weil sie selbst mit drinstecken. Ich glaube nicht, dass dabei viel herauskommt. Nein, befragen können wir sie immer noch. Wir sollten zunächst einmal dem Haus in Heiligenhafen einen Besuch abstatten. Und Richter scheint dort auch noch eine Yacht liegen gehabt zu haben. Die sollten wir uns ebenfalls anschauen. Ich hole mir von Werthmann die Erlaubnis zu einer Dienstreise, dann geht es los.«

Werthmann befand sich trotz der späten Stunde noch in seinem Büro. Gehoff überraschte ihn, wie er sinnend ein paar Habseligkeiten in einem Karton verstaute.

»Ganz schön viel, was sich angesammelt hat«, bemerkte er. »Ich möchte nicht alles in letzter Minute einpacken.«

»Kann ich verstehen«, erwiderte Gehoff. Und nur um etwas zu sagen, fuhr er fort: »Sie gehen sicherlich auch mit etwas Wehmut.«

Werthmann nickte. »Wenn man so viele Jahre hier gearbeitet hat ... Natürlich. Aber die Aufgabe ist auch in den Jahren nicht einfacher geworden. Drogen – als ich hier anfing, Ende der sechziger Jahre, war das beinah noch ein Fremdwort. Und heute?«

»Organisierte Kriminalität«, lieferte Andreas Gehoff ihm ein neues Stichwort.

»Sie sagen es«, pflichtete Werthmann ihm betrübt bei. »Sie wissen es, wir wissen es alle: Wir kämpfen einen Kampf gegen Windmühlenflügel. Es gibt einzelne Fahndungserfolge, ja, auch gute, aber insgesamt ...« Dann unterbrach er sich. »Aber das sind Kantinengespräche. Sie haben etwas auf dem Herzen?«

»Ich möchte eine Dienstreise beantragen«, meinte Gehoff.

Werthmanns Augenbrauen hoben sich.

»Nach Heiligenhafen, am besten morgen«, erklärte Gehoff.

»Erzählen Sie«, bat Werthmann und bot ihm einen Platz an.

Gehoff berichtete. Nur die Mitarbeit Platens verschwieg er. Es war wohl nicht ganz der Arbeitsstil, den Werthmann schätzte. Auch Vorgesetzte brauchten schließlich nicht alles zu wissen.

»Zu dumm, dass die eine Datei beschädigt war«, sagte Werthmann gedankenverloren. »Und das Passwort war ›Drachenbucht‹? Ein merkwürdiges Wort!«

»Die Dienstreise nach Heiligenhafen ...«, erinnerte Gehoff ihn.

»Richtig. Selbstverständlich, eine gute Idee, die einzige vielversprechende Spur, wenn ich es recht bedenke. Oder waren Sie bei der Befragung der Mitarbeiter der Firma erfolgreich?«

»Möglicherweise wird einer von ihnen auspacken, wenn man ihm etwas Zeit gibt.«

»Herr Wilhelmsen oder Herr Mondberger?«

Werthmann verfügte über ein hervorragendes Namensgedächtnis, ging es Gehoff durch den Kopf. »Mondberger. Ich vermute, dass er von der ganzen Angelegenheit weitaus mehr weiß, wissen muss, als er zugibt.«

»Heiligenhafen«, murmelte Werthmann. »Das ist länderübergreifend. Sie müssten im Auftrag des Landes Niedersachsen tätig werden, und falls Sie Spuren sichern sollten, ist vermutlich Oldenburg zuständig. Ich werde es für Sie arrangieren, aber vor morgen oder übermorgen bekomme ich es nicht hin. Vielleicht in drei Tagen?«

»Drei Tage sind lang, und die Spur ist heiß«, wandte Gehoff ein.

»So heiß ist sie nun auch wieder nicht. Entweder haben die Täter die Spuren sofort beseitigt, oder aber Sie ahnen nichts. Und dann kommt es auf einen Tag mehr oder weniger nicht an. Lieber langsam, aber dafür gründlich.«

Der Lkw stand im Halbdunkel zwischen zwei gelblichen Bogenlampen. Es war ein lang gestreckter Achtunddreißig-Tonner Sattelschlepper. Auf der vom Nieselregen glänzenden Plane brach sich das Licht und schuf ein reflektierendes Muster unregelmäßiger Flecken. Dahinter lag im nebligen Grau das Waschhäuschen des Autobahnparkplatzes. Der Parkplatz war schlecht besucht, nur drei Lkws standen in größeren Abständen voneinander entfernt auf dem Parkstreifen. Er lag ungünstig, die Toilette stank, und nur wenige Kilometer weiter gab es eine moderne Raststätte.

Gehoff konnte den großen Werbeaufdruck der Transportfirma nur unvollkommen erkennen. *Harms-Transporte – immer sicher, immer gut.* So oder so ähnlich lautete der Slogan. Nicht gerade einfallsreich. Zwei Stunden lagen sie schon auf der Lauer. Der Nissan, den sie bereits bei anderen Einsätzen gefahren hatten, stand seit dem frühen Abend scheinbar leer bei den Pkw-Stellplätzen, ein Fremdkörper, so auffällig, dass er keinen Argwohn erwecken konnte.

Gero und Klaus mimten übernächtigte Wohnmobil-Fahrer, Möller und Gehoff lagen in der Kabine eines älteren Mercedes-Lkws, der so aussah, als hätte er es gerade noch bis zu diesem abgelegenen Ort geschafft.

»Heute Abend«, mit diesem Wort hatte Fritz Möller ihn gegen sechzehn Uhr zum Einsatz bestellt. Wieder kein Wort über den Auftrag, das Ziel, den Einsatzort. Einfach nur: »Heute Abend«. Einerseits schien er, Andreas, dazuzugehören, andererseits aber wohl auch noch nicht so ganz. Ob sie ihm nicht trauten?

Sie waren weniger als beim letzten Mal. Die Lagebesprechung war kurz. Zwei von ihnen würden im Nissan Wache halten, Gehoff und Möller sollten in der Fahrerkabine des Mercedes-Lkws warten. Die geplante Geldübergabe sollte gegen ein Uhr fünfundvierzig erfolgen. Fragen?

Keiner fragte nach. Die Informationen erschienen präzise, und Gehoff hatte nach den Erfahrungen des letzten Einsatzes keine Zweifel, dass sie es auch waren, und er konnte sich denken, wie Möller sie erhalten hatte. Trotzdem ertappte sich Gehoff dabei, dass er immer wieder auf die Uhr schaute. Es war gegen halb zwei, morgen würde es wieder anstrengend werden. Hoffentlich waren die anderen pünktlich.

Die Autobahn war trotz der späten Stunde noch befahren. Gelegentlich donnerte ein Lastwagen vorbei, eingehüllt in einen Schleier von aufgewirbeltem Wasser, zuweilen hörte man das singende Geräusch eines kleineren Pkws. Schließlich, gegen Viertel vor zwei, nur wenige Minuten zu früh, streiften Scheinwerfer den Parkplatz. Eine heller Ford Transit bog von der Autobahn ab und tastete sich vorsichtig auf den Rastplatz vor. Er wählte nicht die Pkw-Spur, sondern rollte langsam auf den Lkw zu und hielt. Die Tür öffnete sich, ein Mann, offensichtlich der

Beifahrer, stieg aus und blickte scheinbar desinteressiert über den Parkplatz. Er ging ein paar Schritte über den Asphalt und stellte sich neben einen Müllbehälter. Dann öffnete er seinen Hosenstall, blickte sich noch einmal um und erleichterte sich. Erst als er wieder zu seinem Wagen zurückkehrte, flammte für eine Sekunde ein Streichholz in der Fahrerkabine des Lastwagens auf. Das Nicken des Mannes war fast unmerklich. Gehoff und Möller registrierten es nur, weil sie sich keine Bewegung entgehen ließen.

Der Lkw-Fahrer kletterte aus seiner Kabine und sprang auf die Fahrbahn. Er sah so aus, wie man sich einen waschechten Trucker vorstellte. Ein kariertes Flanellhemd unter einem blauen Strickpullover, abgetragene Jeans. Unauffällig. Dann ging er auf den Ford zu. Es folgte ein kurzer Wortwechsel, den Gehoff und Möller nicht verstanden, dann gingen beide zur Heckplane des Sattelschleppers. Sie schlugen sie zurück und wuchteten einen Karton von der Ladefläche. Dem Aufdruck nach zu urteilen, schien er einen Fernseher zu beinhalten. Der Mann aus dem Lieferwagen nahm ein Messer, öffnete die Verklebung und begutachtete den Inhalt. Dann nickte er. Der Ford Transit setzte sich in Bewegung, fuhr ein paar Meter und kam neben dem Lkw zu stehen.

»Wenn sie die Kisten umgeladen haben, schnappen wir sie uns«, flüsterte Möller.

»Keine weiteren Fahrzeuge oder Personen gesichtet«, erklang es leise aus dem Funkgerät.

Das Verladen der Kisten war mit großer Schnelligkeit vonstatten gegangen; der Fahrer des Fords entnahm der Fahrerkabine einen dunklen Pilotenkoffer. Geld?

»Los«, flüsterte Möller ins Funkgerät.

Der Nissan wurde gestartet und rollte langsam in Richtung Autobahn. Alarmiert schauten die drei Männer dem heranrollenden Wagen zu. Dann täuschten sie Gleichmut vor. Der Lkw-Fahrer nahm den Pilotenkoffer und machte ein paar langsame Schritte auf den Sattelschlepper zu.

»Jetzt!«, gab Möller das Kommando.

Gehoff und er glitten aus dem Führerhaus. Die Aufmerksamkeit der drei Männer war noch immer durch den Nissan abgelenkt, der auf einmal anhielt. Einer der Beamten kurbelte das Fenster herunter.

»Gibt es hier in der Nähe noch einen anderen Rastplatz?«, fragte er. »Das Klo ist hier ja total beschissen, und waschen kann man sich auch nicht.«

Misstrauisch musterte ihn der Lkw-Fahrer. »Fünf Kilometer weiter«, sagte er schließlich mürrisch. Auf den Gesichtern der anderen lag unverhohlener Argwohn. Andererseits war die Störung so plump, dass sie kaum Anlass zu begründeter Sorge geben konnte.

»Danke«, erwiderte der Beamte, der andere fuhr an, gab aber offensichtlich zu wenig Gas und würgte den Motor ab. Jetzt stand der Wagen so, dass er dem Ford Transit den Weg versperrte. Genervt und mit allen Anzeichen des Unbehagens sahen die drei, wie der Nissan wieder startete. In diesem Augenblick hatten Gehoff und Möller die Gruppe von hinten erreicht.

»Polizei! Hände hoch!«, rief Möller.

Die Überraschung war vollkommen.

Gero und Klaus sprangen aus dem Nissan und legten ebenfalls an.

»Widerstand ist zwecklos! Legen Sie die Waffen weg und heben Sie die Hände hoch!«, forderte Möller die drei auf.

Wie betäubt folgten sie den Befehlen. Auf Protest verzichteten sie.

Dank der in vielen Jahren erworbenen Routine waren sie

rasch entwaffnet und mit Handschellen gefesselt. Alle drei hatten Pistolen bei sich getragen. Im Stiefelschaft des Lkw-Fahrers steckte zusätzlich ein kurzes, dünnes Stilett.

Möller zog die Schiebetür des Ford zur Seite und öffnete einen der Kartons. Er warf einen oberflächlichen Blick hinein. Schneeweißes Pulver, sorgfältig in Plastiktüten abgepackt. Der Pilotenkoffer stand noch auf der Straße. Er war unverschlossen, und, wie Gehoff bemerkte, voll mit Geldscheinen. Es handelte sich dabei allerdings nicht um deutsche Banknoten, sondern um gebündelte Dollarscheine. Wie viel mochte in so einer Tasche sein? Zwei Millionen, drei?

Viel Geld. Mehr, als er je in seinem Leben verdienen würde, ging es Gehoff durch den Kopf. Schon bei offiziellen Einsätzen eine Versuchung, und hier?

Möller ließ das Schloss zuschnappen und legte den Koffer achtlos vor den Beifahrersitz. Gero und Klaus stießen die drei Männer in den Nissan.

»Wir nehmen den Ford«, sagte Fritz Möller zu Gehoff. Wenig später fuhren sie los. Die beiden Lkws ließen sie zurück.

Die Autobahn wirkte leerer, als es auf dem Parkplatz den Anschein gehabt hatte. Nur hin und wieder überholte ein Pkw sie, sonst waren sie allein.

»Ganz schön viel Geld«, meinte Gehoff und stieß mit dem Fuß gegen den Koffer. »Damit hätte man ausgesorgt«, fügte er noch hinzu und lachte, als hätte er einen Witz gemacht.

»Du wirst doch wohl nicht schwach werden?« Möller grinste. »Na ja, wenn man unser kleines Gehalt bedenkt ...«

»Wie viel ist es wohl?«

»Keine Ahnung. Ich glaube, wir haben schätzungsweise

dreißig Kilo Schnee beschlagnahmt, es könnten also knapp vier Millionen Mark sein, vielleicht etwas mehr. Auf dem Markt bringen die Beutel natürlich noch mal mehr. Aber das weißt du ja.«

»Dann fahren wir also knapp zehn Millionen Mark mit uns herum.«

Möller sagte nichts, sondern schaute konzentriert auf die Fahrbahn.

Zehn Millionen. Gehoff schluckte. Bei einem normalen Polizeieinsatz wurde genau abgerechnet, Betrug und Unterschlagung kamen zwar vor, waren aber doch selten. Zu viele Beamte waren eingeweiht. Da flog eine Unterschlagung immer auf. Aber hier? Wen würde es denn interessieren, wenn auf einmal hunderttausend Mark fehlten. Oder dreihunderttausend oder noch mehr? Das Geld hatte keiner gezählt.

»Was passiert eigentlich mit dem Geldkoffer?«, fragte er Möller nach einer Weile. »Ich meine, wo geben wir das Geld und das Zeug dahinten in den Tüten ab?«

»*Ich* gebe es ab«, antwortete Möller kurz angebunden.

»Alles?«

»Natürlich alles«, setzte Möller unwirsch hinzu. »Und falls du versucht sein solltest, mich dazu zu überreden, vielleicht den einen oder anderen Packen zu nehmen, kann ich dich nur warnen: Gezählt wird es nämlich doch. – Außerdem sind wir keine Diebe«, setzte er in einem Tonfall hinzu, der deutlich machte, dass er dieses Thema nicht weiter diskutieren wollte.

Der Motor brummte, Möller fuhr, aber die Taschen standen neben Gehoffs Füßen und übten eine magische Faszination auf ihn aus. Was passierte mit dem Geld?

»Geben wir es bei der Dienststelle ab?«, fragte er.

»Natürlich nicht«, versetzte Möller gereizt. »Dieser Einsatz ist nicht genehmigt, und da kann ich nicht mit ein paar Millionen und dreißig Kilo Kokain ankommen und dann unseren Polizeioberen erklären, ich hätte es gefunden. Außerdem: Rate mal, was das alles hier kostet? Die Wagen, die elektronische Ausrüstung und dieser ganze Krempel? Meinst du, das gibt es umsonst? Oder bei Karstadt auf dem Wühltisch?«

»Du meinst, wir ...«, Gehoff hatte immer noch Mühe, sich mit diesem *Wir* zu identifizieren und stockte etwas, »... wir finanzieren unseren Einsatz mit den beschlagnahmten Geldern? Ist es das, was du mir sagen willst?«

»Jetzt hör mal gut zu«, knurrte Möller. »Das ist hier kein Kaffeekränzchen, und der Landesrechnungshof darf hier sicherlich auch nicht genauer hinschauen. Aber die Gegenseite ist organisiert. Organisierte Kriminalität – falls dir der Begriff schon einmal begegnet ist. Unsere Gegner verfügen über Milliarden. Hörst du? Über Milliarden. Und wenn wir sie schlagen wollen, brauchen wir Geld. Und um es ganz genau zu sagen: viel Geld.«

Die Stimmung war gereizt. Und sie wurde auch nicht besser, als Möller ein wenig gehässig hinzufügte: »Und nur, weil du dich ärgerst, dass ich es nicht erlaube, dass du einen privaten Griff in diesen Aktenkoffer tust ...«

»Ich habe gar nichts ...«

»Unterbrich mich bitte nicht, denn genau das hast du mir eben mehr oder weniger direkt vorgeschlagen. Also tu nicht so. Außerdem – nur weil du gern einen Griff in die Kasse machen möchtest, brauchen andere das noch lange nicht zu tun.«

Gehoff schwieg. Möllers Vorwurf war nicht ganz unberechtigt. Dieses Geld stellte eine Versuchung für ihn dar, der er nur schwer widerstehen konnte. Ob alle anderen widerstehen würden?

»Allerdings habe ich auch schon einmal daran gedacht«, räumte Möller ein und streckte Friedensfühler aus. »Natürlich, so viel Geld ist schon eine Sache, da wird dir leicht ein bisschen anders. Und die Bahamas oder Argentinien sind auch nicht so weit weg ...«

Gehoff lachte. »Ich dachte, du wärst schon völlig aus Eis.«

»Bin ich nicht, aber ich weiß, was richtig und was falsch ist.«

Große Worte, dachte Gehoff. Richtig und Falsch. Möller schien es zu wissen. Wusste er es denn selbst? »Mir ist aufgefallen, dass in der *Hannoverschen Allgemeinen* nur über einen Drogenfund berichtet wurde«, sagte er nach einer Weile. »Ich war dabei, als wir damals ... die Leute verhörten. Da war noch von einer zweiten Lieferung die Rede. Was ist mit ihr passiert? Ich habe nichts gelesen.«

»Wir haben sie aufgedeckt wie die heute Abend«, erklärte Möller knapp. »Manche decken wir ganz offiziell auf, das ist etwas für die Presse, macht sich gut, ist auch gut für das Image und die Karriere, andere Drogenfunde ... füllen eben die Kriegskasse auf.«

Die »Kriegskasse« muss ganz schön voll sein, ging es Gehoff durch den Kopf. Die dreihunderttausend in Abdullah Mehtics Safe, heute sicher mehrere Millionen, der Transport, den Fritz Möller erwähnt hatte ... Elektronik war teuer, Autos mussten unterhalten werden, keine Frage, aber es war schon ziemlich viel Geld. Wo blieb es also? Die Frage nach dem Verbleib der Drogen lag ihm auf der Zunge, aber wahrscheinlich wurden sie vernichtet. Obwohl: Die Vernichtung so großer Mengen war bereits technisch nicht ganz einfach.

Möller fuhr mit leicht überhöhter Geschwindigkeit. Bloß nicht auffallen, nicht mit Tempo achtzig über die Autobahn schleichen, dass es aussah, als hätte man zu viel Alkohol im Blut. Bloß keinen Streifenwagen auf sich aufmerksam machen!

»Ich habe übrigens eine Überweisung aus Luxemburg bekommen«, erzählte Gehoff plötzlich. »Dreitausend. Und ich kann mir nicht erklären, von wem sie kommt.«

»Aus Luxemburg, sagtest du?«

»Dreitausend von irgendeiner Bank, die ich nicht kenne. Kein Vermerk, aber ein Bankirrtum liegt auch nicht vor.«

»Luxemburg ...«, murmelte Möller nachdenklich.

»Es scheint dir etwas zu sagen ...«

»Ich glaube, es ist deine Aufwandsentschädigung für das letzte Mal«, meinte Möller langsam. »Obwohl, aus Luxemburg habe ich meine noch nie bekommen. Die Überweisungswege sind jedoch bei jedem anders.«

»Aufwandsentschädigung?« Obwohl Gehoff nachfragte, wusste er bereits die Antwort. Aufwandsentschädigung. Ein Abend bei einem speziellen Einsatz – und vierzehn Tage später dreitausend Mark mehr auf dem Konto. »Sind es immer dreitausend?«

»Manchmal mehr, manchmal weniger«, erwiderte Möller vage.

Ob es von der Beute abhing? Oder von der Anzahl der Toten? Ein ungutes Gefühl beschlich Andreas Gehoff. Natürlich, er hatte sich wie andere Kollegen auch häufig genug über die schlechte Bezahlung der Polizei geärgert, aber dies?

»Wir tun es nicht für Geld«, erklärte Fritz Möller auf einmal. »Wir tun es verdammt noch mal nicht für Geld. Sondern für unsere Kinder – und weil es keine andere Möglichkeit gibt. Und wenn wir nicht alles Geld in die Ausrüstung stecken, sondern uns für unseren Einsatz bezahlen lassen – was ist dabei? Es ist gestohlenes, erpresstes, geraubtes, es ist *schmutziges* Geld. Sehr schmutziges. Sollen wir es wegwerfen? Verbrennen?«

Andreas antwortete nichts. Der Nieselregen hatte aufgehört, die Straße lag im bleichen Licht der Bogenlampen wie ein glänzendes Band da. Fritz Möller fuhr schneller.

»Freu dich doch«, hatte Murat gesagt, als er ihm von der Überweisung berichtet hatte. »Freu dich doch einfach.« Gehoff war sich nicht sicher, ob er dies tun sollte. Vorhin wolltest du mit drei Millionen abhauen, schalt er sich, und jetzt regst du dich wegen dreitausend auf. Aber im Stillen wusste er, dass es nicht ganz dasselbe war.

Es war Viertel nach drei, als Möller ihn am Bettina-von-Arnim-Platz wieder absetzte, und kurz vor vier, als er in sein Bett kroch.

Andreas Gehoff war noch verschlafen, als der Wecker klingelte. Er schlang das Frühstück ohne Appetit hinunter, und obwohl er durchaus Hunger verspürte, schmeckte es ihm nicht. Allein schmeckte es ihm ohnehin nicht. Sylvia hatte eine Lücke gerissen, die er nicht so schnell schließen konnte. Doch sie würde nicht mehr zurückkommen. Das war ihm jetzt klar.

Das Blinken der Leuchtdioden auf seinem Anrufbeantworter bemerkte er nur zufällig. Zwei Nachrichten waren eingegangen. Die erste Nachricht stammte von Aischa, Murat Ceylans Frau. Eigentlich war sie eher Sylvias Freundin gewesen. Zwei Polizistenfrauen, die sich ihr Herz ausschütteten, wenn die Männer mal wieder Überstunden machen mussten und nicht nach Hause kamen.

»Hallo, Andreas«, hörte er ihre Stimme. »Murat hat es ja immer wieder vergessen, aber wir wollen dich am nächsten Wochenende zum Abendessen einladen. Damit du mal wieder unter Menschen kommst. Würde dir Sonnabend passen? Natürlich nur, wenn du nichts Besseres vorhast. Tschüss, bis dann.«

Gemeinsam zu Abend gegessen hatten sie viele Male, damals, als alles noch in Ordnung gewesen war. Es war nett von Aischa, daran zu denken, ihn mal wieder einzuladen. So viele Freunde hatte er ja nun wirklich nicht. Und es war typisch Murat, dass er vergessen hatte, ihm diese Einladung auszurichten. Er würde kommen. Gern.

Die nächste Nachricht begann stockend. »Hier ist ...« Den Namen verstand Gehoff nicht. »Ich hatte versucht, Sie über Ihr Handy zu erreichen, aber Sie waren nicht erreichbar und Ihre Mailbox auch nicht. Ich glaube ... wir sollten miteinander reden. Bitte rufen Sie mich an. Nicht in der Firma, sondern unter acht-zwei-sechs-vier-sieben-acht. Bitte, wenn es geht, noch heute.«

Der Anruf klang dringend, es lag etwas Gepresstes in der Stimme, sie war undeutlich, so, wie man es manchmal hörte, wenn Ungeübte auf einen Anrufbeantworter sprachen oder wenn sie unter starkem seelischen Druck standen. Wer hatte bloß angerufen?

Gehoff hörte die Nachricht noch einmal ab. Es klang wie Mo ... Mo ... berg. Mondberger? Richters zweiter Prokurist?

Eigentlich könnte es passen. Andreas Gehoff hatte sowieso den Eindruck gehabt, dass Mondberger mehr wusste, als er zugegeben hatte, und vielleicht seine Aussage ergänzen wollte. Sein Hinweis gegenüber Werthmann war also korrekt gewesen. Er hatte Recht behalten.

Kurz entschlossen wählte Gehoff die angegebene Nummer. Es war inzwischen kurz vor acht, eigentlich war er schon spät dran, und er war sich nicht sicher, ob Mondberger überhaupt noch zu Hause war. Vermutlich war er bereits auf dem Weg zur Arbeit.

Das Freizeichen ertönte mehrmals. Andreas Gehoff wollte schon wieder auflegen, als schließlich auf der anderen Seite doch abgehoben wurde.

»Hallo?«, fragte eine Frau.

Es war eine Marotte, sich nur mit *Hallo* zu melden, noch dazu eine, die immer mehr in Mode kam. »Gehoff«, sagte Andreas. »Ihr Mann hatte mich gestern angerufen und bat mich zurückzurufen.«

»Worum handelt es sich denn?«

Darum, dass Ihr Mann eine Falschaussage gemacht hat, mehr weiß, als er bisher zugegeben hat, und vermutlich in ein Verbrechen verstrickt ist. Und darum, dass hier die Mordkommission spricht. Aber sagte man so etwas am Telefon? »Mit wem spreche ich denn?«, erkundigte sich Gehoff vorsichtig.

»Mondberger«, antwortete sie. »Sie sprechen mit Martina Mondberger.«

»Gehoff, Kriminalpolizei«, präzisierte Andreas Gehoff. »Ihr Mann hatte mich gestern angerufen und nur auf den Anrufbeantworter gesprochen. Ist er noch zu Hause oder schon auf dem Weg zur Arbeit?«

Im Hintergrund dudelte ein Muntermacher aus dem Radio. NDR zwei oder radio ffn. Den Titel konnte er nicht identifizieren, die neuen Songs klangen ohnehin alle ziemlich ähnlich. Die Geräusche verschwanden plötzlich. Offensichtlich wurde das Mikrofon des Telefons abgedeckt.

Es dauerte eine kurze Weile, dann erklang eine Männerstimme. »Mondberger.«

»Sie hatten mich gestern angerufen.«

»Ja ...« Mondberger zögerte.

»Und worum handelte es sich?«

Mondberger schwieg und schien nach passenden Worten zu suchen.

»Wollten Sie Ihre Aussage ergänzen?«, hakte Gehoff nach.

»Das meiste habe ich Ihnen ja schon gesagt ...«, murmelte Mondberger. »Eigentlich ...«

Er weiß etwas, er will eine Aussage machen, aber jetzt hat er Angst vor der eigenen Courage, ging es Andreas Gehoff durch den Kopf. Er steht vor einem Abgrund und will springen. »Selbstverständlich bleibt alles vertraulich«, versicherte er.

Vertraulich war ein Zauberwort. Es schuf ein Gefühl der Sicherheit und der Geborgenheit. Doch Mondberger schwieg.

Spring, dachte Gehoff. Los, spring! »Sie haben mich immerhin angerufen«, erinnerte er einfühlsam. »Es war Ihnen so wichtig, dass Sie mich mehrfach angerufen haben.«

»Nicht am Telefon«, bat Mondberger plötzlich. Er sprach auf einmal klar, das Zögerliche war von ihm abgefallen. »Ich möchte nicht am Telefon mit Ihnen reden und nicht in der Firma.«

»Ich verstehe«, erwiderte Gehoff. »Schlagen Sie einen anderen Treffpunkt vor.«

»Nicht das Polizeirevier«, fügte Mondberger rasch hinzu.

»Wir können uns woanders treffen. Das *Wiener Café* am Bahnhof?«, meinte Andreas Gehoff. »Es ist von Ihrer Firma aus schnell zu erreichen, und es fällt nicht auf, wenn Sie hineingehen.«

Mondberger überlegte eine Weile. »In Ordnung«, stimmte er schließlich zu.

»Wann?«

»Heute Nachmittag, sagen wir, gegen sechzehn Uhr dreißig? Ich kann nicht versprechen, dass ich pünktlich bin, aber ich komme auf jeden Fall.« Und dann fügte er in einem fast bittenden Ton noch hinzu: »Sie können doch Ihre Informanten schützen, das können Sie doch, nicht wahr?«

»Selbstverständlich«, erklärte Gehoff und dachte an Bordeaux-Willy und an Platen. »Selbstverständlich können wir unsere Informanten schützen.«

»Du solltest früher zu Bett gehen«, bemerkte Murat, als Gehoff um kurz vor neun das Büro betrat. »Ich sitze hier so ungern allein.«

»Der Stau ...«, erwiderte Gehoff matt, und Murat grinste. »Danke für die Einladung«, sagte er noch. »Aischa hatte auf meinen Anrufbeantworter gesprochen und mich eingeladen. Ich komme gern. – Mal andere Gesichter sehen«, fügte er hinzu und spielte damit auf die Werbung des hannoverschen Zoos an.

Murat nickte entschuldigend. »Ich hatte es gestern vergessen, dir zu sagen, und abends warst du nicht zu Hause.«

»Ich war ein bisschen weg«, versetzte Gehoff unbestimmt.

»Eine neue Frau?«, fragte Murat und warf ihm einen verschwörerischen Blick zu.

»Vielleicht«, antwortete Andreas Gehoff vage.

»Werthmann will dich übrigens sprechen.«

Werthmanns Büro war schon wieder etwas leerer geworden, stellte Andreas Gehoff wenig später fest, als er seinen Vorgesetzten aufsuchte. Auch die Umzugskartons waren verschwunden. Nur der Renoir-Druck hing noch an der Wand.

»Ich habe Ihre Dienstreise nach Heiligenhafen organisiert«, begann er. »Sie fahren am besten in drei Tagen, das ist der Montag, am Wochenende ist sowieso keiner erreichbar. Und so dringend ist es ja nicht. Zuvor machen Sie in Oldenburg Station und nehmen mit den dortigen Kollegen Kontakt auf. Ich habe dort mit Hauptkommissar Bremer gesprochen, der wird auch alles mit den Kollegen von der Spurensicherung arrangieren und Ihnen die nötigen Durchsuchungsbefehle besorgen. Ist das in Ihrem Sinne?«

»Danke«, antwortete Gehoff. Es war erstaunlich, wie gut man sich auf Werthmann verlassen konnte. Zuverlässig bis ins kleinste Detail.

»Wenn Sie Ihren Privatwagen nehmen wollen, können Sie dies gern machen, aber rechnen Sie dann die Kilometer ab«, bot Werthmann noch an. Bei der Benutzung von Privatwagen konnte man über die Reisekostenabrechnungen ein wenig die private Kasse aufbessern, denn die Vergütung überstieg die Spritkosten doch um etliches. Und das Land sparte sich einen teuren Fuhrpark von Dienstwagen. Eines der seltenen Geschäfte, das auf Gegenseitigkeit beruhte. »Gibt es sonst noch etwas Neues?«, fragte Werthmann.

»Ich habe Kontakt mit Mondberger aufgenommen. Der zweite Prokurist der Firma scheint uns etwas mitteilen zu wollen. Ich habe ein Treffen vereinbart.«

»So kurz vor dem Wochenende? Und das als Beamter?«, Werthmann lächelte.

»Um sechzehn Uhr dreißig«, sagte Gehoff. »Also noch deutlich vor dem Wochenende. Überstunden fallen nicht an.«

»Da bin ich ja beruhigt«, versetzte Werthmann belustigt. »Immerhin sind wir ja gehalten, die Kasse des Landes Niedersachsen zu schonen. Wie machen sich Ihre neuen Kollegen: Bertram und Walter?«

»Bertram kennen Sie ja«, meinte Gehoff. »In den letzten

Tagen habe ich ihn einmal gesehen. Er hat eine angegriffene Gesundheit ...«

Werthmann erlaubte sich ein spöttisches Lächeln und schwieg.

»Aber Frau Walter macht sich gut. Wirklich.«

»Ich habe etwas über Richter herausgefunden«, sagte Bertram. Er war heute nicht krank, sondern hatte die gesunde Farbe von Sonnenbank und Sauna. Er arbeitete immer gerade so viel, dass es für ein Disziplinarverfahren nicht reichte, und wurde als Wanderpokal von Abteilung zu Abteilung gereicht.

»Schieß los«, meinte Gehoff.

»Geboren am vierzehnten Mai vierundfünfzig hier im Frederikenstift in Hannover, Ratsgymnasium, sprachbegabt, Latein, Griechisch, Englisch, Französisch, ein Jahr Atlantic College in Llantwit Mayor, das ist irgendwo in Wales, neunzehnhundertdreiundsiebzig Abitur, Wehrdienst, drei Jahre Marine, Leutnant zur See der Reserve, Studium in Hannover, Betriebswirtschaft, Abschluss mit Diplom, Note: sehr gut. Dann für drei Jahre in Kolumbien, leitete dort die Niederlassung der väterlichen Firma.«

»Dann müsste er doch auch Spanisch gelernt haben«, überlegte Murat.

»Eigentlich ja«, stimmte Bertram verdutzt zu, »aber darüber habe ich nichts gefunden.« Heirat neunzehnhundertsiebenundsiebzig mit Marianne Rodeck«, fuhr er fort. »Was ihre Eltern von Beruf waren, weiß ich nicht.«

Stand wohl nicht im *Who is Who*, ging es Gehoff spöttisch durch den Kopf, war vermutlich auch nicht wichtig.

»Zwei Kinder, Zwillinge, Junge und Mädchen, studieren beide im ersten Jahr in Harvard. Das Mädchen Jura, der

Junge Economics. Das war alles.« Er hatte schlampig recherchiert. Oberflächlich. Aber wenigstens hatte Bertram etwas Einsatz gezeigt. Es war eine ganz normale Biografie, die doch das meiste ungesagt ließ. Wen hatte Richter in Kolumbien getroffen? Wer waren während des Studiums seine Freunde gewesen, welche Rolle spielte Isabella?

»Ist in Ordnung«, sagte Gehoff aus seinen Gedanken heraus.

Auch Sylvia Walter hatte etwas herausgefunden. »Ich habe die Buchungen des Flughafens Hannover überprüft. Es ist für Herrn Richter recht kurzfristig ein Flug nach Bogotá gebucht worden, Hannover über Frankfurt und New York; allerdings hat Richter diesen Flug nie angetreten. Die Angestellte des Flughafens erinnerte sich genau an den Fall, weil es schwierig gewesen war, den Anschlussflug von New York nach Bogotá zu arrangieren. Da Richter unbedingt an diesem Tag hatte fliegen wollen, habe sie ziemlich lange telefonieren müssen, erzählte sie. Die Buchung wurde übrigens von einer Dame mit einem leicht südländisch klingenden Akzent aufgegeben, seiner Sekretärin. Am Tag des Fluges wurde Richter von einem Taxi abgeholt, jedenfalls hat dies eine Nachbarin behauptet. Sie kam gerade vom Einkaufen und war sich ganz sicher. Auf dem Flughafen hat ihn keiner mehr gesehen, der Fahrer des Taxis war nicht mehr aufzufinden. Und die Nummer hatte sich die Frau nicht gemerkt.«

»Es scheint zu stimmen, was uns die beiden Damen des Hauses, Frau Richter und Frau Cortez, damals erzählt haben«, meinte Gehoff, »aber ich kann mir auch nicht vorstellen, dass sie uns in einem so offensichtlichen Fall die Unwahrheit sagen würden. Aber warum wollte Richter so überstürzt nach Bogotá?«

»Vielleicht lief da unten etwas schief?«, vermutete Bertram. »Ich glaube nicht, dass er aus reinem Vergnügen fliegen wollte.« Endlich hatte er auch einmal etwas zu sagen, wenn es auch nur Allgemeinplätze waren.

»Ob er kommt?«, überlegte Murat und schlürfte bereits seine zweite Tasse Cappuccino.

»Warum sollte er nicht?«, fragte Gehoff zurück. »Er hat mich angerufen, er wollte das Gespräch, und offensichtlich hatte er Angst.«

»Die hätte ich an seiner Stelle auch«, erwiderte Murat Ceylan. »Wenn die Täter etwas ahnen, machen sie Kleinholz aus ihm.«

Es war inzwischen kurz vor siebzehn Uhr. Um sechzehn Uhr dreißig waren sie verabredet gewesen. Mondberger war eine halbe Stunde zu spät.

»Vielleicht machen die Überstunden«, meinte Gehoff.

»Ich weiß nicht«, wandte Murat ein. »Überstunden am Freitagabend? Und so beschäftigt sahen die nicht aus. Mir gefällt das Ganze nicht.«

»Ich kann ja schlecht in die Firma hineinspazieren und fragen, wo Herr Mondberger bleibt«, knurrte Gehoff missmutig.

»Ob er uns nicht gefunden hat?« Sie saßen in einer abgelegenen Ecke des Cafés, das eine Reihe von verwinkelten Räumen besaß, die auf verschiedenen Ebenen lagen. Schon möglich, dass man sich hier verfehlen konnte. Vielleicht wäre ein anderer Treffpunkt besser gewesen.

»Das wird schon noch«, beruhigte Gehoff sich und Murat Ceylan. Doch nach der vierten Tasse Cappuccino gab auch er auf. »Der kommt heute nicht mehr.«

»Ruf doch mal bei ihm zu Hause an.«

Gehoff holte sein Handy heraus und wählte. »Nichts«,

sagte er nach einer Weile. »Es geht niemand ran.« Er wählte noch einmal und lauschte dem Freizeichen, doch keiner hob ab. Er ließ es klingeln, und irgendwie hatte er den Eindruck, dass sich das Tuten verloren anhörte, ein einsames Rufen in einer leeren Wohnung vor einem langen Wochenende. »Lass uns gehen«, entschied er schließlich. »Wir haben eine Stunde gewartet, das ist genug.«

8. Kapitel

Heiligenhafen war ein Seebad an der Ostseeküste, das seinen alten Ortskern durch die sechziger Jahre in eine Zeit gerettet hatte, in der man den Bau von Bettenburgen nicht mehr als das städtebauliche Nonplusultra ansah. Die touristischen Zentren lagen weit außerhalb des eigentlichen Ortes in einem großen Hotelkomplex mit Strandpromenade, der Ort selbst war mit einer Fülle kleinerer Geschäfte, Kneipen und Gasthöfe zwar auf Besucher eingestellt, aber sich selbst auch genug. Es war ein kleines Städtchen, das auch ohne Touristen nicht trostlos war, selbst im trüben Monat November nicht.

Es war Sonntagnachmittag, es hatte aufgeklart, und ein frischer, unangenehm kalter Wind fegte von der offenen See herüber. Sie hatten noch keine Bleibe gefunden, sondern schlenderten an der Hafenmole entlang. Ein paar Fischkutter lagen zum Auslaufen bereit, der große moderne Yachthafen war inzwischen fast verwaist.

»Ist es nicht herrlich hier?«, fragte Aischa begeistert. »Sagt, dass es eine gute Idee war, schon heute hierher zu fahren!«

»Es war eine spitzenmäßige Idee«, erklärte Murat, und auch Gehoff konnte nicht erkennen, ob er es ehrlich meinte oder nicht. Die Idee, bereits am Sonntag nach Heiligenhafen zu fahren, war Aischa am Vorabend beim Essen gekommen. Man solle eine Dienstreise einfach mal mit einem Ausflug verbinden und einen Tag eher fahren, hatte sie vorgeschlagen.

Es war eine gelöste Stimmung gewesen, und eigentlich sprach nichts dagegen. Aischa arbeitete in einem Frisörsalon und hatte montags ohnehin frei, die Kollegen in Oldenburg, das nur etwa fünfzehn Kilometer entfernt im Landesinneren lag, konnten sie am Montagmorgen immer noch aufsuchen. Und die zusätzlichen Übernachtungskosten waren auch zu verschmerzen. Schon etwas angesäuselt, hatten die Männer zugestimmt. Murat konnte seiner Frau ohnehin selten etwas abschlagen. Er hatte wohl auch ein schlechtes Gewissen wegen der vielen Überstunden, die sich im Laufe der letzten Monate angesammelt hatten, und Gehoff hatte diesen Abend sehr genossen. Unbeschwert war er gewesen. So wie früher. So waren sie am Sonntagmorgen zeitig aufgebrochen.

Der Rundgang durch den Fischerhafen war nach einer halben Stunde beendet, der Yachthafen bot keine Attraktionen mehr, nur wenige Schiffe, meist große, dümpelten in den Boxen. Aber für Andreas Gehoff und Murat Ceylan sahen Schiffe letztlich alle gleich aus, die Fähigkeit, Schiffe fachmännisch beurteilen zu können, besaßen sie nicht. Sie schlenderten an den Dünen entlang, aber während Aischa es sichtlich genoss, dem heimatlichen Hannover entflohen zu sein, und mit Murat Händchen hielt, stapfte Gehoff zunehmend verdrossen hinter den beiden her.

Drei war immer eine ungünstige Zahl. Einer störte da. Und mit einem Mal kam Andreas Gehoff sich ausgeschlossen vor. Er spürte den übermächtigen Drang, sich in ein kleines Café zu setzen und ein Bier zu trinken, aber er wollte ihm nicht nachgeben. Nicht vor dem Abendessen, jedenfalls nicht vor fünf Uhr. Der nächtliche Einsatz ging ihm durch den Kopf. Ob er wieder dreitausend Mark bekommen würde? Mathe war nie seine starke Seite gewesen, aber auch wenn man jedem Beteiligten dreitausend Mark zahlte, die High-Tech-Ausrüstung berücksichtigte – drei Millionen reichten lange. Was geschah mit dem Geld? Ohnehin war es merkwürdig: Er machte einen Strandspaziergang, als wäre nichts gewesen – er, ein alternder Kriminalbeamter, der seine besten Lebensjahre hinter sich hatte, und er führte ein Doppelleben. Heimliche Einsätze bei Nacht. Ohne mit der Wimper zu zucken, hatte er kürzlich einen Menschen getötet. Es war ein glatter Mord gewesen. Egal, wie er ihn bemäntelte. Aber vielleicht sollte er sich manche Fragen einfach nicht stellen. Ohnehin war er erstaunt, wie selten er darüber nachdachte.

Der Sand vor ihnen sah unberührt aus, eine glatte Fläche, in der sich nur ihre Fußspuren abzeichneten, ein verlassener Strand. Fern, auf der anderen Seite der Bucht, ein einsamer Leuchtturm, die Küstenlinie einer Insel, Fehmarn musste es wohl sein, dann das Blau des Meeres, dahinter lag irgendwo Dänemark.

Murat und Aischa waren weiter vorn, sie schienen seine Gegenwart nicht zu vermissen, sie lachten über etwas, das Gehoff nicht verstehen konnte. Aischa hatte auf einmal die verrückte Idee, ihre Füße ins Wasser zu tauchen, sie krempelte die Hosenbeine hoch, zog die Schuhe aus und watete durch die heranlaufenden Wellen. Murat zierte sich.

Wir hätten nicht zu dritt herfahren sollen, ging es Gehoff durch den Kopf.

Sie hatten eine Landzunge erreicht, die sich als Nehrung zwei oder drei Kilometer vor den Hafen der Stadt schob. *Vogelschutzgebiet Graswarder,* zeigte eine Tafel an. Darunter Hinweise, wie man sich in einem Naturschutzgebiet verhalten sollte, sowie eine ganze Anzahl von Abbildungen der Vögel, die hier angeblich beheimatet waren. Die Dünen waren flacher geworden und erlaubten einen ungehinderten Blick auf eine Marschlandschaft mit Gräsern, einige umzäunte Weiden, Binsen und Strandhafer. Im Hintergrund das mit weißen Schaumstreifen durchsetzte Blau des Haffs. Dahinter die Stadt, ein malerischer Ort.

Das schienen allerdings auch schon andere Menschen vor ihnen erkannt zu haben, denn vor ihren Augen erstreckte sich eine Reihe von Ferienhäusern. Es waren reetgedeckte Ziegelbauten, größere, kleinere, die Grundstücke zur Straße hin abgezäunt, zur Meerseite hin offen. Sie sahen nicht protzig aus, eher schmucklos.

»So ein Häuschen, das wäre nicht schlecht«, meinte Murat, der auf einmal neben Gehoff getreten war. »Hier lässt es sich aushalten.«

Andreas Gehoff lachte bitter. »Hast du eine Ahnung, was so ein Haus kostet? So viel Geld haben wir unser ganzes Leben noch nicht gesehen.« Stimmt nicht, sagte er sich. Vor zwei Tagen habe ich sogar eine ganze Tasche voller Geld in der Hand gehabt. Drei Millionen ... »Hier müsste Richters Haus doch irgendwo liegen«, überlegte er. »Nicht gerade Mallorca, aber auch nicht schlecht.«

»Welches ist es?«

»Warderstraße vierzehn. Aber ich habe noch nicht herausgefunden, nach welchem Prinzip die hier die Hausnummern vergeben.«

Murat ging zwischen zwei Grundstücken zur Straße. Dann kam er zurück. »Hier ist Hausnummer sechs«, sagte er. »Hinter uns liegt vier, dann müsste vierzehn der Klinkerbau da drüben sein.« Er wies auf ein mittelgroßes, rotes Haus, das ziemlich am Ende der Straße lag.

»Schauen wir es uns doch einfach mal an«, schlug Gehoff vor.

Aischa sammelte ein paar Muscheln, aber Gehoff und Murat Ceylan schritten schneller aus.

»Nicht schlecht«, murmelte Murat, als sie das Haus erreichten.

Es war wie die übrigen Häuser ein reetgedeckter Klinkerbau aus den zwanziger Jahren, mit weißen, frisch gestrichenen Fensterläden, hinten mit einem großzügigen, altertümlichen Wintergarten, der den Blick auf das Meer freigab. Wie beim Nachbarhaus war auch hier das Grundstück nur unvollkommen eingezäunt. Nach vorn, zur Straße hin, ein blauer, frisch gestrichener Zaun, hinten zum Strand standen nur noch Reste einer Umzäunung, alte Holzpfosten, Teile eines Staketenzaunes im Zustand fortgeschrittenen Verfalls.

»Warum ziehen die hier keinen Zaun?«, fragte Murat.

»Sturmflut?«, überlegte Gehoff.

»In der Ostsee gibt es keine Ebbe und Flut. Im Mittelmeer auch nicht.«

»Aber vielleicht steigt hier bei Sturm das Wasser bis zu der Böschung? Und dann ist der Zaun natürlich dahin.« Gehoff ging an den Überresten des Zaunes vorbei auf das Haus zu und griff nach der Klinke des Wintergartens.

»Lass das«, riet Murat. »Wir haben keinen Durchsuchungsbefehl.«

»Haben wir doch«, widersprach Gehoff. »Werthmann hat ihn in Oldenburg für uns beantragt. Die Kollegen werden ihn uns morgen aushändigen.«

»Dann warte bis morgen.«

Die Tür war abgeschlossen.

»Das Schloss ist nicht sonderlich schwierig zu öffnen«, sagte Gehoff. »Nicht einmal ein Sicherheitsschloss. Einfacher Bartschlüssel. Das kriegen wir in null Komma nichts auf.«

»Schon wieder im Dienst?«, fragte Aischa. Ihre bräunliche Haut hatte einen leichten Rotton angenommen, in der Hand hielt sie ein paar seltsam geformte Steine und eine Muschel. Ihre Stimme klang ein wenig mürrisch. Offensichtlich hatte sie vor, hier Urlaub zu machen und nicht Zeugin einer vorgezogenen Ermittlung zu werden.

»Warum nicht jetzt?«, beharrte Gehoff. »Einen Durchsuchungsbefehl haben wir beantragt und erhalten, ich habe ihn nur noch nicht in Händen. Es ist nichts Ungesetzliches.«

»Natürlich ist es das«, entgegnete Murat. »Und du weißt es. Du bist in einem anderen Bundesland, also lass die Finger davon.«

»Komm«, drängte auch Aischa. »Arbeiten könnt ihr auch noch morgen. Jetzt haben wir Ferien.«

Die Fischerklause war eine Kneipe am Marktplatz. Es war kein feines Restaurant, keine Spelunke, keine Touristenfalle, obwohl zur Hauptsaison hier wohl viele Touristen einkehren mochten. Ausgestopftes Getier hing von den Eichendecken, eine Unzahl von Nummernschildern aus aller Herren Länder, alte Persilreklamen, Werbeschilder für KdF-Wagen, Gillette-Rasierklingen: Der Inhaber musste eine wahre Sammelwut gehabt haben.

Es war gegen zehn. Murat und Aischa hatten sich auf ihr Zimmer zurückgezogen, angeblich waren sie müde. Andreas Gehoff verstand. Er hätte auch auf sein Zimmer gehen können, modern, aber steril, ein Fernseher war ebenfalls da, oder aber noch auf einen kurzen Abstecher in irgendeine Kneipe. Er ahnte, dass er gefährliches Terrain betrat, dass er vorsichtig sein musste, vorsichtig mit dem Trinken, bereits zum Essen waren es zwei große Bier gewesen, richtige große, nicht nur null Komma vier Liter. Guinness gab es hier, entnahm er der Karte an der Eingangstür. Zwei konnte er wohl vertragen, ohne morgen gleich einen allzu schlechten Eindruck bei den Kollegen in Oldenburg zu hinterlassen. So ging er einfach hinein.

Das Bier schmeckte süßlich, es war stärker als gewohnt, und er bestellte gleich noch eins. Er blickte sich um. Die Kneipe war mittelmäßig besucht. Ein paar junge Leute am Tresen, in der einen Ecke ein älteres Paar, das sich auch noch nach vielen Jahren Ehe freundlich anschaute und ebenfalls reichlich dem Bier zusprach. Eine Seglercrew, bestehend aus fünf Männern, die alle einen blauen Troyer trugen, als hätten sie verabredet, im Einheitslook auszugehen. Er fing ein paar Gesprächsfetzen auf. Sie handelten von Dingen, die er nicht verstand, von Schiffsgrößen, geglückten und missglückten Manövern, von Sturm, Flaute und Häfen.

Er bestellte noch ein Bier. Definitiv das letzte. Vielleicht war es doch keine gute Idee gewesen, allein in eine Kneipe zu gehen. Allein unter anderen, das machte noch einsamer. Ob er einfach noch einmal zum Haus am Graswarder gehen sollte? Einen Bruch machen, schon mal nachschauen? Aber nachts mit eins Komma fünf Promille in einem fremden Haus – da würde man ihm kaum den erfolgreichen Kripobeamten aus dem fernen Niedersachsen abnehmen.

Die junge Frau bemerkte er erst, als sie sich zu den anderen an die Theke setzte. Sie trug enge, legere Jeans und unter ihrer Windjacke einen gut geschnittenen Pullover. Sie hatte kurze blonde Haare, aber an den Spitzen sah man noch ein ausgewaschenes Grün. Undeutlich hatte er das Gefühl, sie schon einmal gesehen zu haben. Grüne Haare – die junge Drogensüchtige vom Hauptbahnhof Hannover? Es war eigentlich kaum möglich. Drogensüchtige fuhren nicht nach Heiligenhafen, höchstens nach Hamburg. Offensichtlich kannte sie die meisten an der Bar, denn sie sprach sie mit Vornamen an. Silke hieß sie. Also doch nicht Lina. Vermutlich lag eine Verwechslung vor. Doch Gehoffs berufliches Interesse war geweckt. Auf sein Personengedächtnis hatte er sich bisher immer sehr gut verlassen können.

»Noch eins?«, fragte die Bedienung und deutete auf das fast leere Glas.

Gehoff nickte. Undeutlich bekam er die Reste der Unterhaltung mit. Belanglosigkeiten.

Was macht Klaus? Immer noch mit Beate zusammen. Vor drei Wochen geheiratet. Und du? Immer noch das Gleiche. Wie geht es den Eltern? Vater gerade aus dem Krankenhaus entlassen und das vor seinem sechzigsten Geburtstag ...

So redete man nicht, wenn man sich jeden Tag traf. Hier war jemand zurückgekommen.

Starr nicht so hin, ermahnte er sich. Schau in dein Bier und spitz deine Ohren. Aber das Gespräch drehte sich jetzt um Musik, Pop-Songs und gesellschaftlichen Klatsch.

»Wollen wir würfeln?«, fragte einer. Die Begeisterung, mit der der Vorschlag aufgenommen wurde, verriet, dass auch die anderen der Runde schon einiges intus hatten. Der Wirt rückte einen Knobelbecher und einen Block heraus, dann suchten sich die fünf einen freien Tisch.

Für einen Moment streifte ihr Blick durch das Zimmer, und Andreas hatte den Eindruck, dass er eine Sekunde länger als nötig bei ihm verhielt. Dann wandte sie sich ab und setzte sich. Sie drehte ihm den Rücken zu, sodass er sie nicht mehr beobachten konnte. Ob sie ihn erkannt hatte?

Sein Bier wurde serviert.

»Verzeihung«, wandte er sich an die Kellnerin. »Ich hätte eine Frage.« Er sprach langsam, akzentuiert, aber genau daran merkte er, dass er zu viel getrunken hatte. Er war nicht betrunken, nein, aber er hatte jenes bisschen zu viel intus, dass auffiel.

Die Kellnerin schaute ihn abwartend an.

»Könnten Sie mir freundlicherweise sagen, wer diese junge Dame da ist?«

»Welche?«

»Die am Tisch, die mit den blonden Haaren und den grünen Haarspitzen?«

»Silke Weber?«

»Ja. Ich meine, könnten Sie mir sagen, ob sie aus Heiligenhafen stammt ...« Er benahm sich wie ein Idiot.

»Wollen Sie sie anbaggern? Warum fragen Sie sie nicht selbst?«, versetzte die Kellnerin ein wenig aggressiv. Und dann eine Spur laueter: »He, Silke, da will einer was von dir.«

Silke Weber drehte sich um.

Er hätte sich denken können, dass man hier auf dem Dorfe war, wo seit Jahren jeder jeden kannte. Keine diskreten Erkundigungen wie in der Großstadt, kein vertrauliches Tuscheln mit dem Kellner. Die hielten hier zusammen.

Gehoff stand auf und trat an den Tisch. Flucht nach vorn. Gott sei Dank schwankte er nicht. Das Bewusstsein, in einen Konflikt hineinzugeraten, schärfte seine Sinne und machte seine Sprache klar. »Entschuldigen Sie«, bat er. »Es ist vielleicht ein wenig dumm, aber haben wir uns nicht schon einmal gesehen?«

Silke Weber musterte ihn aufmerksam. Zum ersten Mal sah er ihr Gesicht von nahem. Nein, das war nicht das Gesicht einer Drogenabhängigen. Vielleicht etwas übernächtigt, ja, und eine gewisse Ähnlichkeit mit Lina war vorhanden. Die Augen fielen ihm auf. Sie waren prüfend, musterten ihn, und sie waren grün. Er war sicher, dass auch Lina grüne Augen gehabt hatte.

»Nein«, antwortete die junge Dame. »Es tut mir leid, aber ich glaube, wir sind uns noch nie begegnet.«

»Sie waren noch niemals in Hannover?«

»Ein- oder zweimal schon, doch das ist lange her. Aber Sie scheinen aus Hannover zu kommen?« Unmerklich hatte sie den Spieß umgedreht. »Setzen Sie sich doch«, sagte sie freundlich. »Wenn wir uns bisher noch nicht kennen gelernt haben – dann tun wir es eben jetzt.« Sie deutete auf den freien Stuhl neben sich.

Gehoff setzte sich.

»Sie trinken doch noch eins?«, fragte sie. Ohne seine Antwort abzuwarten, bestellte sie zwei Bier.

Trink nicht zu viel, ging es Gehoff durch den Kopf. Hör auf zu saufen. Es war selten, dass hübsche junge Frauen älteren Männern Avancen machten, und er war bestimmt nicht der Typ, dem so etwas passierte.

»Meinen Namen kennen Sie ja nun«, meinte Silke Weber, als er sich gesetzt hatte. »Und mit wem habe ich die Ehre?«

Ihre Freunde hatten einen kleinen Kreis gebildet, Gehoff fühlte sich wie in einer Arena. Begutachtet, geschätzt, taxiert.

»Gehoff«, erwiderte er. »Andreas Gehoff.«

»Ich heiße Silke Melanie Weber«, sagte sie. »Aber meine Freunde nennen mich nur Silke. Darf ich Sie Andreas nennen?«

Ihr Freundeskreis schien die Darbietung mit besonderem Interesse zu verfolgen. Gehoff war sich nicht sicher, ob diese Gesprächseinleitung eine individuelle Art der Anmache, bloße Freundlichkeit oder aber eine besonders gut getarnte Art war, sich über ihn lustig zu machen. »Ich heiße ja Andreas«, entgegnete er.

»Und was verschlägt Sie aus dem fernen Hannover in dieses kleine Nest, noch dazu Ende November?«, fragte sie und lächelte. Sie hatte einen schönen Mund, geschwungene Lippen, die mit einem perlmuttfarben schimmernden Lippenstift dezent geschminkt waren.

»Urlaub«, flunkerte er. »Ich mache ein Wochenende Urlaub.«

»Im November?«, wunderte sie sich und zog die Augenbrauen prüfend nach oben. »Das soll ich Ihnen glauben?« Sie hatte eine Art, auch Zweifel charmant zu äußern.

»Ich liebe das Meer«, beharrte er. »Ich mag Wanderungen am Strand, wenn der Nebel fällt, wenn die Welt einem ganz allein gehört. Und ich mag es, für mich zu sein.«

»Hört sich gut an«, meinte sie. »Aber ein bisschen einsam.«

Ihr Bier kam, und wenig später bemerkten ihre Freunde, dass es schon spät sei. Morgen müsse man früh raus. Ob Silke mitkommen wolle?

Sie schüttelte den Kopf. Dann waren sie nur noch zu zweit am Tisch. »Ich wandere auch ganz gern allein am Strand entlang«, gestand sie, »aber einsam bleibt es.«

Sie hat eine Art, dass man ihr alles erzählen möchte, ging es Gehoff durch den Kopf. Das Herz ausschütten. Er fühlte die sinnliche Gegenwart einer jungen, gut aussehenden Frau, die ihm interessiert zuhören wollte. Eine Kombination, die ideal war, Geheimnisse zu entlocken – der älteste Trick der Welt. Aber irgendwo, tief in seinem Inneren, merkte er, dass er genau dieses Gespräch wollte, sich einmal aussprechen und alles herauslassen, was sich in den vergangenen Monaten und Wochen angestaut hatte. Und als er sie anblickte und ihre grünen Augen sah, ihre fein geschnittenen Wangenknochen, ihre Haut, die samtig im dämmrigen Licht der Kneipe schimmerte, da wusste er, dass er auch wieder eine Frau wollte. Dass er sich nach Umarmungen sehnte, nach der Geborgenheit einer Nacht, nach vertrautem Geflüster. Doch was wollte eine junge Frau schon von einem alten Bock?

»Und Sie?«, fragte er zurück, ohne auf ihre Bemerkung einzugehen. »Was führt Sie nach Heiligenhafen? Oder was führt sie wieder hierher?«

»Familie«, antwortete sie. »Mein Vater hatte eine schwere Operation, eine Herzgeschichte, ein Bypass. Deswegen bin ich wiedergekommen. Es war eine Sache auf Leben und Tod, und da musste ich da sein.«

»Es tut mir leid«, sagte er. »Ich wünsche mir, dass es gut ausgeht für Ihren Vater.

»Danke«, erwiderte sie. »Aber das Schlimmste ist schon überstanden.«

Eine Pause trat ein. Man konnte schlecht auf Krankheit und Tod anstoßen, und so hob jeder sein Glas und trank für sich allein.

»Was machen Sie?«, erkundigte er sich nach einer Weile. »Sie leben nicht mehr in Heiligenhafen?«

»In Itzehoe«, antwortete sie. »Ich bin Reiseverkehrskauffrau in Itzehoe. In einem Reisebüro. Nicht allzu viele Kilometer trennen mich von hier, aber es ist doch ganz schön weit weg. Und Sie?«, fügte sie hinzu und musterte ihn auf einmal mit einem schelmischen, auffordernden Blick. Sie besaß die Fähigkeit, unvermutet umzuschalten. Eben noch melancholisch, jetzt flirtete sie.

»Ich?«

»Ja, Sie. Was machen Sie, wenn sie nicht einsam am Strand spazieren gehen und den Möwen zuschauen?« Sie lächelte spöttisch, nein, nicht spöttisch, eher amüsiert. »Lassen Sie mich raten: Journalist?«

»Wegen der Lederjacke?«

»Stimmt es?«

»Nicht ganz.«

»Versicherungskaufmann sind Sie nicht. Und bei der Post oder als Schalterbeamter arbeiten Sie auch nicht. Die sehen meist so langweilig aus«, überlegte sie laut.

War das ein verkapptes Kompliment? »Ich bin bei der Polizei«, gab er zu. »Kripo. Und um es ganz schlimm zu machen: Mordkommission.«

»Mordkommission?«, wiederholte sie lebhaft. »Ehrlich? Klingt interessant. Und jetzt suchen Sie in Heiligenhafen einen Täter für ein Verbrechen, das in Hannover begangen wurde?«, wollte sie wissen und lächelte ihn an. Es war dieses Lächeln, das den Charme der Jugend mit der Aufforderung zu erzählen vereinte.

»Nein«, entgegnete er. »Es ist, wie ich es gesagt habe. Ich bin einfach nur ein Kriminalbeamter auf Urlaub. Es geht nur um einsame Strandspaziergänge. Und um Möwenkreischen und Wellenrauschen.«

»Schade«, seufzte sie übertrieben betrübt und lachte ihn an. »Schade, ich hatte mich schon auf eine spannende Geschichte gefreut.«

»Tut mir leid«, meinte er. »Aber damit kann ich nicht dienen. Doch wenn Sie wollen – ich kann Ihnen gern eine andere spannende Geschichte erzählen ...«

»Ich würde Sie gern hören«, sagte sie auf einmal leise. »Erzählen Sie mir eine spannende Geschichte.«

»Gleich«, versprach er, stand auf, entschuldigte sich für einen Augenblick und ging zur Toilette. Du spinnst, schalt er sich. Du solltest längst im Bett sein, stattdessen flirtest du mit einer jungen Dame, aber daraus wird sowieso nichts, und morgen hast du einen Kater.

Der Spiegel über dem Waschbecken warf sein Bild zurück. Er hatte erwartet, einen aufgedunsenen Zecher vorzufinden, mit rot geränderten Augen, in einer schäbig gewordenen Lederjacke. Doch ein anderer blickte ihn an. Sein Gesicht war kantig, der kurze Haarschnitt kaschierte das beginnende Grau und gab seinen Zügen einen Ausdruck von Entschiedenheit. Die breiten Schultern ließen Kraft und regelmäßiges Training erkennen. Und seine Hautfarbe war ein wettergegerbtes Braun.

»Sie wollten mir eine Geschichte erzählen«, forderte sie ihn auf, als er sich wieder zu ihr setzte.

Er konnte gut erzählen. Und so erzählte er die Geschichte eines seiner ersten Fälle: Einbruch in eine Fabrikantenvilla und der Ermordung des Besitzers. Und er schilderte, wie er schließlich die Ehefrau hatte überführen können, und ließ auch die Verfolgungsjagd auf der Autobahn nicht aus. Er schmückte aus, setzte Pointen und schilderte seine eigene Leistung mit einem Schuss von Selbstironie.

Er erzählte für sie, aber er nahm in den Augenwinkeln wahr, dass auch die Bedienung und der Wirt gebannt zuhörten. Die Kneipe hatte sich längst geleert, sie waren noch die einzigen Gäste. Als Gehoff endete, klatschten die beiden hinter der Theke.

»Einen letzten Korn auf Kosten des Hauses?«, fragte der Wirt.

Gehoff wollte schon Ja sagen, als er bemerkte, dass Silke leicht den Kopf schüttlte.

»Nein«, antwortete er. »Ich glaube, es reicht.«

»Für mich auch nicht«, wehrte Silke ebenfalls ab.

Die Kälte der Nacht traf sie wie ein Schlag, als sie die Kneipe verließen. Der Wind hatte zugenommen und fegte durch die vereinsamt daliegende Straße. Ihm war kalt.

»Danke für die Gutenachtgeschichte«, sagte Silke leise.

Sie standen nebeneinander, sie hörten, wie hinter ihnen die Tür der Kneipe verriegelt wurde. Da legte er seinen Arm um ihre Schulter, zum ersten Mal berührte er sie. Sie schmiegte sich an ihn.

»Küss mich«, bat sie plötzlich. »Andreas, bitte küss mich.«

Es war das erste Mal, dass sie seinen Namen sagte, und obwohl sie schon zu Beginn des Abends beim Du gelandet waren und sich dann doch nur gesiezt hatten, war es das erste Mal, dass sie ihn so vertraulich ansprach.

Er beugte sich hinunter, zog sie an sich und spürte ihre Lippen.

»Zu mir können wir nicht«, meinte sie leise, »aber dein Hotel ist in der Nähe, und wir könnten zu dir gehen ...«

Sie gingen die wenigen Schritte, eng aneinander geschmiegt. Sie machten im Zimmer kein Licht, sprachen wenig. Und als er einschlief, empfand er zum ersten Mal seit langer Zeit ein Gefühl von Glück.

Am Morgen wurde er durch ein energisches Klopfen an der Tür geweckt. Er tastete über das Bett neben sich und fand es leer. Für einen kurzen Moment befürchtete er, alles nur geträumt zu haben: den Besuch in der Kneipe, an deren Namen er sich nicht mehr erinnern konnte, die merkwürdigen Schilder, die seltsame Begegnung, eine zärtliche erste Nacht. Einen kurzen Augenblick war er geneigt, dies alles einem schönen Traum zuzuschreiben, schön zwar, doch ein Wunschbild seiner Fantasie. Aber der Blick auf die zerknitterten Laken verriet ihm, dass sie da gewesen war. Wirklich da gewesen. Sie musste noch in der Nacht oder am frühen Morgen gegangen sein. Vorsichtig wohl, denn er hatte nichts bemerkt. Im Badezimmer hatte sie eine Spur hinterlassen. Mit ihrem perlmuttfarben schimmernden Lippenstift hatte sie ein kleines Herz auf den Spiegel gemalt.

Warum war sie gegangen? War es ihr in einem Ort, in dem jeder sie kannte, peinlich? Die Angst vor dem Morgen danach? Nicht einmal ihre Adresse hatte sie ihm gelassen. Er war sich sicher, dass er sie herausfinden würde. Silke Weber. Gar so groß war Heiligenhafen ja nicht.

Andreas Gehoff hatte keine Kopfschmerzen, was ihn nicht einmal wunderte; er stellte sich unter die Dusche, rasierte sich sorgfältig, zog die neue Hose und eins der frisch gebügelten Hemden an, die er eigens für diese Dienstreise mitgenommen hatte. Er bemerkte es mit Befriedigung, dass er noch vor Murat und Aischa im Frühstücksraum saß, und begrüsste die beiden mit einer Aufgeräumtheit, die ihn selbst erstaunte.

Sie ließen Aischa nach dem Frühstück im Hotel zurück – sie wollte noch ein wenig durch den Ort schlendern – und fuhren nach Oldenburg, wo sie von dem zuständigen Kommissariatsleiter Bremer freundlich und hilfsbereit empfangen wurden. Werthmann hatte gut vorgesorgt. Wie versprochen war ein richterlicher Durchsuchungsbefehl zur Stelle, die Kollegen von der Spurensicherung hatten jedoch in der Nacht noch einen größeren Einsatz gehabt und wollten erst nachkommen, wenn sie eine erste Untersuchung vor Ort vorgenommen hatten.

»Sie kennen das Haus?«, fragte Bremer unterwegs.

»Wir haben uns gestern einen ersten Eindruck verschafft. Es ist eines der hinteren Häuser auf dem Graswarder«, sagte Gehoff.

Sie fuhren am Hafen vorbei und bogen in die Warderstraße ein. Das Verbotsschild, das Unbefugte fern halten sollte, ignorierten sie.

»Der Wagen kokelt«, brummte Bremer. »Immer wieder diese verdammte Heizung.«

»Ich glaube, es kommt von draußen«, entgegnete Murat.

Eine Straßensperre hielt sie auf. Ein Mann in orangeroter Feuerwehrmontur kam auf sie zu. Sie drehten die Fensterscheibe hinunter. Mit einem Mal schlug ihnen beißender Brandgeruch entgegen.

»Sie können hier nicht weiter«, erklärte der Feuerwehrmann. »Der Weg wird für die Einsatzfahrzeuge noch gebraucht. Bitte kehren Sie um.«

Bremer zeigte seinen Dienstausweis. »Kriminalpolizei«, stellte er sich vor.

»Donnerwetter, diesmal seid ihr aber schnell!«, wunderte sich der junge Feuerwehrmann. Es war noch ein Junge, vielleicht achtzehn, älter auf keinen Fall.

»Wir kommen nicht wegen des Brandes«, meinte Bremer.

Der junge Mann nickte verstehend. »Sie können selbstverständlich weiter, aber wenn es geht, zu Fuß. Der Wendeplatz ist eng, und wir sind dabei, das schwere Gerät abzuräumen. Wenn es Ihnen nichts ausmacht ...«

»Wir parken hier«, entschied Bremer. »Das geht schon in Ordnung.«

Es waren noch etwa hundert Meter. Mehrere Einsatzfahrzeuge standen hintereinander auf dem schmalen Weg. Einige Schaulustige hatten es wohl verstanden, die Absperrung zu umgehen, und lungerten auf der Straße herum. Wahrscheinlich waren sie am Strand entlanggegangen. Zu sehen gab es nicht mehr viel. Ein Haus hatte gebrannt, verkohlte Dachsparren ragten in den Himmel, die Fensterscheiben waren gesplittert, die Mauern geschwärzt, Reste des Reetdaches hingen als schwarze Strohfetzen noch zwischen den unteren Balken. Überall troff es vor Nässe.

»Ein schönes Haus«, bemerkte Bremer bedauernd. »Hoffen wir, dass die Besitzer gut versichert waren.«

Andreas Gehoff und Murat Ceylan starrten in die Ruinen. Gehoff sog den beißenden Brandgeruch ein und starrte auf die Überreste.

»Das war es«, murmelte er. »Das ist Warderstraße vierzehn.«

Überrascht blieb Bremer stehen. »Was?«

»Hier finden wir jedenfalls nichts mehr«, brummte Murat. Und dann, obwohl es gar nicht seine Art war, stieß er einen Fluch aus, den keiner verstand.

»Scheiße«, knurrte auch Gehoff. Und eigentlich wollte er hinzufügen: Ich hätte es in der Hand gehabt. Gestern Nachmittag, ich hatte die Klinke schon in der Hand. Noch gestern Abend ... Was immer dieses Haus an Beweisen enthalten haben mochte – sie waren mit Sicherheit vernichtet. Sie waren zu spät gekommen. Wieder einmal. »Wer ist der Brandmeister?«, fragte er stattdessen nur.

Der Brandmeister stand neben einem Passat Kombi und hielt eine dickwandige Kaffeetasse, die ein paar Mäuse von Uli Stein zierte, in der Hand.

»Wissen Sie etwas über den Hergang, über die Ursache des Feuers?«, erkundigte sich Bremer und zeigte seine Dienstmarke.

»Mein lieber Mann, ihr seid heute aber schnell!«, brummte auch der Brandmeister. »Kaum gelöscht, schon da.« Offensichtlich waren die hiesigen Kollegen sonst etwas gemütlicher. Er nahm einen Schluck aus seiner Tasse. »Wollen Sie auch einen?«

»Danke wir haben gerade ausgiebig gefrühstückt.«

»Also, los ging es gegen halb drei. Mitten in der Nacht. Sie haben es vom Fischerhafen aus gesehen. Hier wohnt ja im Winter keiner. Und das Reetdach brannte gleich wie

Zunder. Es hat ziemlich lange gedauert, weil die Öltanks der Heizung auch Feuer gefangen hatten und wir mit auslaufenden Heizstoffen zu tun hatten.« Er wies auf ein paar Einsatzwillige, die mit einer Art Puder chemische Rückstände abbanden.

»Ursache des Brandes?«, fragte Gehoff.

»Brandstiftung, ganz klar«, versetzte der Brandmeister. »Da brauchen wir nicht einmal einen Experten. Das sieht man so.«

»Woran denn?«, hakte Murat nach.

»Das Feuer ist im Wohnzimmer ausgebrochen, ein etwas merkwürdiger Ort für ein unbewohntes Haus. Es hat sich in Windeseile ausgebreitet, die müssen also einen Brandbeschleuniger verwendet haben. Außerdem haben wir das hier gefunden.« Er hielt einen verkohlten Griff hoch, dem man noch ansah, dass er zu einem kleinen Plastikkanister gehört hatte.

»Aufgrund der Schnelligkeit der Ausbreitung würde ich vermuten, dass die Täter wahrscheinlich mindestens zwanzig Liter Benzin verwendet haben. Das ist aber nicht das einzig Merkwürdige an diesem Fall.«

»Wieso?«, wollte Gehoff wissen. Brandschutz und Brandanalyse hatten zwar irgendwann einmal während seiner Ausbildung in Holzminden auf dem Lehrplan gestanden, aber da die meisten Beamten nur wenig damit zu tun hatten, hatte er fast alles längst wieder vergessen. Brandanalyse war die Sache von Spezialisten.

Der Brandmeister lehnte sich zurück und stellte die Tasse und das Plastikteil auf die Kühlerhaube seines Wagens. »Erstens«, erklärte er, »zündet man mit Benzin kein Feuer an. Auch wenn viele Menschen das glauben. Benzin ist explosiv, und die meisten, die damit herumexperimentieren, fliegen dabei gleich selbst in die Luft. In der Regel wird eine Mischung aus Diesel und Benzin verwendet. Das brennt genauso gut, fliegt den Brandstiftern aber nicht um die Ohren. Zweitens: Da standen mindestens zwanzig Liter Benzin, vielleicht dreißig. Haben Sie sich das Dach mal angeschaut? Reet, das brennt wie Zunder, also, etwas weniger hätte es sicher auch getan. Warum die Menge? Ist immerhin nicht ganz risikolos. Einen Fünf-Liter-Kanister kann man mit sich herumschleppen, ohne dass es einem auffällt, aber bei dreißig Litern sieht es schon ganz anders aus.«

»Da wollte jemand ganze Arbeit leisten ...«, meinte Murat. »Alles schnell weg.«

»Wir suchten nach Beweisen«, berichtete Gehoff, »nach Fingerabdrücken, Spuren. Vielleicht erschien ein einfacher Brand dem Täter nicht sicher genug.«

Ein Feuerwehrmann trat auf sie zu. In der rußverschmierten Hand hielt er einen kleinen Gegenstand und reichte ihn dem Brandmeister.

»Dachte ich es mir doch!«, knurrte dieser befriedigt. »Auf meine Nase kann ich mich verlassen. Aber sehen Sie selbst.« Er gab ihnen ein verkohltes Plastikteil mit einem Metallkern.

Gehoff drehte es unschlüssig in der Hand. »Eine Batterie?«, fragte er zweifelnd.

»Ein Zeitzünder«, stellte der Brandmeister lakonisch fest. »Hier wurde ein Zeitzünder verwendet. Eine Uhr, die einen Kontakt auslöst, der Zündsatz fliegt in die Luft, das Benzin in den Plastikkanistern – übrigens sehr dünnwandige Kanister, vermutlich keine echten Benzinkanister – explodiert, den Rest können Sie sich denken.«

»Warum ein Zeitzünder?«, überlegte Bremer.

»So hat der Täter ein Alibi«, sagte Gehoff in plötzlichem Begreifen. »Wer immer das gemacht hat, kann bestimmt ein perfektes Alibi für die Tatzeit vorweisen.«

»Und das Risiko des Benzins spielt auch keine Rolle mehr«, ergänzte der Brandmeister. »Der Täter konnte davon ausgehen, dass die Uhr – vermutlich eine Kunststoff-Uhr – verbrennen würde. Was er nicht bedacht hat, ist, dass Uhren Batterien haben, und die verbrennen meist nicht. Andererseits fallen sie auch in dem ganzen Schutt nicht besonders auf. Man muss schon gezielt danach suchen.«

»Ich mache mir Vorwürfe«, gestand Gehoff unvermittelt. »Gestern hatte ich die Klinke der Wintergartentür in der Hand gehabt. Ich wollte hineingehen, diese Tür hätte man ja im Handumdrehen knacken können. Aber dann – man ist ja als Beamter an Gesetze gebunden. Aber wenn ich mir vorstelle, ich hätte diesen Brand verhindern können ...«

»Hätten Sie es versucht, lägen Sie jetzt im Krankenhaus oder in der Leichenhalle«, erwiderte der Brandmeister trocken. »Wir haben an allen Türen Drähte gefunden. Winzig kleine Drähte. Vermutlich waren sie mit der Zündanlage verbunden. Wenn einer eingetreten wäre, hätte sich der Brandsatz entzündet. Können Sie sich vorstellen, was zwanzig, dreißig Liter explodierenden Benzins mit Ihnen anstellen? Danach schaut Sie keine Frau mehr an. Nicht mal Ihre eigene. Der Täter wollte ein Alibi, aber er wollte auch kein Risiko eingehen. Gar keins.«

Gehoff fühlte eine Gänsehaut über seinen Rücken kriechen.

»Ist doch immer gut, wenn man sich an die Vorschriften hält«, grinste der Brandmeister. »Falls Sie noch Fragen haben: Ich stehe zu Ihrer Verfügung, aber Fingerabdrücke oder Ähnliches finden Sie da mit Sicherheit nicht mehr. Ansonsten würde ich jetzt gern gehen. Die Nacht war kurz.«

»Ich glaube, die Spurensicherung können wir abbestellen«, meinte Bremer. Er hatte gut reden, ihn ging die ganze Sache schließlich auch nur am Rande etwas an.

»Wer immer es war«, wandte sich Gehoff an Murat. »Er geht sehr sorgfältig vor und zerstört alle Spuren, die zu ihm führen könnten.«

Ratlos gingen sie die hundert Meter zurück zum Auto.

»Wir werden Ihnen natürlich helfen«, sagte Bremer. »Noch heute setze ich einige gute Leute auf diese Brandstiftung an. Untersucht werden muss sie ja ohnehin. Aber es ist eine abgelegene Ecke, die Sommerhäuser sind jetzt im November nicht bewohnt. Ich glaube kaum, dass wir da viele Zeugen finden werden.«

»Ein Frederico hat hier im Sommer ein oder zwei Wochen Ferien gemacht«, bemerkte Gehoff. »Vermutlich ein Kolumbianer oder Spanier. Und im Sommer waren die Nachbarhäuser bestimmt bewohnt. Vielleicht haben die Nachbarn etwas gesehen.«

»Wenn sie etwas beobachtet haben, finden wir es heraus«, sicherte Bremer ihnen zu.

Der schwarze Porsche mit dem hannoverschen Kennzeichen hatte direkt hinter ihnen geparkt. Sie konnten ihn gar nicht verfehlen. Und auch die Fahrerin, Isabella Cortez, die ihm entstieg, war eine so auffällige Erscheinung, dass sie kaum zu übersehen war. Sie bemerkten einander im selben Augenblick.

»Was führt Sie hierher?«, fragte Gehoff.

»Unser Haus ist abgebrannt«, antwortete Isabella Cortez. »Heute Morgen wurden wir von der Polizei benachrichtigt. Ich bin gleich in den Wagen gestiegen ... Und was hat Sie hierher verschlagen?«

»Eine Hausdurchsuchung«, erklärte Gehoff und schaute sie dabei genau an. »Wir hatten einen Durchsuchungsbefehl für das Haus Warderstraße vierzehn.«

Isabellas Gesicht blieb ausdruckslos. »Und weswegen?«

»Sicherung von Beweismaterial.«

»Das klingt sehr allgemein.«

Welche Rolle spielte sie? Eine Brandstiftung traute Gehoff ihr nicht zu. Außerdem wäre es geradezu widersinnig gewesen, gleich danach hier aufzukreuzen. Eingeweiht in die Geschäfte ihres Geliebten? Vermutlich eher. Komplizin bei einem Mord? Möglich.

Gehoff wählte seine Worte mit Bedacht: »Im Sommer hat ein Bekannter Ihres ...« – ›Geliebten‹ wollte er sagen, verbesserte sich dann jedoch rechtzeitig – »... Ihres Chefs seinen Urlaub hier verbracht. Er ist zurzeit unser Hauptverdächtiger für den Mord. Seinen Nachnamen kennen wir nicht, nur seinen Vornamen. Frederico. Kennen Sie ihn?«

Isabella sah ihn prüfend an und schien nachzudenken. Gehoff betrachtete sie. Egal, was sie anhatte, sie trug es mit einer lässigen Eleganz, die auch die T-Shirts vom Wühltisch von C&A geadelt hätte. Perfekt sitzende Jeans, ein schwarzer, enger Pullover, wenig Schmuck, ein dunkelgrüner Barbour, dem man die Spuren des Gebrauchs ansah. Vermutlich benutzte sie ihn zum Reiten.

»Ich kenne Frederico nicht«, erwiderte sie. »Ich habe den Namen bereits gehört; ob er ein besonders guter Freund von Hernando war, weiß ich nicht, aber gesehen habe ich ihn noch nie.«

»Ist das nicht etwas merkwürdig für eine Privatsekretärin?«

Isabella zuckte nur mit den Schultern.

»Das Haus wurde vermutlich in Brand gesetzt, um Spuren zu beseitigen, vielleicht auch, um Unterlagen zu vernichten. Gab es einen Platz, wo Herr Richter diese Unterlagen aufbewahrt hätte?«

Isabella dachte einen Augenblick nach. »Wenn Sie einen Safe meinen, den hatte dieses Haus nicht. Das weiß ich bestimmt. Aber wenn Sie Unterlagen suchen – warum haben Sie einen Durchsuchungsbefehl beantragt? Sie hätten uns einfach fragen können. Wir hätten Ihnen gern geholfen. Es war nicht fair von Ihnen, um es genau zu sagen. Es war nicht fair, und es war nicht einmal erfolgreich.«

Wir haben Sie in Verdacht, dachte Gehoff. Wir haben Sie in Verdacht, eine Drogenhändlerin zu sein, und ich weiß nicht, inwieweit Sie in diesen Mordfall verwickelt sind. Laut aber erwiderte er: »Es musste schnell gehen, und wir wollten niemanden in unsere Aktionen einweihen. Geheimhaltung ist oberstes Gebot, wenn Sie so wollen. Und unser Vorgehen wurde vom Untersuchungsrichter gebilligt. Aber wenn Sie uns helfen wollen, Herrn Richters Mörder zu finden ...«

»Natürlich will ich Ihnen helfen!«, fauchte sie. Und zum ersten Mal funkelten ihre Augen böse. »Was suchen Sie denn überhaupt?«

»Eine Diskette, eine ganz gewöhnliche Diskette. Eine verschlüsselte Datei, die vermutlich geheime Geschäftsunterlagen enthält. Und vielleicht noch ein paar Fingerabdrücke von Frederico – irgendwo.«

»Disketten gibt es viele«, meinte sie. »Aber wir werden zu Hause nachschauen.«

Ich hätte auch in Isernhagen eine Hausdurchsuchung beantragen sollen, ging es Gehoff durch den Kopf.

»Um eine Diskette verschwinden zu lassen«, sagte Isabella so ungewöhnlich scharf, als hätte sie seine Gedanken erraten, »brauche ich kein Haus anzuzünden, es genügt, sie einfach in den Müll zu werfen.«

»Was war das überhaupt für ein Haus?«, fragte Murat.

»Alle Leute mit Geld ziehen nach Mallorca oder in die Karibik – und Herr Richter war doch ein vermögender Mann ...«

»Das Haus gehörte schon seinem Vater«, erklärte Isabella. »Sein Vater hat es in den sechziger Jahren gekauft, und die Familie verbrachte dort häufig die Ferien. Außerdem segelte Hernando gern, die Ostsee ist meist ein besseres Revier als das Mittelmeer, etwas kalt zwar, aber mit mehr Wind. Doch wenn es Sie beruhigt: Richters besitzen auch ein Anwesen auf Mallorca, sind allerdings selten dort.«

»Das Boot ...«, murmelte Gehoff versonnen. »Richter hat in Heiligenhafen auch noch ein Schiff gehabt ...« Der Brief an Frederico ging ihm durch den Kopf. – *Vielleicht kann noch ein Segelwochenende daraus werden*, hatte Richter geschrieben. »Wo liegt das Boot?«, fragte er Isabella.

»Im hinteren Bereich des Hafens«, sagte sie. »Irgendwo am Steg acht, glaube ich, die Platznummer kenne ich nicht.«

»Es wird nicht allzu schwer sein, das herauszubekommen, so viele Schiffe liegen nicht mehr im Wasser«, meinte Bremer. »Ein Liegeplatz, das ist das geringste Problem.«

Ein Anruf beim Hafenmeister klärte die Frage innerhalb einer Minute.

»Steg acht, Platz zweiunddreißig«, berichtete Bremer.

»Wenn das Boot nicht auch schon abgefackelt ist«, meinte Murat pessimistisch.

Steg acht lag in der Nähe des Parkplatzes und war gut zu erreichen, eine bevorzugte Lage, aber mit Ausnahme eines größeren Motorseglers am Kopf des Steges und einiger kleinerer Boote war er leer.

»Ist es das?«, fragte Gehoff Isabella und deutete auf den Motorsegler. Sie schüttelte den Kopf.

»Es könnte im Winterlager sein«, vermutete Bremer. »Im Oktober bringen alle ihr Schiff ins Winterlager.«

Wo das Winterlager war, wusste Isabella auch nicht.

Der Skipper des Motorseglers lugte aus seinem Deckshäuschen. Er war ein alter Mann mit grauem Bart, blauem Troyer und natürlich einer Prinz-Heinrich-Mütze.

»Der reinste Klabautermann«, murmelte Gehoff.

»Kann ich Ihnen helfen?«, rief er und kletterte aus dem Deckshäuschen.

»Kennen Sie einen Herrn Richter?«, wollte Bremer wissen.

»Die große Hallberg dahinten?«

»Hatte er eine Hallberg?«, fragte Gehoff Isabella.

»Ich weiß nicht, ich kenne mich mit Schiffen nicht so aus. Aber vielleicht ja ...«

»Die Hallberg ist es, ja«, antwortete Bremer dem Skipper in bestimmtem Ton.

»Ist bereits im Winterlager«, erwiderte der Klabautermann. »Vor vierzehn Tagen schon. Ich hab mich gewundert, dass er nicht dabei war. Die von der Firma waren ganz allein. Na ja, ich hatte ja den Schlüssel ...«

»Welche Firma?«

»Klingenkamp, Yachtbedarf und Winterlager. Die regeln alles. Wartung, Aufstellen, Winterlager. An der Achterstraße sinden Sie die. Mitten in der Stadt beim Spar-Markt.«

Herr Klingenkamp, ebenfalls im Troyer, aber ohne Prinz-Heinrich-Mütze, reparierte gerade den Außenborder eines kleineren Motorbootes, war aber bereit, sie zu dem Winterlager zu führen.

»Da ist sie«, meinte er, als sie vor der Yacht standen.

Von unten gesehen, ragte das Schiff hoch auf, bestimmt drei Meter, eine lang gestreckteYacht, die auch noch zu Lande, aufgebockt auf einen Trailer, Kraft, Geschwindigkeit und Eleganz erkennen ließ. Ein schönes Schiff.

»Meteor«, las Gehoff.

»Der Name der Yacht des Kaisers«, fügte Bremer erklärend hinzu.

»Spurensicherung«, sagte Gehoff. »Bitte rufen Sie die Spurensicherung. Ich will jeden Fingerabdruck, jeden Winkel durchsucht haben. Irgendwo wird der verdammte Frederico doch wohl mal hingegrabscht haben.«

»Das wird dauern«, meinte Bremer. »Aber wir werden es für Sie erledigen. Den Bericht schicken wir Ihnen nach Hannover. Wenn Sie wollen, können Sie fahren.«

»Ich passe so lange auf, bis Ihre Leute da sind«, beharrte Andreas Gehoff.

»Geht in Ordnung«, erwiderte Bremer und lachte.

Am Nachmittag holten Sie Aischa vom Hotel ab. Sie war sichtlich gelangweilt und freute sich, dass es jetzt wieder nach Hause ging.

»Hier ist ein Brief für Sie«, sagte der Hotelportier, als Gehoff das Zimmer bezahlte.

Das Kuvert trug keinen Absender.

»Scheint eine Frau zu sein«, meinte Murat und grinste anzüglich.

Gehoff riss den Umschlag auf. Der Brief war kurz:

Lieber Andreas!

Danke für diese wunderschöne Nacht. Aber ich möchte dich nicht wiedersehen. Frage nicht, warum, es hat nichts mit dir zu tun. Forsche nicht nach, es wird dir und mir nur

Unglück bringen. Meine Eltern werden dir nicht sagen, wo ich bin, also versuche gar nicht erst, es herauszufinden.

Ich denke an dich.

Silke

PS: Ich könnte dich lieben, und dieser Brief macht mich traurig. Aber es ist besser so. Für uns beide.

»Eine neue Verehrerin?«, flachste Murat. Aber als er in Gehoffs Gesicht blickte, verstummte er, legte ihm die Hand auf die Schulter und sagte nur: »Tut mir leid, tut mir wirklich leid.«

Andreas Gehoff schwieg. »Fahren wir zurück nach Hause«, meinte er schließlich.

Und wenn ich bis ans Ende der Welt fahren muss – ich werde sie finden, sagte sich Gehoff.

... ich möchte dich nicht wiedersehen. Frage nicht, warum, es hat nichts mit dir zu tun. Forsche nicht nach, es wird dir und mir nur Unglück bringen.

Was sollte dieser Satz? Natürlich, man konnte sich verlieren, Liebe konnte sich aufbrauchen im Laufe der Zeit, aber es erst gar nicht versuchen? Oder war er zu alt? War es sein Beruf? Wollte sie nicht mit einem Polizisten zusammen sein? O.k., damit konnte er leben, schmerzlich, aber es war wenigstens nachvollziehbar. Doch ein solcher Brief? Er erschien ihm wirr, eine gefühlsmäßige Torschlusspanik. Hatte sie Bindungsangst? Oder steckte etwas anderes dahinter?

Einmal werde ich sie noch sehen, dann soll sie mir alles erklären, sagte er sich. Ich werde ihre Gründe hören, und wenn sie mir nachvollziehbar erscheinen, werde ich sie akzeptieren – akzeptieren müssen. Und wenn nicht? Sie war eine selbstständige, junge Frau, und er würde ihre Entscheidung auch hinnehmen, wenn er sie nicht logisch fand. Aber ihre Gründe zu erfahren, darauf hatte er ein Recht. Die Eltern würde er nicht ansprechen, gut. Reiseverkehrskauffrau in Itzehoe. Der Ort war nicht so groß, und tausend Reisebüros gab es dort sicher auch nicht. Dafür gab es Einwohnermeldeämter, und eine Person konnte nicht einfach verschwinden.

Ich könnte dich lieben, hatte sie geschrieben, und das war das Einzige, was zählte.

Murat fuhr, aber Gehoffs gedrückte Stimmung übertrug sich auf die beiden anderen, der Misserfolg ihrer Dienstreise tat ein Übriges.

»Warum jetzt?«, fragte Murat schließlich. »Warum musste sich dieses verdammte Haus ausgerechnet jetzt in Rauch auflösen?«

»Ob es gestern oder heute abgebrannt ist, macht doch keinen großen Unterschied«, erwiderte Gehoff. Seine Gedanken waren bei Silke.

»Natürlich macht es einen Unterschied«, widersprach Murat. »Wenn das Haus vor vierzehn Tagen gebrannt hätte, hätte ich es verstanden: Da wären mögliche Spuren beseitigt worden. So etwas macht man sofort. Warum erst nach so langer Zeit? Gerade, als wir aufkreuzen? Das ergibt doch keinen Sinn. Da steckt etwas hinter. Jemand wusste, dass wir kommen würden, und hat dafür gesorgt, dass wir nichts mehr vorfinden. Und dieser Jemand handelte sehr schnell.«

Als es brannte, verbrachte ich die Nacht mit Silke, kam es Gehoff in den Sinn. Ich war nie ein Frauenheld, ich habe mich immer eher mühen müssen. Sie hat mich angesprochen, sie hat mich ausgefragt, nun gut, ich habe ihr nichts erzählt. Doch sie kannte meinen Beruf, schon in der ersten

Nacht wollte sie mit mir schlafen ... Alles nur Ablenkung? Alles Fassade, ein falsches Spiel?

Du spinnst, schalt er sich, das ist alles Zufall, aber ein Keim des Misstrauens hatte sich eingenistet. Die merkwürdige Ähnlichkeit mit der jungen Drogenabhängigen in Hannover – nur ein Zufall? Die unbekannte Zwillingsschwester? Aber das gab es doch wohl nur in schlechten Romanen.

»Wie können sie erfahren haben, dass wir nach Heiligenhafen kommen?«, fragte Gehoff mehr sich als Murat.

»Eine angekündigte Dienstreise, umfangreiche Kontakte mit Oldenburg, Telefonate hin und her, Beantragung eines Durchsuchungsbefehls, ach ja, unseren Presseheini nicht zu vergessen! Für eine Story würde der doch seine Großmutter verkaufen ...«

»Du vergisst, das er uns erst das Passwort gegeben hat. Ohne ihn wüssten wir nichts.«

»Was uns zum Ausgangspunkt der Frage zurückwirft: Woher wussten der oder die Täter, dass wir überhaupt von Heiligenhafen Kenntnis hatten?«

»Warum ist das Schiff nicht zerstört worden?«

»Vielleicht hatte es der Täter vergessen? Außerdem hatten wir keine Durchsuchung des Schiffes beantragt. Offiziell haben wir uns dafür nie interessiert. Auf dem Dienstweg, meine ich. Und das Schiff lag im Winterlager. Jeder, der nachfragt, macht sich verdächtig, macht auf sich aufmerksam, und der Klabautermann in seinem Boot am Anfang des Stegs hat sicher ein gutes Gedächtnis für alles.«

»Möglicherweise finden wir auf dem Schiff aber auch nichts. Vielleicht ist Frederico nie an Bord gewesen. Und ein idealer Aufenthaltsort für Disketten scheint mit ein Schiff im Salzwasser nun auch nicht gerade zu sein. Aber wir hätten den Klabautermann nach Frederico fragen können«, sagte Gehoff. »Das haben wir versäumt. Ich möchte vermeiden, dass die Kollegen aus Oldenburg das machen.«

Der spätnachmittägliche Stau von Großburgwedel hatte sie in seinen Klauen. Vor Hannover ging es trotz der drei Spuren nur noch im Schritttempo auf der Autobahn weiter. Murats Opel Vectra kam jetzt genauso schnell voran wie der schwarze Z3 neben ihnen. James Bond im Stau.

»Ich hoffe, dass uns Mondberger weiterhilft«, meinte Gehoff nach einer Weile. »Ich glaube irgendwie nicht, dass uns die Untersuchung des Kahns hilft. Aber Mondberger weiß etwas. Das ist sicher.«

»Könnte er schon zu Hause sein?«, überlegte Murat laut. »Es ist immerhin schon nach vier. Wir könnten versuchen, ihn anzurufen. Du hast doch noch seine Nummer.«

»Ein bisschen früh«, erwiderte Gehoff. Aber da es auf der Autobahn nicht richtig voranging – der Stau hatte sich in einen zäh fließenden Stop-and-go-Verkehr verwandelt –, und Telefonieren den Eindruck von Aktivität vermittelte, nahm er dann doch sein Handy zur Hand und tippte Mondbergers Privatnummer ein. Wenigstens seine Frau würde wohl zu Hause sein. Trotzdem war er überrascht, als sofort abgehoben wurde. Er hörte zu, drückte sein Bedauern aus, sprach hin und wieder einige Sätze und legte auf.

»Was war?«, fragte Murat. »Du klangst so ernst.«

»Mondberger hatte einen Unfall«, antwortete Gehoff tonlos. »Freitagnachmittag, gegen sechzehn Uhr fünfzehn kam er aus seinem Büro, ging über die Theaterstraße und wurde von einem Auto überfahren. Der Fahrer beging Fahrerflucht.«

»Und?«, hakte Murat nach, nun genauso ernst.

»Tot«, sagte Gehoff. »Er starb auf dem Weg ins Krankenhaus.«

Meterweise schoben sie sich in Richtung Hannover.

»Wir haben ein Problem«, fuhr Gehoff nach einer längeren Zeit des Nachdenkens fort. »Ich glaube, wir haben bei unseren Ermittlungen ein Problem. Und ich weiß nicht, wie wir es lösen sollen.«

9. Kapitel

Wie?«, fragte Gehoff.

»Der Vorfall ist von mehreren Zeugen beobachtet worden.« Hauptkommissar Matthias Wiechmann von dem Dezernat Verkehrsstraftaten griff nach der Akte, schlug sie aber nicht auf. »Mondberger verließ gegen sechzehn Uhr zwanzig die Firma an der Theaterstraße. Er überquerte die Straße, als ein Wagen, der dort geparkt hatte, auf ihn zufuhr, ihn rammte und zu Boden warf. Der Fahrer setzte zurück, fuhr erneut vor und überrollte ihn. Mondberger erlitt multiple Verletzungen im Brustbereich und in den Beinen. Lungenperforation, er hat das Krankenhaus nicht mehr lebend erreicht.«

»Mord?«, murmelte Gehoff.

»Möglich. Jedenfalls kein gewöhnliches Verkehrsdelikt. Das sah nach Vorsatz aus.«

»Ist die Nummer des Wagens notiert worden?«

»Die Hauptzeugin, die Inhaberin eines Einrichtungsgeschäftes in der Theaterstraße hatte die Geistesgegenwart, sich die Nummer aufzuschreiben, ja. Auch ein anderer Zeuge, der sich gerade auf der Straße befand, hat sich die Nummer notiert. Es war ein schwarzer BMW der Siebener-Reihe, nach fünf Minuten lief die Großfahndung. Ohne Ergebnis.«

»Den Halter konnte man feststellen?«

»Ein Arzt aus Barsinghausen; zurzeit macht er in Kenia Urlaub. Den Wagen fanden wir dort, wo er ihn abgestellt hatte: in der Parkgarage des Flughafens. Er ist übrigens seit einer Woche nicht bewegt worden.«

»Also benutzte der Täter am Freitag falsche Nummernschilder.«

»Vermutlich.«

»Ist ja auch ganz einfach: Er sucht auf der Straße nach einem Wagen, der dem eigenen entspricht, merkt sich die Nummer, kopiert sie. Eventuell hat er sogar noch die entsprechenden Papiere nachgemacht und fällt bei einer Fahndung nicht auf. Später tauscht er das Nummernschild wieder gegen das eigene.«

»Er muss einen Platz dafür gehabt haben«, sagte Murat Ceylan. »Keiner kann Schilder unbemerkt auf der Straße wechseln. Noch dazu um sechzehn Uhr dreißig.«

»Wir vermuten, dass er die Tiefgarage am Opernplatz benutzt hat. Sie liegt ganz in der Nähe. Er fährt also nach der Tat hinein, wechselt die Schilder, stellt den Wagen ab und geht unbehelligt zu Fuß in die Stadt bummeln. Dreist, aber erfolgreich. Abends fährt er wieder nach Hause. Oder geht sogar noch in die Oper. Leider sind wir auf diese Idee erst gekommen, als wir den Fall von der Kripo übernommen haben. Die Kollegen von der Streife haben wie verrückt nach dem Wagen gesucht, das könnt ihr euch ja vorstellen. Rush-Hour, alle Straßen verstopft und dann die falsche Fährte mit dem Wagen des Arztes ... Ich kann den Kollegen keinen Vorwurf machen. Wirklich nicht.«

»Gibt es eine Beschreibung des Täters?«, fragte Andreas Gehoff.

»Ein Mann, das steht fest. Aber der Wagen hatte getönte Scheiben, so viel sah man nicht. Der eine Zeuge glaubt, dass er um die fünfzig Jahre alt gewesen ist, jedenfalls kein ganz junger Mann mehr. Kein Ausländer, wie immer er da sicher sein kann. Es gibt noch zwei weitere Zeugen. Die Besitzerin des Einrichtungshauses will jedoch einen Türken oder Perser gesehen haben, und ein dritter Zeuge schwört Stein und Bein, dass der Fahrer blondes Haar hatte. Sucht euch etwas aus. Und die Phantombilder sind so, dass sie jeweils auf die Hälfte der Bevölkerung passen könnten.«

»Wer wusste von Mondberger?«, fragte Murat. »Wer wusste, dass Mondberger bereit war auszupacken?«

»Du wusstest davon«, frotzelte Gehoff.

»Sag doch gleich, alle Ausländer sind Verbrecher!«, versetzte Murat böse. »Abgesehen davon, dass ich die deutsche Staatsangehörigkeit habe und hier geboren bin. Doch es geht ja um Rauschgift. Da wird sich schon irgendein Türke finden. Kein Problem. Und wenn es einer von der Polizei ist.«

»Ich habe doch nur Spaß gemacht«, beschwichtigte Gehoff ihn.

»Manche Späße sind nicht witzig, das solltest du wissen. Ich behaupte ja auch nicht, dass du in irgendwelche kriminellen Aktivitäten verstrickt bist und nach Feierabend Geldtransporte überfällst.«

Damit lägst du gar nicht mal so falsch, dachte Gehoff. »Wir sind mit den Nerven runter«, sagte er. »Es tut mir leid. O.k.? Nimmst du meine Entschuldigung mit allen Zeichen des Bedauerns an?«

Murat nickte. »Ist schon gut.« Er war noch wütend, aber sein Zorn verrauchte langsam.

»Wer wusste davon?«, wiederholte Gehoff die Frage seines Kollegen. »Du, ich – wir beide scheiden schon mal aus. Seine Frau? Vielleicht. Ob wir Platen etwas erzählt haben? Haben wir irgendeine Bemerkung gemacht?«

»Ich würde Platen aus dem Kreis der Verdächtigen herausnehmen. Er hat uns das Passwort geliefert, das hätte er sonst nicht getan. Bordeaux-Willi geht auf das Konto seines Veröffentlichungsdrangs, das stimmt, aber vielleicht hat Mondberger selbst noch geplaudert.«

»Du vergisst unseren Abstecher nach Heiligenhafen, davon wusste Mondberger nichts. Außerdem hatte Mondberger so viel Angst, der hätte keinem was erzählt.«

»Sein Telefon könnte angezapft worden sein. Rekonstruieren wir: Du sprichst morgens mit ihm, dann geht er in die Firma. Die Zeit drängt, um sechzehn Uhr dreißig ist das Treffen, er wird also kurz vorher die Firma verlassen, das ist sicher. Der Weg ist klar, er muss über die Theaterstraße ...«

»Trotzdem ist das Ganze aus Sicht des Täters extrem risikoreich.«

»Unser Mann ist ein Profi. Ich gehe mal davon aus, dass er es auch besser arrangiert hätte, wenn er mehr Zeit gehabt hätte. Er stand unter extremen Zeitdruck.«

»Wer wusste noch davon?«, nahm Gehoff die Frage wieder auf.

»Ich habe es keinem erzählt«, versicherte Murat. »Du?«

»Ich auch nicht. Ich war an dem Tag nur bei Werthmann und habe die Genehmigung für die Dienstreise nach Heiligenhafen abgeholt. Dann am Samstagabend bei dir und Aischa, wir sind am anderen Tag auch gleich gefahren, nein, ich habe nichts gesagt. Natürlich ist unser werter Kollege Bertram informiert, der ist ja auch mit den Ermittlungen beschäftigt. Wenn er nicht wieder mal krank ist.«

Sie schwiegen beide. Ein unangenehmes Gefühl beschlich sie. Irgendwo musste es ein Leck geben. Der Polizeiapparat beruhte darauf, dass man zu der Arbeit der Kollegen Vertrauen hatte. Dass die Spurensicherung sorgfältig arbeitete, dass Zeugen detailliert befragt, Verdächtige nicht gewarnt wurden. Natürlich war es denkbar, dass unter den vielen Beamten auch ein paar schwarze Schafe saßen, das kam immer wieder vor. Vor allem in den Abteilungen »Illegales Glücksspiel« und »Prostitution«. Trotzdem. Ein beunruhigendes Gefühl war es in jedem Fall.

»Wer ist der Nächste?«, fragte Murat. »Jede Spur, die wir verfolgen, wird verwischt, jeder Zeuge, den wir vernehmen wollen, wird getötet. Für die kurze Zeit, seit der wir an diesem Fall arbeiten, sind das eine ganze Menge Tote. Wer ist der Nächste? Platen?«

»Platen hat alles gesagt, was er weiß«, meinte Gehoff nach einer Weile des Nachdenkens. »Er hatte eine Information, das Passwort. Das hätte vermutlich sein Leben bedroht, aber keiner wusste es. Nicht einmal er selbst. Jetzt ist diese Information wertlos. Wir haben es hier nicht mit einem rachsüchtigen Psychopathen zu tun. Nein, wenn man Platen hätte beseitigen wollen, hätte man das vorher getan.«

»Isabella? Wilhelmsen, der erste Prokurist? Frau Richter?«

»Guten Tag«, sagte Gehoff ins Telefon. »Reisebüro Fröhlich? Ich hätte gern Frau Silke Weber gesprochen ... Sie ist bei Ihnen nicht beschäftigt? Nein? Danke, entschuldigen Sie vielmals. Da muss eine Verwechslung vorliegen.«

Er legte auf. Es war das letzte Reisebüro in Itzehoe gewesen. Jetzt hatte er bei allen angerufen. Eine Silke Weber war in keinem beschäftigt gewesen. Das Einwohnermeldeamt Itzehoe kannte nur eine Frau dieses Namens, aber die war achtundsiebzig Jahre alt. In Heiligenhafen war Silke jedoch gemeldet: ein Zweitwohnsitz bei ihren Eltern. In diesem Punkt hatte sie also nicht gelogen. Immerhin kannte er jetzt ihr Geburtsdatum: achtzehnter Oktober neunzehnhundertdreiundsiebzig. Sechsundzwanzig Jahre alt. Sie sah jünger aus. Er wusste nun, dass sie ihm nicht die Wahrheit gesagt hatte. Reiseverkehrskauffrau in Itzehoe. Es gab keine Reiseverkehrskauffrau in Itzehoe mit dem Namen Silke Weber. Warum hatte sie gelogen?

Das Gespräch stand ihm wieder vor Augen. Es war am Anfang gewesen, noch war zwischen ihnen beiden der berühmte Funke nicht übergesprungen, es wäre also nicht nötig gewesen, ihn zu belügen. Es sei denn – sie hatte etwas zu verbergen. Ihr Treffen – war es wirklich nur ein Zufall gewesen? Die merkwürdige Ähnlichkeit mit der jungen Drogenabhängigen in Hannover. Auch Zufall?

Das Telefon klingelte. Für einen Augenblick dachte Gehoff daran, dass sie es sein könnte, dass sie seine Nummer herausgefunden hatte, er stand ja im Telefonbuch. Und jetzt ...

»Hier ist Platen«, hörte er dann jedoch eine vertraute Stimme. »Ich wollte mal fragen ...«

Jetzt will er was für seine Story, ging es Gehoff angewidert durch den Kopf. Jetzt will er wieder etwas hören, worüber er in seinem Käseblatt schreiben kann.

»Ich wollte mal fragen, ob Sie in Heiligenhafen etwas herausgefunden haben. Ich meine nur, weil ich Ihnen ja kürzlich mit dem Passwort ein wenig behilflich war ...«

Offensichtlich wollte Platen jetzt tatsächlich sein »Honorar«. Reg dich nicht auf, sagte sich Gehoff plötzlich. Der Mann muss seine Familie ernähren, ärmlich genug leben sie ja, und tauschen möchtest du nicht mit ihm. »Wir haben wenig herausgefunden«, erwiderte er milder, als es ursprünglich seine Absicht gewesen war. »Das Haus in Heiligenhafen ist angesteckt worden. Die Reise war vergeblich.« Gehoff hörte förmlich die Enttäuschung am anderen Ende der Leitung.

»Schade«, Platen seufzte. »Haben Sie Anhaltspunkte?«, fragte er dann.

»Keine«, sagte Gehoff. Und dann, einer Eingebung des Augenblicks folgend, fügte er hinzu: »Ich würde gern etwas mit Ihnen besprechen. Etwas, was ich aber nicht am Telefon bereden möchte. Haben Sie heute Abend Zeit?«

Er wollte schon gehen, als das Telefon erneut klingelte. Er hob ab. Die Stimme, es war eine weibliche Stimme, konnte er im ersten Augenblick nicht einordnen, aber ihre Botschaft ließ an Deutlichkeit nichts zu wünschen übrig:

»Herr Gehoff«, begann Isabella Cortez mit für sie ungewöhnlicher Schärfe. »Es ist jetzt zwanzig Uhr achtundvierzig. Ich habe nach den Disketten gesucht, sie aber nicht gefunden. Ich möchte Sie im Übrigen bitten, mich mit Ihren Untersuchungen nicht weiter zu belästigen. Wenn Sie etwas von mir wollen, dann bitte nur in Gegenwart meines Anwaltes. Haben Sie mich verstanden?«

Warum so gespreizt, war Gehoff versucht zu erwidern. Warum kann man das nicht alles eine Portion freundlicher sagen?

»Ob Sie mich verstanden haben?«, fragte Isabella schnippisch nach und riss Andreas Gehoff aus seinen Gedanken!

»Ich habe Sie verstanden«, antwortete er, und auf einmal stieg Groll auf diese aufgeblasene Sippe in ihm auf, »ich habe Sie genau verstanden, aber die Polizei wird ihre Ermittlungsarbeit fortsetzen, ob Ihnen das passt oder nicht.«

Das klang pathetisch, und vermutlich war es eine schwache Erwiderung.

»Ich bitte Sie nur, mich nicht weiter zu belästigen und wenn möglich überfallartige Aktionen wie in Heiligenhafen zu unterlassen. Das ist eigentlich alles. Alles Weitere über unseren Anwalt. Es ist jetzt zwanzig Uhr fünfzig, ich hoffe, ich habe mich klar ausgedrückt.« Dann legte sie auf.

Blöde Pute, dachte Gehoff. Insgeheim fügte er noch eine Reihe weiterer Schimpfworte hinzu. Dass sie in seinen Feierabend einbrach, war ohnehin eine Unverschämtheit. Die Geliebte und Privatsekretärin eines Drogendealers sollte besser nicht so große Töne spucken.

Platen traf er wenige Minuten später am vereinbarten Ort. Es war eine Kneipe, *Lindas Bierstube* auf der Vahrenwalder Straße, die von beiden rasch erreicht werden konnte.

Hans Platen wartete fröstelnd in der Nähe der Eingangstür. »Sie müssen einen verdammt guten Grund haben, mich so spät in der Nacht von meiner Arbeit wegzureißen«, meinte er. Aber seine Miene verriet Interesse.

Gehoff blickte sich um. Der Strom der stadtauswärts fahrenden Wagen hatte nachgelassen, die Geschäfte hatten schon vor einer Stunde geschlossen, und die Besucher der Kino-Spätvorstellungen würden erst in geraumer Zeit die Stadt aufsuchen. Ein paar Passanten waren auf dem Weg nach Hause. Es war eine reine Wohngegend, eine schlechte noch dazu, in der abends nicht viel los war.

»Kommen Sie«, bat Gehoff und berührte Platen am Arm. Dann ging er mit ihm in eine der einsamen Seitenstraßen, bog ab, dann noch einmal. Er wusste nicht genau, wohin er gehen wollte, hatte sich keinen Plan gemacht, aber nach ein paar Abbiegungen in dem Straßengewirr war er sicher, dass ihnen niemand gefolgt war.

Vor ihnen tauchte eine Souterrainkneipe auf, *Ulis Bierstube*. Er war noch nie dort gewesen, ja er kannte die Kneipe nicht einmal, und er vermutete, dass Platen sie auch noch nie betreten hatte. Von außen machte sie einen etwas heruntergekommenen Eindruck, innen wirkte sie regelrecht steril: fünf oder sechs Resopaltische, Bilder mit Sportmannschaften, darunter eine Spielübersicht des FC Vahrenheide, drei jüngere Männer in Freizeitkleidung an der Theke. Gehoff lotste Platen zu einem Tisch in der Ecke.

»Zwei Bier«, bedeutete er dem Wirt.

Der mürrische Gesichtsausdruck Platens war einer gespannten Aufmerksamkeit gewichen. Dies alles roch nach Geheimnis, nach Hintertreppeninformation, Insider-Wissen. Nach einer guten Story.

Gehoff wirkte auf ihn zum ersten Mal unsicher. So, als wüsste er nicht genau, was er tun sollte. Platen nahm für sich in Anspruch, eine gute Beobachtungsgabe zu haben. Kein Zweifel, dieser Mann hatte etwas auf dem Herzen.

Gehoff nahm einen tiefen Schluck Bier. »Wie geht es Ihnen?«, fragte er unvermittelt.

Er weiß nicht, wie er anfangen soll, ging es Platen durch den Kopf.

»So lala«, antwortete er. »Meine Frau ist mit den Kindern noch in Herne, ich hoffe, sie können bald zurückkommen. Und das Gefühl, als Nächster auf der Abschussliste zu stehen, ist auch nicht gerade toll. Wenn Sie verstehen, was ich meine.«

Gehoff nickte und sagte irgendetwas Unverbindliches.

Komm zur Sache, dachte Platen.

»Heiligenhafen war ein Misserfolg«, gestand Gehoff auf einmal, und das Zögerliche fiel nach und nach von ihm ab.

»Es war ein Misserfolg, weil jemand die Verdächtigen gewarnt hatte. Ich gehe nicht davon aus, dass Sie es waren, aber haben Sie irgendjemandem davon erzählt?«

Platen schüttelte den Kopf.

»Denken Sie nach. Ihrer Frau am Telefon? Ihrem Kollegen in der Redaktion? Einem Freund?«

»Nein«, erklärte Platen. »Monika wollte von all dem nichts wissen, das hatte sie aber schon vor ihrer Abreise betont, und mit anderen hätte ich sowieso nicht darüber gesprochen. Ehrlich nicht.«

Gehoff sah ihn prüfend an. »Dies ist kein Partyspiel«, sagte er. »Es geht – so abgegriffen es sich anhört – um Leben und Tod. Am Freitag ist wieder ein Zeuge ermordet worden. Und das nur, weil er zu viel wusste. Er starb auf dem Weg zu unserer Verabredung.«

Platens Kehle fühlte sich mit einem Mal trocken an. Er spürte jedes einzelne Haar auf seiner Hand, und er merkte, dass er eine Gänsehaut bekam. War er der Nächste?

Gehoff ließ die Worte wirken. Dann hob er sein Bierglas und drehte es so, dass er den Marken-Schriftzug lesen konnte: *Herrenhäuser Pilsener.* »Ich will Ihnen keine Angst machen«, fuhr er fort. »Aber Sie sollen wissen, dass das, was ich Ihnen vorschlage, für Sie mit einem hohen Risiko verbunden ist. Ich glaube, dass Sie im Augenblick nicht gefährdet sind. Wenn man Sie hätte beseitigen wollen, hätte man es bereits tun können. Und ich glaube auch nicht, dass man vor hat, Ihren Kindern und Ihrer Frau etwas anzutun, obwohl sie im Augenblick in Herne sicher besser aufgehoben sind als in Hannover. Ich bitte Sie einfach um Ihre Mitarbeit.«

Platen schluckte. Mitarbeit an einem großen Fall. Einem Fall, der Aufsehen erregte. Watergate kam ihm in den Sinn, die Flick-Affäre. Das war seine große Chance. Eine zweite würde er in seinem ganzen Leben nicht mehr bekommen. Warum hatte er nur solche Angst?

»Schießen Sie los«, sagte er nach einer Weile. Er glaubte, dass seine Stimme krächzte, und nahm hastig einen Schluck. »Ich höre«, meinte er dann und hoffte, dass seine Stimme wieder normal klang.

Andreas Gehoff berichtete. Er gab einen knappen Überblick über den Ermittlungsstand, sprach über seine Vermutungen, erwähnte seine Begegnung mit Silke und ließ nur ihre gemeinsame Nacht aus.

Dann schwiegen beide. Der Wirt brachte noch zwei Bier.

»Ich habe viele Romane von le Carré gelesen«, bemerkte Platen nach einer Weile. »Wenn es ein Spionagefall wäre, würde ich sagen, Sie haben einen Maulwurf in den eigenen Reihen. Irgendwo. Aber Sie wissen nicht einmal, für welche Seite er arbeitet.«

Gehoff schwieg.

»Was erwarten Sie von mir?«, fragte Platen schließlich.

»Recherche«, antwortete Gehoff knapp. »Ich weiß nicht, ob Sie sich ohne weiteres ein paar Tage frei nehmen können ...«

Platen nickte. »Ich glaube, das ginge.«

»... aber ich brauche jemanden, der nicht in der Polizeihierarchie steht, der unverdächtig ist, der nicht beschattet wird. Fahren Sie nach Heiligenhafen, finden Sie heraus, wer dieser Frederico ist, fragen Sie die Nachbarn in den Sommerhäusern, bringen Sie mir Informationen über diese Silke Weber ...«

Er sprach etwas schneller, und Platen hatte den Eindruck, dass er ihm nicht die ganze Wahrheit gesagt hatte. Offensichtlich hatte es mit dieser Frau noch eine andere Bewandtnis, das spürte er instinktiv, aber Gehoff redete schon weiter:

»... und erstatten Sie nur mir Bericht. Ich habe Angst, dass unsere Telefone abgehört werden, ich kann es jedenfalls nicht ausschließen. Kaufen Sie sich also ein Handy, eins von e-plus mit einer Einmal-Karte, mit deren Nummer sie nicht identifiziert werden können. Ich werde mir auch eins zulegen. Nur ich kenne Ihre Nummer, nur Sie kennen meine, das dürfte sicher sein. Und wenn Sie jetzt noch abspringen wollen, kann ich es verstehen.« Er machte eine Pause.

Platen hatte sich längst entschieden, aber er schwieg einen Moment und stimmte dann zu. »Ich habe nicht viel Geld für solche Reisen«, meinte er dann. Was würde der *Stern* oder der *Spiegel* für eine solche Story zahlen?

»Ich auch nicht«, erwiderte Gehoff. »Aber ich habe Ihnen dreitausend mitgebracht. Die müssten reichen.«

Das Geld war wieder pünktlich auf dem Konto gewesen. Dreitausend Mark. Wieder kam es aus Luxemburg. Gehoff konnte es gut gebrauchen, aber er hatte ein ungutes Gefühl dabei.

»In Ordnung«, stimmte Platen zu. Das war mehr als großzügig kalkuliert.

»Wenn wir nichts mehr zu besprechen haben, sollten wir gehen«, sagte Gehoff schließlich, aber Platen hatte noch etwas auf dem Herzen.

»Ich weiß nicht, ob es wichtig ist, doch ich habe mir etwas überlegt«, begann er unsicher. »Vielleicht ist es ja nur Unfug, aber wissen Sie, möglicherweise ist unser Ansatz falsch, nein, nicht direkt falsch, nur ...« Er nahm einen neuen Anlauf, als er Gehoffs skeptisches Gesicht sah, und war sich auf einmal unsicher, was er einem erfahrenen Polizisten noch Neues sagen sollte. »Sehen Sie«, meinte er. »Sie sind Polizist und suchen nach Puzzleteilen, die in ein Bild passen, Puzzleteilen, die einen Täter auch vor Gericht überführen können. Journalisten suchen nach Storys. Natürlich brauchen wir Anhaltspunkte, Fakten, ist ja klar. Aber wir sind in den Vermutungen freier, wenn Sie verstehen, was ich meine.«

Gehoff verstand, wusste aber nicht, worauf Platen hinauswollte.

»Denken Sie an Richters Brief. Darin schreibt er, ich habe es mir gut gemerkt, von irgendeiner Maßnahme, und er deutet an, dass er Angst hat. Ich frage mich: Wovor kann ein Drogendealer Angst haben? Er lässt anklingen, das Risiko sei ihm zu hoch – und riskiert den Abbruch seiner Geschäftsbeziehungen. Das macht man nicht, wenn man nur mal eben einen neuen Frachter chartert. Da steckt etwas Größeres dahinter.«

Gehoff blickte ihn aufmerksam an, und Hans Platen fuhr fort:

»Ich spekuliere mal: Es geht um einen Bandenkrieg. Möglicherweise einen Einbruch in die angestammten Reviere der anderen Händlerringe. Kurden, Russen, irgendetwas dieser Art. Vielleicht gibt es da eine neue Art der Personalrekrutierung, in jedem Fall etwas, das ganz, ganz gefährlich ist, so gefährlich, dass Richter deswegen aussteigen wollte.«

»Möglich«, murmelte Gehoff. Der Gedanke war faszinierend, aber ohne nähere Anhaltspunkte auch wiederum nur Spekulation. Eher etwas für einen Kriminalroman. Aber das sprach er nicht laut aus.

Andreas Gehoff hatte sich vorgenommen, an diesem Morgen etwas später ins Büro zu gehen. Es waren wieder einmal sehr viele Überstunden aufgelaufen, außerdem wollte er noch rasch die Post durchsehen. Sie kam früh, meist gegen halb acht. An diesem Tag bestand sie jedoch nur aus Werbung – trotz der Vermerke *Persönlich, Nur für Sie.* Darüber hinaus die wiederholte Einladung zur EURO-Card Gold, die ihm seit einigen Monaten in Verkennung seiner finanziellen Verhältnisse regelmäßig ins Haus flatterte.

Ein Brief fiel ihm sofort auf. Es war ein schlichter weißer Umschlag mit einer handgeschriebenen Adresse. Der Absender fehlte. Es schien allem Anschein nach eine weibliche Handschrift zu sein. Eine Welle von Adrenalin durchflutet ihn. Silke? Hastig riss er den Umschlag auf.

Sehr geehrter Herr Gehoff,

es ist jetzt 20.30 Uhr, und in einer Viertelstunde werde ich Sie anrufen. Ich nehme an, dass Sie sich über meinen Anruf ärgern werden, aber ich möchte Sie bitten, mich am Mittwoch um 16.00 Uhr in Mardorf beim alten Kran zu treffen. Kommen Sie allein und erzählen Sie keinem Menschen von unserer Verabredung. Keinem.

Für den Fall, dass Sie diesen Brief zu spät erhalten oder den Treffpunkt nicht gleich finden, werde ich auch am Donnerstag dort zur vereinbarten Zeit eine halbe Stunde warten.

Isabella Cortez

Gehoff fühlte einen Anflug von Enttäuschung. Kein Brief von Silke. Trotzdem ein merkwürdiger Brief. Warum dann dieser seltsame Anruf? Argwöhnte auch sie, dass das Telefons überwacht wurde? Für einen kurzen Moment überlegte er, ob es sich wohl um eine Falle handelte. Doch Kriminalbeamten stellte man gewöhnlich keine Falle, trotzdem würde er entgegen der ausdrücklichen Anweisung Murat Ceylan heimlich ins Vertrauen ziehen. Als Rückversicherung.

Er kannte den »alten Kran« nicht, aber die Besitzer eines Ladens für Seglerbedarf konnten ihm den Weg beschreiben. Er war kaum zu verfehlen. Gehoff stellte sein Auto auf dem Parkplatz ab. Um diese Jahreszeit war es das einzige Fahrzeug dort. Er stand wie auf dem Präsentierteller. Gehoff hätte seinen Wagen gern woanders geparkt, aber überall standen Parkverbotsschilder, die bei Zuwiderhandeln mit dem Abschleppen drohten. Er ging die zweihundert Meter zum Kran. Im Frühjahr wurden hier wohl zahlreiche Boote ins Steinhuder Meer gelassen, jetzt lag der Kran verwaist da, ein gelbes, staksiges Ungetüm. Das Steinhuder Meer präsentierte sich an diesem Tag als eine bleigraue, unbewegte Wasserfläche. Es war in Dunst gehüllt; das gegenüberliegende Ufer des Sees war kaum zu erkennen. Einige Bauarbeiter waren damit beschäftigt, die letzten Reste der Bootsstege für den Winter abzubauen. Sie benutzten eine Art Ponton. Ihre Gespräche klangen seltsam hell und deutlich zu Gehoff herüber. Eine Frittenbude in der Nähe des Krans hatte zwar geöffnet, war jedoch unbesetzt. Ein ungemütlicher Treffpunkt.

Isabella Cortez war pünktlich. Sie trat aus einem Seitenweg, den Andreas Gehoff nicht einsehen konnte, und ging geradewegs auf ihn zu. Sie trug ihren alten Barbour, einen ausgeleierten Shetlandpullover, ausgewaschene Jeans – und sah trotzdem so aus, als wollte sie gerade für eine Modezeitschrift ein paar Fotos machen. »Entschuldigen Sie das Telefonat von gestern«, begann sie, »aber es musste sein. Gehen wir ein bisschen am Ufer entlang?«, fügte sie hinzu.

Gehoff nickte, und sie hakte sich bei ihm unter.

»Ich will Ihnen helfen«, sagte sie nach einer Weile, »aber ich war mir nicht sicher, ob unsere Telefone abgehört werden.«

»Wer sollte uns abhören?«, hakte Gehoff nach, doch sie gab keine Antwort. Es war seltsam, dass auch er gestern diese Vermutung gehabt hatte.

»Ich möchte Ihnen helfen«, wiederholte sie. »Aber zunächst möchte ich ein Spiel mit Ihnen spielen. Sie erzählen mir, was Sie herausgefunden haben, was Sie vermuten, und ich sage Ihnen, ob Sie richtig liegen.«

Zwei Passanten kamen ihnen entgegen, zwei Männer in feuchten grünen Regenjacken mit großen Feldstechern um den Hals. Vogelschützer. Isabella drückte sich an ihn, und Gehoff erntete anerkennende Blicke der beiden.

»Es ist kein gutes Spiel«, erwiderte er. »Normalerweise fragt die Polizei, und Leute wie Sie antworten.«

»Seien Sie nicht so uncharmant«, meinte Isabella leichthin. »Das mögen Frauen nicht.« Und bevor er noch etwas entgegnen konnte, lockerte sie ihren Griff und fügte einen Ton sachlicher hinzu: »Wenn Sie nicht wissen, warum ich dieses Spiel mit Ihnen spielen möchte, haben wir ohnehin nur unsere Zeit vertan.«

Geheimnistuerei, Angst, das Telefon zu benutzen, ein seltsames Spiel. Was wollte sie?

Isabella schwieg. Diese Frau handelte sehr überlegt. Kaprizenhaft vielleicht, aber klug.

»Sie wollen mir nicht mehr Informationen geben, als ich benötige«, meinte Gehoff nach einer Weile des Nachdenkens. »Und Sie wollen mir freiwillig keine Informationen geben, die Sie belasten können.«

Isabella nickte zustimmend und schmiegte sich wieder enger an ihn.

»Andererseits wollen Sie mir helfen, aber den Kopf nicht selbst in die Schlinge legen. Liege ich richtig?«

Isabella nickte wieder.

»Ich glaube, dass Sie nicht nur Richters Privatsekretärin

waren«, fuhr Andreas Gehoff fort. Warum er dieses Thema als Erstes anschnitt, wusste er selbst nicht. Es war wohl noch am unverfänglichsten. »Herr Richter hatte eine Dreiecksbeziehung.«

Isabella lachte. »Mein Gott, Sie holen aber weit aus! Sie enttäuschen mich. Dort vermuten Sie ein Motiv?«

»Möglich ist alles«, erwiderte Gehoff unbestimmt, »und Eifersucht ist immer ein gutes Motiv.«

»Sie haben eben keine Dreiecksbeziehung geschildert«, wandte sie ein, »sondern die klassische Konstellation: ein Mann zwischen zwei Frauen. Das sind zwei Seiten. Zu einer Dreiecksbeziehung gehört eine dritte. Die Verbindung der beiden Frauen miteinander. Ja, ich glaube, dass wir eine gute Dreiecksbeziehung hatten«, setzte sie hinzu. »Und wenn Sie es wirklich wissen wollen: Wir beide haben ihn geliebt. Und das ist auch der Grund, warum wir Ihnen helfen wollen. Wir möchten, dass sein Mörder gefunden wird. Und jetzt erzählen Sie mir eine andere Geschichte.«

»Vielleicht die Geschichte eines Drogenhändlers?«, fragte Gehoff. »Die Geschichte eines Mannes, der sein Geld damit verdient, im großen Stil illegal Drogen aus Südamerika nach Europa zu importieren – über ein ehrwürdiges, alteingesessenes Handelshaus. Und die Geschichte seiner Privatsekretärin, die in seine Geschäfte eingeweiht ist.«

Isabella veränderte ihren Griff nicht, aber Gehoff merkte ihre Anspannung. »Vermutlich war seine Privatsekretärin nicht in all seine Geschäfte eingeweiht. Echte Machos lassen ja bekanntlich die Geschäfte nicht von Frauen erledigen«, meinte sie.

»Nun gut, sie muss ja nicht alle Geschäfte gekannt haben. Aber die meisten. Die Geschäfte laufen, der Reichtum wird gut versteckt, nach außen hin zeigt man Wohlstand. Da sind ein schönes Haus, eine schöne Frau, eine wunderschöne Geliebte, eine Segelyacht, ein Feriendomizil und so weiter. Aber alles im Rahmen. Klug bedacht, unauffällig. Wie kam er auf diese Idee? Über die Kontakte seines Vaters, über einen alten Freund? Frederico vielleicht? Es spielt aber auch keine Rolle. Doch irgendwann werden die Spielregeln verändert. Er wird eingeweiht in Aktionen, die er nicht mehr mitmachen möchte. Irgendeine riskante Geschäftsstrategie, die ihm bedenklich erscheint.«

»Warum sollte sie ihm bedenklich erscheinen?«, fragte Isabella.

»Ich glaube nicht, dass er moralische Bedenken hatte, fuhr Gehoff fort. »Vielleicht wurde ihm die Sache zu riskant? Eine Nummer zu groß. Ein Bandenkrieg mit den Russen oder den Albanern oder irgendetwas dieser Art. Nehmen wir einmal an, es ist so gewesen. Die Sache wird ihm zu gefährlich, und er will aussteigen. Aber er vergisst, dass er nicht einfach aus diesem Geschäft aussteigen kann, einmal drin, immer drin. Vielleicht erhält er eine Warnung, vielleicht auch nicht. Möglicherweise hat er vorgesorgt, Daten gesammelt, Beweise, Informationen, mit denen er glaubt, seine Geschäftspartner so einschüchtern zu können, dass sie ihn in Frieden lassen. Aber die Rechnung geht nicht auf. Und zurück bleiben zwei trauernde Frauen. Habe ich Ihnen eine gute Geschichte erzählt?«

»Eine interessante jedenfalls«, meinte Isabella. »Wenn nun diese beiden Frauen, mal ganz hypothetisch gesprochen – es ist ja nur eine Geschichte, nicht wahr? –, Ihnen einige Informationen geben könnten, aber wünschen, dass sie dafür ungeschoren bleiben, in ihren Häusern, mit ihren Pferden, ihren schnellen Autos und all dem, was solche Frauen nun einmal zu schätzen gelernt haben, wenn sie ihre Hilfe andererseits aber auch nicht so offenkundig geben können, weil ihnen sonst ihre südamerikanischen Freunde einen unfreundlichen Besuch abstatten, wenn die beiden Frauen also ganz fein im Hintergrund bleiben wollen, würde da ein Polizist, ein erfahrener Maigret oder Schimanski, auf einen solchen Wunsch Rücksicht nehmen, obwohl er das eigentlich gar nicht darf? Diese Frage wäre für die beiden Frauen doch sicher von hohem Interesse. Nicht wahr?«

»Es gibt eine Kronzeugenregelung«, bemerkte Gehoff. »Darauf könnten Sie sich berufen.«

»Sie sind vielleicht ein Witzbold«, lachte Isabella. »Sie sind ein guter Geschichtenerzähler, aber von der Wirklichkeit haben Sie keine Ahnung. Kronzeugenregelung? Keine Macht der Welt kann einen Kronzeugen vor der Rache südamerikanischer Killerkommandos retten.«

»Wollen Sie eine Strafbefreiung? Die kann ich Ihnen nicht versprechen. Kein Polizist kann das.«

»Nein«, entgegnete sie. »Ich will nur, dass die Recherchen dort ein Ende haben, wo die beiden Frauen – unschuldige, unwissende, schwache Frauen – in ihr Blickfeld geraten. Das ist alles. Im Gegenzug könnte ich Ihnen einen Drogenboss liefern. Keinen aus Südamerika, Kolumbien, was hier niemanden interessiert, sondern einen deutschen, einen von hier. Und ohne diesen Deal bleibt Ihre Geschichte eine bloße Geschichte. Einbildung, Erfindung, ein Roman.«

»Sie verlangen viel«, sagte Gehoff zögerlich.

»Ich bieten Ihnen auch viel«, erwiderte Isabella. »Ich biete Ihnen Hernandos Privatcomputer einschließlich aller Disketten, die wir gefunden haben. Was von diesen Daten wichtig ist, weiß ich nicht, es ist eine Fleißarbeit, aber dafür werden Sie ja bezahlt.«

»Wenn es Unterlagen sind, die auch Sie belasten, wird

Sie keine Macht der Welt schützen können«, meinte Gehoff. »Darauf möchte ich Sie ausdrücklich hinweisen.«

»Die Unterlagen, die Hernando gesammelt hat, würden uns nie belasten, da bin ich ganz sicher. Es geht mir nur darum, dass Sie nicht weitergraben.«

Sie schlenderten weiter. Die asphaltierte Promenade ging in einen Sandweg über. Schilf wucherte an den Wegrändern, tiefe Pfützen ließen erahnen, dass dies eine Moorgegend war, ein Reservat für seltene Tiere und Pflanzen und um diese Jahreszeit seltsam unwirtlich. Andreas Gehoff umging eine Schlammstelle und reichte Isabella die Hand, um sie daran vorbeizuführen.

Sie zögerte. »Es wird hier sehr morastig, lassen Sie uns umkehren.«

Sie gingen zurück.

»Ich werde nicht weitergraben, was Sie betrifft«, versicherte Gehoff nach einer Weile. »Mehr kann ich nicht versprechen.«

»Ich habe den Computer in meinem Wagen«, erklärte sie. »Sie können ihn nachher mitnehmen. Aber versprechen Sie sich nicht zu viel davon. Hernando war sehr vorsichtig.«

»Stimmt das, was ich über seine ›Lebensversicherung gesagt‹ habe?«, fragte Gehoff.

»Ich bin ziemlich sicher«, antwortete sie. »Aber ich weiß nicht, wo er sie versteckt hat. ›Von jedem Ort der Welt kann ich sie erreichen‹, hat er immer gesagt. ›Egal, wo ich bin.‹ Leider hat er mir nicht verraten, wo sie ist.«

»Eine merkwürdige Formulierung«, murmelte Gehoff. »Ein Schließfach wäre mir lieber. – Wer ist Frederico?«, fragte er plötzlich. »Auf einmal tauchte dieser Name auf. Frederico. Sein Freund, vielleicht sein Mörder. Kennen Sie ihn?«

»Sie machen sich falsche Vorstellungen über meine Rolle«, entgegnete Isabella. »Ich bin Südamerikanerin. Und Hernando war lange bei uns. Frauen werden nur sehr am Rande in Geschäfte eingeweiht.«

»Sie waren seine Privatsekretärin«, gab Gehoff zu bedenken.

»Ein Titel!« Sie winkte ab. »Ich kann Ihnen die Kontakte zu unseren landwirtschaftlichen Geschäftspartnern runterbeten, aber die anderen ...? Mondberger machte das meiste.«

»Mondberger ist tot.«

»Ich weiß: Und deswegen habe ich auch Angst. Ich will den Kerl, der Hernando umgebracht hat, aber ich habe gleichzeitig Angst. Schreckliche Angst. Verstehen Sie das?«

»Ja«, sagte Gehoff. »Ich verstehe das sehr gut. Sie kennen Frederico nicht?«, fragte er noch einmal nach.

»Ich habe ihn nie gesehen«, antwortete sie. »Aber er war Hernandos böser Geist.«

Ohne ihn wäre Richter wahrscheinlich ein ganz liebenswerter Drogenboss geblieben, ging es Gehoff spöttisch durch den Kopf. Sympathisch, ehrlich und nur ein wenig illegal. Und seine Opfer nur ein bisschen tot.

»Sie glauben, dass er ein Südamerikaner ist, nicht wahr?«, fuhr sie fort. »Aber das muss nicht so sein. Die beiden kennen sich lange, seit Ewigkeiten. Und wir haben die Angewohnheit, alle Namen spanisch anzugleichen. Hernando, Frederico, Pedro. Verstehen Sie? Er muss kein Kolumbianer sein. Wahrscheinlich ist er ein typischer Deutscher. Blond, blauäugig, ein Meter achtzig groß, was weiß ich!«

Das war ein Hinweis, der neu war. Frederico – ein Deutscher? »Wovor hatte Richter Angst?«, fragte Gehoff. »Sie haben mir immer noch nicht gesagt, wovor er Angst hatte. Warum wollte er aussteigen?«

»Warum habe ich Angst, dass Ihr Telefon abgehört

wird?«, erwiderte Isabella unvermittelt. »Die Einflussbereiche der einzelnen Geschäftspartner sind bei dieser Art von Geschäften mehr oder weniger fest abgesteckt. Wenn man erweitern will, bedeutet das Krieg. Nicht alle halten sich daran, und hier in Deutschland gibt es sehr unterschiedliche ethnische Geschäftsgruppen, die gegeneinander kämpfen. Kurden, Russen, aber das wissen Sie sicher besser als ich. Solche Kämpfe sind teuer, schlecht fürs Geschäft und risikoreich. Frederico schlug vor, die Polizei einzuschalten. Die Polizei zum Werkzeug zu machen und für die eigenen Zwecke einzusetzen. Gegen die anderen. Das war sein Plan.«

»Er wollte mit der Polizei zusammenarbeiten?« Gehoff war alarmiert.

»Nein«, sagte sie. »Er wollte sie benutzen – benutzen, um die anderen Gruppen weitgehend auszuschalten, zu lähmen und selbst das Geschäft zu machen.«

»Die Polizei kann man nicht benutzen«, erklärte Gehoff. »Einige wenige Polizisten sind bestechlich, sicher, aber nicht die Polizei insgesamt. Das funktioniert nicht.«

»Das meinte Hernando auch«, fuhr Isabella ungerührt fort. »Und Genaueres weiß ich nicht. Nur, dass es ein Plan war, ein Plan, der auch Hernando zeitweise fasziniert hat. Und ich glaube nicht, dass es darum ging, den ein oder anderen Streifenpolizisten zu bestechen. Es war ein risikoreicher, perverser Plan. Und deswegen habe ich Angst, das Telefon zu benutzen.«

Sie hatte ihren Wagen in einem Seitenweg geparkt, unauffällig in der Einfahrt eines Wochenendhauses. Am Parkplatz luden Sie den Computer sowie die Diskettenkästchen um.

»Sagt Ihnen der Name ›Drachenbucht‹ etwas?«, fragte Andreas Gehoff auf einmal.

»Wie kommen Sie auf das Wort?«

»Es tauchte im Zusammenhang mit Herrn Richter auf.«

»Drachenbucht ...«, überlegte sie. »Nein, tut mir leid. Drachenbucht oder die Drachenbucht, nein, kenne ich nicht. Ehrlich nicht.« Plötzlich überzog eine feine Röte ihr Gesicht. »Warten Sie«, bat sie dann. »Dragon Bay – die Drachenbucht. Ja, ich kenne sie. Sie ist eine geschützte Felsenbucht auf einer zauberhaften Karibikinsel. Jamaika. Hernando und ich waren dort einmal ...« Dann brach sie ab und wandte den Kopf ab. »Ist schon wieder gut«, sagte sie nach einer Weile gefasst.

»Hier ist meine Telefonnummer«, erklärte Gehoff zum Schluss. »Es ist eine Handynummer, die keinem sonst bekannt ist. Rufen Sie mich an, wenn Ihnen etwas einfällt. Aber rufen Sie von einer öffentlichen Telefonzelle aus an.«

»Ich wünsche Ihnen Glück«, sagte sie. »Viel Erfolg.«

»Ihnen auch«, erwiderte Andreas Gehoff. »Ihnen auch.«

10. Kapitel

»Guten Tag, Frau Weber«, sagte Platen.

Die Frau öffnete die Tür nur einen Spalt, ließ die Kette eingeklinkt und musterte ihn skeptisch. Sie war mittelgroß, hatte halblange braune Haare und trug eine hellblaue Kittelschürze. »Wir kaufen nichts«, murmelte sie abweisend.

Wie im Kabarett, ging es Platen durch den Kopf. Realsatire. »Platen«, stellte sich er vor. »Platen von *Haus und Welt*, der bekannten Familienzeitschrift. Ich hatte vorhin angerufen.«

»Haben Sie einen Ausweis?«, fragte sie misstrauisch nach.

»Selbstverständlich«, erwiderte er und gab ihr seinen echten Presseausweis und eine bunte, eingeschweißte Karte mit dem Logo von *Haus und Welt* und seinem Passbild. Er hatte sie vor einigen Stunden in einem Copy-Shop in Hannover selbst angefertigt.

Frau Weber vertiefte sich in das Studium der Karte, dann löste sie die Kette und bat ihn herein. »Sie müssen entschuldigen«, meinte sie ein wenig verlegen.

»Aber ich bitte Sie«, erwiderte Platen aufgeräumt. »Wir weisen doch in unserer Zeitschrift immer wieder darauf hin, wie gefährlich es ist, Fremde in die Wohnung zu lassen.«

»Das stimmt«, fiel ihr ein. »Sie haben erst kürzlich

darüber eine Serie gebracht. ›*Wenn der Fremde an der Tür zur Gefahr wird*‹, so lautete die Überschrift, nicht wahr?« Sie führte ihn durch eine kleine Diele in ein penibel aufgeräumtes Wohnzimmer. Die Möbel waren aus schwerer Eiche und reich verziert, ein roter Teppich mit Persermuster bedeckte den Fußboden. Auf dem Schrank standen einige Pokale. Kurt Weber saß in einem ausladenden Sessel und hatte sich in eine Wolldecke gehüllt.

»Sie müssen entschuldigen«, bat er, »aber nach meiner Operation kann ich noch nicht gut aufstehen.«

»Keine Ursache«, entgegnete Platen freundlich. Er nahm das Angebot zum Tee dankend an, den Frau Weber in der Küche zubereitete. Ein kurzes Gespräch mit ihrem Mann über die Fahrt von Hamburg nach Heiligenhafen und die vollen Autobahnen. Dann schenkte Frau Weber ihm ein, und Platen lobte den Tee überschwänglich. »Wie zu Hause in Ostfriesland«, sagte er. »Es geht doch nichts über einen guten Tee.«

Die Frau Weber freute sich sichtlich und holte noch etwas Gebäck.

Es war tatsächlich wie zu Hause, ging es Platen durch den Kopf. Und hinter dem Siedlungshaus lag bestimmt ein großer Garten mit Obstbäumen und vielen Sträuchern, aus deren Früchten man gut Marmelade kochen konnte. »Sie waren früher mal ein großer Sportler?«, fragte er den Hausherren und wies auf die Pokale.

Kurt Weber wehrte ab. »Nicht der Rede wert. Angeln im Verein.«

»Es müssen aber recht große Fische gewesen sein«, munterte Hans Platen ihn auf. »Bei der Menge an Pokalen ...«

»Du warst auch als Züchter ganz erfolgreich«, fügte Helene Weber hinzu. »Mein Mann hat Kaninchen gezüchtet und auch dafür einige Preise bekommen.«

»Kennen Sie sich mit Kaninchenzucht aus?«, wollte ihr Gatte von Hans Platen wissen.

»Ein bisschen«, antwortete er und spürte, wie ihm ein Schauer über den Rücken lief. War er denn nirgends vor Kaninchenzüchtern sicher? Verfolgten sie ihn bis hierher?

»Was für einen Artikel wollen Sie denn über uns schreiben?«, wechselte Helene Weber das Thema. Glücklicherweise.

»Wir beginnen eine neue Serie in unserer Zeitschrift. ›Menschen meistern ihr Schicksal!‹. Es geht um Leute, die plötzlich einen schweren Schicksalsschlag erleiden, den Tod des Partners, eine schwere Krankheit hinnehmen müssen, aber es zusammen schaffen, darüber hinwegzukommen und das Leben zu meistern. Und da Sie gerade eine schwere Operation hatten, haben wir uns gedacht, mit Ihnen die Serie zu beginnen. Es muss ein schwerer Schlag für Sie gewesen sein.«

»Wie wichtig Gesundheit ist, merkt man immer erst hinterher«, antwortete Helene Weber anstelle ihres Mannes. »Nicht wahr?«

»Es war eine Verengung der Herzarterie«, begann Kurt Weber, »und der Professor Wagentin vom Krankenhaus Oldenburg hat gemeint ...«

Bitte nicht die ganze Krankengeschichte, dachte Platen. Bitte nicht. Und obwohl Journalisten ihre Gesprächspartner erst einmal nicht unterbrechen sollten, meinte er: »Ihre Familie war Ihnen bestimmt eine große Stütze ...«

Kurt Weber war sichtlich enttäuscht, dass er mit seiner Krankengeschichte noch etwas warten musste, nickte dann aber und warf seiner Frau einen dankbaren Blick zu. »Ohne dich hätte ich es nicht geschafft, Helene.«

Sie nahm seine Hand. »Unsere Kinder waren uns auch eine große Hilfe«, versicherte sie. »Gerade die Kinder.«

»Wie viele Kinder haben Sie?«, fragte Platen nach. Endlich kam man zur Sache.

»Drei«, antwortete Frau Weber. »Und schon vier Enkelkinder«, fügte sie voller Stolz hinzu. »Das kleinste ist gerade vor zwei Monaten geboren worden.«

Hans Platen spürte, dass er wieder in ein falsches Fahrwasser zu geraten drohte. »Sie haben drei Söhne?«, fragte er scheinheilig.

»Nein«, sagte Helene Weber, »zwei Söhne und eine Tochter. Die Tochter ist die jüngste, unser Nesthäkchen.«

»Bestimmt ist aus ihnen etwas geworden ...«

»Matthias hat den Laden übernommen. Wir hatten einen kleinen Lebensmittellladen drei Straßen weiter. Aber es ist jetzt schwierig geworden, seitdem sie den neuen Supermarkt eröffnet haben. Matthias hat zwar eine tüchtige Frau, aber trotzdem machen wir uns manchmal Sorgen ...«

»Und der zweite Sohn ...?«, tastete sich Platen vor.

»Der zieht uns das Geld aus der Tasche!«, Herr Weber lachte, als hätte er einen guten Witz gemacht. »Der ist beim Finanzamt. Oberinspektor«, fügte er hinzu, als er Platens erstauntes Gesicht sah. »Aber ich wollte Ihnen doch noch etwas von meiner Operation erzählen. Das ist nämlich so, und das müssen Ihre Leser sicher unbedingt wissen ...«

»Sie haben noch eine Tochter«, erinnerte Hans Platen und lächelte den Mann im Sessel freundlich an. »Die war Ihnen bestimmt auch eine große Hilfe.«

Herr und Frau Weber sahen sich an.

»Was interessieren Sie sich denn so für unsere Kinder?«, fragte HeleneWeber plötzlich.

Platen kannte diesen Blick. Er verriet zwar noch kein Misstrauen, aber schon etwas wie Argwohn. »Kinder helfen ihren Eltern oft«, sagte er. »Das wollen unsere Leser hören. Wie reagieren die Kinder auf die Krankheit ihrer Eltern? Sind es nur die Töchter, die helfen, oder auch die Söhne ...«

»Doch«, erklärte Frau Weber. »Unsere Söhne haben gut geholfen, auch unsere Schwiegertöchter. Heike war die ganze Zeit zur Stelle, da können wir uns nicht beklagen.«

»Und Ihre eigene Tochter?«, bohrte Platen nach.

Die beiden warfen sich wieder einen Blick zu, den Hans Platen nicht einordnen konnte.

»Die war auch eine Hilfe«, antwortete Helene Weber knapp. »Sie ist extra gekommen. Nein, über Silke können wir uns auch nicht beklagen.«

»Und was macht Silke, beruflich?« Wieder spürte er Argwohn in den Augen der Frau. Trotz Kittelschürze, altdeutschen Möbeln und selbst gemachter Marmelade – dumm waren diese Leute vermutlich nicht.

»Warum wollen Sie das so genau wissen?«, erkundigte sie sich plötzlich und zog die Augenbrauen zusammen. »Vaters Krankheit interessiert Sie nicht, aber Sie fragen die ganze Zeit nach unseren Kindern.«

»Unsere Leser interessiert, wie Familien leben, wie sie zusammenhalten oder auch nicht«, schwadronierte Platen. Er drosch leeres Stroh. Hätte er bloß den Alten seine Krankheitsgeschichte erzählen lassen! »Aber es interessiert sie auch, was aus den Kindern geworden ist. Finanzbeamter, das kann man sich vorstellen, oder den Laden des Vaters übernehmen, das auch.«

»Der Laden kam von der Seite meiner Frau«, erzählte Kurt Weber.

»Was macht denn Ihre Tochter?«, fragte Platen noch einmal ganz direkt.

Die beiden schauten sich wieder an.

»Sie ist Reiseverkehrskauffrau in Itzehoe«, antwortete Helene Weber schließlich. Platen sah ihr an, dass sie log.

Aus irgendeinem Grund wollten sie ihm nicht die Wahrheit sagen.

»So klein ist die Welt!«, rief er erfreut aus. »Ich habe lange in Itzehoe gelebt«, behauptete er. Hoffentlich waren die beiden noch nie in Itzehoe gewesen! »In welchem Reisebüro ist sie denn? Bei Fröhlich-Reisen oder im TUI-Büro am Marktplatz?«

Die Webers wirkten unsicher. »Ich weiß es nicht so genau«, erklärte Helene Weber unschlüssig. »Aber sie hat sehr geholfen. Das hat sie. Sie ist eine gute Tochter.«

Nachdem Platen noch eine weitere halbe Stunde so intensiv in Einzelheiten einer Bypass-Operation eingeweiht worden war, dass er sie fast selbst hätte durchführen können, ging er. Silke Weber hingegen war er keinen Schritt näher gekommen. Nur dass sie Abitur hatte, hatte er nebenbei noch erfahren. Als Einzige in der Familie.

Bei den Nachforschungen musste er vorsichtig sein. Der Ort war klein, hier kannte jeder jeden, Fremde waren verdächtig. Silkes Brüder würden vermutlich genauso abweisend sein.

»Ich suche eine Silke Weber«, sprach er auf gut Glück einen jungen Mann an. »Die soll im Fehmarnweg oder in der Fehmarnstraße wohnen. Die Nummer kenne ich aber nicht. Können Sie mir helfen?«

Der Mann wirkte nicht unfreundlich. »Tut mir leid«, erwiderte er, »ich wohne erst seit kurzem hier. Fehmarnweg, sagten Sie? Muss irgendwo in der Siedlung sein. Oder fragen Sie doch einfach im Einwohnermeldeamt nach. Vielleicht hilft man Ihnen da weiter.«

Ein guter Gedanke, dachte Platen. Sein nächster Gang führte ihn ins Einwohnermeldeamt. Es lag im alten Rathaus direkt am Marktplatz.

»Verzeihung«, wandte er sich an die Beamtin, »ich habe

eine Bitte.« Er setzte ein jungenhaftes, leicht verlegenes Lächeln auf, von dem er aus Erfahrung wusste, dass es meist seine Wirkung auf Frauen nicht verfehlte.

Die junge Beamtin schaute auf. Ihr Blick signalisierte Hilfsbereitschaft.

»Ich suche eine Frau«, meinte er und bemühte sich, rot zu werden.

Sie blickte ihn nun mit leichtem, auffordernden Spott an. »So?«

»Nein«, erwiderte er rasch, »es ist nicht so, wie Sie denken. Silke Weber, ich bin mal mit ihr in eine Klasse gegangen. In Oldenburg. Wir haben zusammen Abitur gemacht. Na ja ... Wir wollen bald ein Klassentreffen veranstalten, und ich finde ihre Adresse nicht, bei ihren Eltern möchte ich nicht vorsprechen, wir ...« Er brach ab und zuckte lächelnd die Schultern.

»Ich verstehe«, sagte die junge Beamtin. »Ja, Herr Weber ist manchmal schon etwas eigensinnig. Wir wohnten eine Zeit lang in derselben Straße. Kein Junge durfte sich Silke nähern, ich kenne das.« Sie blätterte in ihren Karteikarten. »Ihre Adresse hier in Heiligenhafen haben Sie ja.«

»Fehmarnstraße sechs, Platen nickte, »Und wie ich die Eltern kenne, wohnen sie da immer noch.«

»Das ist aber nur Silkes zweiter Wohnsitz«, erklärte die junge Dame. »Sie ist ja dann gleich zur Polizei gegangen ... Gesehen habe ich sie eine Ewigkeit nicht mehr. Ach ja, hier ist es. Sie hat den ersten Wohnsitz vor drei Jahren nach Wiesbaden verlegt. Akazienweg sechs. Ob die Adresse noch aktuell ist, weiß ich nicht. Aber vielleicht hat sie dann ja einen Postnachsendeauftrag. Die Telefonnummer kenne ich natürlich nicht, aber es gibt ja jetzt diese neuen CDs von der Telekom, da werden Sie sicher fündig.«

Silke Weber hatte eine Ausbildung bei der Polizei gemacht. Und jetzt wohnte sie in Wiesbaden. Platen klopfte sich auf die Schulter. Das war ja recht schnell gegangen. Auf dem Dorf war Datenschutz eben noch ein Fremdwort.

Es wurde schnell Abend. Gehoff erreichte seine Wohnung erst nach Einbruch der Dunkelheit. Das Gespräch mit Isabella Cortez beschäftigte ihn noch. Ihre Hinweise, aber auch ihre Angst, die sie nicht verborgen hatte.

Die Polizei als Partei im Einsatz gegen ein konkurrierendes Drogenkartell? Die Idee war abwegig, ja pervers, sie widersprach allem, was Gehoff jemals über Polizeieinsätze und die Mentalität von Polizisten gelernt und im Laufe seiner langen Berufsjahre verinnerlicht hatte, grundlegend. Nein, diese Vorstellung war absurd! Welcher Polizist würde sich für so etwas hergeben? Gehoff kannte keinen. Natürlich, ein paar schwarze Schafe gab es immer. Grenzbeamte, die nicht widerstehen konnten, wenn sie einen Koffer voll Drogen fanden, Polizeibeamte, die von einer willigen Prostituierten aufs falsche Gleis gezogen wurden, oder ganz einfach Bestechung im Dienst, natürlich, das kam alles vor. Das war menschlich. Er, Gehoff hatte die Versuchung selbst kennen gelernt.

Aber die Polizei als Ganzes? Und dazu noch organisiert? Wie man es drehte und wendete – der Glaube an Recht, an Vorschriften und Regeln war ihnen allen in Fleisch und Blut übergegangen. Andreas Gehoff schätzte, dass in ganz Deutschland allenfalls ein Dutzend Polizisten für ein solches Unternehmen gewonnen werden konnten. Mehr sicher nicht. Er stellte sich selbst die Frage: Was könnte ihn dazu bewegen, so etwas mitzumachen?

Geld? Jeder brauchte Geld. Als er neben dem Koffer mit

den Millionen gesessen hatte, hatte er gemerkt, dass Geld auf ihn eine Anziehungskraft ausübte, die ihn selbst erstaunte. Aber dafür ein Verbrechen begehen? Gehoff war sich sicher, dass er nie dazu fähig wäre.

Nie?

Vor wenigen Wochen hatte er einen Menschen getötet. Abdullah Mehtic. Er hatte ihn einfach erschossen. Er hatte zugesehen, wie sich sein Hemd rot gefärbt hatte, wie er nach vorne gesackt und gestorben war.

Zusammen mit den anderen getöteten Drogenhändlern ruhte Mehtic jetzt in einem Grab aus Beton, draußen auf dem alten Fabrikgelände in Linden. Er würde dort niemals gefunden werden. Strafende Gerechtigkeit? Aber wenn Andreas sich selbst gegenüber ehrlich war, dann war es nicht das Bedürfnis nach Gerechtigkeit, sondern einfach der Wunsch nach Rache gewesen, Rache für Yvonne, auch Hilflosigkeit hatte mitgespielt, Überzeugung, irgendetwas tun zu müssen, aber ein edles Motiv war das auch nicht. Würde er es noch einmal tun?

Gehoff wusste es nicht. Diese Fragen tauchten manchmal abends auf, und sie ließen sich dann nicht mehr abschütteln. So auch heute. Im Fernsehen lief nichts, Platen war unterwegs, Aischa und Murat wollte er sich nicht aufdrängen. Und so tauchten die Fragen auf, aus dem Dunkel der beginnenden Nacht.

Die Nacht veränderte ohnehin alles. Tagsüber ging man über viele Dinge einfach hinweg. Aber abends drangen sie wieder in sein Bewußtsein: die Kette der eigenen Misserfolge – als Polizist, als Vater, als Ehemann. Auf einmal war alles wieder da, was er so lange und erfolgreich verdrängt hatte.

Abdullah ...

Das war ein glatter Mord gewesen. Verständlich vielleicht, nachvollziehbar. Doch er, Gehoff, würde aus dem Gefängnis nicht wieder herauskommen, wenn sich je ein Gericht mit dem Fall beschäftigen sollte. Aber Teilnahme an einem Krieg zwischen rivalisierenden Drogenkartellen? Nein, dazu hätte er sich nie hergegeben.

Es war allerdings merkwürdig, wie wenig ihn sein Doppelleben bisher belastet hatte. Er hatte es perfekt verdrängt. Einmal alle ein bis zwei Wochen führte er ein anderes Leben, dann nahm er an Einsätzen teil, die er früher nie gebilligt hätte, überfiel Drogentransporte – und führte weiterhin ein ganz normales Leben, schlief gut, sorgte sich um eine Frau, von der er kaum mehr als nur den Namen kannte, arbeitete verbissen an einem Fall und freute sich auf die bevorstehende Versetzung zur Drogenfahndung. Warum dachte er jetzt auf einmal daran?

Der Name Frederico kam ihm in den Sinn. Frederico – ein Deutscher? Blond, blauäugig, ein Meter achtzig groß? Natürlich hatte Isabella Cortez diese Beschreibung nur als Klischee benutzt. Frederico – wer verbarg sich hinter diesem Namen?

Frederico war die spanische Form von Friedrich, vielleicht aber auch nur der Spitzname für alle Deutschen: Fritz. Fritz, das wusste er von seinem Vater, hatten die Russen die Deutschen im Krieg genannt. Iwan, hatte es umgekehrt geheißen. Er kannte nur einen Fritz. Fritz Möller, ein alter Kollege, ein erfolgreicher Kommissar, über lange Jahre ein Freund.

Schlagartig standen Andreas Gehoff seine Einsätze vor Augen. Nach anderen Regeln spielen. Der Schlag gegen das organisierte Verbrechen. Nächtliche Einsätze, Möllers Fahndungserfolge und Aktentaschen mit Millionen von Dollars. Fritz Möller – Frederico? Undenkbar.

Trotzdem, wenn man es recht bedachte, wusste er wenig

über diese Einsätze. Wer legte ihre Ziele fest? Was passierte mit dem Geld, was mit den beschlagnahmten Drogen? Es war alles gut organisiert, das stimmte auch.

Und während er sich zu beruhigen versuchte, Gegen-Argumente fand, Betrachtungen anstellte, wurde ihm schlagartig klar, dass er nicht mit Sicherheit wusste, ob er, ohne es zu wissen, eine Schachfigur geworden war, die andere auf einem Brett, das er nicht kannte, hin- und herschoben. Ein Bauer, der zur Not geopfert werden konnte. Teil einer Partie, deren Spieler er nicht einmal kannte. Das Gefühl war beängstigend. Einmal auf die Spur gesetzt, fand Gehoff etliche Gründe, warum gerade er angesprochen worden war: der Tod seiner Tochter, die Trennung von Sylvia, sein Saufen, der Überdruss an seinem Beruf, das Gefühl von Leere und Sinnlosigkeit. Und dann auf einmal eine Aufgabe, die ihn wieder forderte. Ein neues Ziel.

Auch unter Hitler waren bestimmte Werte proklamiert, gut klingende Sprüche geklopft worden: Gemeinnutz geht vor Eigennutz, Kameradschaft – und doch hatte man genau das ausgenutzt, um Verbrechen zu begehen. Verbarg sich hinter den Parolen, mit denen Möller ihn geworben hatte, auch ein Verbrechen?

Er klärte gerade einen Fall auf. Die ersten Konturen wurden sichtbar. Und dunkel hatte er das Gefühl, kein Unbeteiligter zu sein. Was wäre, wenn er bei den Ermittlungen mehr fand, als ihm eigentlich lieb war? Wenn nicht nur Frederico – wer immer das sein mochte –, sondern er selbst auf der Anklagebank sitzen würde?

Seitdem Sylvia gegangen war, gab es niemanden mehr, dem er sich hätte anvertrauen können. Murat? Der würde entsetzt sein. Möller, Fritz Möller? Sollte er ihn einfach fragen?

Gehoff konnte an diesem Abend keine Ruhe finden. Er griff zum Ouzo, trank mehr, als er wollte, und fiel gegen Ende der Nacht in einen bleiernen, traumlosen Schlaf.

»Natürlich habe ich mich gleich an die Arbeit gemacht«, bemerkte ›Meyer mit y‹. »War ja auch diesmal kein Problem, im Gegensatz zum letzten Mal. Hätten sogar Sie machen können.«

Die wiederholten Anspielungen auf seine mangelnden Computerkenntnisse empfand Gehoff langsam als lästig. Oder war er einfach nur überempfindlich geworden?

»Woher hatten Sie denn das Passwort?«, fragte Meyer nach. »Hat Ihnen mein Programm geholfen?«

»Um ehrlich zu sein, nein«, versetzte Murat. »Wir haben das Passwort auf ganz traditionelle Weise herausbekommen.«

»Wenn man den Mann kennt, kennt man auch das Passwort«, erinnerte Meyer. »Es freut mich aber, dass Sie erfolgreich waren. Nun zu diesem Computer ...«

Er schien in Zeitdruck zu sein, denn diesmal verzichtete er fast völlig auf das Gehabe eines Spezialisten, der weiß, dass er unentbehrlich ist. »Jede Menge Programme und Dateien, übrigens auch einige Spiele. Die Dateien haben wir im Einzelnen nicht alle prüfen können. Wir haben auch eine Reihe von Dokumenten gefunden. Ich habe Sie für Sie ausgedruckt.« Er wies auf einen beachtlichen Stapel Papiere hin. »Das papierlose Büro«, sagte er dann:. »Es muss ein guter Werbefachmann gewesen sein, der diesen Slogan mal in Umlauf gebracht hat. Aber zur Sache: Keine Datei namens ›alles.exe‹, keine Spur davon, alle Dateien nach dem gleichen Muster verschlüsselt. Passwort: ›Drachenbucht‹.«

Gehoff und Murat Ceylan blätterten den Stapel durch.

»Die meisten scheinen wieder Lieferbestätigungen zu sein«, meinte Murat enttäuscht. »Ohne den Code kommen wir nicht weiter.«

»Es ist eine irrsinnige Menge an Material. Genug, um jeden dingfest zu machen, haarklein alles aufgelistet. Aber solange wir nicht den Schlüssel haben und nicht wissen, was Zahlungsweg drei und Treffpunkt sieben bedeutet, so lange hilft uns das nicht weiter.«

»Die Disketten?«, fragte Gehoff nach.

»Ebenfalls Fehlanzeige. Sicherungskopien, zum Teil das Gleiche doppelt und dreifach; Richter hatte einen ganz schönen Sicherheitsfimmel, das muss ich schon sagen.«

Gehoff blätterte verloren in den Papieren. »Nichts weiter?«

»Doch.« Meyer lachte. »An einer Datei, es handelte sich um eine recht leicht verschlüsselte Textdatei, habe ich einige Stunden gearbeitet, bis ich sie geknackt hatte. Dann habe ich gemerkt, dass ich nur den Punktestand für irgendein Spiel vor mir hatte.«

»Wenn ich so eine Geliebte wie Isabella hätte«, murmelte Gehoff leise, »wüsste ich schon, was ich spielen würde.«

Murat lachte, aber sein Lachen klang nicht ganz aufrichtig. »Keine Briefe?«, vergewisserte er sich noch einmal. »Keine normale Post?«

»Doch«, sagte Meyer. »Einige gewöhnliche Briefe waren auch dabei. Ich habe sie aber nicht genauer untersucht. Sie müssten mal reinschauen. Ich habe sie alle ausgedruckt.« Er schaute auf seine Uhr. Das hatte er beim letzten Mal nicht getan. Offensichtlich schien er es wirklich eilig zu haben.

»Meinen Sie«, fragte Gehoff dennoch ungerührt, »dass es trotzdem noch irgendwo eine Sicherungskopie der Datei ›alles.exe‹ geben muss?«

»Darauf können Sie Gift nehmen«, erwiderte Meyer. »Wer seine Daten so sorgfältig sichert, hat vorgesorgt. Hundertprozentig. Suchen Sie nach einem Schließfach, einem Notar, einem Ferienhaus ...«

»Wir haben noch eine Segelyacht anzubieten«, berichtete Andreas Gehoff. »Die Kollegen in Oldenburg lassen sich noch etwas Zeit.«

»Glaub ich nicht«, sagte Meyer. »Elektronik ist empfindlich, Disketten besonders. Da muss einer schon dämlich sein, wenn er sie in der Nähe von Salzwasser aufbewahrt. Vergessen Sie es. Ich will nicht drängeln«, fuhr er fort und stand auf, »aber heute muss ich wirklich noch zu einer wichtigen Besprechung.«

»Eine letzte Frage«, bat Gehoff. Meyer blieb stehen und schaute ihn erwartungsvoll an. »Richter hat von sich gesagt, er könne jederzeit und von jedem Ort der Welt auf die Sicherungsdatei Zugriff nehmen. Jederzeit und überall. Eine merkwürdige Formulierung, nicht wahr?«

»Jederzeit und überall ...«, wiederholte Meyer nachdenklich und setzte sich wieder. »Internet?«, fragte er plötzlich. »Er könnte die Datei im Internet abgestellt haben ...«

»Kann man das?«, erkundigte sich Gehoff.

»Wenn Sie einen Server haben, eine Homepage, natürlich.«

»Dann kann da jeder ran?«, wollte Gehoff wissen. Er kam sich zwar sehr ungebildet vor, andererseits aber erschien ihm die Frage legitim.

»Ja und nein«, erklärte Meyer. »Vermutlich wird er den Text durch eine Reihe von Sicherheitsmaßnahmen geschützt haben. Sensible Daten werden immer so gesichert. Sie können ja auch nicht einfach ›Kinderporno‹ eingeben und erwarten, dass Sie so zu den Schmuddelseiten kommen, die irgendwelche Perverse dort abgelegt haben. Wenn eine Datei nicht bei den großen Suchmaschinen angemeldet ist, müssen Sie schon ganz genau wissen, wo Sie sie suchen müssen. Vielleicht hat Richter sich selbst ja auch eine E-mail geschickt. Möglich ist alles.«

»Das heißt: Wir stehen wieder ganz am Anfang«, meinte Gehoff enttäuscht.

»So würde ich es nicht nennen«, widersprach Meyer und stand jetzt entschieden auf. »Sie wissen doch schon eine ganze Menge. Ich halte es nur mit dem alten Sepp Herberger: Das nächste Spiel ist immer das schwerste. Und dieses hier ist Ihr nächstes Spiel.«

›Klabautermann‹ hatte Gehoff den alten Segler genannt, der am Kopf des Steges seine Behausung hatte. Er hatte in ihm nur ein komisches Original auf einem alten Schiff gesehen. Gehoff sollte sich gelegentlich mal über Bootspreise informieren, ging es Platen durch den Kopf. Er selbst war an der Küste aufgewachsen und kannte sich besser mit Schiffen aus. Da lag eine Colin Archer, ein absoluter Klassiker unter den Segelyachten. Rein äußerlich wirkte sie wie ein Fossil aus vergangenen Zeiten, davon hatte Gehoff sich sicher täuschen lassen. Aber sie war nicht nur ungewöhnlich seetüchtig – Vorbild bei der Konstruktion war ein norwegisches Seenotrettungsschiff gewesen –, sondern heute auch fast unbezahlbar. Wer sich ein solches Schiff leisten konnte, hatte Geld. Viel Geld ...

Trotzdem wirkte der alte Segler tatsächlich wie ein Klabautermann. Er vertäute gerade einige Leinen auf dem Vorschiff.

»Ein schönes Schiff«, sagte Platen. »Eine Colin Archer, nicht wahr?«

Erstaunt drehte sich der Alte um. »Es ist selten, dass

heutzutage einer diesen Schiffstyp noch kennt«, bemerkte er anerkennend.

»Ich bin in Greetsiel aufgewachsen«, meinte Platen, »da sieht man so einiges.«

»Ich hab sie damals von Norwegen überführt«, erzählte der Klabautermann. »Aber das ist schon eine Weile her.« Dann pusselte er weiter an seinen Leinen herum.

»Winterlager?«, fragte Platen.

Der Alte nickte bedächtig, ohne seine Arbeit zu unterbrechen. »Bin dieses Jahr ziemlich spät dran«, fügte er hinzu. »Morgen geht es unter den Kran.«

Platen blieb stehen und schaute zu. Im Norden musste man Zeit haben. Und der Norden endete zwanzig Kilometer südlich der Küste. Er kannte das. »Soll ich Ihnen helfen?«

»Können Sie das überhaupt?«

»Ein bisschen schon«, antwortete Platen. Sein Vater hatte einen kleinen Fischkutter besessen. Es war zum Leben zu wenig, zum Sterben zu viel gewesen. Und die Jungen hatten mit rangemusst. Zum Schluss hatte Hans Platen den Kahn gehasst und sich geschworen, nie wieder den Fuß auf ein Boot zu setzen. Und doch hatten ihn Schiffe immer wieder fasziniert. Er verstand es selbst nicht.

Sie arbeiteten stumm nebeneinander. Hans Platen schoss ein paar Leinen auf, der Klabautermann entfernte die elektrischen Leitungen vom Mastfuß. Es dauerte vielleicht eine halbe Stunde, dann waren sie fertig.

»Wollen Sie ein Bier?«, fragte der Alte.

Sie gingen nach unten in die Kajüte. Sie war überheizt, ein Heizlüfter lief, obwohl das verboten war, aber kaum ein Segler hielt sich daran. Diesel war teuer, und die Dieselheizung konnte man immer noch anwerfen, wenn es Ärger mit dem Hafenmeister gab. Sie prosteten sich zu. Kein Flensburger Pilsener, wie Platen eigentlich erwartet hatte, sondern eins von Aldi.

»Was wollen Sie von mir?«, meinte der Alte auf einmal. »Denn Sie wollen doch was! Umsonst hilft keiner. Schon gar nicht im November. Das ist nun mal so.«

Platen blickte ihn an. Vielleicht war es am besten, offen zu sein. »Informationen«, erklärte er. »Herr Richter hatte ein Schiff am Steg.«

»Die Hallberg Rassy vierunddreißig«, meinte der Alte und nickte.

»Ich will über ihn etwas wissen. Im September hat ihn ein Mann besucht, ein Freund, vielleicht sind sie zusammen gesegelt. Ihr Schiff liegt hier am Kopf des Steges ...«

»... und da dachten Sie, der alte Kerl hat eh nichts zu tun und passt den ganzen Tag auf die Leute auf, die über den Steg gehen. Nicht wahr?«

Platen nahm einen Schluck Bier. Es war gut gekühlt. »So ungefähr«, sagte er.

»Sind Sie Journalist«, fragte der Alte. Auf einmal sah er nicht mehr wie ein Klabautermann aus. Seine Augen musterten Hans Platen prüfend, aber nicht unfreundlich.

»Ja«, gab Platen zu.

»Richter ist tot, aber das wissen Sie wahrscheinlich. Er wurde in Hannover ermordet. So etwas spricht sich hier schnell herum. Sein Haus am Graswarder ist auch abgebrannt. Sage ich Ihnen etwas Neues, wenn ich Ihnen erzähle, dass die Kripo Oldenburgs Schiff komplett auseinander genommen hat und natürlich auch schon bei mir war?«

Platen schüttelte den Kopf.

»Was wollen Sie dann noch wissen?«

»Was für ein Mensch war Richter?«

»Mein Gott, Sie stellen Fragen! Was ist der und der für

ein Mensch! Ich glaube, man kennt sich selbst nicht einmal genau. Bei unserer Weltumsegelung haben wir ein Seglerpaar kennen gelernt, herzlich, lieb, hilfsbereit, ein Herz und eine Seele, wie man so schön sagt. Nach einem Jahr haben sie sich scheiden lassen. Und der Mann hat in Australien eine Bank überfallen. Angesehen hat man es den beiden nicht.« Er machte eine Pause. »Was für ein Mensch war Richter?«, wiederholte er Plates Frage. »Umgänglich«, fuhr er fort. »Früher hätte man gesagt: liebenswürdig, obwohl ich glaube, dass er im Geschäftsleben recht hart sein konnte.«

»Ich nehme an, dass Sie auch ein guter Geschäftsmann waren«, erwiderte Platen.

»War ich auch«, stimmte der Alte zu. »Ich habe ein großes Hotel besessen, ein sehr großes, aber irgendwann hatte ich genug verdient und die Nase voll, meine Kinder versorgt und mehr Geld, als ich ausgeben konnte. In Wirklichkeit braucht man auch gar nicht so viel. Ein Bier am Abend, ein paar Bratkartoffeln und eine Scholle. Wenn man sich erst einmal von dem ganzen Plunder getrennt hat, ist das alles nicht mehr so wichtig. Richter hing jedoch an dem Plunder. Sah das Leben als große Herausforderung, segelte auf Teufel komm raus. Schnell, egal, was angesagt war. Und ein Vertrauen in die Technik hatte der! Haben Sie sich sein Schiff einmal angesehen?«

Platen schüttelte den Kopf.

»Alles Elektronik. Computer hier, Computer da. GPS – selbstverständlich. Wetterfax, elektronische Kartenplotter, allen Pipapo. Beruflich hat er, glaube ich, Landmaschinen verkauft, aber Computer hätten besser zum ihm gepasst. Er hatte ein kindliches Vertrauen in die Technik als letzten Rettungsanker. Ich bin weit herumgekommen, und ich sage Ihnen, die Elektronik versagt immer dann, wenn man sich auf sie verlässt. Meine Philosophie. Kann jeder halten, wie er will.«

»War er im September da?«, fragte Platen. »Ich glaube, er wollte im September segeln.«

»Er war da, ja«, antwortete der Alte. »Zusammen mit einem Freund. Wir hatten im September ziemlich viel Wind, und die beiden sind drei Tage draussen geblieben. Dieser Freund hatte übrigens das Sommerhaus von ihm gemietet. Zumindest wohnte er darin.«

»Hat Richter Ihnen das erzählt?«

»An dem Abend, als sie wiederkamen. So ein kleiner Schnack von Skipper zu Skipper.«

»Und der andere, wie sah er aus?«

»Mittelgroß, mittelalt, knapp ein Meter achtzig groß, vierzig, fünfzig Jahre, hatte sich gut gehalten. Helles Haar. Es war ziemlich sonnig damals, und er trug eine dieser US-Navy-Mützen, deshalb konnte ich nicht genau erkennen, ob sein Haar weiß war oder hellblond.«

»Ist Ihnen sonst noch etwas aufgefallen?«

»Als sie losfuhren, schienen sie ein Herz und eine Seele zu sein. Und zum Schluss ...«

»Was war zum Schluss?«

»Ich glaube, sie hatten sich auf dem Törn ziemlich verkracht. Kommt vor. Habe ich immer wieder erlebt. Bei Freunden, bei Ehepaaren, bei Gruppen. Entweder man kommt sich näher, oder es kracht. Ich glaube, die hatten ziemlichen Zoff miteinander gehabt.«

»Er soll ein Südländer gewesen sein. Ein Südamerikaner, stimmt das?«

»Glaube ich nicht«, meinte der Alte. »Ich habe mich vor dem Auslaufen kurz mit ihm unterhalten. Der sprach so gut Deutsch wie Sie und ich. Kein Akzent. Hätte bei ihm auf einen Norddeutschen getippt. Nicht richtig aus dem Norden, Hannover vielleicht oder Göttingen. Aber wie ein Südamerikaner sah er nicht aus.«

»Ein Geschäftsmann?«

»Ich glaube nicht«, erwiderte der Alte. »Welchen Beruf er hatte, kann ich schlecht einschätzen. Beamter? Aber dafür sehr weltmännisch, selbstsicher, gewandt. Aber ich habe mich nur kurz mit ihm unterhalten, wissen Sie? Und ich habe nicht besonders auf ihn geachtet. Wollen Sie noch eins?«, fragte er Platen und deutete auf seine leere Bierflasche.

Hans Platen nickte. Draußen trieben die ersten winzigen Schneeflocken an den Fenstern der Kajüte vorbei. Es war warm, ein wenig überheizt, es roch nach Bier, nach Mittagessen und nach Dieselöl.

»Sie halten den anderen für den Mörder, nicht wahr?«, fragte der Alte nach einer Weile. Aber er klang nur beiläufig interessiert.

»Ich glaube schon«, sagte Platen. Draußen dämmerte es. Und in dem Kasten waren noch ein paar Flaschen Bier.

»Sie haben also keine verwertbaren Spuren gefunden?«, fragte Gehoff. Die durchwachte Nacht lähmte ihn, machte ihn unzufrieden und tauchte den beginnenden Morgen in ein depressives Dämmerdunkel.

»So will ich es nicht direkt nennen«, meinte Bremer, der Kollege aus Oldenburg, »aber es war sehr viel verwischt.«

»Wurden wieder die Spuren beseitigt?« Er war einfach müde. Er wollte schlafen und irgendwann einmal ausspannen. Vielleicht in der Türkei, irgendwo, wo es warm war.

»Ich glaube nicht«, antwortete Bremer. »Es ist drei Monate her, die Witterung ist rau, und Boote werden ständig gepflegt, geschrubbt, gewachst, poliert. Außerdem hatte

Richter einen Vertrag mit der Firma Klingenkamp; die haben das Boot auch innen auf Vordermann gebracht. Wir haben ein paar Fingerabdrücke sicherstellen können, schlechte, die meisten waren ziemlich verwischt, aber einen haben wir sogar in der Kartei ...«

»Ja?«, hakte Gehoff hoffnungsvoll nach.

»... aber er stammt von einem der Arbeiter der Yachtwerft. Hatte vor achtzehn Jahren einen Supermarkt überfallen, vier Jahre abgesessen, verheiratet, zwei Kinder, unauffällig. Wir haben ihn nicht einmal befragt.«

»Ist in Ordnung«, murmelte Andreas Gehoff müde. »Das hätte ich auch nicht getan.«

»Ansonsten nur das, was man auf einem Segelschiff erwartet. Ein bisschen viel Elektronik vielleicht, aber nichts, was uns interessieren könnte. Bringen Sie uns einen Verdächtigen, und wir sagen Ihnen, ob ein Fingerabdruck von ihm stammt. Doch wenn ich ehrlich bin ... Setzen Sie nicht allzu große Hoffnungen auf uns. Tut mir leid.«

»Macht nichts«, sagte Gehoff, aber es machte doch etwas.

Der Papierstapel war hoch. Bestätigungen, codierte Orte, Transaktionswege. Die Unterlagen vermittelten einen Eindruck von den Geschäften eines großen Handelshauses, eine sorgfältige Buchführung, Lieferscheine, Zahlungen. Nur dass die Handelsgüter keine Waschmaschinen waren, keine Autos und keine Fernseher, sondern Produkte für einen unersättlichen Markt, an dessen Ende die Elendsgestalten vom Bahnhof standen.

»Ich habe den Brief gefunden, den Richter vermutlich an Frederico geschickt hat«, meinte Murat nach einer halben Stunde. Gehoff stand auf und schaute ihm über die Schulter. »Nichts Neues«, sagte er schließlich. Richter beschwichtigte, nahm zurück, wollte noch einmal reden ... Offensichtlich hatte er kalte Füße bekommen. Angst. Wie es aussah, zu Recht.

Andere Briefe waren rein privaten Inhalts. Ein Schreiben an das Finanzamt, ein Brief an den Bruder in Sydney, sogar die ersten Seiten einer kleinen Liebesgeschichte.

»Schau mal«, murmelte Gehoff. »Das ist etwas anderes.« Es war eine Liste, eine Liste mit Daten. Durchnummeriert, daneben ein Wort:

- 33: *Zoloto Gold*
- 34: *Die Blumen predigen*
- 35: *Die Gnade des Herrn*
- 46: *Kopernikus-Observatorium* ...«

»Wirst du daraus schlau?«, fragte Murat.

»Wer sind Colonel Santiago und Lady Deidre oder Schwester Miriam? Decknamen?«

»Passwörter«, rief Murat auf einmal. »Das sind Fantasienamen, irgendwelche Namen, vielleicht aus einem Spiel. Doch es sind Passwörter. Die Zahlen gehen bis zweiundfünfzig, und dann fangen sie von neuem an. Für jede Woche benutzen die ein anderes Passwort.«

»*Wo* benutzen sie diese Passwörter?«, brummte Gehoff. Und auf einmal brach es aus ihm heraus: »Das ist Scheiße«, rief er, »das ist einfach Scheiße! Wir haben Schlüssel, jede Menge, und uns fehlt das Schloss. Wo – bitte wo sollen wir suchen?«

»Beruhige dich«, bat Murat. »Sieh es positiv: Schlimmer wäre es, wenn wir beides nicht hätten, Schlüssel *und* Schloss.«

Der Bote brachte ihnen Post. Diesmal lag eine Einladung bei. Der Leitende Polizeidirektor Werthmann bat die Kollegen zu einer kleinen Abschiedsfeier. Der Polizeipräsident würde anwesend sein und auch der Minister. Und er wollte den Abschied und seine Ernennung zum Staatssekretär zusammen mit allen Kollegen feiern. Termin: Freitag.

»Sie kommen doch?«, fragte Werthmann. Er hatte sein Büro nun gänzlich leer geräumt. Auch der Renoir-Druck war verschwunden. Das Büro wirkte auf einmal steril, abgewohnt, schäbig. Wie alles hier im Haus.

»Sicher«, antwortete Gehoff. »Ich glaube, wir kommen alle.«

Werthmann schaute aus dem Fenster, und Andreas Gehoff war unklar, ob er die Antwort überhaupt gehört hatte. Werthmann schien mit seinen Gedanken heute schon bei seiner nächsten Aufgabe zu sein. Warum war er herbestellt worden?

»Ich möchte zwei Dinge mit Ihnen bereden«, sagte Werthmann auf einmal. »Zunächst brauche ich eine Unterschrift.« Er schob ihm einen doppelseitigen Schriftsatz hin und deutete auf eine Empfangsbestätigung. »Ihre dienstliche Beurteilung«, erläuterte er. »Meine letzte.«

Gehoff überflog sie. Sie war uneingeschränkt positiv. »Danke«, sagte er.

»Ab Montag«, erklärte Werthmann, »teile ich Herrn Ceylan und Sie wieder der Drogenfahndung zu. Ihre Tage auf diesem Abstellgleis sind zu Ende. Sie werden Herrn Möllers Zimmer beziehen.«

»Und Fritz Möller?«

»Wird Polizeidirektor und Stellvertretender Dienststellenleiter«, antwortete Werthmann.

»Damit haben Sie eine gute Wahl getroffen«, versicherte Gehoff. Er freute sich für Möller, aber sie hatten gemeinsam in Holzminden auf der Polizeischule angefangen, und irgendwie war es bitter zu sehen, wenn andere Karriere machten und er selbst nicht. Wer würde Möllers Stelle bekommen?

»Ich werde veranlassen«, fuhr Werthmann fort, »dass man Sie im Laufe des nächsten Vierteljahres zu einem Fortbildungslehrgang schickt. Wenn Sie ihn bestehen, und daran habe ich keinen Zweifel, werden Sie in einem halben Jahr zum Kriminalrat befördert.«

Gehoff schluckte. Kriminalrat, das war der Sprung in den höheren Dienst. An dieser Hürde scheiterten die meisten. Er war betäubt und bedankte sich mechanisch. So ganz begriff er das alles noch nicht.

»Wenn ich gehe«, meinte Werthmann, »möchte ich, dass hier auf dieser Dienstelle an den verantwortlichen Positionen Leute sitzen, die etwas verstehen. Ich will keine Parteischranzen. Es mag Ihnen merkwürdig erscheinen, dass gerade ich das sage, bei meinem politischen Engagement, und ich sage es Ihnen auch nur unter vier Augen. Ich möchte als meine letzte Diensthandlung hier allen denen den Weg ebnen, die ich für mehr als nur gut halte.« Dann machte er eine Pause. »Aber ich warne sie«, fügte er sanft, aber eindringlich hinzu, »ich warne Sie, Herr Gehoff. Wiederholen Sie eine Aktion wie bei Abdullah Mehtic nicht noch einmal. Vergreifen Sie sich nie wieder an einem Verdächtigen, hören Sie? Sie sind impulsiv, als Kriminalrat erwarte ich Beherrschung und Selbstkontrolle. Andernfalls wird Sie kein Murat Ceylan mit seiner Aussage – seiner Falschaussage – vor einer Disziplinarstrafe retten können.« Dann schloss er eine Spur freundlicher: »Ab Montag sind Sie wieder da, wo Sie hingehören. Herzlichen Glückwunsch.«

»Die Botschaft ist angekommen«, erwiderte Gehoff. »Ich habe verstanden.«

»Wie weit sind Sie mit Ihrem Fall?«, erkundigte sich Werthmann.

»Heiligenhafen war ein Fehlschlag«, berichtete Andreas Gehoff, »aber das wissen Sie ja bereits. Mondberger, unser potenzieller Zeuge, wurde beseitigt, wir haben eine Reihe von Daten, die wir aber nicht auswerten können, weil uns der Schlüssel dazu fehlt. Um ehrlich zu sein, wir stecken in einer Sackgasse.«

»Wollen Sie den Fall abgeben?«, fragte Werthmann. »Sie haben ab Montag einen anderen Aufgabenbereich, und Sie wissen, ich mag Überkreuzzuständigkeiten nicht. Ich kann ihn Bertram übergeben. Das ist doch Ihr dritter Mann.«

»Wenn er mal da ist«, meinte Gehoff. »Nein, ich würde den Fall schon gern selbst lösen. Geht das?« Warum sagte er das?

»Sie haben sich richtig hineingebissen?«, meinte Werthmann anerkennend. »Nun gut, aber das soll mein Nachfolger entscheiden. Ich werde ihm einen entsprechenden Vorschlag machen, aber mehr kann ich nicht tun.« Und nach einer Pause: »Haben Sie noch etwas auf dem Herzen?«

Konnte man sagen: Ich fürchte, wir haben hier eine undichte Stelle? Ich habe etwas von Frau Isabella Cortez gehört, das zu fantastisch klingt, als das man es glauben kann? »Nein«, antwortete Andreas Gehoff. »Das war alles.«

Als er die Tür schloss, fiel ihm ein, dass er sich nicht noch einmal richtig bedankt hatte.

»Glückspilz«, kommentierte Murat die Neuigkeit von Gehoffs bevorstehender Beförderung. Aber in seiner Stimme schwang ein wenig Neid mit, auch wenn er sich freute, ebenfalls zur Drogenfahndung zurückkehren zu dürfen.

Im Laufe des Nachmittags rief Platen an. Ob er vorbeikommen solle?

»Lieber nicht«, meinte Gehoff, und auch Murat fand Plates Erscheinen im Polizeirevier unpassend. So vereinbarten sie, sich in einer kleinen Pizzeria namens *Sale und Pepe* zu treffen, die sich in einem weiter außerhalb liegenden Stadtteil befand, den sie sonst nicht besuchten. Sie machten sich gleich auf den Weg.

Platen war bereits da, als Gehoff und Ceylan die Pizzeria erreichten, und begann sofort mit seinem Bericht.

Frederico war knapp ein Meter achtzig groß und hatte helles Haar, registrierte Gehoff. Damit war Fritz Möller aus dem Kreis der Verdächtigen auszuschließen. Bei all seinen Fähigkeiten war Möller nur wenig größer als ein Meter siebzig und hatte dichtes, schwarzes Haar. Eine Verwechslung dieser Art war kaum möglich.

»Silke Weber ist bei der Polizei«, fügte Platen hinzu. »Sie hat Abitur gemacht, ist dann zur Polizei gegangen und wohnt jetzt in Wiesbaden.«

Warum hatte sie an jenem Abend gelogen?

»Die Eltern haben nicht die Wahrheit gesagt«, erzählte Platen. »Sie ist keine Reiseverkehrskauffrau in Itzehoe. Warum?« Er betrachtete Gehoff genau. Vielleicht stimmte etwas mit Silke Weber nicht, obwohl es ihm unwahrscheinlich erschien, dass sie mit dem Brand etwas zu tun hatte. Warum wollte Gehoff ihre Adresse? Gab es ein Geheimnis, in das er nicht eingeweiht war?

»Wiesbaden ...«, wiederholte Andreas Gehoff. Warum konnte sie nicht sagen, dass sie Polizeibeamtin war? Warum logen die Eltern?

»BKA, Bundeskriminalamt«, fuhr Platen plötzlich fort. »Sie könnte beim Bundeskriminalamt sein. Vielleicht hat sie einen geheimen Auftrag?«

Gehoff schwieg. In Gedanken stellte er sich die junge Drogenabhängige vom hannoverschen Hauptbahnhof vor. Ein geheimer Auftrag? Under cover? Eine Einschleusung in die Szene, eine sorgfältig vorbereitete Identität?

»Gibt es bei euch etwas Neues?«, fragte Platen und wechselte zum vertraulichen Du.

»Jede Menge Listen, jede Menge Passwörter, aber keine Lösung«, erwiderte Gehoff. »Vielleicht ist die Datei irgendwo im Internet versteckt. Aber wo? Es ist wie verhext. Du machst einen Schritt weiter – und stehst doch immer wieder am Anfang.«

»Und euer Computermensch beim LKA?«

»Wir haben ihn heute noch einmal angerufen. Er ist im Urlaub. Deswegen hatte er es beim letzten Mal auch so eilig. Jetzt sind wir auf uns selbst gestellt.«

»Das ist genial!«, flüsterte Platen auf einmal andächtig. »Das ist genial, Richter versteckt seine Datei im Internet. Keine Disketten, keine Schließfächer. Habt ihr schon nachgesehen?«

»Wo denn bitte?«, begehrte Gehoff auf.

»Habt ihr seinen E-Mail-Account überprüft? Oder seine Homepage?«

Gehoff starrte ihn an, als käme er vom Mars.

»Gib mir die Liste mit den Passwörtern«, drängte Platen. »Gib mir die Liste, und morgen habe ich es geschafft.«

»Heute Abend«, sagte Möller am Telefon. »Heute Abend, zweiundzwanzig Uhr dreißig, Bertha-von-Suttner-Platz.«

»Ich komme nicht«, erwiderte Gehoff. »Ich komme nicht, bevor ich nicht mit dir gesprochen habe.«

»Ich habe keine Zeit«, wiederholte Möller. »Sonst gern, aber heute geht es nicht.«

»Dann geht es bei mir auch nicht«, versetzte Gehoff.

Ein unangenehmes Schweigen breitete sich aus.

»Gut«, gab Möller nach. »Treffen wir uns um neunzehn Uhr im *Härke Eck* am Hauptbahnhof. Dort sind wir zu dieser Zeit ungestört.«

Wie lange war es her, dass sie sich hier getroffen hatten? Drei Wochen? Es war merkwürdig, dass Gehoff sich an das Datum nicht mehr erinnern konnte. War es ein Freitag gewesen? Oder mitten in der Woche?

Der Ablauf des Abends stand ihm jedoch genau vor Augen, der Gang durch das Elendsviertel, die Aufforderung mitzumachen. Die junge Frau mit den grünen Haaren. Er hatte damals ein ungutes Gefühl gehabt und dann doch nachgegeben.

Ein Sprichwort kam ihm in den Sinn: Man kann nicht zweimal in denselben Fluss steigen. Aber er stand wieder am Ufer, so wie damals.

Die wartenden Reisenden, einige Vertreter, ein mittelalter Mann an einem Tisch, der einfach nur ein Bier trank. Schnell, in gierigen Zügen, die Augen spiegelten Enttäuschung.

Möller kam pünktlich. Wenn er verärgert war, sah man es ihm nicht an. »Was gibt es?«, fragte er. »Ich habe nicht viel Zeit, wie du dir denken kannst.«

»Trotzdem danke, dass du gekommen bist«, erklärte Gehoff. »Und herzlichen Glückwunsch zur anstehenden Beförderung zum Direktor.«

Ein kurzes Lächeln huschte über Fritz Möllers Lippen. »Selber Glückwunsch, Herr Kriminalrat.«

Das Eis schien zu brechen.

»Du erinnerst dich an unseren Urlaub in den Pyrenäen?«, fragte Gehoff unvermittelt. »Wir beide, Sylvia und Wiebke?«

Möller nickte. »Es gibt Dinge, die vergisst man nicht«, meinte er.

»Wir hatten einen Aufstieg gemacht, irgendeine Bergbesteigung, die beiden Mädchen blieben irgendwann zurück, sie waren auch schon ziemlich hoch, und wir beide kraxelten weiter. Weißt du noch? Der Grat, das brüchige Gestein der Pyrenäen, wir stiegen immer höher ... Du erinnerst dich? Wir standen schließlich vor dem Gipfel, dreißig Meter Höhenunterschied verblieben noch, neben uns mehrere hundert Meter Abhang. Es ging nicht senkrecht bergab, aber immerhin. Und das Gestein war brüchig. Ich wollte umkehren, hatte Angst, ich gebe das gern zu, überall bröckelte es ...«

»Wir waren beide verrückt«, murmelte Möller, »wir waren bodenlos leichtsinnig.«

»Der Gipfel, den wir schließlich erreichten, war nur ein Vorgipfel, dahinter befand sich erst der eigentliche Hauptgipfel. Du lehntest dich an den Felsen, der Boden gab unter dir nach, du rutschtest ab, ich konnte dich gerade noch halten, weiß du noch?«

»Du hast mir das Leben gerettet, das weiß ich«, antwortete Fritz Möller unbestimmt. Dann, etwas später: »Willst du eine alte Schuld eintreiben?«

»Nein«, sagte Gehoff. »Keine Schuld, aber ich möchte, dass du mir zuhörst und dich daran erinnerst.«

»Lass uns gehen«, drängte Möller. Sie standen auf.

»Es passen mir ein paar Sachen nicht«, bemerkte Gehoff da. »Als du mich damals ... angeworben hast – kann man das so nennen? –, habe ich gedacht: Es ist einfach. Illegal, klar, aber einfach. Wir treten für eine gute Sache ein, verändern die Regeln, und der Zweck heiligt die Mittel. Jetzt weiß ich nicht mehr, ob es so einfach ist. Wer wählt die Ziele aus? Wer bestimmt, wer getötet wird und wer nicht? Was passiert mit dem Geld, den beschlagnahmten Drogen?«

Möller wollte ihn unterbrechen, aber Gehoff redete schnell weiter: »Ich weiß nicht, ob ich es dir erzählen darf, aber ich arbeite gerade an einem interessanten Fall. Ein Mord in der Drogenszene. Zwei Bosse gehen sich an den Kragen. Streitpunkt: eine neue riskante Strategie, mit Hilfe der Polizei und dem ganzen technischen Apparat in nächtlichen Todeskommandos die gegnerischen Syndikate zu zerschlagen, um selbst den großen Teil vom Kuchen zu bekommen. Und, Fritz, das ist keine Spekulation, das ist schon ziemlich gesichert.«

Fritz Möller blieb stehen. »Du glaubst allen Ernstes«, knurrte er, »dass ich mich für so was hergebe? Ich ein Drogenboss? Ein bezahlter Killer? Wo hast du diese verrückte Idee her? Du hast mich auf unseren Urlaub damals in den Pyrenäen angesprochen. Ich glaube, das war auch gut so, denn sonst würde ich jetzt sofort gehen oder dir eine runterhauen. Oder beides.«

»Ich habe nichts dergleichen gesagt«, versetzte Gehoff heftig. »Überhaupt nichts. Außerdem bin ich nicht lebensmüde. Wenn ich dich wirklich im Verdacht hätte – glaubst du, ich hätte etwas erzählt?«

»Vielleicht nicht«, räumte Fritz Möller ein.

»Aber überleg mal, könnte es nicht so sein? Von wem bekommst du deine Anweisungen? Wer steckt das Geld ein?«

»Das Geld geht in Ausrüstung und Unterhalt«, antwortete Möller. Aber die Worte kamen etwas zögerlich.

»Wirklich alles?«

»Ich weiß es nicht«, gestand Möller ein. »Ich vermute es nur.«

»Und von wem bekommst du deine Befehle?«, hakte Gehoff nach. »Wer steht hinter dir?«

»Du weißt, dass ich dir das nicht sagen kann«, meinte Möller. »Geheimhaltung ist oberstes Prinzip. Mein Gott, wir stecken doch alle mit beiden Beinen im Gefängnis, wenn das herauskommt. Das ist dir doch wohl klar. Mord, Gründung einer kriminellen Vereinigung, Nötigung, Raub, Erpressung und so weiter und so weiter. Die Paragraphen des Strafgesetzbuches kennst du genauso gut wie ich, und von unseren Richtern schert sich doch keiner darum, warum wir das gemacht haben. Deswegen diese Geheimhaltung. Sie bedeutet Schutz für dich, für mich, für uns alle. Wenn einer auspackt, sind wenigstens nicht alle dran.«

In den Schaufenstern sah man schon Adventsdekoration. In manchen standen bereits die ersten größeren Weihnachssterne.

»Ich glaube, ich kann meiner Menschenkenntnis trauen«, sagte Möller langsam. »Ich traue dir, nicht deinem Saufen, aber dir als Person, als Freund und auch als Kollege. Aber glaube mir, ich irre mich selten. Der Mann hinter mir ist ehrlich. Wenn wir getäuscht wurden, was ich immer noch nicht glaube, dann wurde er genauso getäuscht.«

»Sei vorsichtig«, mahnte Andreas Gehoff. »Ein Zeuge wollte auspacken. Mondberger, ein wichtiger Zeuge. Er hat es mir morgens am Telefon gesagt. Nachmittags um vier war er schon tot. Ich bin nach Heiligenhafen gefahren, wollte Beweise sichern. Ich konnte nur noch in den Ruinen eines abgebrannten Hauses herum stochern. Fritz, wir haben ein Leck, einen Maulwurf, und ich bin ziemlich sicher, dass er bei uns in Hannover sitzt. Sei vorsichtig. Ich komme heute Abend übrigens nicht mit«, fügte er noch hinzu.

Möller schwieg. »Aus einem solchen Unternehmen«,

meinte er langsam, und er schien sich jedes Wort genau zu überlegen, »steigt man nicht so einfach aus wie aus einer Skatrunde, Andreas. Das war dir vorher klar. Mitgefangen, mitgehangen. Und falls du mit dem Gedanken spielen solltest, auszupacken ... In diesem Fall hättest du mich und auch alle anderen gegen dich. Pyrenäen hin, Andorra her. Ich glaube zwar nicht, dass man uns etwas beweisen kann, doch ich habe keine Lust, mein Leben hinter Gittern zu beschließen.«

»Ich auch nicht«, gestand Gehoff. »Das ist das Letzte, was ich will.«

»Dann ist es ja gut«, brummte Möller. »Aber vergiss es bloß nicht.« Dann räumte er ein wenig sachlicher ein: »Für heute Abend entschuldige ich dich. Ich werde sagen, du seist krank geworden oder so etwas. Aber das kann kein Dauerzustand sein. Das muss dir klar sein.«

Gehoff schwieg »Grüß Wiebke von mir«, bat er zum Abschied. »War eine schöne Zeit damals.«

»Stimmt«, erwiderte Möller. »Ich werde es ausrichten.«

Gehoff drehte sich im Weggehen noch einmal um. »Sei vorsichtig«, wiederholte er.

Es war ein erregendes Gefühl, einem Geheimnis auf der Spur zu sein. Platen hatte als Jugendlicher seinen ersten Kontakt mit Computern gehabt, mit einem alten Commodore C 64. Er hatte ein halbes Jahr Zeitungen ausgetragen, jeden Tag und sonntags noch die Werbeblättchen. Ein Hacker war er nie gewesen, aber er kannte das berauschende Gefühl der Jagd.

Wo konnte das Geheimnis versteckt sein?

Er rief die großen Suchmaschinen auf, Yahoo, Lycos, die normalerweise gute Dienste taten. Doch der Suchbegriff

Richter führte zu keinem sinnvollen Ergebnis, *Drachenbucht* war nicht besser. Er hatte auch nicht ernsthaft damit gerechnet.

Wie hieß Richters Firma gleich? Richter Import Export GmbH?

Hatte sie eine Homepage im Internet? *Richter.de* war Fehlanzeige, aber auch das war zu erwarten gewesen.

»Bingo«, flüsterte Platen nach einer Viertelstunde.

Das Logo der Richter Import Export Gesellschaft flammte auf seinem Monitor auf: *richter-export-hannover.de* Eigentlich ganz einfach.

»Wir begrüßen Sie auf unserer Homepage ...« Blablabla. Platen klickte sich durch die Seiten: Möglichkeit eine E-mail zu schreiben, aktuelle Konditionen, Maschinenangebote, meistens gebraucht oder zweite Wahl. Die handelten wirklich mit allem.

Die Seite war gut gemacht, aber sie war kurz. Ein Foto des Gebäudes in der Theaterstraße, ein paar Links zu den aktuellen Angeboten, ein Bild mit einem Schiff auf hoher See, wohl ein Gemälde aus den dreißiger Jahren, und eine kurze Firmengeschichte. Hinweis auf Adresse, Faxnummer, E-Mail ... Das Übliche eben. War er auf dem falschen Dampfer?

Doch da war es wieder, dieses erregende Gefühl, ein Geheimnis zu knacken, ein Rätsel zu lösen. Auf dieser Homepage war etwas versteckt. Da war er sich ganz sicher. Hatte er irgendetwas übersehen?

Sorgfältig ging er alles noch einmal durch. Nein, er hatte nichts übersehen. Alle Links führten zu unverfänglichen Seiten, und dass sich hinter den Angeboten für Schlepper, Förderbänder und Planierraupen ein Geheimnis versteckte, glaubte er nicht. Wo also war es?

Die Zeit raste. Sie raste immer, wenn man sich im Netz

aufhielt. Um acht hatte er sich an den Computer gesetzt, jetzt war es halb eins. Er spürte keine Müdigkeit, die würde erst morgens kommen; er trank einen Becher schwarzen Kaffee nach dem anderen, normalerweise trank er Tee, aber Kaffee hielt wach.

Ein Bild des Firmenhauses in der Theaterstraße, ein Gemälde eines Dampfers auf hoher See. Er kannte inzwischen jede Einzelheit dieser Homepage, jeden Pixel der Grafik. Aber irgendetwas musste er übersehen haben.

Es war halb drei. Er hatte eine Tafel Schoka-Cola gegessen. Schokolade mit einer hohen Dosis Koffein und einer leicht euphorisierenden Wirkung. Die deutschen Jagdpiloten hatten das Zeug auf den Flügen nach England im Gepäck. Er war auch auf der Jagd ... Immer wieder tastete er die Seiten ab. Die Anschrift, die Angebote, die beiden Bilder.

Es mochte an seinen überreizten Augen liegen, aber für einen winzigen Moment hatte er den Eindruck einer Veränderung. Der Mauszeiger hatte sich bewegt, sich zu einer Hand geformt. Eine Täuschung?

Behutsam führte er den Mauszeiger über das Bild des Firmensitzes. An der Eingangstür vorbei, dem Möbelgeschäft im Erdgeschoss, er glitt die Fassade hoch. Da war es wieder. Bei Richters Bürofenster verformte sich der Pfeil zu einer Hand. Er war auf einen verborgenen Link gestoßen! Sorgsam versteckt und nur dann zu finden, wenn man wusste, wonach man suchen musste.

Aber eigentlich logisch. Das Zimmer des Chefs.

Passwort eingeben.

Diese Aufforderung zeigte: Er war auf dem richtigen Weg.

Drachenbucht?

Er probierte alle Schreibweisen durch. Aber ›Drachenbucht‹ war nicht das Passwort.

Er griff nach der Liste neben sich. Es war die siebenundvierzigste Woche, und für diese Woche war »Hommels Zitadelle« angegeben, was immer das heißen mochte.

»Bingo«, flüsterte Platen zum zweiten Mal an diesem Abend, als sich der Bildschirm erweiterte, und ihn in die Welt des Internets zog.

Es war die Homepage einer Schule, die sich ihm nun zeigte. Eine amerikanische Highschool. Homestead Highschool, Sunnyvale, California, USA. Die Ergebnisse der Footballmannschaft gegen Cupertino High, 47 : 14, die waren ganz schön überlegen gewesen. Die Fotos des Lehrerkollegiums, der Clubs.

Join the Astronomy-Club.

Die Homepage war entweder noch im Aufbau, oder sie war schlecht gepflegt worden. Einige Bilder waren neu, andere wiederum schon recht betagt, die Ergebnisse der Footballmannschaft auf dem neusten Stand, die des Baseballteams mindestens schon ein Jahr alt. Die Adresse der Seite war obskur: eine endlose Aneinanderreihung von Buchstaben, Ziffern, Zahlen. Er hatte noch nie eine so lange Adresse gesehen. Platen hatte das Gefühl, dass diese Adresse nur vorgab, die Adresse einer Schule zu sein. Eine gelungene Fassade, hinter der sich mehr verbergen musste. Er klickte sich durch die Seiten. Das Dokument war unübersichtlich, weit verzweigt mit Dutzenden von Verweisen. Und er war sicher, dass sich auch in ihm ein Fenster auftun würde, wenn sich an irgendeiner Stelle der Mauszeiger zur Hand verformen würde.

Gegen halb sechs hatte er es geschafft. Auf einer der hinteren Seiten, dort, wo sich die Clubs der Schule präsentierten, bei der mexikanischen Kochgruppe von Mrs. Rodrigez, wurde er fündig.

Passwort eingeben.

›Hommels Zitadelle‹ öffnete ihm den Weg.

Es umfing ihn das nüchterne Blau einer lieblos gemachten Mail-Box. Dateien. Listen über Listen. Er lud eine herunter. Es war eine sorgfältige Auflistung einzelner Positionen.

Lieferung 12A am 22.11. angekommen, Zahlung angewiesen auf Weg 3.

Dieser Transport war bereits angekommen.

Lieferung 34, Treffpunkt 4, 5. Dezember.

Und dieser Transport würde ankommen.

Es war ein Fahrplan wie der der Bundesbahn. Hier wurden die Fahrtwege aufgeführt, sorgfältig, gewissenhaft. Es war der Einbruch in die Logistik eines Großunternehmens.

Er hatte es geschafft.

»Fantastisch«, murmelte Gehoff, als Platen berichtet hatte. Platen hatte es sich nicht nehmen lassen, in der Dienststelle aufzutauchen. Ein paar Listenausdrucke in der Hand, dicke Ringe unter den Augen, aber glücklich.

Bertram schaute plötzlich neugierig ins Zimmer. Wenn man ihn nicht brauchte, war er sogar pünktlich, aber Gehoff schickte ihn mit einem unbedeutenden Auftrag fort.

»Mein Gott«, sagte Murat. »Wie die das organisiert haben!«

»Es waren Dutzende von Listen«, berichtete Platen stolz, »versteckt auf einer raffiniert getarnten Homepage auf einem Server wer weiß nicht wo.« Er berichtete in allen Einzelheiten, und sowohl Murat als auch Gehoff hörten gebannt zu.

»Was ist eigentlich ein Link?«, fragte Gehoff. Er kam sich dämlich vor, aber fragen kostete ja nichts.

»Eine Art Tür«, erklärte Platen. »Stell dir vor, du hast eine Seite, irgendeine völlig beliebige, und dahinter sind Türen. Tapetentüren. Manche getarnt, wie diese, manche mit Passwörtern gesichert, und wenn du den Link anklickst, bist du dort, wo er dich hinführt: zum Beispiel im Weißen Haus, in den Unterlagen des KGB. Irgendwo. Zeit und Raum sind aufgehoben. Du kannst in Amerika sein, in China oder in der Antarktis. Es ist fantastisch.«

»Und was machen wir damit?«, wollte Murat nachdenklich wissen. »Ich meine, was machen wir mit unserer Entdeckung?«

»Wir haben es geschafft! Mensch, begreift ihr das nicht? Wir haben es geschafft. Wir haben den Jackpot geknackt!« Platen jubelte.

»Haben wir nicht«, widersprach Murat. »Fast, aber nicht ganz. Auch diese Listen sind codiert. Ist dir das nicht aufgefallen. ›Lieferung eins, Zahlungsweg sieben‹, das kennen wir doch von Richters Unterlagen. Ohne den Schlüssel kommen wir nicht weiter. Wir sind weit, aber noch nicht am Ziel. Hast du eine Datei namens ›alles.exe‹ gefunden?«

Platen schwieg. »Nein«, antwortete er nach einer Weile. »Habe ich nicht. Aber wenn ich lange genug suche, finde ich sie.«

»Mag sein«, murmelte Murat. »Aber wir sollten entscheiden, wie wir nun weiter machen wollen.«

»Was schlägst du vor?«, fragte Gehoff.

»Bundeskriminalamt«, erklärte Murat. »Wir geben die Sache ab. Ich würde den Fall gern hier lösen, aber ich glaube, das übersteigt unsere Kräfte. Wir sind auf der Homepage eines Syndikats. Wir sind weit gekommen, sind ganz nah dran. Ich kann mir jedoch vorstellen, dass die Kollegen in Wiesbaden Fangschaltungen haben. Die kriegen mehr heraus als wir. Das sind Profis. Ich finde es großartig, was du, Hans, herausgefunden hast. Uneingeschränkt. Aber jetzt gehört die Sache in die Hände von Profis. Wir machen mehr kaputt, als wir herausfinden. Das ist meine Meinung.«

Die drei saßen eine Zeit lang schweigend da. Murats Worte hatten Gewicht.

Ich möchte die Kontrolle behalten, ging es Gehoff durch den Kopf. Ich will mich nicht selbst ans Messer liefern. Nein, das auf keinen Fall. Ich will sehen, was ich herausfinde. »Wir haben hier eine undichte Stelle«, sagte er schließlich. »Wenn wir die Information nach Wiesbaden geben, geht das nur über den Dienstweg. Dann schalten die die Homepage ab. Ganz einfach.«

Das ist mein Watergate, dachte Platen. Das ist die Chance, auf die ich mein Leben lang gewartet habe. Und ich bekomme sie nur einmal. Wenn es an das BKA geht, dann machen *Spiegel* und *Stern* oder die *Süddeutsche* und die *Frankfurter Allgemeine* das Rennen. Und ich bekomme eine freundliche Fußnote als Dankeschön. »Wir schaffen es allein«, versicherte Hans Platen. »Ich kann keine Fangschaltung bauen und keine trojanischen Pferde einschleusen, aber ich kann es noch einmal probieren. Wenn ich nichts herauskriege, dann meinetwegen.«

»Es ist nicht ungefährlich«, mahnte Murat. »Ich kann mir nicht vorstellen, dass die ihre Homepage nicht sichern, keine Fangschaltungen haben. Nein, das kann ich mir beim besten Willen nicht vorstellen. Leute, das ist riskant! Wir vermasseln es, lasst es euch gesagt sein.«

»Also, was meinst du, Hans?«, fragte Andreas Gehoff.

Platen gab sich den Anschein zu überlegen. »Weitermachen«, meinte er nach einer Weile.

Gehoff nickte. »Zwei zu eins. Wir arbeiten weiter.«

»Ihr macht einen Fehler«, beharrte Murat eigensinnig, aber er fügte sich.

»Hast du irgendwelche Vorschläge?«, wandte sich Gehoff an Hans Platen.

Dieser stand auf und ging einige Schritte. Dann drehte er sich auf dem Absatz um. Seine Stimme klang entschieden: »Zwei Fragen. Erstens: Warum der Link auf Richters Homepage? Zweitens: Warum finden wir dort keine Datei ›alles.exe‹? Antwort eins: Die Adresse des Syndikats kann man sich nicht merken. Man kann sie auf dem Computer speichern, das ist bei jeder Durchsuchung ein unglaubliches Risiko, oder man kann sie in einem Link verstecken. Ohne Kenntnis des Passwortes ist dieser geschützt. Richter hat diesen Link selbst benutzt, um die Übersicht zu behalten. Von allen Stellen, die mit dem Drogensyndikat zusammenarbeiten, werden sie Links zur Homepage dieser Schule gehabt haben. Antwort auf die zweite Frage: Dies war, wenn man so will, eine geschäftliche Verbindung. Deswegen hat er auch ein geschäftliches Passwort genommen. Mit großer Wahrscheinlichkeit gibt es einen zweiten Link auf dieser Seite. Einen privaten, und ich bin ziemlich sicher, dass auch dieser mit einem Passwort geschützt ist und dass dieses Passwort *Drachenbucht* lautet.«

»Das hat etwas für sich«, sagte Gehoff, und auch Murat äußerte Zustimmung.

»Ich fahre nach Hause«, entschied Hans Platen, »und mache weiter. Aber zuerst muss ich ein wenig schlafen.«

Als er aufwachte, zeigte der Wecker halb zwölf. Es war draußen bereits dunkel, er musste lange geschlafen haben. Über zwölf Stunden. Trotzdem fühlte er sich zerschlagen. Während der Computer hochfuhr, machte er sich Kaffee.

Hunger hatte er keinen, aber er fand eine Tüte mit Erdnussflips und stopfte sie in sich hinein.

Die Adresse von Richters Homepage hatte er abgespeichert, sie lud sich quälend langsam hoch, es waren viele im Netz, die Leitungen überlastet. Doch schließlich stand das Bild.

Wo mochte der zweite Link verborgen sein?

Noch einmal tastete Platen das Bild des Firmensitzes ab und fuhr mit dem Mauszeiger die Einzelheiten der Fassade nach. Bei Richters Zimmer verwandelte sich der Zeiger in eine Hand, das kannte er schon. So gelangte man zu der Homepage des Syndikats. Er glitt weiter nach oben. Nach einer Viertelstunde war er sicher, dass das Bild nur einen versteckten Link enthielt.

Der Dampfer. Das zweite Bild.

Es war mühselig, jeden Pixel entlangzufahren, aber es dauerte nicht einmal lange, dann hatte er gefunden, wonach er suchte. In der Bugwelle des Dampfers versteckt, befand sich eine zweite, einprogrammierte Verbindung.

Passwort eingeben.

Er wusste, dass er auf dem richtigen Weg war. *Hommels Zitadelle* führte zu nichts, aber das war zu erwarten gewesen.

Drachenbucht.

DRACHENBUCHT.

DrachenBucht.

Die Tür tat sich auf. Die Seite war nicht so lieblos gestaltet wie die kühle Mailbox des Syndikats. Hintergrund war eine paradiesische Landschaft. Eine Lagune, im Vordergrund eine schöne Frau mit langen schwarzen Haaren. Sie hielt eine orangefarbene, apfelähnliche tropische Frucht in der Hand, die Platen nicht kannte. Das war alles. Es schien kein Foto von einer Bildagentur zu sein, sondern eine private Aufnahme, eine Aufnahme, mit der sich Erinnerungen verbanden.

Wo würde der Link versteckt sein?

Platen tippte auf den Apfel. Er sollte Recht behalten.

Passwort eingeben!

Es hatte so gut begonnen ...

Nach einer halben Stunde war er noch keinen Schritt weiter. Er hatte es mit ›Drachenbucht‹ in allen Variationen, möglichen und unmöglichen Schreibweisen versucht – vergebens. Er ging die Passwörter der Liste durch, die der laufenden Woche, die der vergangenen. Er probierte und probierte. Die Tür blieb geschlossen.

Richter hatte ein Passwort verwendet, das sie nicht kannten. Ein Schritt vor dem Ziel war der Weg zu Ende.

Hans Platen ging früher zu Bett, als er gehofft hatte.

11. Kapitel

An diesem Tag sollte Werthmann verabschiedet werden. Um elf sollte die Feier beginnen. Der Polizeipräsident würde da sein und wahrscheinlich auch der Minister. Fast alle Kollegen hatten dies zum Anlass genommen, ein wenig später in der Dienststelle zu erscheinen. Um acht war kaum jemand anwesend. Die meisten warfen sich in Schale und würden erst gegen zehn oder halb elf eintreffen. Auch Gehoff hatte die Gelegenheit genutzt, um einmal richtig auszuschlafen. Er schlief gut. Es war ein gutes Gefühl, kurz vor dem Ziel zu stehen. Platen würde es schaffen, da war er sich sicher. Wenn nicht im ersten Anlauf, so doch im zweiten oder dritten. Möller hatte sich noch nicht gerührt. Gestern hatte Gehoff ihn auf der Dienststelle nur kurz gesehen, beschäftigt. Aber er war davon überzeugt, dass sie in den nächsten Tagen noch einmal Kontakt aufnehmen würden.

Welches Sakko sollte er anziehen? Er wählte ein dunkelblaues. Es hatte ihm früher einmal gut gestanden, aber jetzt war es fast zehn Jahre alt, und er war in den Schultern breiter geworden, Gott sei Dank nicht am Bauch. Eigentlich ein Wunder. Er schaute auf die Uhr. Es war Viertel vor zehn, er war ausgehfertig. Das Klingeln des Telefons schreckte ihn hoch. War es Platen? Hatte er es geschafft?

Aber die Stimme kannte Andreas Gehoff nicht. Es war

eine junge, melodische Frauenstimme, eine Spur geschäftsmäßig, aber angenehm. »Herr Gehoff?«

»Am Apparat.«

»Spreche ich mit Herrn Hauptkommissar Gehoff von der Kriminalpolizei?«

Was wollte sie? »Ja«, bestätigte er.

»Ziegler, Susanne Ziegler von der *Bild-Zeitung*. Ich hätte ein paar Fragen an Sie. Haben Sie einen Augenblick Zeit?«

Bild-Zeitung verhieß selten etwas Gutes. »Ich bin auf dem Sprung in die Dienststelle«, sagte er, »worum geht es?«

»Unsere Leser hätten ganz gern Ihre Stellungnahme zu den Korruptionsvorwürfen gegen Sie.«

»Wie bitte?«, fragte Gehoff. Für einen Augenblick wollte er lachen, schallend lachen, aber etwas schnürte ihm die Kehle zusammen.

»Wir haben erfahren, dass Sie seit Jahren auf der Gehaltsliste einschlägiger Kreise stehen. Können Sie sich dazu äußern?«

»Wer hat Ihnen diesen Quatsch erzählt?«

»Sie können es heute Morgen in der *Hannoverschen Allgemeinen* lesen. Haben Sie noch nicht hineingeschaut?«

Gehoff hatte das Gefühl, dass ihm jemand den Boden unter den Füßen wegzog. Ihm war schwindelig. Er nahm das Telefon vom Schränkchen, trug es zum Esstisch und setzte sich. Die Zeitung lag auf dem Tisch, aber er hatte nur einen Blick auf die Titelseite geworfen.

»Sie bestreiten die Vorwürfe?«, hakte Susanne Ziegler nach.

»Ich bestreite gar nichts«, erwiderte Andreas Gehoff matt. »Es ist alles Quatsch, es ist erlogen, es stimmt nicht.«

»Wie erklären Sie es sich, dass Ihr Name in diesem Zusammenhang erwähnt wird?«, fragte die Journalistin. Sie ließ nicht locker.

»Keine Ahnung«, murmelte Gehoff. Er war wie betäubt. Es war ein Schlag, den er nicht erwartet hatte. Beende das Gespräch, ermahnte er sich. Beende es, um Himmels willen, bevor du irgendetwas sagst, was du nie wieder zurücknehmen kannst. Leg auf. »Ich möchte den Artikel erst einmal in Ruhe lesen«, zwang er sich zu antworten. »Danach rufe ich Sie an.« Er hatte nicht vor anzurufen, aber er ließ sich die Telefonnummer der Redaktion geben, Susanne Zieglers Durchwahl. Dann legte er auf.

Er fand den Artikel im Lokalteil.

Korruptionsvorwürfe gegen hannoverschen Polizisten

Wie die Staatsanwaltschaft Hannover mitteilte, sind Verdachtsmomente gegen einen hannoverschen Kriminalhauptkommissar bekannt geworden. Der Beamte soll über Jahre hinweg das hannoversche Rotlichtmilieu mit detaillierten Informationen über Razzien und geplante Einsätze beliefert haben. Auf die Spur kamen die Ermittlungsbehörden dem Polizisten, weil dieser regelmäßig hohe Geldbeträge auf seinem Konto erhielt. Von der Polizeidirektion war bisher offiziell weder eine Bestätigung noch ein Dementi zu bekommen. Der Leiter des zuständigen Direktion, der Leitende Polizeidirektor Werthmann, wies jedoch darauf hin, dass man den Vorfall ernst nähme und die Umstände genau untersuchen werde. Allerdings müsse die Unschuldsvermutung auch für Beamte im Dienst gelten.

Werthmann wird heute im Rahmen einer Feierstunde von seinem Posten als Leiter der Polizeidirektion Hannover West abgelöst. Er tritt die Nachfolge des aus Altersgründen ausscheidenden Staatssekretärs Mümmelmeyer im Innenministerium an.

(Siehe Bericht auf Seite 5)

Das war unbestimmt. Doch wie kam die *Bild-Zeitung* auf seinen Namen?

Rotlichtmilieu? Nie im Leben hatte er damit zu tun gehabt. Jahrelang hohe Geldbeträge? Schön wär's!

Nach dem ersten Schreck fasste sich Gehoff langsam

wieder. Das war eine ärgerliche Verwechslung. Nun gut, die *Bild-Zeitung* war in seinen Augen noch nie ein Beispiel für seriösen Journalismus gewesen, obwohl die Reporterin am Telefon kompetent, sachlich und um Fairness bemüht geklungen hatte.

Ein Gefühl der Unruhe blieb. Wie kamen sie auf seinen Namen? Und auf den absurden Vorwurf, er habe Geld von der hannoverschen Unterwelt genommen? Doch tief in seinem Inneren ahnte er, dass mehr dahinter steckte als eine bloße Verwechslung.

Die Zeit drängte jetzt. Er wollte nicht zu spät zur Feier kommen. Wider Willen nahm er trotzdem den Hörer ab, als das Telefon erneut klingelte.

Michelsen von der *Hannoverschen Allgemeinen* Zeitung war am Apparat. Er hatte mit Michelsen gelegentlich zu tun gehabt und kannte ihn als einen zuverlässigen und ausgewogen urteilenden Journalisten. Auch er wollte eine Stellungnahme.

Gehoff flüchtete sich in Allgemeinheiten und wies alle Vorwürfe von sich. Dann legte er einfach und unvermittelt auf. Vermutlich war es ein Fehler, doch er konnte sich auf einmal vorstellen, was in Politikern vorgehen musste, die zu einem Spießrutenlauf in der Öffentlichkeit gezwungen wurden.

Zum Glück waren vor seinem Haus noch keine Reporter versammelt. So wichtig war er demnach also doch nicht.

Er kam rechtzeitig in die Dienststelle. Der normale Betrieb umfing ihn und gaukelte ihm ein Gefühl von Routine und Sicherheit vor, das er eigentlich gar nicht mehr empfand. Einige Kollegen musterten ihn verstohlen, redeten hinter seinem Rücken, aber villeicht war das nur Einbildung.

Die Feier fand in der Kantine statt, die Jazz-Band des

Präsidiums spielte die Evergreens, die sie seit langem kannten. Sie spielte gut und versprühte eine progressive Ausgelassenheit, die der Normalbürger in Behörden kaum vermuten würde.

Die Reden waren vorhersehbar, ein wenig langweilig. Von Dank und den schönen Zeiten war da die Rede, von wichtigen Aufgaben, schwierigen Situationen. Die Polizei sei nicht der Prügelknabe der Nation – alle diese Worte hatten sie schon tausendmal gehört, aber trotzdem nahmen sie sie gern zur Kenntnis.

Werthmanns Vita, die der Polizeipräsident vortrug, kannte Gehoff bisher nicht: glänzendes Abitur in Braunschweig, hervorragender Abschluss am Atlantic College, Jura-Studium in Hamburg, erstklassiges Ergebnis, zwei Jahre im internationalen Polizeiaustausch in Bogotá in Kolumbien, danach wieder Dienst in Deutschland. Und zum Schluss die Urkunde: *Das Land Niedersachsen spricht Ihnen, Herr Friedrich Werthmann, Dank und Anerkennung aus ...*

Friedrich Werthmann, ging es Gehoff durch den Kopf. Sollte Werthmann etwa Frederico sein?

Er konnte es nicht glauben. Friedrich, Frederico, Bogotá, Kolumbien ... Es passte alles zusammen. Natürlich, es war so einfach ... Wie Schuppen fiel es ihm von den Augen. Mein Gott, war er denn blind gewesen? Werthmann hatte alles gewusst. War in alles eingeweiht gewesen. Mondberger. Er selbst hatte ihm noch den Hinweis auf Mondberger gegeben. Frei Haus. Heiligenhafen. Deswegen hatte er nicht früher hinfahren dürfen. Auf ein paar Tage komme es nicht mehr an, hatte Werthmann ihn beruhigt. Natürlich, er hatte Zeit für seine Vorbereitungen gebraucht. Die joviale Tour, die Redlichkeit in Person. Alles nur Tünche, alles Fassade. Oder sah er schon Gespenster?

Werthmann betrat das Podium. Er trug einen eleganten grau schimmernden, perfekt sitzenden Anzug. Sein graues Haar verlieh ihm den Ausdruck von Würde und Rechtschaffenheit. Gehoff hörte nicht zu. Wie durch Watte nahm er alles wahr. Doch Werthmann schien gut zu reden, die richtige Mischung aus Ernst und Humor, Werthmann hatte sein Publikum im Griff.

Nur einmal erreichten die Worte Andreas Gehoffs Ohr:

»... es gibt Vorwürfe gegen einzelne Beamte, gravierende Vorwürfe. Gerade heute haben wir sie in der Zeitung lesen müssen. Lassen Sie mich dazu eines in aller Deutlichkeit sagen: Fehlverhalten von Einzelnen gibt es immer wieder. Wir müssen Vorwürfen nachgehen, wir müssen sie aufklären und gegebenenfalls Schuldige zur Rechenschaft ziehen. Aber wogegen ich mich wehre, ist die bedenkenlose Vorverurteilung durch Presse und Öffentlichkeit. Der Beamte in seinem harten und aufreibenden Dienst hat keine Privilegien, aber er kann erwarten, dass man nicht auch noch mit Dreck nach ihm wirft und ihm alles Mögliche unterschiebt. Solange es irgend geht, habe ich mich immer vor meine Beamten gestellt, und solange sie nicht verurteilt sind, gelten sie als unschuldig. Daran habe ich mich als Leiter der Dienststelle gehalten, und danach werde ich auch als Staatssekretär handeln.«

Damit schloss er. Das waren Worte, die gern gehört wurden. Die Kollegen sprangen auf und brachten ihm stehende Ovationen dar. Monika Rohde, Personalratsmitglied und mit Abstand hübscheste Polizistin der Dienststelle, überreichte ihm einen Blumenstrauß. Die Jazz-Band intonierte *Good-bye Johnny*. Die Versammlung strebte zum kalten Büfett.

Murat Ceylan kam auf Gehoff zu. »... Stimmt das?«, fragte er entsetzt.

Gehoff schüttelte stumm den Kopf. Bevor er etwas erwidern konnte, kam Kriminaldirektor Breiting auf ihn zu. Er würde die Dienststelle leiten, bis die Beförderungen abgeschlossen waren. Er selbst war schon an der Pensionierungsgrenze und würde vermutlich für dieses Amt nicht mehr in Frage kommen.

»Kommen Sie bitte in mein Dienstzimmer«, bat er Gehoff, aber es klang wie eine Aufforderung.

»Die Vorwürfe gegen Sie sind Ihnen bekannt?«, fragte er, nachdem er die Tür zu seinem Büro hinter sich und Andreas Gehoff geschlossen hatte.

Gehoff schüttelte den Kopf. »Ich habe nur den Artikel gelesen, heute in der HAZ. Zwei Reporter haben mich angerufen, von ihnen habe ich überhaupt erst erfahren, dass ich gemeint war.«

Breiting schaute ihn prüfend an. Er trug eine goldenumrandete Nickelbrille sowie einen anthrazitfarbenen Anzug und wirkte gänzlich humorlos. In der Dienststelle hatte er nur wenig Freunde. »Sie sollen über einen langen Zeitraum hinweg dem hannoverschen Rotlichtmilieu Informationen zugespielt haben. Gegen hohe Entlohnung.«

»Das ist absurd!«, rief Gehoff.

»Wie erklären Sie sich die recht hohen Überweisungen auf Ihr Konto?«

Breiting trat an seinen Schreibtisch und gab Gehoff einen Kontoauszug. Die Überweisungen aus Luxemburg waren rot markiert. »Haben Sie eine Erklärung für diese Zahlungen? Immerhin sechstausend Mark in fast vier Wochen?«

Deswegen die Überweisungen, ging es Gehoff durch den Kopf. Darum kein Bargeld, sondern Überweisungen. Vorgestern hatte er mit Möller gesprochen, heute diese absurde Anklage. Gestützt auf einen fingierten Beweis. Sie waren schnell ...

»Haben Sie dafür eine Erklärung?«, wiederholte Breiting.

Es ist die Prämie für einen Mord, einen Überfall und die Erbeutung von mehreren Millionen, dachte Gehoff. »Nein«, sagte er. »Ich habe dafür keine Erklärung.«

»Und Ihre finanziellen Verhältnisse sind so, dass sechstausend Mark mehr oder weniger auch nicht auffallen, nicht wahr?«

»Ich habe keine Erklärung dafür«, versicherte Gehoff. »Das Geld war einfach auf meinem Konto. Ich habe bei der Bank nachgefragt, die Überweisung war in Ordnung, und da habe ich das Geld auch nicht wieder zurückgeschickt. Das ist alles.«

Breiting musterte ihn kühl. Werthmann hätte aufmunternde Worte gefunden. Gehoff ertappte sich bei dem Gedanken, dass er Werthmann trotz allem mochte. Er hatte wenigstens Stil. Breiting war ein blasser Bürokrat.

»Sie sollten sich einen guten Anwalt nehmen«, riet er kalt. »Obwohl sich Herr Werthmann vorhin noch sehr für Sie eingesetzt hat – er hat Ihnen ja auch eine glänzende Beurteilung geschrieben –, kann ich seine positive Meinung nicht teilen. Korrektheit darf für Polizisten kein Fremdwort sein.«

Gehoff wollte etwas erwidern, aber Breiting unterbrach ihn einfach:

»Sie sind vom Dienst suspendiert. Ich untersage Ihnen hiermit in aller Form die Weiterführung der Dienstgeschäfte, das Betreten des Gebäudes und das Führen der Uniform.«

Die habe ich sowieso nie angezogen, dachte Gehoff grimmig.

Breiting klang, als wüsste er die Disziplinarordnung auswendig. Vermutlich war das seine Freizeitbeschäftigung. »Diese Suspendierung bleibt so lange in Kraft, bis die gegen Sie erhobenen Vorwürfe entweder entkräftet werden oder die Suspendierung, im Falle der Bestätigung, durch ein ordentliches Disziplinar- oder gegebenenfalls auch Strafverfahren und durch ein rechtskräftiges Urteil ersetzt wird. Ich weise darauf hin, dass bei der Schwere der erhobenen Vorwürfe dieses Disziplinarverfahren mit dem Entfernen aus dem öffentlichen Dienst unter Verlust der bisher erworbenen Pensionsansprüche enden kann. Ich empfehle Ihnen die Hinzuziehung eines Rechtsbeistandes.«

Hoffentlich wurde dieser Mann nie Leiter einer Dienststelle, dachte Gehoff.

»Haben Sie noch weitere Fragen?«

»Nein«, antwortete Gehoff. Dann ging er.

Die anderen feierten, aber ihm war nicht nach feiern zumute. Er ging durch die leeren Korridore, von fern sah er Murat Ceylan, aber er hatte keine Lust, mit ihm zu reden, er wollte allein sein. Gehoff fiel nicht auf, dass er seinen Mantel vergessen hatte – er hing im Garderobenschrank in seinem Dienstzimmer, das er nicht wieder betreten würde –, lief über den Hof zu den Parkplätzen, setzte sich in seinen Wagen und fuhr davon.

Irgendwann fand er sich vor seiner Haustür wieder. Bruchstückhaft kam ihm zu Bewusstsein, was geschehen war. Rotlichtmilieu. Er war sicher, dass sie Beweise finden würden. Keine schlüssigen vielleicht, aber ausreichend, um ihm nahe zu legen, auf die weitere Ausübung seines Dienstes zu verzichten. Kriminalrat. Für einen Augenblick hatte er sich tatsächlich darüber gefreut, hatte von einem neuen Leben geträumt, von einer Karriere, einem höheren Einkommen, einer besseren Wohnung, vielleicht einer neuen Frau.

Der Schlag hatte ihn so getroffen, weil er gänzlich unerwartet gekommen war. Ein Killerkommando, das hätte er zur Not verstanden, da hätte er eben Pech gehabt. Aber dies? Es war ein schmutziges Spiel, doch ein listenreiches. Und er hatte verloren.

Er spürte das unbändige Verlangen, sich rettungslos zu betrinken, sich gehen zu lassen und in Verzweiflung zu versacken. Er hatte den Mord an Pennern aufgeklärt. Bald würde er selbst einer sein. Und Brücken waren zu dieser Jahreszeit kalte und ungemütliche Plätze.

Das Telefon schnarrte. Es schnarrte beharrlich, setzte aus, begann dann von neuem. Mühsam erhob er sich. Es war spät am Nachmittag, er hatte gar nicht so viel getrunken, daran konnte es nicht gelegen haben, dass er so lange geschlafen hatte. Vielleicht war er einfach ohnmächtig geworden, vornüber gesackt, jedenfalls hatte er auf dem Boden gelegen. Bitte jetzt keine Presse, dachte er. Bitte nicht. Trotzdem hob er ab.

»Endlich!« Er hörte förmlich die Erleichterung in Murats Stimme. »Ich habe mir schon Sorgen gemacht. Mensch, Andreas, was ist das nur für eine Sache?«

»Ich weiß es nicht«, antwortete Gehoff matt. »Ich weiß es nicht. Die Anschuldigungen sind absurd, aber sie werden Beweise finden, irgendwelche .. Ich bin erledigt«, fügte er hinzu. Er musste gegen den Drang ankämpfen, schallend loszulachen. »Ich bin erledigt, weißt du?«

»Quatsch«, schimpfte Murat. »Du bist ein Jammerlappen, das ist alles. Du zerfließt in Selbstmitleid. Die wollen dich ausschalten. Die wollen dich fertig machen. Aber das läuft nicht. Hast du mich verstanden?«

»Witzbold«, murmelte Gehoff. »Die *wollen* mich nicht

ausschalten!, Sie haben es bereits getan – Das Imperium schlägt zurück«, prustete er plötzlich los und fing hysterisch an zu lachen.

»Von dem Film gibt es noch einen dritten Teil«, meinte Murat. »Ich bin in zehn Minuten bei dir.« Dann legte er auf.

Er kam mit Aischa. Sie hatte ein paar türkische Süßigkeiten mitgebracht, kandierte Früchte mit Honigüberzug. Ohne ihn ernsthaft um seine Meinung zu fragen, fing sie an, ihm das Zeug aufzudrängen. »Iss«, befahl sie, »sonst stopfe ich es dir noch in den Mund.«

Er musste ein Loch im Zahn haben, eine versteckte Kariesstelle, denn einige Zähne taten auf einmal ziemlich weh, aber die Süße des Honigs, der Geschmack von Marzipan und Nüssen weckten in ihm ein Gefühl von Beruhigung und Geborgenheit.

»Stimmt das?«, fragte Murat auf einmal. »Andreas, sag mir die Wahrheit: Ist an den Vorwürfen etwas dran?«

Es ist nicht, wie es dargestellt wird, wollte Gehoff versichern, aber er fühlte, dass jetzt nicht die Zeit für spitzfindige Unterscheidungen war. Er schaute Murat fest an und antwortete einfach: »Nein.«

»Ich erinnere mich«, erwiderte Murat. »Vor einigen Wochen, wir waren auf dem Weg ins Präsidium, hast du dich gewundert, dass plötzlich Geld auf deinem Konto war. Dreitausend Mark. Du warst überrascht. Du hast von der Zahlung nichts gewusst. Das kann ich bezeugen. Da hat dich jemand reingelegt. Ich glaube«, fügte er nach einer Weile hinzu, »es hat mit unserem Fall zu tun. Die wollen dich aus dem Verkehr ziehen. Dieser Fall soll zu den Akten gelegt werden.«

Es ist zwar noch ein wenig komplizierter, dachte Gehoff, aber im Prinzip hast du wohl Recht. »Die wollen mich nicht nur aus dem Verkehr ziehen«, sagte er laut, »die haben mich bereits aus dem Verkehr gezogen. Beweise werden nachgeliefert.«

»Dann bin ich der Nächste«, stellte Murat fest. »Ich habe jetzt den Fall. Und wenn es wirklich so ist, wie wir meinen, ist es nur eine Frage der Zeit, bis auch ich dran bin. Vielleicht habe ich ja ein Konto, von dem ich noch nichts weiß. Schon möglich. Und Bertram kann bestenfalls Krankenscheine ausfüllen ...«

»Du darfst nicht aufgeben«, versuchte Aischa ihn aufzumuntern. »Andreas, du darfst einfach nicht aufgeben.«

»Es wäre besser gewesen, wir hätten die Sache dem BKA übergeben«, meinte Gehoff leise. »Murat, du hattest Recht, gestern hätten wir alles noch anders machen können.«

»Schwamm drüber«, brummte Murat. »Wir schauen nach vorn.«

»Es war Werthmann«, erklärte Gehoff. »Ich weiß es, es passt alles so verdammt gut zusammen: sein Name, die Informationen, seine Vita, Bogotá, alles!«

»Der Gedanke ist mir vorhin ebenfalls gekommen«, meinte Murat. »Aber es kann auch alles Zufall sein, und wenn wir Werthmann festnageln wollen, dann brauchen wir Beweise. Hieb- und stichfeste Beweise. Ohne die sehen wir alt aus.«

Die morgendlichen Zeitungsberichte übertrafen seine schlimmsten Befürchtungen. Während sich die HAZ noch um Zurückhaltung bemühte und seinen Namen mit *Kriminalhauptkommissar G.* abkürzte, war die *Hannoversche Rundschau* schon entschieden weniger zimperlich. Die Überschrift lautete:

Der Schläger in Uniform, der Millionen nahm ...

Daneben ein Bild, dessen Herkunft Gehoff nicht kannte. Vielleicht war es bei einer Polizeiveranstaltung vor drei Jahren aufgenommen worden. Dazu die alte Geschichte mit Abdullah Mehtic. Eine Prostituierte hatte sich gefunden, bei der er regelmäßig gewesen sein sollte: *Wir wussten immer ganz genau, wann die Bullen kamen, und im Bett war er ein Stier ...*, wurde sie zitiert.

Dagegen war die *BILD-Zeitung* noch geradezu zurückhaltend, obwohl auch sie den Fall in grellen Farben schilderte. Das Schlimme war, dass Gehoff selbst keine plausible Erklärung für die Überweisungen liefern konnte, ohne sich selbst zu gefährden. Werthmann wurde zitiert mit seiner Unschuldsvermutung: *Ich kenne Herrn Gehoff als einen hochkarätigen Beamten, er ist kompetent, und ich glaube an seine Unschuld.*

Eine schöne Formulierung – bestimmt würde sie Werthmanns Popularität um einiges erhöhen. Bei den Kollegen sicherlich. Oder sah er inzwischen wirklich schon Gespenster?

Rotlichtmilieu – wenn die Angelegenheit nicht so ernst gewesen wäre, hätte man lachen können. Er war erst bei der Drogenfahndung gewesen, dann bei der Mordkommission. Mit Prostitution und Razzien hatte er nichts zu tun gehabt. Der Vorwurf war so weit hergeholt, dass er irgendwann in sich zusammenbrechen musste.

Der Umstand gab ihm zu denken. Warum dieser Vorwurf? Aber die Antwort lag auf der Hand. Er war massiv, doch er bedrohte nicht sein Leben, er würde vielleicht eine Disziplinarstrafe bekommen, aber auch nicht mehr – und er lenkte von den Straftaten ab, die er wirklich begangen hatte. Dieser Vorwurf war eine Warnung: Pass auf, Junge, wir können auch anders.

Fritz Möller rief an. Er war kurz angebunden, aber er

munterte ihn auf, versicherte ihm, alles werde sich aufklären. Mehr konnte er wohl auch nicht sagen. Aus diesem Geschäft steigt man nicht aus wie aus einer Skatrunde, hatte er das letzte Mal gemeint. Ob Möller auch dahinter steckte?

Andere Anrufer meldeten sich, beschimpften ihn. Dazwischen immer wieder Reporter, die etwas wissen wollten. Schließlich legte Andreas Gehoff den Hörer neben das Telefon.

Er verbrachte den Tag in seiner Wohnung, es war Sonnabend, er hätte ohnehin frei gehabt. Er stellte den Fernseher an, schaute Videos, den Alkohol mied er. Und das leise Tuten des Telefonhörers machte ihm noch eine Weile deutlich, dass er allein war.

Platen konnte die Stimme zunächst nicht einordnen. Der Name Wollenhaupt, mit dem sich sein Gesprächspartner gemeldet hatte, sagte ihm nichts. Höflich bemühte er sich, seine Unkenntnis zu überspielen, doch der andere lachte nur:

»Sie wissen nicht mehr, wer ich bin, nicht wahr?«

»Um ehrlich zu sein, es ist mir entfallen«, gestand Platen unumwunden ein. Vielleicht war er heute auch nicht besonders gut drauf. Er hatte sich in der Frühe an seinen Computer gesetzt und probierte seitdem ein Passwort nach dem anderen aus. Es war eine Sisyphusarbeit. Ein Passwort zu erraten war beinahe ein Ding der Unmöglichkeit.

Eine halbe Stunde hatte er versucht, die Programmierung der Homepage zu entschlüsseln, aber der Server verweigerte ihm auch dort den Zugang. Es war wie verhext. Platen glaubte nicht daran, dass es sich um eine sinnlose

Buchstabenkombination handelte. Bisher hatte Richter immer sinnvolle Wörter gewählt. Doch dann konnte das Passwort erraten werden – theoretisch jedenfalls. Zu allem Überfluss sah er keine Möglichkeit, mit Gehoff in Kontakt zu treten. Das Handy war abgestellt, und als er versuchte, ihn über das Telefon zu erreichen, fand er es besetzt. Entweder war er im Netz, oder er hatte den Hörer daneben gelegt. Hans Platen hatte das dunkle Gefühl, dass irgendetwas schief lief.

»Macht nichts«, meinte Wollenhaupt. »Ich bin der Segler aus Heiligenhafen, der mit der Colin Archer.«

»Richtig«, murmelte Platen. »Natürlich, Sie wollten mich anrufen, wenn Sie sich doch noch an etwas erinnern. War es nicht so?«

»Ich habe Ihren Mann«, sagte Wollenhaupt. »Sein Bild ist heute in der Zeitung.«

Platen hatte noch nicht hineingeschaut, aber sie lag im Wohnzimmer.

»Seite fünf, Niedersachsen. Der neue Staatssekretär im Innenministerium. Werthmann, Friedrich Werthmann. Der ist es. Da bin ich ganz sicher. Das war alles, was ich Ihnen erzählen wollte.«

Gehoff, er musste Gehoff informieren! Aber der meldete sich nicht. Murat Ceylan? Platen kannte die Nummer nicht, aber auf der Telefon-CD, für die fleißige Chinesen für einen Hungerlohn einmal unzählige Telefonbücher abgetippt hatten, fand er den Eintrag in Sekundenschnelle. *Ceylan, Murat*, keine weiteren Angaben, keine Adresse, aber der musste es sein.

Eine Frau meldete sich unter der Nummer, aber Murat Ceylan war rasch selbst am Apparat.

»Wir haben unseren Frederico«, platzte Platen heraus. »Der Stegnachbar hat ihn in der Zeitung erkannt. Zweifelsfrei. Er heißt Friedrich Werthmann. Vielleicht finden wir seine Fingerabdrücke auf dem Boot. Wir haben ihn!«

Werthmann. Also doch! »Andreas«, sagte Murat. »Wir müssen Andreas Gehoff informieren.«

Die Betäubung hatte nachgelassen. Gehoff ging hinaus. Es war dunkel geworden, kurz vor acht. Er stieg in seinen Wagen und fuhr los. Wohin, wusste er nicht, es war ihm auch gleichgültig, er wollte nur fahren, fort aus der Wohnung, ihm war, als führte ihn das leise Dahinrollen aus der Sackgasse, in die er geraten war. Er fuhr ziellos in Richtung Innenstadt, immer weiter die großen Straßen entlang, vorbei am erleuchteten Kinopalast, an glitzernden Geschäftspassagen und Flaniermeilen. Urplötzlich stand er in der Kurt-Schumacher-Straße. Die Polizeidirektion Hannover Mitte, Odeonstraße lag direkt neben ihm. Vor wenigen Wochen, es war eine Ewigkeit her, hatte er hier die »Wasserleiche« abgegeben. Hier war er mit Möller entlanggegangen, hier hatte alles seinen Anfang genommen. Hier hatte das Mädchen mit den grünen Haaren gestanden.

Er wusste nicht, ob es jeden Tag dort warten würde. Die Ähnlichkeit mit Silke, an die er einmal geglaubt hatte, schien ihm auf einmal eine Sinnestäuschung gewesen zu sein. Keine Kriminalkommissarin würde sich nachts an die Straße stellen, aber er lenkte den Wagen dennoch in die Straße hinein, fuhr an den wartenden Frauen vorbei, noch waren es nur wenige. Die orangefarbenen Bogenlampen, in dieser Straße spärlicher gesät, tauchten die Szene in ein unwirkliches Licht.

Sie stand am gleichen Platz wie beim letzten Mal. Ein kleines Häufchen Elend, mit kurzen, grünen Haaren, mit

Gel hochfrisiert, ein wenig verwegen, so, als wollte sie ihrem Unglück trotzen.

Er hielt an und öffnete die Tür.

Sie beugte sich zu ihm hinunter.

»Steig ein«, sagte er nur. Sie roch nach Straße, nach Kälte und billigem Parfüm, aber da war noch etwas, das er zu kennen glaubte. Er schaute sie an. Die Ähnlichkeit war frappierend. Die gleichen Augen, die gleiche Nase, der Mund anders geschminkt.

»Was starrst du mich denn so an?«, sagte sie. Es sollte wohl aggressiv klingen, aber es kam nicht so heraus. »Was willst du? Wir können es hier im Auto machen oder auf ein Zimmer gehen. Das Zimmer müsstest du aber extra bezahlen.«

»Silke?«, fragte er.

»Ich heiße Lina«, kam es zurück. »Eine Silke kenne ich nicht. Du bist doch der Bulle, der mich mal zum Essen eingeladen hat, nicht wahr?«

Sie sprach unkultiviert, aber etwas in ihrer Stimmlage klang nach Norden, nach Küste, nach Wiedererkennen. »Silke«, sagte er noch einmal. »Du bist es, ich weiß es. Gib es doch zu.«

»Ich bin nicht deine Silke«, versetzte sie. »Und mit Spinnern habe ich keine Lust.« Sie legte ihre Hand auf den Türgriff und machte Anstalten zu gehen.

»Wenn du gehst«, rief Gehoff, »springe ich heraus und erzähle allen, dass du Silke Weber bist, Kommissarin beim Bundeskriminalamt und hier eine verdeckte Ermittlung durchführst. Wenn du gehst, dann tu ich das. Glaub es mir.«

Sie blieb.

»Du bist ein Spinner, Andreas«, schalt sie plötzlich weich. »Du bist verrückt, ich hätte dich nie treffen dürfen.

Ich habe dir doch gesagt, dass du nicht kommen darfst. Dass wir uns nicht wiedersehen dürfen, dass du mich gefährdest ...«

»Vielleicht bin ich ein bisschen verrückt«, entgegnete er. »Aber sind wir es nicht beide?«

»Fahr los«, bat sie. »Wir fallen auf, wenn wir so lange hier herumstehen.« Und plötzlich, ganz unvermittelt, legte sie ihre Hand auf seinen Arm. »Danke, dass du gekommen bist«, sagte sie. »Es ist verrückt, es ist lebensgefährlich, aber ich habe es mir so gewünscht.«

Dann schwiegen sie.

»Du steckst in Schwierigkeiten?«, wollte sie nach einer Weile wissen. »Ich habe es in der Zeitung gelesen.«

Gehoff nickte. »Ich bin einem großen Fisch auf der Spur, einer Geschichte, die so fantastisch ist, dass ich sie selbst noch immer nicht ganz glauben kann. Die Polizei als Schachfigur im Kampf rivalisierender Drogenkartelle. Ich stehe einen Schritt vor der Lösung, und da hat man mich kaltgestellt.«

»Erzähle«, forderte sie ihn auf.

Er lenkte den Wagen aus der Innenstadt und schlug vor, in dem kleinen italienischen Restaurant einzukehren, in dem sie das letzte Mal gegessen hatte. Dann erzählte er. Er berichtete alles, nur seine eigene nächtliche Tätigkeit für Möller ließ er aus.

»Steckst du da noch tiefer mit drin?«, fragte sie plötzlich. »Hast du bei denen mitgemacht?« Sie war eine Frau, der man nichts vormachen konnte. Er wollte etwas antworten, aber sie kam ihm zuvor: »Wenn du nicht tiefer drinsteckst, sagst du einfach mit aller Überzeugung: Nein. Und wenn du irgendwie selbst mit drinhängst, hineingeschlittert bist, dann sagst du ebenfalls Nein. Ich liebe dich nämlich.«

»Nein«, erwiderte Gehoff bedächtig. »Nein, ich habe

mit der Sache nichts zu tun.« Er blickte in ihre Augen, und er sah, dass sie verstand. »Warum liebst du mich?«, fragte er.

»Kann man das wissen?«, fragte sie zurück. »Du hast mein Herz erreicht. Der Job hier ist anstrengend, nicht so schlimm, wie man ihn sich vorstellt, meistens jedenfalls, aber nervig. Ich spritze Traubenzucker, und ein Teil meiner Kunden, mit denen ich vorgebe, ins Auto zu steigen, kommt ebenfalls vom BKA. Und das andere geht. Aber immer diese Angst, die mich befällt, und der Ekel ... Und an manchen Tagen kommt alles hoch. Dann findest du alles zum Kotzen. Und fragst dich: Worauf hast du dich eingelassen? Du stehst auf der Straße, und in Wiesbaden hast du eine schöne Wohnung. In so einem Moment kamst du, botest mir Unterkunft für eine Nacht, ohne etwas zu wollen. Gabst mir Geld, das du kaum selbst hattest ... Und in Heiligenhafen ist es dann eben passiert.«

Sie hatten wohl einen unsichtbaren Kreis um sich gezogen, die Kellner durchbrachen ihn nur zögernd, servierten fast lautlos, sie wollten nicht stören. Doch mit dem Ende des Essens holte die Wirklichkeit sie wieder ein, sie stand auf einmal im Raum, nicht zwischen ihnen beiden, aber zwischen ihnen und ihrer Zukunft.

»Woran arbeitest du?«, wollte Gehoff wissen und fügte hinzu: »Erzähle es mir, wenn du kannst.«

»Wir arbeiten am gleichen Fall«, erklärte sie. »Und sind hinter demselben Mann her. Vor einem Jahr erhielten wir Informationen. Sie passten erst nicht so recht zusammen, dann aber verdichtete sich das Bild immer mehr. Ein Teilchen kam zum nächsten. Da starteten wir einen großen Under-cover-Angriff. Bisher ohne greifbares Ergebnis. Auch wir haben Werthmann im Verdacht, aber wir haben keine Beweise. Er ist schlau wie ein Fuchs. Und er hat Macht.

Wer sich mit ihm anlegt, muss gute Karten haben, sonst ist er geliefert. Deine waren noch nicht so gut. Leider. Lass den Dienst für heute Abend ruhen«, sagte sie plötzlich. Und ihre Stimme wurde rau. »Lass uns für heute Abend alles andere vergessen ...«

Am Morgen wurde er zeitig wach. Es war noch recht dunkel. Er hörte Silkes gleichmäßige Atemzüge neben sich, sie bewegte sich, die Bettlaken raschelten. Im Halbdunkel erkannte Andreas Gehoff schemenhaft, dass der Telefonhörer noch immer neben dem Apparat lag, so, wie er ihn liegen gelassen hatte. In der Nacht waren sie ungestört geblieben. Er legte auf.

Es vergingen nur wenige Sekunden, bis das Telefon klingelte. Gehoff war sich unschlüssig, ob er sich melden sollte, aber er wollte Silke nicht unnötig wecken. Also nahm er ab.

Platen war am Apparat. Er klang etwas desorientiert, so, als wäre auch er noch sehr müde. »Die ganze Nacht versuche ich, dich zu erreichen! Wir haben ihn«, rief er dann. Wir haben das Schwein! Werthmann ist erkannt worden. Der Klabautermann hat ihn wiedererkannt. Werthmann ist Frederico, kein Zweifel ...«

Gehoff war wie elektrisiert. Sollte sich doch noch alles zum Guten wenden? Dank eines einfachen Zeugen?

»Ist etwas?«, fragte Silke. Sie war hellwach.

»Wir haben Werthmann«, sagte Gehoff. Er spürte ein Gefühl des Triumphes. »Wir haben ihn. Ein Zeuge hat ihn erkannt. In Heiligenhafen. Er war auf Richters Schiff.«

»Ehrlich?«

»Außerdem bin ich auf Richters Homepage«, hörte man Platens aufgeregte Stimme durch den Hörer. »Ich bin auf seiner Homepage, ich komme zwar nicht weiter, aber ich bin fast am Ziel ...«

»Wir kommen zu dir«, entschied Gehoff.

»Unser Klabautermann ist sich wirklich ganz sicher?«, fragte Gehoff Hans Platen. »Kein Zweifel möglich?«

Platen schüttelte den Kopf. »Er war sich ganz sicher.«

»Das bricht ihm das Genick«, murmelte Andreas Gehoff. »Jetzt haben wir ihn.«

»Gar nichts haben wir«, meldete sich Silke zu Wort. »Wir haben nichts. Wir haben nur eine Zeugenaussage, dass Werthmann auf einem Schiff war. Möglicherweise haben wir auch noch ein paar Fingerabdrücke. Und?«

»Reicht die Zeugenaussage denn nicht für einen Haftbefehl?«, wollte Platen irritiert wissen.

»Möglicherweise reich sie dafür sogar«, meinte Silke. »Aber keinesfalls für eine Verurteilung. Er kann doch einfach zugeben, dass er an Bord war, dass Richter ein alter Freund war. Wo liegt das Problem? Ist das verboten? Nein, da müssen wir schon andere Geschütze auffahren. Du warst doch auf Richters Homepage?«, wandte sie sich an Platen, der enttäuscht vor sich hin starrte.

»Ja«, antwortete er. »Aber ich komme nicht weiter.«

»Zeig mal«, bat Silke. »Ein wenig verstehe ich auch von Computern.«

Platen schaltete den Rechner ein. Das Betriebssystem fuhr hoch. »Ich stecke fest«, erläuterte er. »Ich bin mit den Passwörtern bis auf diese Homepage gekommen, bis zu diesem Bild mit der Frau. Dann war es aus. Er muss dann ein anderes Passwort verwendet haben. Eines, das wir nicht kennen.« Platen hatte einen schnellen Rechner, einen hoch gerüsteten Pentium der neuesten Baureihe. Aber diesmal erschien er allen ungewöhnlich langsam. »Nun mach schon«, knurrte Hans Platen.

Es war Sonntagmorgen, ein guter Zeitpunkt, um sich im Internet umzusehen. Die Homepage von Richters Firma, die verborgenen Links.

»Dieser hier«, erläuterte Platen, »geht zu der Seite des Syndikats und dieser hier zu der Seite mit seiner privaten Homepage. Passwort *Drachenbucht*, ›Bucht‹ großgeschrieben.« Die Fehlermeldung hatte er nicht erwartet.

Falsches Passwort. Wiederholen Sie Ihre Eingabe.

»Komisch«, murmelte er. »Vielleicht habe ich mich vertippt.« Platen wiederholte die Eingabe. »Na also«, sagte er, als das Bild von der tropischen Bucht mit der schönen Frau und dem Apfel auftauchte.

»Isabella«, bemerklte Gehoff. »Es ist seine Geliebte. Hast du den Link gefunden?«

»Er ist im Apfel versteckt, aber ich komme nicht weiter.«

Falsches Passwort.

»Ich habe es gestern stundenlang probiert. Ich komme nicht weiter. Es ist die letzte Tür, und die Tür ist verschlossen.«

»Die Seite des Syndikats?«, fragte Silke. »Ich würde sie gern einmal sehen.«

Platen rief den anderen Link auf. Auch dort hieß es: *Falsches Passwort.*

Beim nächsten Versuch klappte es.

»Ich weiß nicht, warum ich mich heute ständig vertippe«, meinte er entschuldigend. »Ich habe wohl gestern zu lange vor dem Kasten gesessen. Oder die Tastatur ist im Eimer. Kommt auch vor.«

Die Homestead Highschool präsentierte sich im grünen Outfit. Das Schulwappen, ein sich aufbäumender Mustang, unterlegte die Begrüßungsseite. »Sieht ziemlich echt aus, nicht wahr?«, fragte Platen.

»Und wo finden wir die Mailbox?«, wollte Silke wissen.

»Hier, bei Mrs. Rodrigez' mexikanischer Kochgruppe«, erkärte Platen und führte die beiden durch die Verästelungen der Seite.

»Ich sehe nichts«, brummte Gehoff.

Platen tastete das Bild ab. »Ich hätte schwören können, dass der Link gestern noch in den Händen dieses Mädchens versteckt war ...«, murmelte er.

Aber so sehr er auch suchte, das Bild war ein ganz normales Bild geworden. Kein Mauszeiger verformte sich zur Hand, keine geheime Tür tat sich auf. Es war eine Gruppe von zehn Mädchen und einer etwas fülligen Lehrerin, die vor einer gedeckten Tafel standen. Mehr nicht.

»Der Link ist entfernt worden«, flüsterte Silke.

»Warum?«, fragte Gehoff.

»Vielleicht habt ihr ein Warnsystem ausgelöst?«

»Oder sie ändern den Link in einem bestimmten zeitlichen Abstand. Sie wechseln die Passwörter ja auch«, meinte Platen. »Nur gut, dass ich gestern noch eine ganze Reihe von Dateien auf meinen Rechner heruntergeladen habe. Nicht alle, aber doch die meisten. Ich kam mit dem Passwort nicht weiter, und da wollte ich etwas Sinnvolles tun.«

»Gehen wir noch einmal zu der anderen Seite«, schlug Silke vor.

Platen rief sie aus dem Cache ab. Sie baute sich in Sekundenschnelle auf. »Warum dieses Bild?«, fragte er. »Warum nimmt Richter dieses Bild? Und dazu noch dieses merkwürdige Passwort. ›Drachenbucht‹.«

»Es ist ein sehr privates Bild«, vermutete Gehoff. »Isabella sieht sehr glücklich aus, und vermutlich war Richter es auch. Und der Name«, kam es ihm in den Sinn, »der Name ist ganz klar. Die beiden haben zusammen Urlaub gemacht. Es ist die Drachenbucht. Das ist ein Ort irgendwo in der Karibik. Auf Jamaika.«

»Hast du einen Volkshochschulkurs in Erdkunde belegt?«

»Nein, Isabella Cortez hat es mir erzählt. Dragon Bay, die Drachenbucht.«

»Was könnte das Passwort sein?«, überlegte Silke. »Der Name seiner Freundin: Isabella?«

»Habe ich gestern schon probiert«, berichtete Platen, »ich habe alle Frauennamen eingegeben, die ich kannte, Isabella war auch dabei, ich habe Liebe, Amore, One-Night-Stand – ach, ich habe alles eingegeben, was mir in den Sinn kam. Vergebens.«

»Drachenbucht«, sagte Gehoff plötzlich. »Gib Drachenbucht ein.«

»Für wie wie blöd hältst du mich?«

»Gib es auf Englisch ein. *Dragon Bay*.«

»Das könnte gehen«, meinte Platen nachdenklich.

Falsches Passwort. Wiederholen Sie Ihre Eingabe.

»Scheiße«, knurrte er.

»Vielleicht wieder die Tastatur?«, schlug Gehoff vor. »Oder eine andere Schreibweise?«

Platen tippte erneute *Dragon Bay* ein. »Komisch«, sagte er verblüfft.

Die Seite öffnete sich und führte sie zu einer Mail Box. In dem Download-Verzeichnis standen nur zwei Dateien.

Liesmich.txt und *alles.exe.*

Ungläubig schauten sie auf den Bildschirm.

»Wir haben es geschafft«, rief Platen plötzlich und riss die Arme hoch. »Es ist der Jackpot. Bingo!« Sein Geschrei ging jedoch in einem allgemeinen Freudengeheul unter.

Silke gab Gehoff einen Kuss und drückte ihn fest. Sie waren am Ziel.

Endlich, dachte Andreas Gehoff. Er fühlte die Anspannung der letzten Tage von sich abfallen. Endlich.

»Die Datei ist riesig«, erklärte Platen. »Acht Komma fünf Megabyte. Das dauert eine Weile, bis wir alles heruntergeladen haben. Wollen wir uns zuerst die Readme-Datei anschauen? Read me heißt: lies mich«, erläuterte er. »Solche Dateien enthalten meist wichtige Informationen.«

Innerhalb weniger Sekunden war die Datei auf dem Rechner und geöffnet.

Geliebte Marianne, geliebte Isabella,
nun habe ich doch nicht auf mich aufgepasst, wie ihr mir immer geraten habt. Mit demselben Passwort, mit dem ihr auf diese Seite gekommen seid, könnt ihr auch die alles.exe öffnen. Sie enthält alle Informationen, die notwendig sind, unsere Organisation zu zerschlagen: Codes, Konten, Verbindungen, Schließfächer, Treffpunkte. Macht davon den Gebrauch, den ihr für sinnvoll haltet. Hütet euch vor Friedrich Werthmann. Lasst euch nicht blenden von seinem Charme, seiner Liebenswürdigkeit, seinem Mitgefühl. Er ist der skrupelloseste Mensch, den ich kenne. Ich habe Angst vor ihm. Und wenn ich eines unnatürlichen Todes gestorben sein sollte, hatte er vermutlich seine Finger im Spiel. Ihr findet in den Dateien einen Abschnitt »Werthmann«. Dort habe ich alles zusammengetra-

gen, was ihn belasten kann. Wenn ihr diese Zeilen lest, hat es mir nichts genützt, aber ihn könnt ihr damit vernichten. Tut mir diesen letzten Gefallen.

Ich liebe euch beide

Hernando

Marianne, umarme die Kinder von mir.

»Es hat ihm wirklich nichts genützt«, meinte Gehoff nachdenklich. Der Tote unter der Brücke in seinem schlecht sitzenden, verschlissenen Anzug stand ihm vor Augen. So war Hans-Michael Richter schließlich gestorben. Empfand er Mitleid mit ihm? Wenn er ehrlich war, nein. Er sah Yvonne vor sich, wie er sie in Erinnerung hatte und weiterhin haben wollte: unbeschwert, ein hübsches, junges Mädchen. Nein, er hatte kein Mitleid. »Bringen wir es hinter uns«, sagte er. »Holen wir uns die Datei.«

Acht Komma fünf Megabyte waren viel. Das Netz war um diese Zeit immer noch leer, aber dennoch schob sich der Balken, der den Fortgang des Downloads anzeigte, nur quälend langsam voran. Es dauerte fast zwanzig Minuten, dann meldete der Computer, dass sie die Datei auf der Festplatte gespeichert hatten.

»Der große Augenblick«, erklärte Platen andächtig, als er *DrachenBucht* eingab. Er zögerte einen Moment, dann drückte er die Eingabetaste. Noch bevor irgendetwas Lesbares auf dem Bildschirm erschien, wussten sie, dass sie gewonnen hatten. Das Programm arbeitete. Zahlenkolonnen liefen auf dem Bildschirm entlang, huschten vorbei, eine Datei nach der anderen wurde entfaltet. Dutzende, Hunderte.

Schließlich war es zu Ende.

Sorgfältig aufgelistet standen Dateien über Dateien da.

Richter musste ein starkes Bedürfnis nach Ordnung besessen haben, denn alles war sorgfältig untergliedert. Es gab einen Ordner für Codes, je einen weiteren für Treffpunkte, Kontakte, Schließfächer, Konten ...

»Das ist ja unglaublich«, flüsterte Silke. »Das ist die komplette Buchhaltung. Ich habe noch nie in meinem Leben so viel Beweismaterial gesehen.« Fast andächtig klickten sie sich durch die einzelnen Seiten der Dokumente. Abschriften von Erklärungen, Hinweise auf den Fundort der Originale.

Schließlich ein Ordner mit der Aufschrift *Werthmann.*

Der Ordner war nicht besonders groß, ein Dossier von vielleicht fünfzig Seiten. Minuziös wurde jede einzelne Beteiligung Werthmanns aufgelistet, Bankverbindungen, Kontostände, Besitztümer.

»Sogar einen Mord hat er begangen«, murmelte Gehoff. »In Frankfurt.« Die Pistole war offensichtlich nicht weggeworfen worden, sondern lag in einem Nummernschließfach in einer Münchner Bank. Hier hatte jemand jahrelang vorgesorgt. Jahrelang Material gesammelt.

»Reicht das für einen Haftbefehl?«, fragte Platen.

»Es reicht für zehn Verurteilungen. Damit heben wir eine ganze Organisation aus. Es wird der größte Schlag sein, den das BKA je gegen das Organisierte Verbrechen durchgeführt hat.«

Was würde der *Stern* für die Story zahlen?, ging es Platen durch den Kopf. Oder der *Spiegel.* Sein Auge schweifte durch die schäbige Wohnung. Die Sitzecke von Ikea, der wacklige Tisch, den sie bei seinen Schwiegereltern abgestaubt hatten. Das würde ein Ende haben. In einer Woche würde er zu den gefragtesten Journalisten Deutschlands gehören. Ob man noch einen Roman über den Fall schreiben könnte? Ein Drehbuch für einen Film. Heutzutage wurde doch jeder Scheiß verfilmt. Das wäre endlich mal etwas Besseres.

»Warum ist er in die Politik gegangen?«, überlegte Platen nach einer Weile laut. »Warum das Risiko bei dieser dicken Akte?«

»Eitelkeit?«, sagte Gehoff zweifelnd. »Geltungssucht?« Aber geltungssüchtig war Werthmann eigentlich nie gewesen.

»Phase drei«, stellte Silke nach einer Weile fest. »Das ist Phase drei.«

Platen blickte sie ein wenig ratlos an.

»Phase eins«, erläuterte sie, »ist die Phase der Kriminalität. Drogenhandel, Prostitution, Glücksspiel, Erpressung. Das klassische Metier. Phase zwei, das ist die Legalisierung der Gewinne. Geldwäsche, Kauf von Immobilien. Aufbau völlig legaler Wirtschaftsunternehmen. Dazu hält man sich ein paar Politiker. Hier einen bestechlichen Abgeordneten, dort einen Oberbürgermeister, der den Hals nicht voll genug kriegen kann, einen Minister, vielleicht auch einen Ministerpräsidenten. Doch bestechliche Menschen haben immer Nachteile: Sie sind gierig, und es stört, wenn alle drei Monate ein Minister wegen Bestechlichkeit zurücktreten muss. Es bleiben Fragen offen. In Phase drei werden Leute wie Werthmann aktiv. Sie waren immer unbestechlich, unbescholten. Nicht angreifbar. Ich kenne ihn nicht persönlich, aber ich kann mir nicht vorstellen, dass er jemals auch nur einen Bleistift, der dem Staat gehört, entwendet hat. Von seinem Apparat werden keine Privatgespräche geführt worden sein, kein Telefonsex mit einer Null-hundertneunziger-Nummer, keine obskuren Grundstücksgeschäfte. Werthmann ist offenbar unbestechlich. Dieser Mann ist scheinbar völlig sauber. Und solche Leute haben als Politiker Zukunft. Sie wirken wie die Redlichkeit in Person. Das ist Phase drei. Das organisierte Verbrechen greift nach politischen Ämtern. Und wenn du nach dieser dicken Akte fragst: Das ist die Akte eines Insiders. Wir vom BKA sind nur durch Zufall auf ihn gestoßen, und alles, wirklich alles, was wir von ihm haben, sind Mutmaßungen, Verdachtsmomente. Da ist nicht der Schatten eines vor Gericht verwertbaren Beweises.«

Silke griff zum Telefon und wählte aus dem Kopf eine Nummer. Es schien eine Art Telefonzentrale zu sein, denn es wurde sofort abgehoben. »Hier ist Taube«, sagte sie.

Platen drückte auf die Lautsprechertaste des Telefons. Den Schlussakt wollte er sich dann doch nicht entgegen lassen.

»Hier Falke«, kam die Antwort. »Geben Sie Ihren Identifizierungscode an.«

Silke betete eine längere Ziffernfolge herunter.

»In Ordnung, Taube.«

»Wir haben ihn«, erklärte Silke. »Wir haben ausreichendes Beweismaterial gegen unseren Verdächtigen. Meiner Meinung nach reicht es für eine Verurteilung. Ich habe so viel Material noch nie gesehen. Ich empfehle eine Rundumbeschattung. Kontrolle aller Kontakte, aller Telefonate, so lange, bis wir das Material ausgewertet haben. Am besten ab heute.«

»Du bist gut«, lachte der Mann am anderen Ende der Leitung. »Du bist wirklich gut.« Dem Tonfall nach schienen die beiden sich gut zu kennen. »Wir haben Wochenende. Die Undercover-Kollegen können wir nicht nehmen, und die anderen sind nicht erreichbar.«

»Wochenende hin, Sonntag her«, beharrte Silke. »Ich will nicht, dass uns der Kerl zu guter Letzt doch noch durch die Lappen geht. Ist denn keiner greifbar?«

Der Mann in der Zentrale schien nachzudenken, man hörte das Rascheln eines Blattes. Halblaut hörten sie Bruchstücke eines Telefonats. »Hörst du?«, begann er erneut. »Ich habe für unseren Mann eine Wache bestellt. Beschattung des Grundstückes. Ich werde mich bemühen, für heute Nachmittag einen weiteren Kollegen als Ablösung zu finden. Mehr kann ich im Augenblick nicht tun.«

»Wir haben hier eine Riesendatei, die wir nach Wiesbaden überspielen wollen«, sagte Silke. »Sie muss zur Auswertung. Schnellstens. Ich hab die Nummer des Zentralrechners nicht. Kannst du sie für mich heraussuchen?«

»Mache ich«, versicherte der Mann am Telefon. »Ich melde mich in fünf Minuten. Eure Nummer habe ich vom Display abgeschrieben.«

»Wieso dauert das so lange?«, fragte Gehoff.

»Glaubst du, ich war vorbereitet, eine Mega-Datei zu übertragen? Ich bin Ermittlungsbeamtin, keine Computer-Expertin.«

»Können wir die Datei nicht einfach auf Diskette kopieren?«, schlug Gehoff vor.

Die beiden sahen ihn an, als käme er vom Mond.

»Acht Komma fünf Megabyte?«, fragte Platen nur.

»Zu groß«, erklärte Silke. »Die passt auf keine Diskette.«

»Es kann doch nicht so schwer sein, einen Computeranschluss herauszufinden«, brummte Andreas Gehoff ungeduldig, als nach einer Viertelstunde immer noch keine Rückmeldung gekommen war.

»Ich habe die Nummer«, meldete sich »Falke« wenig später und diktierte langsam eine lange Ziffernfolge. »Ihr könnt die Datei überspielen.«

Er schien parallel noch ein Telefonat zu führen: er wirkte aufgeregt, fragte nach, dann wandte er sich ihnen wieder zu: »Unser Beobachtungsposten berichtet, dass das Objekt sein Haus verlassen hat.«

»Der fährt wohl zur Kirche«, spottete Platen. »Beten.«

Gehoff schwieg. Ein merkwürdiger Zufall! Werthmann verließ das Haus. Floh er? »Wo fährt er hin?«, fragte er.

Sie hörten wieder Bruchstücke eines kurzen Telefonats. »Er ist auf der Godshorner Straße in Richtung Norden. Er fährt sehr schnell, und unser Mann kann ihm nur schwer folgen.

Godshorner Straße ... »Das ist die Schnellstraße zum Flughafen«, murmelte Gehoff.

»Der will türmen«, rief Silke. »Der haut ab!«

»Können wir nicht die Polizei alarmieren?«, fragte Platen und dachte an Einsatzwagen mit Blaulicht.

»Ohne Haftbefehl? Einen Staatssekretär? Wenn du das glaubst, dann bist du verrückt. Falls so ein Einsatz schief geht, ist die Karriere des ermittelnden Beamten versaut. Das nimmt keiner auf seine Kappe.«

»Wir brauchen einen Haftbefehl«, sagte sie ins Telefon. »Verdammt noch mal, wir brauchen einen Haftbefehl!«

»Die werden keinen Haftbefehl ausstellen, solange sie keine Unterlagen haben«, vermutete Gehoff. »Und die sind hier auf unserem Rechner.« Er spürte die allgemeine Panik ringsum. Sie hatten alle Beweise, und doch drohte Werthmann ihnen zu entkommen. »Übertrag doch endlich diese Scheissdatei nach Wiesbaden«, fuhr er Platen an. »Mach schon.« Während er sprach, tat es ihm schon leid, so unfreundlich zu sein. Platen konnte wirklich nichts dafür. Es war der Zeitdruck, unter dem sie standen.

Hans Platen zögerte.

»Ist etwas?«

»Ich kenne das Programm nicht so gut«, gestand er. »Ich kann im Internet surfen, das ist einfach, aber Dateien habe ich noch nie über eine Telefonleitung übertragen. Das sind DFÜ-Programme, und die kenne ich nicht. Ich habe es noch nie gemacht.«

Das gab es doch gar nicht! »Mit anderen Worten: Du hast einen dicken Rechner hier stehen und kannst mit ihm nicht umgehen? Das darf doch wohl nicht wahr sein! Wozu hast du denn das Ding überhaupt? Zum Spielen, was?«

»Ich schaffe es schon«, knurrte Platen wütend. »Irgendwo ist das Programm. Ich habe es, glaube ich, schon einmal gesehen, aber es geht nicht so schnell. Verdammt noch mal, ich bin doch auch kein Experte ...« Dann schrie er auf einmal Gehoff an: »Setz du dich doch an die Kiste, wenn du es besser kannst, du Klugscheisser!«

»Seid ruhig«, versuchte Silke zu beschwichtigen. »Auf zwei Sekunden kommt es nicht an. Such nach dem Programm und arbeite dich ein. Noch haben wir Zeit. Wohin starten denn heute Morgen Flugzeuge?«, fragte sie.

»Wenn sie die Flugpläne nicht geändert haben«, antwortete Falke, »dann sind das in den nächsten eineinhalb Stunden nur drei. Einer geht nach Köln – in dreißig Minuten. Außerdem gibt's einen Charterflug nach Teneriffa, den kann Werthmann aber wohl kaum nehmen. Einer geht nach Kopenhagen, ach ja, in zehn Minuten gibt es noch einen nach Frankfurt. Den dürfte er allerdings kaum noch bekommen. Von Frankfurt aus hätte er allerdings jede Menge Anschluss.«

»Wir haben Zeit«, beruhigte Silke Platen, der immer noch nach seinem Programm suchte. »Der erste Flug geht erst in einer halben Stunde. Und ist Werthmann erst einmal in der Luft, können wir ihn in Köln auch festnehmen. Sei also lieber gründlich.«

Platen hatte inzwischen seine Programmgruppe gefunden. »Welches ist das richtige Programm?«, fragte er zweifelnd »FritzData? Oder FritzCom? Wisst ihr es?« Er vertiefte sich in die Beschreibungen.

»Erkundige dich, ob noch weitere Flüge angegeben sind«, bat Silke Falke über das Telefon.

»Nur Privatverkehr«, anwortete der BKA-Mann nach einer Weile. »In einer halben Stunde landet ein Learjet aus Frankfurt, außerdem eine ukrainische Transportmaschine, die aber erst morgen Nachmittag weiterfliegt.«

»Kannst du herausfinden, was das für eine Privatmaschine ist?«

Platen hatte sich endlich mit seinem Programm vertraut gemacht. »Es ist FritzData, und ich glaube, ich kann es bedienen. Es ist ganz einfach.«

Hoffentlich, dachte Gehoff. Er wusste, dass er ungerecht war, aber dennoch ärgerte er sich über Platens Langsamkeit. »Können wir nicht einfach die paar Seiten über Werthmann ausdrucken und hier zum Untersuchungsrichter gehen?«, schlug er vor. »Das müsste doch auch reichen!«

»Mein Laserdrucker ist kaputt«, erwiderte Platen, »und mit dem Nadeldrucker dauert es ewig.«

»Keine Panik«, sagte Silke, »es ist nicht sicher, dass Werthmann abhauen will. Vielleicht holt er auch nur einen Bekannten vom Flughafen ab. Auch möglich.«

Platen klickte die Datei an. Der Computer wählte den Rechner des BKA an, die Übertragung begann. »Na also«, murmelte er.

»Taube, hörst du?«, fragte Falke. »Es handelt sich um einen Learjet, Reichweite ungefähr siebentausendachthundert Kilometer. Gestartet in Frankfurt, im Besitz der ›Helvetischen Handelsgesellschaft von achtzehnhundertsechsundsiebzig mit beschränkter Haftung‹. Zwischenlandung in Hannover, sofortiger Weiterflug nach Paris angekündigt.«

»Das ist Werthmanns Firma ...«, entfuhr es Silke.

»Werthmann hat eine Firma?«, fragte Gehoff alarmiert.

»Nach unseren Informationen besitzt er Anteile einer Schweizer Finanzgesellschaft, die wiederum hält über eine weitere Firma die Mehrheit an dieser ›Helvetischen Handelsgesellschaft‹. Es ist sehr verschachtelt, und wir haben es auch erst vor einem Vierteljahr herausbekommen. Im Übrigen sind das alles ganz legale Unternehmen.«

»Werthmann lässt seinen Jet kommen, Reichweite fast achttausend Kilometer«, sagte Gehoff. »In zwanzig Minuten landet er. Der holt keinen Freund vom Flughafen ab. Der will wegfliegen! Morgen hat er seinen ersten Tag als Staatssekretär im Innenministerium. Da tritt man heute keinen Kurzurlaub in Paris an. Wenn er in dem Flugzeug sitzt, dann ist er weg. In Südamerika, Afrika, was weiß ich.«

»Wenn ihr den nicht am Einsteigen hindert, ist er weg«, rief Platen. »Die Bundeswehr lässt jedenfalls keinen Abfangjäger aufsteigen, um ihn abzuschießen. Da könnt ihr sicher sein.«

»Wie viel Zeit bleibt uns?«, wollte Gehoff wissen. »Der Jet landet in zwanzig Minuten. Wie lange braucht die Übertragung nach Wiesbaden?«

Platen blickte auf den blauen Balken, der sich langsam voranschob. Wir haben bisher zehn Prozent übertragen«, antwortete er. Die Leitungsqualität ist im Augenblick nicht so doll, aber wenn die Übertragungsraten stabil bleiben ...«

»Also: wie viel Zeit?«

»Eine Viertelstunde, mehr nicht.«

»Ausdruck der Unterlagen über Werthmann?«

»Vielleicht drei Minuten«, vermutete Silke. »Wir haben Hochleistungsdrucker, das geht schnell.«

»Haftbefehl?«

»Das weiß ich nicht«, erwiderte Silke, »die Unterlagen müssen geprüft werden, mindestens oberflächlich. Vergiss nicht, jeder kann seine Karriere begraben, wenn er hier eine Fehlentscheidung fällt.«

»Dann nehme ich es auf meine Kappe«, erklärte Andreas Gehoff. »Ich habe nichts mehr zu verlieren. Wenn er fliehen will, dann verhafte ich ihn. Der Haftbefehl kann dann später kommen. In einer Viertelstunde bin ich am Flughafen. Das müsste reichen.«

»Ich fahre mit«, entschied Silke. »Ich werde die Flugsicherung auffordern, den Start der Maschine zu verzögern. Einige Minuten wird das bringen.Wir sind auf dem Weg zum Flughafen, Falke«, sagte sie ins Telefon. »Ich rufe von dort aus wieder an.« Dann legte sie auf. »Du kommst allein klar?«, fragte sie Platen.

»Kein Problem«, versicherte er und blickte auf den blauen Balken, der sich langsam, aber unaufhaltsam durch das Kontrollfenster schob. »Ich kann sowieso nichts mehr machen.«

Die Straßen waren frei. Sonntags war selten viel Verkehr. Andreas Gehoff hatte ein Blinklicht auf seinen Wagen gesetzt – und sofort freie Fahrt. In Langenhagen lenkte er den Wagen auf den Zubringer zum Flughafen. Es war eine breite, vierspurige Straße. Gehoff beschleunigte.

»Fahr vorsichtig«, bat Silke. »Auf eine Minute kommt es nicht an, aber es könnte glatt sein, und ein Unfall wäre das Letzte, was wir gebrauchen könnten.«

Es dauerte genau acht Minuten, dann tauchte die Silhouette des Flughafens vor ihnen auf. Sie rasten an den Hotelkomplexen vorbei, den Betonskeletts der Hochgaragen, die alle noch in Windeseile für die bevorstehende Weltausstellung fertig gestellt werden sollten, dann hielten sie vor dem Abfertigungsterminal.

»Ich gehe zum Kontrollcenter«, meinte Silke, »Versuche du, Werthmann zu finden.« Dann kramte sie in ihrer Tasche und förderte ein winziges Aufnahmegerät zutage.

»Hier«, sagte sie. »Nimm, ich habe es eingestellt. Es läuft eine halbe Stunde. Manchmal reden sich Verdächtige noch in letzter Minute um Kopf und Kragen. Nimm es.«

Gehoff steckte es in seine Jackentasche und sah ihr nach. Ob man sie zum Kontrollcenter durchlassen würde? Sie sah ziemlich verboten aus mit ihren grünen Haaren, den Leggins, dem schmuddeligen Pullover. Vermutlich würde sie erst einige Zeit brauchen, aber sie würde es schaffen. Da war er sicher. Wo konnte Werthmann sein?

Andreas Gehoff kannte sich auf dem Flughafen Hannover nicht gut aus, aber andererseits war es auch nur ein kleiner Flughafen. »Abflugabfertigung für den Privatverkehr?«, fragte er die Dame am Lufthansa-Terminal. »Wo muss ich da hin?«

»Treppe hinunter und dann links, Sie sehen das schon«, antwortete sie.

Gehoff hastete die Stufen hinunter und zeigte seinen Ausweis. »Kriminalpolizei«, erklärte er nur. Streng genommen war er gar nicht mehr im Dienst, es war Amtsanmaßung, aber darauf kam es jetzt auch nicht mehr an. Die Grenzbeamten ließen ihn passieren.

Werthmann saß gelassen da, er telefonierte gerade mit seinem Handy. Er trug Jeans, einen bequemen grauen Kaschmirpullover und ein dunkelblaues Leinenjackett. Wie immer sah er elegant aus, allerdings etwas legerer.

»Guten Tag, Herr Gehoff«, begrüßte er ihn freundlich. »Konnten Sie die Vorwürfe gegen Sie entkräften?«

»Noch nicht«, erwiderte Gehoff, »aber ich hoffe, bald.«

»Das wünsche ich Ihnen«, meinte Werthmann. »Rotlichtmilieu – das war auch wirklich etwas derb.« Er schien gut gelaunt zu sein.

Lach nur, dachte Gehoff, das Lachen wird dir noch vergehen.

»Setzen Sie sich doch«, bot Werthmann an und wies auf den freien Patz neben sich. »Rauchen Sie?« Er holte ein silbernes Feuerzeug aus der Tasche.

»Nein«, antwortete Gehoff. »Nein danke.«

»Ich auch nicht«, Werthmann lachte und stellte das Feuerzeug auf den Tisch zwischen sie. »Was führt Sie zu dieser Stunde hierher?«, fragte Werthmann aufgeräumt. »Dienstlich sind Sie doch wohl kaum hier, denn Sie sind ja immer noch vom Dienst suspendiert.«

Gehoff schwieg.

»Hat Ihnen Breiting auch das Tragen der Uniform verboten?« Werthmann schmunzelte. »Das tut er nämlich immer, obwohl ich noch keinen Kripobeamten in Uniform gesehen habe.«

Wider Willen musste Gehoff lachen.

»Hat er«, sagte er.

»Ich glaube, der kennt die Disziplinarordnung Satz für Satz auswendig«, plauderte Werthmann weiter. Dann wechselte er plötzlich den Tonfall und fügte in Breitings Bürokratendeutsch hinzu: »... und hiermit untersage ich Ihnen in aller Form vorbehaltlich der rechtskräftigen Feststellung der übergeordneten Landesdisziplinarkammer ...«

Gehoff lachte erneut. Gleichzeitig ärgerte er sich. Was für eine Macht hatte dieser Mann über andere Menschen, dass er sie immer wieder einwickeln konnte? In seiner Jackentasche fühlte er das Tonband laufen. Eine leise sirrende Bewegung. »Warum haben Sie das alles gemacht?«, fragte er auf einmal. »Sie hatten doch alles: ein gutes Studium, Auszeichnungen, eine glänzende Karriere, Sie sind ein erfolgreicher Mann ... Warum, Herr Werthmann, das begreife ich nicht?«

»Ganz schön direkt!«, meinte Werthmann und wurde auf einmal ernst. »Warum?«, wiederholte er. »Gibt es für alles ein Warum? Können wir unser Tun immer genau erklären?« Er schwieg einen Augenblick, dann fuhr er fort: »Wissen Sie, was Macht ist?«

Gehoff schwieg und schaute ihn unverwandt an.

»Die klassische Definition von Max Weber ist: ›Macht ist die Fähigkeit, anderen seinen Willen aufzudrücken‹. Ich habe noch eine andere Definition: Macht ist, nie belangt zu werden, egal, was man tut. Das ist die Steigerung der Weber-Definition. Bei der Bundeswehr – ja, ich habe auch gedient – habe ich es allerdings nicht weit gebracht. Ich war Obergefreiter der Reserve, na ja, Schwamm drüber. Also, bei der Bundeswehr hat mir einmal ein Kamerad hundert Mark geklaut. Er hat mir das Geld einfach weggenommen. ›Du hast den ersten Schlag‹, hat er zu mir gesagt. ›Wehr dich, wenn du kannst.‹ Er war ein wandelnder Kleiderschrank, durchtrainiert wie sonst etwas ... Wissen Sie, Herr Gehoff, *das* ist das Gefühl von Macht. Er stahl, aber keiner konnte ihn belangen. Ich hatte keine Lust, mich von ihm zusammenschlagen zu lassen. Aber ich habe meine Lektion gelernt. Heute würde ich das alles natürlich etwas subtiler sehen, aber auf der Seite der Sieger zu stehen, umgeben von einer Aura der Unantastbarkeit, bereitet mir auch heute immer noch Vergnügen. Wie dieses Gespräch mit Ihnen.«

Das Tonband lief. Gehoff blickte auf die Uhr an der Stirnseite der Halle. In diesem Augenblick müsste die Datenübertragung abgeschlossen sein. Hochleistungsdrucker würden die Seiten auswerfen. Die zuständige Richterin würde sie überfliegen. In wenigen Minuten, dann war es so weit. Rede nur, dachte er, rede nur.

Ein winziger Punkt erschien am Himmel und wurde rasch größer. Es war eine kleine Maschine. Die Sonnenstrahlen trafen die Aluminiumhaut des Flugzeuges und ließen sie aufblitzen. Die zwei Düsen am Heck hielten die Maschine seltsam schwerelos in der Luft. Die Silhouette des Rumpfes führte vom Cockpit in einer weichen Linie zum Höhenruder im Heck, wo ein winziges weißes Kreuz auf rotem Grund das Herkunftsland verriet. Gehoff genoß den Anblick des landenden Learjets. In diesem Bild schien sich der Traum der Menschheit vom Fliegen vergegenständlicht zu haben.

Auch Werthmann schaute andächtig zu. »Ich habe einen Learjet das erste Mal bei einem Zwischenstopp in New York gesehen. Ich war auf dem Weg nach Bogotá«, erzählte er dann. »Er war schneeweiß, die Sonne spiegelte sich auf ihm; wie dieser hier, schien er in der Luft zu schweben. Und da wusste ich, dass ich ihn haben wollte, ihn und all das, was sonst für normale Menschen unerreichbar ist. So weit zu Ihrer Frage nach dem Warum.«

Der Jet war gelandet und rollte aus.

»Warum haben Sie Richter umgebracht?«, fragte Gehoff. »Ich habe es nie begriffen.«

»In jeder Organisation kann es nur einen geben, der bestimmt«, antwortete Werthmann. »Und das hat Richter nicht begriffen. Zu guter Letzt wollte er sogar noch nach Bogotá, um mich anzuschwärzen. Was soll ich da noch mehr sagen? Es war übrigens die einzige Schlamperei in Ihrer sonst vorzüglichen Recherche. Ich habe Richter auf dem Atlantic College getroffen. Ich war vier Jahre älter und sein Segellehrer. Dann sahen wir uns später in Bogotá wieder. Sie wären sonst eher auf die Verbindung zwischen uns gekommen. Sie sollten so wichtige Recherchen nicht Leuten wie Bertram überlassen. Perfektion bis ins kleinste Detail – das war immer meine Devise.«

»Wie bei Mondberger?«, fragte Gehoff und lächelte spöttisch.

»Der Punkt geht an Sie«, erwiderte Werthmann. »Aber ich bitte Sie: Wenn Sie mir gegen ein Uhr mitteilen, dass Mondberger überlaufen will, wie können Sie da erwarten, dass ich innerhalb drei Stunden einen perfekten Mord organisiere? Zumal Sie sich offensichtlich falsche Vorstellungen von unserer Personalausstattung machen. Aber auch dort gilt: Ein einziges hohes Risiko ist immer noch besser als viele kleine. Im Übrigen ist es ja gut gegangen.«

Gehoff fühlte die surrende Bewegung des Tonbandgerätes und schwieg.

»Übrigens«, fuhr Werthmann fort, »auch wenn Sie auf Richters Yacht, der guten ›Meteor‹, ein paar Fingerabdrücke entdecken – alles kein Problem. Natürlich war ich da, seit Jahren war ich mit Richter locker bekannt ... Warum sollte ich das leugnen? Diese Anmerkung nur für den Fall, dass Sie immer noch nach Beweisen suchen.«

»Und warum haben Sie das Haus angezündet?«

»Es war eigentlich nicht notwendig, aber ich wusste nicht genau, wo Richter seine Datei aufbewahrt. Ich kannte nicht einmal ihre Größe. Und da dachte ich, ein kleines Feuerchen in seinem Ferienhaus würde die Probleme lösen. Ich glaube, es war unnötig, aber das habe ich damals nicht gewusst. Ich hatte ja keine Ahnung von dieser Homepage, die Richter sich da unvorsichtigerweise angelegt hatte. – Aber andererseits sind acht Komma fünf Megabyte auch etwas groß für eine Diskette, nicht wahr?«

Der Jet rollte langsam auf den Platz vor dem Terminal. Es war wenig Betrieb, denn normalerweise wurden die Privatflüge nicht hier abgefertigt. Eine Pilotin stieg aus, sie trug eine eng anliegende weiße Uniform und hatte lange blonde Haare. In der Hand trug sie einen kleinen, schwarzen Aktenkoffer.

Acht Komma fünf Megabyte – Woher kannte Werthmann die Größe der Datei?

Werthmann stand auf. »Es war nett, mit Ihnen zu plaudern, aber ich glaube, ich muss jetzt gehen.«

Gehoff griff in seine Jacke.

»Lassen Sie die Pistole stecken«, sagte Werthmann milde. »Das ist unerlaubter Waffenbesitz. Eigentlich hätten Sie die bei Ihrer Suspendierung längst abgeben müssen. Machen Sie sich nicht unglücklich.« Plötzlich huschte ein diebisches Lächeln über sein Gesicht. »Finden Sie nicht, dass sich Ihre Freunde sehr lange Zeit lassen? Auch eine Datenfernübertragung zum Zentralrechner nach Wiesbaden dauert keine Ewigkeit.«

Woher wusste er davon?

»Das beschäftigt Sie, nicht wahr?«, fragte Werthmann, als könnte er Gedanken lesen, und hatte immer noch diesen belustigten Gesichtsausdruck.

Hatte er die Telefonate mitgehört?

»Ihr Freund Platen – übrigens einer, von dem ich nichts wusste – hat sich gestern Abend ganz schön viele Dateien heruntergeladen. Eigentlich illegal, Datenklau. Jedenfalls fiel das unserem Sicherungssystem auf, wir konnten die Verbindung allerdings nur bis zu Richters Homepage verfolgen. Dort haben wir dann ein trojanisches Pferd installiert, ein kleines Programm, das uns alle Vorgänge auf dieser Homepage meldet, und damit hatten wir heute Morgen die Passwörter und natürlich auch die Nummer Ihres Freundes, den Namen der Datei und und und – auch die Verbindung nach Wiesbaden blieb uns nicht verborgen.

Deswegen bin ich auch hier. Vorsicht ist die Mutter der Porzellankiste.«

»Herr Werthmann wird in den Abfertigungsraum gebeten«, tönte eine Stimme aus dem Lautsprecher. »Herr Werthmann bitte in den Abfertigungsraum.«

Gehoff fühlte, wie sich seine Muskeln anspannten.

»Wie geht die Geschichte aus?«, meinte Werthmann und griff nach seinem Trenchcoat. »Wenn Sie Autor eines Kriminalromans wären, wie würden Sie die Geschichte enden lassen?«

Gehoff antwortete nicht. Rede, dachte er, rede nur. Er fühlte das leise Vibrieren des Tonbandes. Rede. Jede Minute, jede Sekunde zählte nun.

»Die einfachste Möglichkeit«, fuhr Werthmann fort, »wäre natürlich, wenn Ihre Freunde vom BKA jetzt um die Ecke kämen. Mit Blaulicht, Hände hoch-Rufen, dem ganzen Programm. Vielleicht unterstützt vom Sondereinsatzkommando des Landes. Obwohl die beiden sich ja nicht besonders grün sind.«

»Die Variante gefiele mir«, sagte Gehoff.

»Es gibt andere Möglichkeiten«, fuhr Werthmann fort. »Vielleicht kommen sie nicht, vielleicht haben sie sich verspätet. Ich aber gehe jetzt durch diese Tür und steige in meinen Jet. Bin ich erst einmal in der Luft, habe ich gewonnen. Er hat eine Reichweite von fast achttausend Kilometern, wissen Sie das?«

»Sie kommen nicht durch diese Tür«, erwiderte Gehoff. »Vorher nehmen wir Sie fest, auch ohne Haftbefehl. Staatssekretär hin oder her.«

»Nein«, widersprach Werthmann. »Nicht *wir* nehmen fest. Keiner wird das Risiko eines Fehlschlages eingehen. Keiner wird mich festnehmen, bevor nicht ein Richter einen ordentlichen Haftbefehl ausgestellt hat. Ich fliege nach Paris, um mit meinem französischen Kollegen einen schwierigen Fall zu besprechen. Und daran wollen Sie mich hindern? Jeder, der das tut, findet sich morgen auf der Straße wieder. Denken Sie an die Geschichte, die ich Ihnen erzählt habe. Alle Ihre Freunde haben Angst, etwas Falsches zu tun.«

»*Ich* habe keine Angst«, erklärte Gehoff und zog seine Waffe.

»Um Himmels willen«, sagte Werthmann, und zum ersten Mal klang er wirklich beunruhigt, »lassen Sie das Ding stecken. Machen Sie sich und mich nicht unglücklich. Ja, ich glaube Ihnen, Sie würden es tun. Sie haben etwas, was viele nicht haben: Mut. Die Folgen sind Ihnen egal.« Er beugte sich vor. »Sie haben den Koffer in den Händen der Pilotin gesehen? Er enthält drei Millionen Schweizer Franken. Die Scheine sind nicht nummeriert. Sie gehören Ihnen, wenn Sie mir den Weg freigeben.«

Etwas lag in Werthmanns Gesichtsausdruck, das Gehoff nicht einordnen konnte. War für ihn alles nur ein Spiel? Wo blieben die anderen?

»Sie stellen den Koffer in ein Schließfach – und sind ein reicher Mann. Wäre das nichts?«

Gehoff schluckte. War das ernst gemeint?

»Keiner kommt dahinter«, fügte Werthmann hinzu. »Ein Schließfach, und irgendwann holen Sie das Geld ab.«

Andreas Gehoff dachte an die drei Millionen und an Yvonne. »Nein«, antwortete er, »ich finde nicht, dass das ein gutes Ende für diese Geschichte ist.«

»Oder«, in Werthmanns Stimme lag nun eine ungewohnte Eindringlichkeit, »oder Sie steigen ein. Wir haben eine zweite Pilotin an Bord. Liane, eine wunderschöne, schwarzhaarige Italienerin. Wir zwei steigen zu den beiden Frauen ein. Eine blond, eine schwarz, suchen Sie sich die schönste aus. In zehn Stunden sind wir in Kolumbien. Machen Sie mit. Was erreichen Sie hier noch? Wir brauchen Leute wie Sie. Fangen Sie ein neues Leben an. Ein Leben in Luxus. Hier erwarten Sie nur Schulden. Wäre das nichts? Wäre das nicht ein schönes Ende für einen Kriminalroman? Ein bisschen unkonventionell, sicher – aber würde dieses Ende Ihnen nicht gefallen?«

Es würde mir gut gefallen, dachte Gehoff. Es würde mir verdammt gut gefallen, und du verdammter Kerl weißt es. Aber meiner Tochter würde es nicht gefallen, und es würde meine Selbstachtung zerstören. Ich ließe mich kaufen. Doch ich bin nicht käuflich. »Nein«, erwiderte er dann. »Auch dieses Ende finde ich nicht gut.«

»Schade«, meinte Werthmann bedauernd und nahm sein Feuerzeug vom Tisch. »Schade. Gehoff, Sie sind ein hervorragender Mann. Ich hätte Sie gern in meiner Mannschaft gehabt.« Er erhob sich.

»Wenn Sie auf das Rollfeld gehen, verhafte ich Sie«, warnte Andreas Gehoff.

»Sie nehmen mich vorläufig fest«, korrigierte Werthmann ihn, und auf einmal sah man ihm die Anspannung an. »Aber ich gehe nicht auf das Rollfeld.«

Die Pilotin trat ein. Blondes Haar umfloss ein ebenmäßiges Gesicht, sie war leicht gebräunt, eine wunderschöne Frau. »Herr Werthmann, wir können starten«, sagte sie mit einer leichten Färbung von Schwyzerdütsch in der Stimme.

»Danke, Gabi«, erwiderte Werthmann. »Aber ich steige nicht ein. Sie müssen alleine fliegen. Machen Sie sich einen schönen Tag in Paris.«

Sie blieben am Panoramafenster stehen, sahen zu, wie der Learjet auf die Rollbahn fuhr, schneller wurde, immer schneller, und schließlich abhob. Das Fahrwerk klappte ein, und das Letzte, was sie von dem Jet sahen, war der Widerschein der Sonne auf dem Aluminiumrumpf.

»Die Geschichte hat ein anderes Ende«, meinte Gehoff da.

»Stimmt«, sagte Werthmann. »Aber ein anderes, als Sie sich vorstellen. »Ich möchte Ihnen etwas schenken«, fügte er plötzlich hinzu und gab ihm das Feuerzeug. »Es ist eine moderne Erfindung, nein, sie stammt nicht aus Amerika oder Japan, es kommt aus Frankreich. Das Feuerzeug sendet starke Störimpulse aus. Im Umkreis von fünf Metern können Sie jedes Telefongespräch, jeden Funkkontakt, jedes Tonbandgerät vergessen. Nur für den Fall, dass Sie ein kleines Spielzeug bei sich tragen, das unsere private Unterhaltung mitschneiden sollte.«

Endlich kam Silke. Begleitet von einem Mann in Lederjacke, vermutlich einem Kollegen vom BKA.

»Da kommen Ihre Freunde ja doch noch«, sagte Werthmann.

Platen saß in seinem Stuhl und beobachtete, wie sich der blaue Balken langsam durch das Kontrollfeld schob. Er schien sich kaum zu bewegen, schien still zu stehen. Die kleine Anzeige darunter jedoch zählte rasend schnell die Tausende von Bits, die pro Sekunde übertragen wurden. Die Leitung war mittelmäßig.

»Komm schon«, forderte er seinen Rechner auf. »Komm schon, du lahme Krücke.«

Sechzig Prozent, fünfundsechzig. Jetzt ging es auf einmal schneller.

Nur ein Bit zu wenig, dachte er, nur eine Winzigkeit weniger als einhundert Prozent, dann würde diese Datei für die anderen unbrauchbar sein. Dann würde sie nur eine Aneinanderreihung sinnloser Zeichen sein, verschlüsselt mit einem Algorithmus, den keiner mehr auflösen konnte.

Die achtzig Prozent rückten in Reichweite. Endlich war das Ende absehbar. Vielleicht noch drei oder vier, maximal fünf Minuten. Hoffentlich trat kein Stromausfall ein. Hoffentlich hatte der Learjet Verspätung. Hoffentlich waren Andreas Gehoff und Silke Weber rechtzeitig zur Stelle.

Für einen Moment ertappte er sich bei dem Gedanken, was passieren würde, wenn es kein Happy End gäbe. Ärgerlich, natürlich, aber seine Story würde er haben. Egal, wie die Geschichte ausging, er würde gewinnen.

Wie würde er seine Reportage anfangen? Mit dem Bild des blauen Balkens? Oder mit dem Toten unter der Brücke? Dem Brand des Hauses?

Neunzig Prozent. Das war schon fast alles.

Er würde mit dem blauen Balken anfangen, der sich langsam voranschob. Mit seinem Warten. Und dem Gefühl, das sich einstellen würde, wenn das Programm melden würde: *Datei übertragen.*

»Ich würde auf *Abbrechen* drücken«, hörte er hinter sich eine Stimme.

Zweiundneunzig Prozent. Er drehte sich um. Hinter ihm standen vier Männer. Zwei sahen aus wie Bodyguards, kurze Haare, muskelbepackt. Den dritten konnte er nicht einordnen, der vierte wirkte wie ein sympathischer Verkäufer. Er hatte eine Pistole in der Hand.

»Drücken Sie auf *Abbrechen*«, wiederholte er eine Tonlage schärfer.

Fassungslos starrte Platen ihn an. Vierundneunzig Prozent.

»Das dauert mir zu lange«, sagte der dritte, griff an Hans Platen vorbei nach der Tastatur und drückte eine Tastenfolge.

Wollen Sie wirklich abbrechen?

Ein weiterer Druck auf die Eingabetaste. Dann war die Übertragung beendet.

Fünfundneunzig Prozent. Die in Wiesbaden würden nur Datenschrott vorfinden.

»Vermutlich werden Ihre Freunde aus Wiesbaden gleich anrufen«, meinte der Freundliche. »Sagen Sie einfach, Sie hätten eine Stromschwankung gehabt und der Rechner sei Ihnen abgestürzt. Sie würden gleich wieder von Neuem anfangen.«

Es vergingen vermutlich nur wenige Sekunden, aber die Zeit erschien Platen endlos. Endlich klingelte das Telefon. »Platen«, meldete er sich. Seine Stimme klang gepresst.

»Hier Falke. Die Datenübertragung ist abgebrochen worden. Haben Sie ein Problem?«

»Ich hatte eine Schwankung im Stromnetz«, sagte Platen. »Der Rechner ist abgestürzt. Ich versuche es noch einmal.« Er merkte, dass er nicht wie sonst sprach.

»Platen, haben Sie ein Problem?«, hakte Falke nach.

»Nein, ich habe kein Problem«, antwortete Platen. »Wirklich nicht. Da war nur der Stromausfall. Ich versuche es noch einmal.«

»Bitte beeilen Sie sich«, sagte Falke. »Die Zeit läuft uns davon.« Dann legte er auf.

»Dies sollte uns eine kurze Verschnaufpause gewähren«, meinte der Freundliche. »Es ist Ihnen recht, wenn ich dieses hier wegnehme?«, fragte er und deutete auf seine Pistole. »Es spricht sich besser so. Sie werden keine Dummheiten machen? Den Helden spielen oder so etwas?«

Platen schüttelte den Kopf. James Bond hätte vermutlich alle k.o. schlagen können. Aber er war nicht James Bond. Er war ein kleiner Redakteur einer nicht einmal mittelmäßigen Zeitung.

»Würden Sie mich an den Computer lassen?«, fragte der dritte Mann höflich.

Platen räumte den Platz. Der andere griff in die Seitentasche seines Jacketts, entnahm ihr eine CD und legte sie ins Laufwerk. Es musste ein kleines Programm sein, denn es wurde innerhalb von Sekunden überspielt. Gebannt sah Platen ihm zu. Dieser Mann war ein Profi. Er bediente die Tastatur in einer ungeheuren Geschwindigkeit, Platen konnte ihm nicht einmal mit den Augen folgen. Offensichtlich wurde ein HTML-Editor geöffnet, Richters Homepage erschien, irgendwelche Programmbefehle tauchten auf, von deren Existenz Hans Platen nicht einmal etwas geahnt hatte.

»Das wär's«, sagte der Mann schließlich.

Platen sah, wie er mit der Maus die verborgenen Links abfuhr, das Fenster, die Bugwelle des Dampfers. Keine Tür tat sich auf, Die Maus verformte sich nicht zur Hand. Es war eine einfache Homepage geworden, ohne Geheimnis, gut gemacht, ansprechend, normal. Alles, was je auf dieser Seite gestanden hatte, die Verweise, die Dateien, das gab es nicht mehr.

Erneut überspielte der Mann ein Programm. Es war ebenfalls ein kleines, denn es installierte sich in Sekundenbruchteilen.

Wollen Sie wirklich alles löschen?

»Wollen wir«, sagte der Mann laut und drückte auf die Eingabetaste. Erneut schob sich ein Balken durch ein Kontrollfenster. Er raste nicht, doch er schob sich Schritt für Schritt nach vorn. »Das Programm überschreibt die gesamte Festplatte mit einem binären Code«, erläuterte der Computerexperte.

Platen ertappte sich bei dem lächerlichen Gedanken, dass die schwarz erworbene Kopie seines Textverarbeitungsprogramms nun auch zum Teufel gehen würde.

»Ich hoffe, Sie haben Ihre privaten Daten gut gesichert«, meinte der Mann. »Es wäre sonst ärgerlich.«

Platen starrte vor sich hin. »Wie haben Sie mich gefunden?«

»Einen Moment«, bat der Freundliche. Er holte ein Handy heraus und tippte auf eine Kurzwahl.

»Ja?«, hörte Platen eine melodische Stimme. Er wusste nicht, wem sie gehörte, aber er war sicher, dass es Werthmann war.

»Der Adler ist gelandet«, erklärte der Freundliche.

»Das ist erfreulich«, erwiderte sein Gegenüber am anderen Ende der Leitung. Er klang sichtlich erleichtert. Dann legte er auf.

»Nun zu Ihnen«, begann der Freundliche. »Zunächst Ihre Frage: Sie haben gestern so viele Dateien von unserer Mailbox heruntergeladen, dass es auffiel. Was die wenigsten wissen, ist, dass jeder Internetbenutzer eine UIN, eine Identifikationsnummer erhält. Solange er im Netz ist, kann er damit identifiziert werden. Wir konnten Sie leider nur bis zu Richters Homepage verfolgen, danach brach der Kontakt ab. Der Firewall Ihres Servers schützte Sie. Aber wir installierten ein kleines Programm, das Sie abfangen sollte, wenn Sie wieder Richters Homepage anwählen. Haben Sie sich nicht heute gewundert, dass Sie alles zweimal eingeben mussten? In der Zwischenzeit wurden die Passwörter übermittelt. Das war ganz einfach. Leider war unser Computerexperte gestern nicht greifbar, sonst hätten wir Ihnen eine modernere Version dieses Programmes installiert, das hätten Sie gar nicht gemerkt, aber es ging ja auch so. Und Ihre Anschlusskennung war dann natürlich kein Problem. Und mit Ihrer Telefonnummer – Sie können sich ja selbst denken, dass wir damit Ihre Adresse innerhalb von Sekunden herausbekommen haben. Trotz allem. Es wurde noch einmal knapp.«

Es war scheinbar eine normale Unterhaltung. Der andere sprach munter, lächelte. Er hatte ein sympathisches Gesicht und wirkte Vertrauen erweckend, doch Platen hatte das undeutliche Gefühl, dass hinter diesem Gespräch der Tod stand. Hoffentlich quälten Sie ihn vorher nicht noch lange.

Das Programm fraß sich förmlich durch die Festplatte.

»Sie haben einen schnellen Rechner«, lobte der Computer-Experte. »Die Geschwindigkeit dieses Programms ist stark von der Geschwindigkeit der Festplatte abhängig. Da haben Sie eine gute Wahl getroffen.« Er sagte es sachlich, und es schien etwas wie Anerkennung in seinen Worten mitzuschwingen.

»Wir haben nicht viel Zeit«, meinte der Freundliche. »Ihre Freunde werden sicher bald misstrauisch werden, sie werden wahrscheinlich hier vorbeikommen. Aber wie Sie sich denken können, würden wir sie ungern treffen.«

Platen tastete mit seinen Augen den Raum ab. Mit den beiden Bodyguards konnte er es sicherlich nicht aufnehmen, aber wenn er dem Freundlichen die Pistole entwand, dann mochte er eine Chance haben. Aber die Waffe steckte in der Hosentasche des Mannes. Trotzdem musste einer der Kerle im Hintergrund etwas geahnt haben, denn er stellte sich in Positur und schüttelte leicht den Kopf.

Macht ein Ende, dachte Platen auf einmal resigniert. Es ist mir alles egal. Nur macht ein Ende, bitte.

»Ich möchte Ihnen einen Vorschlag machen«, fuhr der Freundliche fort, »und bitte überlegen Sie es sich rasch. Sie wissen, wir haben wenig Zeit. Die erste Möglichkeit ist, dass Sie sich dort auf die Couch legen. Peter wird Ihnen dann eine Kugel zwischen die Augen schießen. Ich glaube, dass es Ihnen nicht wehtun wird, und Sie sind alle Sorgen los. Ihren Scheiß-Job. Ihre schäbige Wohnung, Ihre Schulden, alles. Überlegen Sie es sich. So schlecht ist die Alternative nicht.«

»Abgelehnt«, erklärte Platen. Gib mir eine Chance, flehte sein Blick. Ich tue alles.

»Diese Alternative ist auch für uns nicht optimal«, erwiderte der Freundliche. Er blickte an Platen vorbei auf die Anzeige des Rechners, der jetzt gerade einhundert Prozent erreicht hatte. Ein leiser Piepton wies darauf hin, dass alle Daten auf der Festplatte gelöscht worden waren.

»Tote stören. Sie erregen in der Öffentlichkeit Aufsehen. Man fragt nach dem Warum. So was vermeidet man besser. Außerdem, entgegen dem landläufigen Vorurteil, macht uns Töten keinen Spass. Mir jedenfalls nicht.«

»Was wollt ihr von mir?«, fragte Platen. Sein Mund fühlte sich trocken an. Er wunderte sich, dass er überhaupt noch sprechen konnte.

»Wir bieten Ihnen eine Stelle an«, antwortete der Freundliche. »Sie wechseln Ihren Job. Bei der *Kieler Rundschau* wird in den nächsten Tagen eine Stelle frei. Redakteur Innenpolitik. Bewerben Sie sich. Ich glaube, Sie haben gute Chancen. Das Gehalt ist nicht gerade toll, aber etwas besser als Ihr jetziges sicherlich. Außerdem würden wir Ihnen gern mit einer monatlichen Zuwendung unter die Arme greifen. Nichts Üppiges, aber immerhin.«

»Dann haben Sie mich Zeit meines Lebens in der Hand ...«, murmelte Platen.

»In der Hand haben wir Sie jetzt auch«, stellte der Freundliche klar. »Vielleicht tun Sie uns in Zukunft den einen oder anderen Gefallen, mag sein. Aber vor allen Dingen: Vergessen Sie unseren Besuch. Vergessen Sie ihn einfach. Das ist die andere Möglichkeit.«

Vor ein paar Wochen hast du eine feste Stelle bei der *Hannoverschen Allgemeinen Zeitung* noch als das große

Los angesehen, ging es Platen durch den Kopf. Was war so viel schlechter an diesem Angebot? »Ich habe wohl keine Wahl«, bemerkte er.

»Doch«, erwiderte der Freundliche. »Die haben Sie. Mit einer Kugel zwischen den Augen sind Sie vielleicht in keiner besseren Welt, das weiß ich nicht, aber Sie wären alle Sorgen los. Auch ein Vorteil. Doch Sie haben diese Wahl nicht mehr lange. Um genau zu sein«, er schaute auf seine Uhr, »noch dreißig Sekunden, dann gehen wir.«

»Ich nehme an.« War er es, der das gesagt hatte? Hing er so sehr am Leben? Er ekelte sich vor sich selbst, aber er hatte Angst. Eine Welle von Angst überflutete ihn. Ja, hätte er am liebsten geschrien, ja, ich nehme an. Stattdessen hatte er nur gekrächzt.

»Gut«, sagte der andere. »Aber Sie wissen, dass Sie aus unserer Vereinbarung nicht mehr aussteigen können? Das wissen Sie?«

Platen nickte heftig.

»Sie haben auch nicht zufällig eine Sicherheitskopie der überspielten Dateien auf Disketten liegen?«

»Nein«, sagte Platen. »Nein, wirklich nicht, es ging doch alles so schnell.«

»Normalerweise halten wir Frauen und Kinder aus unseren Angelegenheiten heraus«, meinte der andere, und Platen spürte zum ersten Mal einen kalten drohenden Unterton in dieser sonst so freundlichen Stimme, »aber wenn Sie uns belogen haben, gilt das in Ihrem Fall nicht mehr. Das sollten Sie wissen.«

»Ich habe keine Kopie gezogen«, flüsterte Platen.

»Ist in Ordnung«, erwiderte der andere. Trotzdem sammelten sie noch alle CDs, Disketten und Aufzeichnungen ein, die in Reichweite lagen, nahmen sie und steckten sie achtlos in einen mitgebrachten Aktenkoffer. Erst als die

Tür langsam mit einem Klacken ins Schloss fiel, bemerkte Platen, dass er allein war.

Der Albtraum war zu Ende. Oder hatte er gerade erst angefangen?

»Ich muss jetzt wirklich gehen«, meinte Werthmann und strebte dem Ausgang zu. »Aber es war nett, mit Ihnen zu plaudern.«

Er ging an den beiden BKA-Beamten vorbei auf die Eingangstür zu. Die Grenzbeamten schauten verblüfft zu. »Disposition geändert«, sagte er freundlich und legte seinen Ausweis vor.

Macht doch etwas, bat Gehoff die beiden im Stillen. Bitte verhaftet ihn. Das darf doch nicht sein! Bitte!

Aber Silke starrte nur mit leeren Augen vor sich hin. Sie sah erschöpft aus. Die Miene ihres Begleiters war wie versteinert. Wie unter Zwang folgten sie Werthmann durch die Empfangshalle des Flughafens. Eine Reisegruppe hatte sich dort eingefunden, die wohl nach Teneriffa wollte, jedenfalls war der Flug am Terminal angeschlagen.

Die Schiebetüren glitten zur Seite. Werthmann hatte seinen schwarzen Siebener BMW direkt am Eingang geparkt. Er war frisch geputzt und glänzte, eine noble Karosse von unaufdringlicher Eleganz.

Auch von Mondberger wirst du hier keine Spuren mehr finden, ging es Gehoff resigniert durch den Kopf.

Ein Polizist notierte gerade das Kennzeichen. »Die Parkuhr ist abgelaufen«, erklärte er Werthmann.

»Es tut mir leid«, erwiderte dieser. »Ich habe nicht darauf geachtet.«

Plötzlich schien ein Schein des Erkennens über das Gesicht des Beamten zu huschen. »Sie sind doch der neue Minister«, rief er. »Ich habe Sie im Fernsehen gesehen, nicht wahr?«

»Ich bin noch kein Minister«, korrigierte Werthmann. »Ich bin Staatssekretär.«

»Ich wollte Ihnen ... nur sagen ...«, der Beamte stotterte etwas, verhaspelte sich, und setzte dann von Neuem an: »Ich wollte Ihnen nur sagen, dass ich Ihre Rede über den Polizisten, diesen Kriminalbeamten, der beschuldigt wird, im Rotlichtmilleu ..., Also, dass Sie den so in Schutz genommen haben ... Unschuldsvermutung, die müsste auch für uns kleine Beamte gelten. Ich fand das großartig. Alle andern hacken nur so auf uns herum. Wir sind Prügelknaben, und keiner setzt sich für uns ein ... Sie verstehen uns.«

»Ich schreibe Sie nicht auf«, fügte er hinzu und zerknüllte das Strafmandat.

»Schreiben Sie mich ruhig auf«, meinte Werthmann. »Ich möchte keine Privilegien. Sie tun nur Ihre Pflicht, und letztlich müssen wir uns alle an die Vorschriften halten. Wenn wir es nicht im Kleinen tun, wie soll es dann im Großen klappen?« Er betätigte die Zentralverriegelung seines Wagens. Dann wandte er sich noch einmal an den Beamten. »Wie heißen Sie?«, fragte er.

»Woltersdorf, viertes Polizeirevier Langenhagen.«

»Herr Woltersdorf«, erklärte Werthmann förmlich und mit einem winzigen Ton von Feierlichkeit, »ich werde mich an Sie erinnern.« Dann stieg er ein.

Ein Jahr später ...

»Schön habt ihr es hier in Wiesbaden«, sagte Murat und ließ den Blick über die geschmackvoll eingerichtete Wohnung gleiten. Man sah deutlich, dass Silke etwas von Einrichtungen verstand.

»Komm«, wehrte Andreas Gehoff ab. »So schlecht lebst du in Hannover doch auch nicht.«

Aus der Küche drang fröhliches Gelächter zu ihnen herüber. Silke und Aischa tauschten wohl gerade ein paar Tipps aus.

»Möller hat aufgehört«, erzählte Murat plötzlich. »Ich weiß nicht, ob du es schon gehört hast. Er hat von heute auf morgen den Bettel hingeschmissen und ist jetzt Sicherheitschef eines großen Unternehmens. Keiner weiß, warum.«

Gehoff schwieg. Die Nächte standen wieder vor ihm. Die Toten. Die Täuschung. Er sah Werthmann in seinen Wagen steigen. Bilder, die ihn nie mehr loslassen würden. Für einen Augenblick hatte er ebenfalls mit dem Gedanken gespielt aufzuhören. Alles hinter sich zu lassen. Doch durch Silke war es anders gekommen. Andreas war zum BKA gewechselt, nachdem der Koruptionsvorwurf gegen ihn entkräftet und die Suspendierung aufgehoben worden war.

»Und wie geht es beim BKA?«, fragte Murat nach einer Weile. »Seid ihr immer noch auf ›Werthmann-Jagd‹?«

»Manchmal schon«, erwiderte Gehoff, »und irgendwann werden wir ihn kriegen. Mit Sicherheit.«

›Dann sah ich: Das Lamm öffnete das erste der sieben Siegel …‹ *Offenbarung des Johannes*

Im Hudson Valley nahe New York werden ein Mann und eine Frau brutal ermordet. – In Nordkorea wird ein Dorf buchstäblich von der Erdoberfläche gebombt. Als der einzige Überlebende Tage später aufgegriffen wird, stammelt er etwas von einer Frau. – In der norwegischen See bahnt sich ein Eisbrecher den Weg zu einer kleinen Insel. An Bord ist ein Wissenschaftlerteam, das die Leichen von fünf lange verstorbenen Bergleuten exhumieren will. Aber als sie an ihr Ziel kommen, finden sie die Gräber bereits geöffnet vor ...
Frank Daly, Reporter der *Washington Post*, wittert die Story seines Lebens, als er den Zusammenhang zwischen diesen drei unheimlichen Ereignissen erkennt. Doch überall stößt er auf eine Mauer aus Schweigen. In einem atemlosen Wettlauf gegen die Zeit führt ihn die Spur schließlich zu einer fanatischen Gruppe, deren Glaubensbekenntnis Apokalypse heißt …

ISBN-3-404-14565-8

BASTEI
LÜBBE

Studienrat Felix Reimann ist glücklich in seinem Beruf und seiner Ehe, nur eines fehlt ihm ständig: Geld. Denn mit seinem Lehrergehalt sind der Jaguar, von dem er träumt, und die Luxuskreuzfahrt in die Karibik kaum zu bezahlen. Ein Zweitjob muss her! Doch die wenigsten Tätigkeiten sind lukrativ genug. Da hat Felix eine gewagte Idee: Er wird eine Anzeige aufgeben und seine Dienste als ›Walker‹ anbieten – als Mann, der Damen bei allen Gelegenheiten begleitet und Gesellschaft leistet. Die Sache läuft gut an, und Felix übersteht glücklich seine ersten Aufträge. Aber dann geschieht etwas, das nicht nur seinen Ruf und seine Ehe gefährdet: Eine seiner ›Klientinnen‹ wird ermordet, und für die Kriminalpolizei ist der Fall sonnenklar …

ISBN-3-404-19614-7

BASTEI LÜBBE

Der niedersächsische Vorort scheint für einen Ferienprospekt Pate gestanden zu haben:-hübsche Einfamilienhäuser, freundliche Menschen, heile Welt, wohin man sieht. Doch die Idylle trügt, das stellt sich heraus, als ein Mord geschieht. Opfer ist Gregor Sattler, Schulleiter und angesehenes Mitglied der Gesellschaft. Das Besondere:-Sattler ist vergiftet worden – und in seiner Brust steckt eine Kugel! Ein Mörder, der auf Nummer Sicher gehen wollte?
Die Kriminalkommissarin Susanne Breugel glaubt nicht daran. Ihre Theorie: Gregor Sattler hatte mehr als nur einen Todfeind. Und tatsächlich stößt sie bei ihren Ermittlungen auf Korruption, gefährliche Machtspiele – und eine verhängnisvolle Affäre, die nicht nur einen Biedermann enttarnt ...

ISBN-3-404-19611-2

BASTEI LÜBBE